SAND

砂

WOLFGANG HERRNDORF

ヴォルフガング・ヘルンドルフ

高橋文子訳

論創社

The translation of this work was supported
by a grant from the Goethe-Institut that is funded
by the German Ministry of Foreign Affairs.
本書の翻訳出版はドイツ外務省出資によるゲーテ・
インスティトゥートの助成を受けています。

GOETHE
INSTITUT

目次

第一部　海

1　海辺の町タルガート

我々は毎年、命の危険も出費も顧みず、アフリカに一隻の船を送り、あなたたちは何ものなのか、どのような法律を持ち、どのような言葉を話すのか、と問いかけ、答えを見いだそうとしている。しかし彼らが我々に船を送ってくることはない。

ヘロドトス

泥レンガを積んだ塀の上に、上半身裸の男が立って、磔にされたように両腕を横に伸ばしていた。一方の手には錆びきったスパナ、もう一方の手には青いポリタンクを持っている。テント、バラック、ゴミ山やシート、そして果てしない砂漠を超えて、彼の目はもうすぐ朝日が昇ってくるはずの地平線の一点を見つめている。

ついにその時が来ると、彼はスパナとタンクを打ち合わせて叫んだ。「さあ、子どもたち！　子どもたち！」

バラックの東側の壁は明るいオレンジ色に燃え上がった。虚ろに引きずるようなリズムは、灰色がかったベージュの通路に吸い込まれて行った。窪みや溝にミイラのように横たわっていた人影たちが目を覚まし、ひび割れた唇で唯一の神への賛美を唱え始めた。三匹の犬が泥だらけの水たまりに舌をひたした。一晩中、気温は三〇度を切ることはなかった。

素知らぬ顔で、太陽は地平線から立ち昇り、生きているものと死んでいるもの、信じるものと信じないもの、惨めなものと豊かなものとを照らした。太陽はトタン屋根、ベニヤ板、段ボールを照らし、タマリスクの木、汚物、そして「塩の町」と「空《から》の町」とを他の地区から隔てている高さ三〇メートルのゴミの壁を照らした。とてつもない数のプラスチックの瓶と中身を抜かれた車体とが日の光に輝いていた。こじ開けられたバッテリーケースや砕けたレンガや耐火材でできた神殿の門、排泄物と動物の屍体の山脈。このゴミの壁を超えて太陽は昇り、ヴィル・ヌーヴェルの一番端の家々、ちらほらと立つスペイン風の三階建ての家々と町外れの崩れそうなミナレットとを照らし出した。音もなく、太陽は軍の空港の滑走路の上をすべり、置きっぱなしのミラージュ5の翼、スーク、そしてその隣にあるタルガートの市役所を照らした。日の光は職人たちの小さな店の閉ざされた鉄製ブラインドを照らし、この時間はまだ誰もいない中央警察署の窓の鎧戸をすりぬけ、エスパルトの草に縁取られた港の道を上り、二〇階建てのシェラトンホテルに光を注ぎ、六時過ぎには海岸の丘にそっと囲まれた海にたどり着いた。一九七二年八月二三日の朝だった。

風はなく、波もなかった。海は装甲板のように水平線まで滑らかに続いていた。黄色い煙突のある大きな豪華客船が、電飾も消え、空のシャンパングラスを欄干に並べて碇を下ろしていた。

あの青いポリタンクの男に言わせれば、この世の富はみんなのものだった。さあ、勝手に取るがいい。

2　中央警察署

ギリシャ人がどうなったか、知ってるか？　同性愛のせいで滅びたのさ。そう、アリストテレスはホモだったし、ソクラテスだってそうだ。ローマ人がどうなったか、分かるか？　ローマ皇帝最後の六人は、骨なしだったのさ。

ニクソン

ポリドリオのＩＱは、十二歳から十三歳のフランスの子ども用の問題用紙で測ったところによると、一〇二だった。問題用紙は、マルセイユで印刷された書類の包み紙に使ってあったのを警察署で見つけて、かわるがわる規定の時間を測って鉛筆で記入したのだった。ポリドリオはもうすっかり酔っぱらっていた。カニサデスもだった。「長い書類の夜」でのことだった。

年に二度、長い廊下に書類を山と積んで、ぱらぱらと見た後に中庭で燃やすことになっていた。明け方までかかる面倒な仕事で、在職期間の一番短い若手がやると決まっていた。なぜこっちの書類は捨てられ、あっちの書類は取っておかれるのか、誰にも説明はつかなかった。事務のやり方はフランスからそのまま受け継いだもので、礼儀作法を鵜呑みにするのに似て、事務的な面倒臭さが実用的な利益に全く見合っていなかった。被告のほとんどは読み書きができなかったし、裁判は短かった。

真夜中に、警察署は停電になり、ポリドリオとカニサデスは配電盤の鍵を持っているひとを探し出すのに何時間もかかった。しばらくの間は、蠟燭の明かりで仕事を続けていたが、そのうちにマリファナとアルコールの効果で疲労が高揚感へと打って変わった。ふたりは中庭に出てくしゃくしゃにした書類で雪投げをし、廊下ではローラー付きの書類棚でカーチェイスをした。カニサデスは自分はエマーソン・フィッティパルディだと言い、ポリドリオはゴミの山に煙草で火をつけた。そのとき倒れた書類棚から植民地時代の特別身分証明書用紙がひと束転げ落ちた。ふたりは証明書用紙をタイプライターにセットして、ありそうもない名前をタイプし、それを持って朝方の光の中、よろよろと娼館へ向かった(「道徳委員会特別捜査官、ベドゥーだ!」)。

しかしその前に、例のいまいましいＩＱテストをやったのだった。このとんでもない夜の出来事は、ポリドリオは後からほとんどはっきりとは思い出せなかった。それでも、テストの結果は頭に焼き付いていた。一〇二。

「アルコール、ストレス、停電のせいさ!」とカニサデスは胸の小さな黒人の女を両膝にひとりずつ乗っけて、叫んだ。「これで言い訳になるだろう? ふたりとも、百に切り捨てにしようじゃないか」

カニサデスの結果はもっと上だった。どのくらい上だったかは、ポリドリオももう思い出せなかったが。しかし自分の結果は記憶の中にコンクリートで打ったようにずっしりと残っていた。素面だったらもっといい点が――カニサデスほどではなくても、もう少しはいい点が――取れる確信はあったのだが、それでも何かよく分からないことがあったりすると、すぐにあの数字が思い浮かぶのだった。他の人よりも少し理解が遅かったり、冗談を聞いてから笑うのに同僚より数分の一秒長くかかったりすると。

ポリドリオはこれまで、自分は理解力のある、できる男だと思っていた。しかし振り返ってみると、この確信の根拠はどこにあったのか、わからなかった。学校でも、職業訓練でも、試験でも、特に苦労したことはなかったが、それ以上なんということもなかった。いつも真ん中くらいで、平均的だった。あの数字の意味するところも、つまりはそういうことだ。平均的。

自分が特別なものじゃない、という認識は、大概の人間に一度は訪れる。普通は学校を卒業するときとか、職業訓練の始めに。そして知能の高い人間の方が、低い人間よりむしろ早く気付く。しかし誰もがこの認識に苦しむわけではない。子どもの頃に、個人の成果とか功労とか業績とかといった理想を植え込まれたのでなければ、つまらない平均だという意識も、大きすぎる鼻とか細すぎる髪くらいと同じように受け入れられるものだろう。そうでないひとたちは、いわゆる逃避行動に出て、派手な服とか派手な生活、あるいは自分の中にまるで宝のように隠されている自分自身というものをむきになって追い求める。恩恵深き精神分析は、どんなくだらない人間にでもこういう宝を認めてくれるのだ。そして神経の細いひとたちは、鬱になる。

カニサデスがあの夜の面白い出来事を同僚知人に触れ回った数日後には、ポリドリオは七〇三番の自分の郵便受けの前に立って、誰かが冗談で七を一に、三を二にボールペンで書き換えたのを見つけた。

二八年もの間、彼は一度も自分の知能の高さとか、そもそもそれが測れるものなのかとか、少しも気にしたことはなかった――今では時々、それ以外のことは考えられなくなっている。

3　コーヒーと偏頭痛

もちろん、頭のおかしい奴だ、びくびく怖がって、お上品な感情ばかり持ってる奴、そういう奴はいつでもうまく切り抜けるんだ。

ジョゼフ・コンラッド

「そんなこと、俺に関係あるか？　他の誰に話したっていい、その辺の練炭に話しかけたっていい、俺には言うな」ポリドリオはコーヒーをカップに注いで、ボールペンでかき混ぜていた。青い鎧窓はほとんど閉まって、ほんの細く真昼の光が覗いているだけだった。「それに、勝手にはいりこんで、どこの誰とも知らない奴をしょっぴいて来るな！　パンチカードだって、お前それが何だかわかってんのか。それにそんなことはどうでもいい。大事なのは、どこで事件が起きたかだ。ティンディルマだろう。じゃあ、だれが担当なんだ？　わかったな。じゃあ、そいつを連れて、出てけ。いや、何も言うな。ぐずぐず言うのはやめろ。一時間もしゃべりやがって。俺の話を聞け」

しかし太っちょは聞いていなかった。汚れきった制服を着て、ポリドリオの机の前に立って、このあたりの人間みんなと同じ手を使っていた。協力したくないときには、何でもいいからだらだらしゃべり、問いつめるとまた別のことをだらだらしゃべる。

ポリドリオは彼にコーヒーも椅子もすすめず、相手が三〇歳も年上で地位としては同等なのにもかかわらず乱暴な口をきいていた。ふつうなら、こういう連中はこれで気を悪くする。しかしこの太っちょは涼しい顔だ。何食わぬ顔で、もうすぐ定年だの、公用車を乗り回す話だの、庭作りだのビタミン不足だのとしゃべりまくった。タンクの中身と囚人移送についての自分のこだわりを解説するのは四度目、五度目、六度目だ。正義、偶然、天の意志のこと。太っちょは向き合った窓を指さし（海と砂漠）、ドアを指し（塩の町を通る長い道）、壊れたシーリングファンを指し（アラー）、床に転がっているぐるぐる巻きのものを蹴った（諸悪の根源）。

諸悪の根源は、手足を縛られたアマドゥという若者で、太っちょがタルガートとティンディルマの間の砂漠で捕まえたのだったが、この事実は果てしない饒舌のほんの隅っこに顔をのぞかせるだけだった。

管轄というものについて聞いたことがあるか、と尋ねたポリドリオに、太っちょは警察の仕事の成功は単に技術の問題だと答えた。技術が犯行現場とどう関係あるんだ、と尋ねると、その答えは、オアシスの近くで農業を営むのはいかに難しいか、だった。農業が何の関係があるんだ、と尋ねると、太っちょは生活物資の供給難、流砂、水不足、隣人の悪意に、裕福な生活、電気頭脳、高次の警察機構と並べ立てる。太っちょは再びうやうやしい目線を故障中のパンチカード機に向け、芝居がかった感激を見せて部屋を見回し、椅子が見当たらないので逮捕された若者の上に座り、その間一秒も舌を休めなかった。

「もういい、黙れ」とポリドリオは言った。「黙ってくれ。聞け」彼は数秒の間、開いた両手のひらを机の上に浮かせ、思い切ってコーヒーカップの左右に十本の指をついた。太っちょは最後のひと言をもう一度繰り返した。彼のズボンにはボタンがふたつ足りなかった。分厚い耳たぶには汗がぶらさがってリズミカルに揺れていた。ポリドリオは、急に自分の言おうとしたことを忘れてしまった。こめかみが軽くうずき始めていた。

ポリドリオの目は、コーヒーを混ぜたときにできた幾百もの小さな泡が渦を巻く絨毯のように広がっているのを見ていた。渦が遅くなると、泡はカップの縁に集まり、輪形の壁を作った。泡の中には小さな顔が閉じ込められていて、目を細めながらこちらをにらんでいた。小さな泡には小さな顔、中くらいの泡には中くらいの顔、大きな泡には大きな顔。この観客たちは軍隊のようにきっちり同時に動き、数秒の間、死のように静まった。それから顔たちは急に大きくなり、ポリドリオが息を吐くと観客の四分の一は消えた。

ガソリンの券、砂漠の砂、口蹄病。子だくさん、反逆者、大統領の公邸。ポリドリオには、太っちょの関心でないものが何かはわかった。しかし何に関心があるのかはわからなかった。容疑者をタルガートに移送することには、意味がなかった。もしかしたら、太っちょはあの椅子代わりの若者と少し知り合いで、個人的にかかわり合いになりたくないのかもしれない。もしかしたら、仕事名義で海岸まで出て来るのが目的だったのかもしれない。ここでなにか用事があるのかもしれない。港を見物したいのかもしれない。何か金が絡んでいるのは確かだ。誰でも、いつでも、金絡みなのだ。もしかしたら何か売りたいのかもしれない。給料の払いがなかったかわりにタイプライターや紙や公用の武器をスークに持って行った村の警官は、彼が初めてじゃない。金が絡んでいないとしたら、親戚絡みだ。もしかしたら、ここに息子がいて、会いに来たのかもしれない。あるいは、結婚適齢期の太った娘。娼館に行きたいのかもしれない。太った娘も、娼館で働いていて、その娘に武器を売りたいのかもしれない。ここでは何でもありだ。

目覚ましのくぐもった音が彼の思考をさえぎった。ポリドリオは机の一番下の引き出しから布を巻きつけたものを取り出し、彼にしかわからない場所を押した。ジリジリという音は止んだ。彼は同じ引き出しからアスピリンの箱を出し、いらいらしながら「もういい。出てけ。いいからオアシスに帰って、そいつも連れてってくれ」と言った。

彼は薬を二錠、押し出した。頭痛はしなかったが、いま薬を飲まなかったら三〇分後には確実に頭痛が始まる。毎日、四時に。この周期的な発作の原因が何なのか、これまでまったくわかっていない。最後に行った医者は、レントゲン写真を光に透かして、正常範囲内変異云々と言い、ポリドリオに心理療法士のところへ行くように勧めた。心理療法士は薬を勧め、薬剤師はこの薬のことを聞いたこともなかったのでポリドリオを「賢人」のところに送り込んだ。この賢人は道ばたにしゃがみこんでいる四〇キロほどの痩せっぽちで、ポリドリオにまじないの言葉が書いてある紙を売りつけた。ベッドの下に敷いて寝るのだという。結局はポリドリオの妻がフランスから病院用の大箱のアスピリンを持ってきた。

精神的なものではない。ポリドリオは、これが精神的なものだと考えるのを拒否していた。毎日きっかり同じ時間に締め付けるような痛みをもたらす精神なんて、あるものか。午後四時は、何も特別な時間ではなかった。仕事のせいでもなかった、休日にも頭痛は来た。頭痛は四時に来て、眠りに就くまで続いた。ポリドリオは若く、スポーツマンタイプで、ヨーロッパにいた時と同じ食生活を送っていた。シェラトンのすぐ近くに輸入食品の店があったし、地元の水は歯磨きにも使わなかった。気候のせい？　それじゃあ、二四時間、頭痛がするはずじゃないか？

夜の孤独な時間、猛暑の毒のような息が蚊帳をぬけて吹き寄せてくるとき、見知らぬ海が見知らぬ岩に打ち当たるとき、ベッドの下で虫たちがあばれまわるとき、彼はそれが精神的なものでも、肉体的なものでもないのがはっきりとわかるような気がした。それは、この土地そのものなのだ。フランスでは、頭痛なんて一度もしたことがなかった。アフリカに来て二日で頭痛になった。

ポリドリオは薬を口に入れ、コーヒーふた口で流し込み、食道を下って行く穏やかな圧迫感を感じ取っていた。これが彼の毎日の儀式で、太っちょがおかまいなしで自分の話ばかりしながらそれを眺めているのが気にさわって仕方がなかった。アスピリンの箱をまた引き出しにしまいながら、彼は「ここが田舎のつまらんゴタゴタの引き取り所だと思ってんのか？　オアシスに帰れ。この土人め」と言った。

沈黙。土人。ポリドリオは反応を待った。反応はほんの一秒後に来た。太っちょは小さな目を面白そうに見開き、口を小さなOの形にすぼめ、片手を肩の高さでぶらぶらと振った。それからまたしゃべり始めた。オアシス、道路状況、パンチカード機。

ここに赴任してから、二カ月が経っていた。そしてその二カ月の間ずっと、ヨーロッパに帰りたいとしか考えていなかった。到着した当日に、自分の人を見る目は見慣れぬ顔には歯が立たないと思い知った（カメラがその代償だった）。彼の祖父はアラビア人だったが、早くからマルセイユに移住していた。ポリドリオはフランスのパスポートを持っていて、両親が離婚した後にはスイスの母親のもとで育った。ビールで学校に行き、後にはパリで大学に行った。暇な時間はカフェや映画館、テニスのコートで過ごした。彼はみんなに好かれていたが、何か争いごとが起きると「黒足」とののしられた。サーブにもう少しキレがあったら、プロになれたかもしれなかった。こうして彼は警察官になった。

彼の人生のいくつものことがただの偶然であったように、それも偶然だった。ある友人が彼を採用試験に一緒に連れて行ったのだが、友人は落ち、ポリドリオは採用された。訓練の間に、社会では色々な変化が起きたが、彼はあまり気にかけていなかった。彼は政治的な人間ではなかった。新聞も読まなかった。五月革命も、ナンテール大学の馬鹿者どもも、放水車の向こう側で口をパクパクさせている奴ら同様、どうでもよかった。正義と法律とは、彼にとってほぼ同じ意味だった。長髪の若者たちは気に入らなかったが、それも主に美的感覚の問題だった。サルトルは、十ページだけ読んだことがあった。彼の最初の恋人は別れの手紙に、あなたのことを説明するのには、あなたが何者でないかを言ったほうが、あなたが何者なのかを言うよりずっと簡単だ、と書いた。

ふたり目の恋人と彼は結婚した。一九六九年五月のことだったが、ポリドリオは妻を愛していなかった。彼女はすぐに妊娠した。一年目は地獄だった。アラビア語ができるために、かつての植民地への赴任を打診されたとき、彼はすぐに承諾した。絵のような砂漠の美しい写真集、居間の本棚にあった原始的な木の彫刻、ルーツが云々という話。彼はアフリカのことを何も知らなかった。

何よりも強く印象を残したのは、飛行場での知らないにおいだった。そして家族が来るまでの孤独な数週間。新聞の写真に写ったモン・ヴァントゥでのテヴネ。友人からの葉書には、雪を被ったアルプス。異臭とひどい頭痛。ポリドリオは、道で誰かが喉をゴロゴロと喘息みたいに鳴らさずにきれいなフランス語を話していると、立ち止まるようになった。旅行客たちの姿、あの気楽さ、楽しそうなブロンドの女たち。赴任取り消しを願い出たが、フランス政府は鼻で笑うばかりだった。一週が過ぎるごとに、彼はメランコリックになっていった。フランスの旅行客、フランスの新聞、フランスの製品。いつも群れになって押し寄せては、ポケットにマリファナ五百グラムを詰め込み、山から谷へぞろぞろと列をなして下りてきて、結局彼に逮捕される長髪族やロック・ファンどもさえ、何かしら心に触れた。馬鹿者どもだ。でもヨーロッパの馬鹿者どもだった。

太っちょはまだしゃべっていた。ポリドリオは机の上のコーヒーカップを脇に寄せた。間違いを犯そうとしていることはわかっていた。彼は両手で机の端をつかんで、上半身をぐっと乗り出し、奈落の底をのぞき込んだ。

「二〇ドルだって？」

手足を縛られた若者は、太っちょの重みの下で眠り込んでしまったようだった。

「刑事部長さまがお前にお言葉だぞ！」と太っちょは叫び、平手で若者の耳を打った。

「二〇ドルと野菜をひと籠だって？」とポリドリオは繰り返した。

「何だって？」

「そこのお前だ！」

「え、旦那さま、何でしょう？」

「ドルが少しばかりと、野菜ひと籠。そのためにティンディルマで四人も撃ち殺したって？」

「何だって？　四人を、どこで？」ぐるぐる巻きの若者はにわかに生気を帯びてきた。

「ティンディルマで、四人だ。四人の白人」

「生まれてから一度も、ティンディルマになんか行ったことないよ、旦那さま！　誓って言うよ！」

4　ＭＳクングスホルム号

性的な領域での征服は、エルスバーグにとって原子力開発についての機密情報と同じくらい、子どもじみた喜びとおしゃべりへの欲求をかき立てるものだった。ランド研究所の人びとに、彼はちょうどそのときつきあっていた恋人のことをこう話した。「彼女は全部の歯の間にすきまがあるんだ」

アンドリュー・ハント

ほんのひと言で説明が済んでしまう人間というのは少ない。ふつうは幾つもの文を重ねる必要があり、ごく平凡な人間を描くのには本一冊では足りないこともある。白いショートパンツ、白いブラウス、白い日よけの帽子に巨大なサングラスという姿でＭＳクングスホルム号の欄干にもたれ、半開きの口でガムを嚙みながら、近づいて来る岸辺の群衆を眺めているヘレン・グリーゼは、二つの単語で説明できた。美しい、そして頭が悪い。このふた言の説明だけで、知らないひとを港に送っても、何百人もの客の中からヘレンを見つけて来るのは間違いなかった。

驚くべきなのは、本当は描写の短さではない。驚くべきなのは、この描写が本当は少しも当たっていない、ということである。ヘレンは美しくなかった。ヘレンは美の基準を寄せ集めにしたようなもの、ボディケアとファッションの過剰だったが、本当の意味で美しくはなかった。彼女は遠くから眺めたほうがいい種類の女だった。彼女の写真のいくつかは、ファッション雑誌の表紙に使ってもよさそうなものだった――なめらかで、冷たく、豊かな曲線を描いている感触。しかしこの画像は、動き始めるやいなや、奇妙なとまどいを感じさせるのだった。ヘレンの表情は、どこかずれていて、上手く連動していなかった。引きずるような、甘ったるい声はゴールデンタイム前の連続ドラマの女優を思わせた。脚本に誰かが「金持ちで鈍感な」と演技の指示を書き込んだような。彼女の腕や手の動きはまるで面白おかしくホモの真似をしているようで、こうしたすべてと、化粧とおしゃれのしすぎのために、ヘレンを初めて見たひとは数分の間――もしかしたら数時間、数日の間――、彼女が口にすることはほとんどすべて論理的で、熟考されたものであるという事実に気がつかないということが起こりうる。彼女の思考は完璧に明確で、彼女はそれを苦もなく正確に言葉にすることができた。彼女の手紙を読むことは、もっと驚きだった。

つまり、ヘレンは「頭が悪い」の正反対であり、「美しい」の正反対ではないにしても、伝統的な美の観念からは遠くかけはなれていた。それでも、港で彼女を見つけて連れて来るのは簡単な話だった。あるいは、簡単だったはずだ。というのも、ヘレンはアフリカに来るのは初めてで、誰も迎えには来なかったからだ。

5　狂人の仕業

彼は私たちにすぐにも出発するように勧め、裏切りから守るために同行しようと言ってくれた。ふたりのすっかり途方にくれた外国人に対するこの老獪な野蛮人の親切さに、私は深く感動した。

ライダー・ハガード

被告人の名はアマドゥ・アマドゥ。状況証拠のどれをとっても彼に不利、状況証拠を総計すれば死刑判決は確実だった。アマドゥは二一歳か二二歳であり、ひょろっとした若い男で、両親と祖父母、それに一ダースほどの兄弟姉妹といっしょに、ティンディルマのオアシスにある犯行現場の農業コミューンから通りふたつ離れたところに住んでいる、あるいは住んでいた。

コミューンは主にアメリカ人、数人のフランス人、スペイン人、ドイツ人、ポーランド人ひとり、レバノン人ひとりから成っていて、全体で女性は男性の倍いた。彼らのほとんどは六〇年代の中頃にタルガート周辺の海岸地帯で知り合いになり、偶然、二〇キロ離れたオアシスにある屋敷に目をつけたのだった。それは安く借りられる三階建ての家で、ちょっとした土地がついていた。自然志向の、自己決定による生活という夢、社会的な自己組織の理想……。コミューン構成員の誰も、こういうユートピアの実践経験はなかった。始めは苦労してなんとか水を引いた畑からの収入に加え、地元の人びとから買い上げた素朴な工芸品を第一世界に輸出して生活を立てていたが、後にはたまに禁じられた物質の取引も行っていた。

長髪、饒舌でうろうろと歩き回るコミューンの住人たちは始め疑いの目で眺められていたが、オープンで助けの手を惜しまない態度のおかげで意外に早く隣人たちの好意を得ることができた。彼らは気さくに、気前よく手を差し伸べ、相手のほうは始めはためらいがちにだが、やがて思いがけないほどしっかりと手を握り返したというわけだ。互いの持ち物に目を見張り、髪の毛にさわりあい、食品が物々交換された。共に語り合い、ディスカッションを重ね、兄弟の絆まで持ち出されたほどだった。ちょっとしたお祭りがあったかと思うと、不穏な動きも出始めた。夏の間に、コミューンから経済的な利益を得ようとする招かれざる客の数がふくれあがった。医療、手工業、セックスのサービスも要求され、そのいくつかは提供された。その結果コミューンの内部言語では誤解と呼ばれるいくつもの面倒な衝突が起き、そのために地元民から身を引く動きがちらほらと見られるようになり、やがてそれが原則となり、純粋な商売関係だけにしようということになり、最後には屋敷の回りの一メートル六〇センチの壁をさらにもう一メートル高くすることになった。壁の上のまだ柔らかい粘土にガラスの破片を差し込もうという案は、たった二票の差で否決された。これらはほんの数ヶ月の間の出来事である。

コミューンの中で目立った存在は、スコットランドの実業家一家の御曹司エドガー・ファウラー三世とフランスの元兵士で放浪者のジャン・ベキュルツだった。ふたりが顔を合わせて素面でいることは滅多になかったのだが、そういう稀な機会に彼らはコミューンを作るアイデアにたどり着いたのだった。そしてすぐに熱狂を伝染させて仲間を集め――そのなかには魅力的な女性たちが目立って多かったのだが――、自分たちのいわゆる「哲学」をおおまかに決めた。

しかし砂漠はものの見方をたちまち変えてしまった。始めは議論活発なマルクス主義周辺のぼんやりとした領域に留まっていたのが、あっという間に家中に線香があふれ始めた。幅五〇センチほどのトロツキ全集はケルアックとカスタニェダの間でかび臭くなり、身をもって恒久的につながり合った人材（「単なる比喩ですよ」）という理想は数人の頑固な女性たちの反抗に会って挫折した。この物語の時期には、コミューンはちっぽけな経済的共同体になり下がって――その経済状況も創設期よりほんの少し改善されただけだった。

犯行の経緯その他をわかりやすくするために、ここでオアシスと呼んでいるものが何なのか、解説する必要がある。

考古学の調査によると、ここには古代の住居跡はない。一八五〇年ごろになっても、ティンディルマには粘土の家が三つと、砂漠にぽつぽつと突き出している針のような岩山の崖から出る乏しい水しかなかった。ここは地質学者に言わせれば円錐火山だった。頂上は海抜二五〇メートルだが、天気が良好な日でも、見渡せば海岸から休まず吹き付ける風が三日月形の砂丘に盛り上げた砂しか見えなかった。ただ西の地平線だけが青と緑にかすんでいた。

あまり使われていないキャラバンのルートふたつが交差する地点にあるこのオアシスは、マッシナ国をめぐる血なまぐさい争いによってやっと発展し始めた。散り散りになったフルベ族が、家財道具も家畜さえも持たずに南から逃げてきて、身につけるものも足りず飢え死にしそうになりながら、放牧生活から農業への転換を成し遂げたからである。三つから五〇に増えた粘土の家々が、ぼさぼさのアカシアの木とドーム椰子の間を縫って、いくらか穏やかな斜面を段々と上って行った。

生活は厳しかった。フルベ族たちは多くの移民たちと同じように、自分たちの耕す貧しい土地を逃げてきたもとの土地の名で呼んだ。ヌーヴォ・ティンディルマ。たったのひと世代で、この不幸なひとたちは十倍の数にふくれあがった。

この時代の歴史は、書き残されてもいないし、信頼するに足る伝承もない。残っている最初の写真は、一九二〇年代に撮影された、顔に傷痕のある男たちの白黒写真だ。光の消えた眼差しで、ソニークロフトBX型トラックの荷台の上に四角くぎゅうぎゅう詰めになり、回りの景色に埋もれたようなティンディルマに向かって均されたばかりの広い道路を揺られて行く、その背景には最初の三階建ての家が写っている。

三〇年代の終わりには、ふたつの出来事によってティンディルマは大きな変化を遂げた。そのひとつ目は、スイス人のエンジニア、ルカス・イムホーフが迷い込んできたことだった。彼は車が故障したのだが、地元の人びとに修理を邪魔されてしまった。大した道具もなく、ただ数人のハラティン奴隷の助けを借りただけで、イムホーフはその後の数ヶ月で四〇メートルもの深さの井戸をカファーヒ岩の脇に掘り、これによってオアシスは豊かな水に恵まれることになった。その後、イムホーフには厳かな式典できれいに掃除した点火プラグが手渡された（家族のアルバムより、正四角形の写真）。

ふたつ目の出来事は、南部での内戦が激化したことで、これによってティンディルマは武器や救援物資の密輸に格好の地点となった。きび畑を耕し続けたのは二、三の家族くらいで、他の人びとは畑はやめて夜の仕事に従事し、村にかつてない富をもたらすと同時に南側の斜面を死体で埋め尽くした。

時期を同じくしてアラビアの商人たちがタルガートから家族で移住してきた。黒いサングラスをかけて、うなじをきっちりと剃り上げたヨーロッパ人たちがオリーブ色の車でティンディルマを通るようになり、一九三八年には中央管理局が最初の警察官駐在所を置いた。警察がやってきても、しばらくは生活に何の変化もなかった。平穏な生活を愛するひとは、経済力が許す限りちょっとした私的な軍隊を備えればよかった。警察は主に自分たちの安全を守ることで手一杯だった。

無法地帯からとにかくも多少は文化的な生活への転換は、内戦が南から西へ移ったことで起きた。もう有り余っていた武器とはまた別の豊かさが、この地方でも求められるようになった。かつての密輸王たちは投資を始め、バーやホテルが建ち始めた。五〇年代の半ばには、しばらくの間だが小さな映画館もあった。アスファルトで舗装した道がオアシスの真ん中を数百メートルほど走り、フェンシングの弱々しい突きのように海岸へ向かい、砂に消えた。ふたつの小さいモスクがミナレットの指を黄色い空に突き立てていた。宗教は集落の生活に節度を与え、弱い者たちと正しい教えを守る者たちとの心の拠り所となり、明確な神の思想、教養とシャリーア法によって道徳と文化とを打ち立てた。

政府と宗教の組織が入り込んでくるのに並行して、この土地に暗い過去を思わせる名とは別の地名を与えようとする試みが何度かなされたが、地元のひとにも、アラビア人にも、一九七二年までにこの集落を地図に書き込んだふたりの地図製作者たちにも、ティンディルマ以外の名前は浸透しなかった。

一九七二年八月二三日水曜日、目撃者によると次のような事件が起きた。アマドゥ・アマドゥはほろ酔い加減で、彼のものではない水色の、錆びたトヨタに乗ってスークの近くにあるコミューンの中庭に入った。そこで彼は、コミューンの住人五名が口をそろえて供述するところによると、まずは何だかよくわからないサービスを売りつけようとし、さらにお茶を供されると性的なことについて淫猥でしかも解剖学的に間違ったことをしゃべりたて（証人四名）、または性的行為について哲学的考察を始め（証人女性一名）、その後おそらく誰も見ていない間に台所で勝手に酒を飲み、最後にはどこから取り出したのか急に銃を持って屋敷の中を駆け回り、金目のものを探した。共同の居間にあったハイファイ・ステレオセットにまず目をつけたのだが、ひとりでは運び出すことができなかった。スピーカーをいっしょに車まで運んでくれと言われた女性の住人が、ステレオはまだ分割の支払いも済んでいないからと言って断ると、アマドゥは彼女の顔を撃った。そこに駆けつけてきて、（言葉で説得して、それともどうやってか？）銃を取り上げようとしたふたりの住人も撃ち殺した。屋敷をさらに探していると（今度はまるで犬に紐を引っ張られているみたいに銃を前にかざしながら）、びっしりと紙幣の詰まった籠編みの鞄が見つかった（どこの紙幣かはわからない）。アマドゥは他のことは全部忘れて、籠編みの鞄を持って逃げ出そうとした。そのときにサンダルを片方、階段の隙間から落っことし、クローゼットに隠れていた住人をもうひとり射殺し、家を出がけに果物がいっぱい詰まった籠を台所の戸だなから摑んで逃げた。銃弾の音に反応して中庭に集まった三〇から四〇人の証人たちは、アマドゥがひとの群れを散らすために空を撃ちながらトヨタに飛び乗り、海岸への道に向かって発車するのを見た。しかし海岸まで半分ほど来たところでガソリン切れになり、小さい太っちょの村の警察官につかまって、その後すぐにポリドリオの事務所に突き出されたのだった。アマドゥは逮捕されたとき、サンダルを片方しか履いていなかった。まだ籠編みの鞄は見当たらず、ただ果物籠だけが砂漠に止まった水色のトヨタの助手席にあった。

温かいモーゼル銃がグローブボックスにはいっていた。この銃に適合する空の弾倉が後にコミューンの中庭で見つかった。階段下ではアマドゥが片足に履いていたものとぴったり対になるサンダルが見つかった。

　アマドゥは自分に向けられた個々の容疑については何も供述しなかった。彼は犯行全体をきっぱりと否定した。珍しいことではなかった。まだ男のひと言がすべてを決定するような国では、自白などというものは存在しないに等しかった。どんな捜査でも、どんな容疑者も言うことは同じ、すべての容疑は全く根拠のない作り話で、自分は名誉を深く傷つけられた、というのだった。容疑者や被告がわざわざ事実の別ヴァージョンを創作する場合には、大概細かいことは全く無視した。アマドゥも例外ではなかった。厳然たる事実を上手く論理的に繋ぎ合わせて空想の世界を語るなどということは、考えもしなかった。どうしてサンダルがコミューンの階段下に落ちていたのか？　空の弾倉がどうして中庭にあったのか？　どうして四〇人の目撃者がアマドゥをすぐに犯人と確認することができたのか？　アマドゥはただ肩をぴくりと動かすだけだった。そんなことは自分の知ったことではない、なんで自分に訊くのかまったく理解できない、その答えを見つけるのが警察の仕事じゃないか？　彼は適当な機械（テレタイプ機、コーヒーメーカー）を指さして、嘘発見機にでもかけてくれ、と言った。彼は唯一の真なる神に誓って、自分は本当に起きたことしか話せないし、本当のことならいつでも話す、と宣言した。自分、アマドゥ・アマドゥは砂漠に散歩に出ただけだ。天気がすばらしかったので、何時間も散歩した。（これは最初に思うほどあり得ない話ではなかった。オアシスの住人の多くは副業としてまだ密輸業を営んでいたのだから。）そのときに、いばらの茂みでサンダルをなくした。それから斜面の下で乗り捨てられた水色のトヨタを見つけ、鍵がかかっていなかったので中に乗り込んだ、というのも助手席においしそうな果物の籠があったからで、お腹がすいていたから果物を食べようかと考えていた。非難を受けるようなことは本当にこれだけだ、果物は彼のものではなかったのだから。しかしこの瞬間に、降って湧いたように現れた警察官につかまって、タルガートまで連れてこられた。グローブボックスにピストルがはいっていたなんて、知らなかった。

続く四日間、彼はこの供述をひと言も違えずに繰り返した。ただ一度だけ、四日目の夜に疲れきったアマドゥは、逃げる途中に籠編みの鞄を窓から投げ捨てたと言ったのだが、数分後にはまた否定し、後で確認しようとしてももう応じようとしなかった。眠らせてくれるのでなければ、もう何も言いたくない、と彼は言った。

被害者が外国人だったことが、事態を限りなく複雑にした。ポリドリオは一日目に取り調べを担当しただけで、二日目と三日目にはカニサデスが事件をティンディルマの警察に戻そうと試してみた。しかしそこで内務省から急に圧力がかかり、最年長のカリーミが担当に決められた。

内閣の一員がちょうどこのときアメリカにいて、軍事協力と経済援助をめぐって協議を行なっている最中に、この集団虐殺事件がアメリカのメディアに思いがけず大きく取り上げられたのだった。ヨーロッパ人の被害者はいなかったにもかかわらず、ヨーロッパでも注目された。首都には都合の悪い問い合わせ（フランス大使、アメリカ大使、ドイツの報道誌）が殺到し、これらすべての結果としてカリーミと検事一名がティンディルマのホテルに泊まり込むこととなった。表向きにはもう一度徹底的に捜査するため、実際には現場に詰めかけて来るジャーナリストに捜査の現状についての情報を漏らしたり、犯人の心神喪失ぶりをおどろおどろしく伝えるエピソードを広めるためだった。

被害者たちは誰もかれもドラッグ漬けのヒッピーで、砂漠でアンチ帝国主義の麻薬取引をしていたにしても、ひとたび大事が起これば第一世界にとってはつまりは国籍だけがものを言うのだった。

　アマドゥは自分のためにこれだけ大騒ぎになっているのも知らなかった。彼はその後も嘘発見機のコーヒーメーカーを指さし、父親の命にかけて、父親の父親の命にかけて、唯一の真実の神にかけて誓い、王と家族の助けを求め、拷問されようが、足の裏にねじを入れられようが自分は一ミリも真実からそれたりしない、と言った。

「足の裏にねじだって？」とカリーミは言った。「そんなことは、もちろんここではやらない。本当を言うと、おまえの自白が聞きたかったら、とっくにやってたかもしれないが。わかってるな。そんなこと、足なんか使わなくたって簡単だ。何も使わなくたって簡単なことだよ。ただし、誰がお前の話なんか聞きたがる？　誰がおまえの供述を聞いてくれるものか、考えてみたのか？　いったい状況証拠に一度でも目を通してみたのかい？」

　アマドゥは椅子の上でもぞもぞと動き、にやにや笑った。カリーミは弁護士に顔を向けた。「こいつに説明しようとはしてみたんですか？　あんな証拠の十分の一でも、ギロチン行きは確実でしょう」そして彼はまたアマドゥのほうを向いた。「おまえが何を話そうと、もうどうでもいいんだよ。ぐずぐずの豆料理みたいなへなちょこ裁判だって、おまえを無罪にはできないんだ。口を閉じても、しゃべっても同じだ。ただひとつの違いは、ちゃんと話せばおまえの家族は立派な遺体が受け取れるってことだけだ。お母さんのことを考えてごらん。いや、そうだ、違いはもちろんこれだけじゃなかった。もうひとつの違いはな、ちゃんと話せばトイレに行かせてやるってことだ」

　これまでほぼずっと黙って爪を噛みながら座っていた弁護士は、弱々しく抵抗を試みた。それから、依頼人とふたりきりで話をさせて欲しいと願い出た。カリーミは普段刑事たちがマリファナを吸うときに座っている部屋の隅のソファを指さした。

弁護士はアマドゥといっしょに隣の部屋に行くこともできたはずだった。あるいはカリーミ、カニサデス、ポリドリオに部屋の外に出てほしいと願うこともできた。しかし彼はアマドゥを七、八メートル離れたソファに連れて行き、くぐもった声で――しかし刑事たちにははっきり聞こえたのだが――状況証拠が明白で、もう逃げられないと説明した。そして人差し指を立て、アラーの目にはもう決着はついている、と言い添えた。地上の裁判では自白してももう何も良くも悪くもならないが、ただし無意味で名誉を傷つけるような経過は短くてすむ。だから、きみのような名誉ある男は……などなど。彼はスター弁護士というわけではなかった。農民のような顔をして、ぴったりしない黒いスーツを着て、その胸ポケットからはまるで助けを求める絶望の叫びのように芥子色の布がのぞいていた。刑事課では、アマドゥの家族がいったいどこからこの男を駆り出してきたものか不思議がられていた。きっと物々交換で報酬を受けるのだろうと考えられた。アマドゥには姉妹が六人か七人いるのだ。

「おやおや」とカニサデスは机の上を見て言った。彼はまるで子どものように喜んでいた。「おやおや。おやおやおや」

ポリドリオは時計を見て、ポケットからアスピリンを二錠出し、水なしで飲み込んだ。顎を突き出して、彼はしばらくシーリングファンを眺めていた。容疑者はまだ身振り手振りで自分のヴァージョンを主張していた。砂漠で散歩、サンダル、果物籠、逮捕。アマドゥがソファの上で身をよじり、弁護士が自分の意見を小学生のように辛抱強く三回、四回と繰り返している間に、ポリドリオはふと容疑者の眼差しを捉えた。これまでに見たことのない眼差しだった。これはどういう目だ？　あまり頭が良くない人間の絶望の眼差しだ、モノトーンに続く弁護士の言葉の波にひたって、自分の人生がもう終わりだとやっとこの瞬間にわかり始めた人間の目、動かぬ証拠があるにもかかわらず、ほんの数分前までギロチンから逃れるチャンスがまだあると思っていたに違いない人間の目、絶望しているだけではなく、驚いているような目、もしかしたら、とポリドリオは考えた、無実の男の目。

彼は書類をぱらぱらとめくった。

「指紋はどこだ？」

「指紋って、何の」

「凶器のだよ」

カリーミはチョコトリュフの銀紙をむきながら首をかしげた。

「目撃証人が四〇人もいるんだよ」とカニサデスが言った。「それにアシズは休暇だし」

「他の誰だってできるだろう？」

「誰だってできるって？　おまえできるのかよ」ライフ誌のリポーターと会う約束があって、どうしても明るいうちにティンディルマに帰りたいカリーミは鼻息を荒くした。「それにアシズにだって限界はあるんだ。宮殿の衛兵所の事件のときには、一週間も敷地内を閉め切って、指紋を四百も集めたはいいが、そのうち、たったふたつだけ確認できたのは管理人の八歳の息子のだったんだ」

ポリドリオはため息をつき、しゃべるのをやめた弁護士のほうに目をやった。

アマドゥの頭は半旗のように垂れ下がっていた。

6　シェークスピア

マサチューセッツ州ボストンの医学部医師団からすばらしい手紙をもらったことがある。私は彼らの一番手術したい人物に選ばれたのだった。
ダイアン・ソーン

ヘレンは自分の与える印象のことをずっと知らないでいた。自分のことは写真か鏡でしか見たことはなかったのだ。自己評価としては美人な方で、いくつかの写真では息を飲むほど美しいと思っていた。自分の人生はしっかりと手に握っていて、とくに幸福でも不幸でもなく、男にも困っていなかった。とにかく女友だちのみんなより困ってはいなかったし、どちらかというとあまり困っていない方だった。ハイスクールにはいったときから数えて七人か八人くらいと付き合い、その全員が大体彼女と同じくらいの年齢で、とても優しくて、とてもしつけが良くて、とても運動神経が良く、恋人に頭脳なんてものがあったらかえって邪魔だと思っているような青年たちで、ヘレンの頭脳にも滅多に気付くことはなかった。

ヘレンは全く気にしていなかった。男たちが、自分の方が精神的に上だと思いたがっていても、ヘレンは別に気を悪くしなかった。こうした交際は大概あまり長くは続かなかったが、さっさと破局を迎えればヘレンはまたさっさと次を見つけるのだった。へその見えるTシャツでキャンパスを一回りすれば、ヘレンは三人から夕食に招待された。ときどき気になった問題は、どうして本当に魅力のある男性は彼女に絶対に声をかけてくれないのか、ということだった。彼女にはどうしてもそれがわからなかった。気分が落ち込むことは彼女にもあったが、それも他のひとと同じくらいだった。小説を読んで、一番美しい女性というのは一番幸薄いものだとわかっていた。彼女はたくさん本を読んでいた。

彼女の自信に最初のひびがはいったのは、ゼミでの発表の準備のために自分の声をテープに取ったときのことだった。ヘレンはこの録音をきっかり四秒聞いて、その後は二度と再生ボタンを押す勇気が出なかった。宇宙人か、テックス・エイヴェリーのアニメのキャラクターか、しゃべるチューインガムか。自分の声が変に聞こえることがあるということはわかっていたが、テープから聞こえてきた音はあまりにも変だった。始めは機械が壊れたのかもしれないと思った。

ヘレンにテープを貸したニキビ面の化学の教授は、頭の中で共鳴する骨や空間が、自分の声を実際より低く、響き良く感じさせるのであって、テープを聞いてびっくりするのは普通の反応だと説明した。教授自身はカストラートのような甲高い声で、話している間じゅうヘレンの胸元から目を離すことができなかった。彼女はこの方面での実験は止め、この一件は忘れた。それはプリンストン大学での一年目のことだった。

ヘレンは苦もなく入学を許され、競争率の高い奨学金を手に入れたのだった。しかし新入生の誰もと同じように、これまでと違う細々とした習わしでいっぱいの世界に踏み込むということに強い不安を感じていた。学生寮では、これまでの人生で感じたことのない孤独感に襲われた。ヘレンは勉強に没頭し、どんなにつまらない儀礼的なおしゃべりも避けず、週のほとんどの夜を決まった予定で埋めようと努力した。

英文学を研究していた知人の紹介で、ヘレンは年に四、五回、古典戯曲や、ごくたまには現代ものを上演している素人芝居のグループに出会った。ほとんどの参加者は学生だったが、主婦がふたり、よく全裸になりたがるもと教授がひとり、若い線路工事人もひとりいた。線路工事人はグループの隠れたスターだった。二四歳で、映画俳優のような顔にギリシア彫刻のような肉体だったが――ひとつだけ困ったことに――台詞が覚えられなかった。ヘレンが三年間もエリザベス朝時代の演劇に打ち込んだのは、この線路工事人のためでもあった。

最初は端役がもらえただけだったが、後には「じゃじゃ馬ならし」のビアンカや、「ドロテア・アンガーマン」の題名役を演じた。ヘレンは才能がないわけではなく、一度は輝くようなヒロインを演じてみたいと思っていたが、一番いい役は、彼女の思うに才能ではなく経験のあるほうに振り分けられているようだった。デズデモーナの役をもらうのは、一番経歴の長いひとに決まっている。

そしてグループは「熱いトタン屋根の猫」を上演することになった。それも、戯曲を上演するというよりは映画版のまねだった。線路工事人は輝くばかりにポール・ニューマン役をこなし、お手本にびっくりするほどよく似ていて、あまりにかっこ良く松葉杖を使って舞台を歩き回ったので、プロンプターとのやり取りもまるで劇の巧妙な一部であるかのように見えた。生物学を勉強して四年目の、すばらしい黒髪の学生がリズ・テイラー役だった。ヘレンはメイの役だった。信心くさい家庭の、信心くさいメイ。彼女はウエストを五倍くらいにふくらまし、髪には灰色の粉をふりかけ、高い頬骨の下をりんごのように赤く塗り、じゃがいも袋のような服を着て、もと教授の子どもたちを猪首の子どもたちとして連れていたが、子どもたちには実際にはちゃんと首があったので、首コルセットをはめさせられていた。子どもたちは口にスポンジを詰められ、しゃべるかわりに子音のないもごもごとした声を発し、観客に熱狂的に受けた。

グループの指導をしていた大学の教員が、初日の様子を八ミリカメラで撮影した。学校にはいったとき以来、動画に撮影されたのはヘレンにとって初めてのことだった。その鑑賞会で、ヘレンは席を外さなければならなくなった。そしてトイレに行き、ちらりと鏡を見やると、吐いた。こちこちに真っすぐな姿勢で、彼女は部屋にもどり、一時間半の間スクリーンのわずか横を見据え、フィルムの回る単調な音に耳を澄ませた。次の上演作品はシュニッツラーの「輪舞」だったが、今度はどんな役が彼女に回ってくるのかという問題に答えが出るより早く、彼女は演劇グループを抜けた。

教員は彼女がやめたことを残念に思ったが、他の人びとはとくに気にも留めなかった。ヘレンが舞台上でどれだけ完璧に滑稽で精神性に欠けた人物を演じ抜いたか、誰も気に留めるものがいなかったように。役と重なるところがあったのは確かだが――正直に言うと役とぴったり重なっていたのだが――ヘレンはこの人物をほとんど演技とは思えないくらいに表現していた。あの表情、あのイントネーション！　しかし誰も注目するものはいなかった。最後の拍手の最中に、ヘレンはもう一度だけスクリーンを見た。メイが木綿布の垂れ下がった奇怪な服で一歩前に出て、ふたりの猪首の怪物たちの肩に気取った身振りで手を置き、口元をおそろしく愚鈍な微笑みにゆがませたとき、騒音と口笛のボリュームが二倍に上がった。これがカタカタと鳴るフィルムリールの最後の映像だった。

これに続くささやかなパーティーで、ヘレンはしたたかにワインを飲んだ。そしてこのグループから最終的に別れを告げる前の最後の行動として、線路工事人の耳もとに「今夜はあなたを押し倒してみせるわ」とささやいた。そして反応を待たずに住所と時間を告げた。こうして意図的にどぎつい言葉を使ったことで、ヘレンはうまくいかなかったときの言い訳を最初から考えていたのだったが、それでも気が気ではなかった。

しかし失敗は訪れなかった。夜中の一時に、学生寮の木のドアを爪で引っ掻く音がした。ポール・ニューマンはまるで墓地からかき集めたような花束を持ってきたのだが、ヘレンが花には目もくれずにそのまま洗面台にぽいと投げ入れ、ワインをもう一本開けたのを見てほっとした。夜明けに彼は嗚咽しながら、自分には婚約者がいる、と打ち明けたのだが、ヘレンは無関心にぴくりと肩を動かしただけだった。そしてふたりは二度と会うことはなかった。

白いタオル地のバスローブをまとって、ヘレンは学生寮の廊下を忍び足で歩き、頭を垂れて二階上まで上ると、親友のミシェル・ファンダービルトのドアを叩いた。もしかしたら親友ではなく、ただ一番古い友人というだけだったかもしれない。ミシェルとヘレンは小学校のころからの知り合いだったが、交友関係の始まったまさに一日目からこれまで、ふたりの少女の間には権力の歴然たる差が存在していた。

初めのころの最も恐ろしく、最も典型的な思い出のひとつが、カナリア事件だ。三年生のときだったか、もっと前だったかもしれない。ふたりが床に散らばったおもちゃの間に座っていると、隣の部屋でミシェルの弟が金切り声を上げるのが聞こえた。その数秒後には、小さな黄色い羽根の塊が敷居をこえて子ども部屋に転がり込んできた。その小さな頭はぶらぶらと揺れながら横に垂れ下がっていた。ミシェルはパニックを起こして飛び上がり、羽根の塊はまるで風に吹き倒されたように転がって、ころころと廊下まで出て行き、あやうく階段から落ちそうになった。ヘレンが道をふさいだ。弟はヒステリーを起こしてうろうろと駆け回った。ファンダービルト夫人は気絶しそうにソファにくずおれ、両手を拒絶するように前に突き出し、ミシェルはヘレンに向かって「助けてやって！　助けてやってよ！」と叫んだ。

八歳のヘレンは、動物を飼ったこともなく、この鳥が籠の外にいるところも見たことがなかったのだが、そっと鳥を手に乗せると一本指で頭を押し上げてみた。頭はまた垂れ下がった。鳥を寝床に連れていくか、首の骨をマッチで固定しようとヘレンは提案したが、だれも反応しなかった。結局ヘレンはファンダービルト家の居間に行き、百科事典を開いた。カナリア、救急、頸椎損傷、骨折、半身不随と色々な項目を調べてみた。それからミシェルに、医者か、鳥を飼っている友だちに電話したら、と提案した。

ファンダービルト夫人がなんとか獣医をつかまえて電話で相談すると、獣医はかわいそうな動物を苦しみから救ってやるように、と勧めた。ファンダービルト夫人は受話器を突き放して、獣医の言葉を繰り返し、助けを求めるように辺りを見回した。しかしファンダービルト家の誰も、必要な処置を行なうことができなかった。そこでヘレンがかわいそうな鳥を哀れんでやった。彼女はカナリアをビニール袋にそっとはたきこみ、両膝で袋の口を押さえて、ブリタニカ百科事典の一冊で袋の中の三次元のものが二次元になるまで叩き続けた。それから真っ平らになったものをみんなで庭に葬った。ファンダービルト夫人はカーテンの影で泣いていた。

ミシェルはこの日、新しい友だちに対して恐怖の混じった尊敬を抱き、それはその後何年もの間ヘレンに対する感情の中心となった。ときどき、（とくに思春期には）この畏怖の念の他にも様々な感情が行き交った。理解できないという気持ち、熱狂、怒り、嫉妬、冷淡にしようという試み、同情に近いもの……しかし、こうした矛盾する感情の対象であるヘレンがその移り変わりに全く無頓着であるという事実が、畏怖の念と心からの愛情をさらに深めるのだった。

といわけで、映画上映の翌日はミシェルにとって特別な日となった。親友が弱さを見せた、これが最初で最後の日だった。白いバスローブに包まれた悲嘆の塊が、自分の部屋に忍び込んできたかと思うと、ハーブティーと慰めとを要求したのだ。この滅多にない機会に動転して、ミシェルは傷口にナイフを差し込んでひねるようなことをした。誰だってそうなのよ、と彼女は叫んだ、誰だって最初は驚くの、私だってこの前偶然自分の声を聞いて仰天したんだもの。確かにヘレンの場合は身振りの問題もあるわね、それに表情も合わせるとやっぱり、正直に言うと、その……でももう何年も見てると……ね、それが友情ってもんでしょ……最後には慣れるものよ。私は、別に何とも思ってないのよ。

ミシェルはゼミではたいして口が立たなかったが、ふたりきりの親密な会話なら、大量のテキストの塊を並べ立てることができた。ミシェルから見ればこんなことは本当にささやかな事件だったのだが（恋の悩みとか、何かの失敗とか、飼い猫の病気とかのほうが刺激的だった）、彼女が後に「テープ事件」と呼んだこのことについて二時間も休まずしゃべり続けた。

ヘレンは話の内容は全く聞かず、ただその長さだけを感じ取っていた。深刻な問題でなければ、二時間もしゃべり続けるはずがない、と彼女は考えた。

数ヶ月の間、ヘレンはボイスレコーダーを使ってもっと早くて明瞭な発音を練習したが、効果はなかった。同時に身振りから気取ったような、引きずるような動きをぬぐい去ろうと、自分が面白いと思えたり、自分の体にふさわしいと思えるものからはできるだけ遠くかけ離れたスポーツを探して、空手にたどり着いた。たったふたりの女性の片方として、大学の空手コースに申し込みをして、四週間後にはもう、人生の色々なことは変えられても、生まれつきの体質のいくつかは変えられないものだと悟った。ヘレンはより力強く、器用になったが、身動きの仕方は何も変わらなかった。彼女は稽古着を着たメイ、横蹴りをするメイ、寝技をかけるメイでしかなかった。憂鬱な時代だった。

努力は報われなかったというのに、ヘレンは空手を止めなかった。大学でのコースが取りやめになると、私立のスポーツ学校に移ってまで続けた。そこではただひとりの女性で、ほぼすべて近くのポリス・アカデミーからの警察官である他の受講者全員の注目が彼女に集まった。

大学を修了したとき、ヘレンは妊娠中絶を二回済ませ、二種類の格闘技での黒帯を持ち、三人か四人の警察官と付き合った後だったが、人生の計画は何もなかった。頬骨が角ばって、目と口のまわりに最初の小じわができたことで、彼女の顔には自分を捨てようと無理に行なった修養で目指したものとはまた違う硬質な感じが生まれていたが、それも似合わないものではなかった。彼女は化粧をし始めた。

「内なる声に耳を澄ますのよ」とミシェルは言ったが、彼女と違ってヘレンは自分の中にそんな声を見いだすことはできなかった。普通の市民生活といったものは彼女には異質なものだった。ふつう二五歳の人間にはそんなことはほぼ無理か、できても不完全なのだが、もし彼女に自分の感情の種類やその強さを他の人間のものと比べることができたならば、彼女は自分が冷めた人間だということを認めざるを得なかっただろう。他の人びとが熱狂するような場面も、彼女にとっては印象派の絵のように美しい絵葉書やひと群れの子猫たち、あるいはグレース・ケリーの婚約くらいにしか感じられなかった。注意深く観察するのでなければ、ヘレンには全く情熱というものがないと思えるかもしれない。しかし彼女の白昼夢には奇妙な像があふれていた。火事で崩れ落ちる家から、喉をぜいぜいいわせている子どもをふたり抱えて出て来る消防士……カウボーイハットを振りながら、原子爆弾にまたがって谷底に降りて行く飛行士……十字架にかけられたスパルタクスの足もとで、ジーン・シモンズが慟哭している……please die, my love, die now……彼女は英雄的な題材が好みだった。

7　ルントグレーン

中国人を物語に登場させてはいけない。
ロナルド・ノックス「探偵小説の十戒」

　ルントグレーンは困ったことになっていた。彼は死んでいた。ティンディルマの東にある排水溝から、しっかりとした縁縫いのある靴を引っ張って彼の遺体を取り出したときには、服の型から彼がヨーロッパ人だったことがわかる程度だった。遊んでいた子どもたちが彼を見つけ、四人の男たちが遺体を引きずり出した。誰も、彼が何者なのか知らなかったし、どうやってオアシスに来たのか、何が目的だったのかも知らず、誰も彼を探してはいなかった。

　コミューンでの大量虐殺から三週間しかたっていないのに、また白人が殺されたというので、砂漠の住人たちは快い興奮に陥った。指先でつまんだり、棒でつついたりして、死人のスーツのポケットを探したが、何もめぼしいものは見つからなかった――というより、全く何も見つからなかった――ので、死体をまた排水溝に投げ込んで彼の運命にけりをつけた。

　オンコセルカ症で目が悪いため、いつも子どもたちに帚の柄を引いてもらっているトゥアレグ族の老人がひとり、数日の間犯行現場に留まって、片手一杯のピスタチオ、火酒一杯といったわずかな施し物で恐ろしげな話を披露した。老人はトパーズのように青くてもう瞳のない目で、聞き手たちの頭を通り越して遠くを見つめながら、死体発見の前日に砂漠にいて、空からの不気味な音に驚かされたと語った。いっしょにいた子どもたちは怖くて歯をがたがたさせ、膝を打ち合わせたが、ムッサ・アグ・アマッタンのもとで戦った老戦士たる自分は超音速F5型機の爆音だとすぐにわかった。そうだ、子どもたちはすぐに極細の飛行機雲が空に伸びていき、その真ん中で金色のパラシュートが開いたと伝えてくれた。このパラシュートとその影は、カーファヒ岩の絶壁の上でまるで求愛する鷲のようにくるくると舞い、その少し後に高級なスーツを着た男が四つん這いになって山から泥の家々の茂みにもぐりこみ、パラシュートを黄金の鋤のように引きずりながら消えていった。

とくにパラシュートが聞き手たちみんなの気に入った。語り手は後にさらにスポーツカー、諜報員、鉄パイプを持った四人の男を付け加えたが、数日後にはもう全員がその話を聞いたので、お金を稼ぐことはできなくなった。人びとはまた四方に散っていった。

真実を言うと、パラシュートは存在しなかった。鉄パイプも存在しなかった。真実は、誰も何も見なかったということである。オアシス中で、何かを知っていたのはただひとりで、このただひとりはしっかり口を閉じていた。それはルントグレーンが到着した日に宿を取ったところのおかみさんで、貸している小さな部屋に主人をなくした荷物が置いてあり、荷物にはすばらしい品物が詰まっていたから、黙っていたのだった。

ルンドグレーンは目立たずにオアシスに到着した。彼は列車でタルガートへやってきた。そこで彼はジェラバを被り、変な付け髭を張り付けて、乗り合いタクシーで道中ひと言も口を利かずに砂漠にやってきたのだった。ティンディルマの数キロ手前でタクシーは故障し、急がなければと思ったルントグレーンはロバの引く車に乗り換えた。彼は御者にチップを渡して、とある小路を通らせた。それからしばらくぐるぐると乗り回したあと、例の小路からふたつ通りを離れたみすぼらしいバーで車を降りた。バーの上にはみすぼらしい小部屋があり、普段はみすぼらしい商人たちが泊まっていた。しかしその日はアラビア語とフランス語で空室と書いてあった。ルントグレーンは当地の二つ星ホテルに予約をしてあったのだが、素人じみた真似をするつもりはなかった。彼は小部屋を見せてもらった。

もう百歳かというようなおかみさんは、彼を二階に通した。おかみさんの顔は皺でできていて、そこにふたつ開いている穴が目だった。顎をずっと動かして何かを噛んでいて、どちらか低い方になった口の端から黒い汁が垂れていた。彼女が低い扉を開けると、その向こうには洗面器とマットレスがあり、電気はなかった。ゴキブリが壁と床の間の角を一列になって逃げていった。ルントグレーンは誠実そうに――愛想よく――微笑んで、二週間分前払いした。ゴキブリは気にしなかった。わかりきったことだ、アラビア人のいるところ、ゴキブリあり。彼はビニールシートを広げ、おかみさんにも手伝ってもらってベッドに敷いて、垂れ下がった縁に黄土色のねばねばしたペーストを塗った。それからフリット・スプレーで部屋中にもやをかけると、ドアを閉めた。これで一発、皆殺しだ。

老女はとくに感心もしなかった。台所でルントグレーンに食事を勧めたが、彼は丁寧に断った。彼女は自分で蒸留した火酒をエプロンの下からひと瓶取り出したが、彼は宗教的理由でアルコールは飲まないと言った。それから老女は次々と、コーヒー、本物の豆のコーヒー、レンタカー、娼婦、自分の孫娘、と勧めた。小さい娘よ、まだ絶対に十歳にもなってないんだから！　彼女は薄くてひび割れた唇でぴちゃぴちゃと音をたて、この親戚の子がいかに新鮮かをアピールした。ルントグレーンは老女を見つめて考え込み、ちょっとしたチップを与えると、家の鍵を渡してもらい、自分の名前はヘルリッヒコッファーだが、誰にも言ってはいけないと言った。それから彼は上唇の髭の具合を直して、一歩を踏み出した——死に向かって。

8　タラップで

顔がよくて、いい服を着ているなら、あなたには
人生の目標なんて必要ない。

ロバート・パンテ

タルガートで一時上陸するのではなくて、船を降りる女性客としては、ヘレンは驚くほど荷物が少なかった。小さな子牛革の鞄と、もっと小さな黒いプラスチックのハードシェルの鞄だけ。乗務員長は客に別れの挨拶をしていたが、真っ白な服を着たプラチナブロンドの女性を見ると、言葉に詰まった。

「ごきげんよう、ミセス……」

「ごきげんよう、ミスター・キンセラ」

タラップは乗客たちでいっぱいだった。陸の上では、ふたりの水夫が灰色のジェラバを着た人びとの群れを押し戻そうとしていた。ひしめく荷物運び、ホテル仲介業者、スリたち。商品を体中から垂らした商人や不具者たちがてんでに怒鳴り、子どもたちが声を合わせて叫んでいた。「ペンをちょうだい！　ペンをちょうだい！（Donnez-moi un stylo!）」

これが、ヘレンが大学時代以来初めて聞いたフランス語だった。彼女がサングラスで髪をかきあげ、鞄を開けて何か筆記用具を探すべきだろうかと考えた瞬間、誰かが鞄に手をかけた感触があっ

た。小さな少年がタラップの半ばまで駆け上ってきていた。むきになったような顔で、少年は鞄をぐいぐいと引っ張った。運んでくれるのかしら？　盗もうとしているのかしら？　ヘレンは鞄の取手をしっかりと握りしめた。少年は——フェルトのように絡まった髪、細々とした肩——黙ったまま絶望的な戦いを続け、ついに鞄の留め金が外れて色とりどりの中身が弧を描いて海に散って行った。口紅、クリーム、瓶、コットン、そして最後に鞄が優雅に羽ばたいて落ちた。ヘレンは一歩後ろへよろめいた。すぐにミスター・キンセラが階段を駆け下り、下からは水夫のひとりが乗客たちを押しのけて上ってきた。挟み撃ちにあった少年は手すりの綱をくぐって船と船着き場の間の細長い海にぽちゃんと飛び込んだ。上部デッキにいた酔っぱらいが拍手し、少年は犬かきでどうにか逃げて行った。

「アフリカへようこそ、ですね」とミスター・キンセラは言い、もうひとつの鞄をタクシーまで運んで、いつまでもヘレンの後を目で追っていた。

タクシーの運転手は左腕しかなく、膝でハンドルを押さえながら体をねじってギアチェンジをした。「地雷」と彼は言い、つるりとした右肩をすくめた。彼がしゃべったのはこのひと言だけだった。そこからは海岸の山を登る狭く危険なヘアピンカーブだった。

シェラトンホテルは山の上にある唯一の建物ではなかったが、二〇階の高さで唯一、密林の上にそびえていた。

ホテルが建てられたのは五〇年代で、建築家は後から壁に貼り付けられた色鮮やかなモザイクや尖ったアーチやムカルナスといった民俗学的要素と機能性との間で上手く決心をつけられなかったようだ。最悪の折衷様式。しかしこのホテルにとても人気があったのは、この悪趣味のおかげだけではなかっただろうが、いくらかそのおかげでもあったのは確かだ。シーズンオフでも、かなり前から予約しなければならなかった。

私の両親は九階の二間続きの部屋を借りていて、鍵をかけたドアの向こうで秘密のことをするためにしばしば私を外に送り出し、その度に私はホテルの敷地内を偵察して回った。プールの管理人がタオルを配っているところを見せてもらったり、レストラン前でドロステ社のココアの不思議な広告を眺めたり、バーのきれいなお姉さんがストローを種類別に分けるのを手伝ったり。最初に覚えたフランス語「九一八番（numéro neuf cent dix-huit）」で山ほどレモンシャーベットとコカコーラを注文し、エレベーターで地下室から屋上まで上ったり下りたりした。私はホテルの従業員たちに気に入られていた。私は五輪のマークがついた白いTシャツを着て、短い革ズボンに赤いハート型のポケットがついたのを履いていた。

来る日も来る日も私の鼻先でドアを閉めるように両親をしむけた秘密というものがどんなものか、私は知らなかった。私はまだ七歳だった。私にわかっていたのは、それはセックスとは関係がないものだということだけだった。性的行為はタブーだった、というのも精子のなかにすべての生命力がこもっているのであり、だから精子は体の中に収まっていなければならないのだ。それが偉大なるシュリ・チンモイの教えだった。いま振り返れば閉じたドアは、私たちがタルガートを散歩するときには私のズボンつりの斜めに重なったところの裏に安全ピンで留めることになっていた小さなビニール袋と関係しているのだろう。しかし私は事情を知りたがるような好奇心も持たず、自分の運命に不満でもなかった。屋上に立っているのが、一番好きだった。

シェラトンの屋上テラスから海側を見ると、タルガート湾と小さな港を見渡す目のくらむような絶景が広がっていた。ホテルの一部である白いバンガローがたくさん、山腹にまるで角砂糖のように散らばっていた。錆びた貨物船、砂色の家々、泥の小路が半円になって海を囲み、港には二週間ごとに白く輝く豪華客船が波に揺られて停まっていた。巨大な、波に浮いた宮殿のような船は、ある人びとには富と悦楽、他の人びとにはただ富を意味していた。東側からは、山の背をわずかに超えて遠く内陸まで見渡せた。そして緑のブロッコリーのような密林、プランタージュ、スラムの向こう、限りない砂漠まで、そして晴れた日には地平線にティンディルマの針のような岩山が揺らいでいた。

屋上で、レモンシャーベット五玉の向こうに弧を描く地球を眺めて、私は完璧な幸せを味わった。砂漠側にいるときには、私はロンメル元帥となり、ヒトラーの厳命にもかかわらず配下の兵士たちを救出しているところだった。海側ではヤーコプ・ロッヘフェーンとなり、前人未到のイースター島を発見し、そしてその合間に時々は自分に戻ると、五〇メートル下で建物からぞろぞろと出て来るブロンドや茶色や黒髪の蟻たちの頭に唾を吐きかけようとした。しかしそこに届くまでに唾は風にさらわれて、大概は青い日よけに当たるのだった。一九七二年の八月最後の日に屋上に立って、あのアメリカ人観光客の女性と片腕のタクシー運転手を見たのが、本当だったのか、それとも後から写真を見てそう思い込んだのか、もう定かではない。確かなのは、ヘレン・グリーゼはカウンターでバンガローの鍵を受け取ったあと、彼女の小さな子牛革の鞄を持った若いボーイといっしょに建物を出たということだ。ボーイは歩きながらまるで歌でも口ずさんでいるように頭を左右に揺らし、道を渡るときに何度もさりげなく、そしらぬふりでプラチナブロンドの女性の手を握ろうと試みた。

ヘレンのバンガローは海へと丘を下った中ほどにあった。部屋がふたつにキッチンがあり、海の見えるテラスがあって、ドアの上には黄色と青のアラベスク模様のモザイクがあり、そこには赤い石で５８１ｄと記されていた。その当時、いくつもの雑誌に載ったこのドアの写真は、私の机の上に飾ってある。

9　スパスキーとモレスキン

先ほど述べた出来事と同じくらいにつまらない、どうでもいい宮廷の噂話でこれに続く四年間の報告を埋めなければならない。

スタンダール

カニサデスは地元の人びととうまくやっていくことができた。彼はこの国の北部の小さな町の出身で、独立戦争以降には役所の事務職に成り下がった彼の家族はもとはと言えば上流社会に属していた。ポリドリオと同様、彼もフランスで大学教育を受けた。二年間住んでいたパリのエリート寄宿舎では、母親はユダヤ人だと言っていたが、それは嘘だ。タルガートでは、フランスの企業家一族の出身だと言っていたが、これも嘘だ。しかしその他の点では、カニサデスは悪い人間ではなかった。自分の経歴を軽々と思いつきで変えてしまうことも、エレガントな振舞いや、中央ヨーロッパではべたべたしたと言われそうだがここでなら人びとの心をぱっと捉える種類の魅力と同様に、彼に生まれつきのものなのだった。彼はポリドリオの少し前にタルガートに赴任したのだが、ポリドリオとは違ってここの空気に慣れるのに全く苦労しなかった。二週間後には町の誰もが彼のことを知っていた。海岸通りのマリファナの煙漂う安酒屋にも、アメリカ人のインテリたちの豪邸にも出入りし、その間に任務も充分にこなしていた。

しかし新しい同僚を町の社交生活に引き入れようとする試みだけは、あまりいい成果を上げていなかった。ポリドリオを説得して色々なところに連れて行くのは簡単だったが、カニサデスがわけへだてなく熱心につきあっていた様々なグループと、ポリドリオはどうもしっくりこなかった。気の置けない友だちとの夜あそびよりハイ・ソサエティーのパーティーの方がいいなどとは思いついたこともないし、世間に対する見栄というものとは自分自身が無縁なために、ポリドリオは見栄のために何かする人たちがいるということも想像がつかないのだった。

それでもまだなんとかなったのは、深夜に娼館を訪れることだった。長い書類の夜にカニサデスが段取りの仕方を教えて以来、港の一角を訪れるのはポリドリオの習慣になった。ただし、いったい何か楽しくて通っていたのかは定かでない。性的な満足のためとは考え難かった。それにしてはその回数が稀すぎた。

そこで働いている女たちはひどい育ちで、学校へ行ったことのあるものなどなく、もし彼女たちが知的な欠陥の埋め合わせに思いやりが深かったり体が器用だったりするのだろうなどと考えるひとがいるならば、それはあて外れだ。

ポリドリオは彼女たちの生業を蔑み、自分が彼女たちとしていることを恥じ、自分が本当はしたがっていることを彼女たちから要求するには気が小さすぎた。彼を魅了していたのはむしろその雰囲気、日常からのかすかなズレ、職業柄本当は正さなければならないはずの秩序の乱れ、そして何よりも言い表しがたいあの興奮だった。彼は女たちとおしゃべりするのが好きだったが、その間にも、もしその気ならいつでも彼女たちをどうにかすることができるのだという意識が彼を特別な精神状態へと追いたてるのだった。港へと向かう途中で必ず訪れるこの興奮を、ポリドリオはいつも何か底知れぬものと考えていた。なにか深く不安を駆り立てるもの、魔性のもの。それはポリドリオのような単純な人間には好ましく思えた。自分の性格にも、やっぱり隠された深層というものがあるのだろうか？　自分を飲み込もうとする淵が？　とは言っても、彼の考える魔性のものという概念は、女性雑誌が精神分析について知っている程度のもの以上ではなかった。

自分の良心を鎮めるため、彼は馴染みの女たちに証拠品の部屋から持ち出した貴重な化学物質や役所の書類、家宅捜索の情報などを流した。こうしたことも、娼館に通う警察官なら誰でもやっていたことだというのに、ポリドリオは少し不気味で、底知れず、スキャンダラスだと感じていた。しかし本当に不気味だったのは、彼の手取りの三分の二がこの淵に飲み込まれていったということだ。ポリドリオの妻が何も知らずにつつましい暮らしをしていたのは言うまでもない。

しかし、ふたりの刑事たちが一緒にアマドゥの取り調べをした日の夕方、彼らは港には行かなかった。カニサデスはポリドリオにその日の予定を空けておくようにと頼んでおいたのだが、どこに行くのかは告げず、ポリドリオはあまり期待せずに承知したのだった。

「くそアメリカ人のところはやめてくれ」とポリドリオは一番上等なスーツを着たカニサデスを見て言った。「頼むから、くそアメリカ人はやめてくれ」しかしカニサデスは「まあ、いいじゃないか」と言った。

警察の車は一速ギアで海岸の丘のへアピンカーブをのろのろと上り、四〇年代に建てられた豪邸の向かいに並ぶ黒いリムジンや白いタイヤのカブリオレットの間に停まった。豪邸は町に住んでいるふたりのアメリカ人作家のうちのひとりのものだった。家は高く白い壁に囲まれていて、巨大な門があり、日中はよくその前で観光客が写真を撮っていた。アール・デコの門はふたつのパピルスの束をデザインした柱とその前のほっそりとした中性的な少年たちの大理石像からなり、少年たちは脚をがばっと開いて互いに走り寄るようなポーズで宙に浮いていた。左の少年は曲げた腕にハンマーと三角定規を抱えて微笑んでいた。右の少年は手に鞭と格子を持ち、額に深く刻まれたお尻のような割れ目は、どうやら怒りを稚拙な彫刻で表そうとしたものらしい。豪邸が建てられてからたったの三〇年で、もうその象徴的な意図を知るものは誰もいなくなっていた。

パーティーらしい、グラスの音と笑い声とが壁をこえて流れてきた。ポリドリオはため息をつきながら、ここに住んでるのはどっちの作家だ、と尋ねた。

「いいからちょっとは我慢しろよ」と言って、カニサデスは呼び鈴の紐を引いた。

「本当に知りたいんだよ」

「本当か、だったらあの人たちの本を一冊でも読んでみろ」

「読もうとはしたさ。で、どっちの家なんだい?」

「うっかり忘れたときの目印があるんだ」とカニサデスは言った。「あそこの飾り、チェスの駒みたいだろう」

ポリドリオの知っている限りでは、カニサデスの知り合いのアメリカ人の多くには三つの共通点があった。芸術関係だということ、麻薬に関係しているということ、そして性的嗜好が何かしら病的だということ。最も目立つ存在はふたりの作家たちで、カニサデスは簡単に区別できるようにスパスキーとモレスキンと呼んでいた。ふたりともノーベル文学賞の候補と考えられていて、スパスキーはもう長いことそうだし、モレスキンはつい最近からだが、影の有力候補と言われていた。

スパスキーはヴァーモント州の出身で、自分をあまりアメリカ人と思っていなかった。自分としては上品なヨーロッパ風の人間のつもりだった。パリ仕立てのスーツを着て、技術の進歩を歓迎し、未だに古くさいメモ帳を使っている同業者を軽蔑していた。彼は毎日、黒い旅行用タイプライターできっかり四ページ分をこの上ない勤勉さで打ちこみ、夕方には海岸通りで地元の男娼たちを相手にシシリアン・ディフェンスを破ろうと苦心していた。

どうして彼がチェスにすっかり熱を上げてしまったものか、はっきりとはしなかった。彼はどう見てもアマチュアの域を脱することはできなかったし、少しも進歩していなかった。彼の最新作では、暗い下層社会からのしあがった謎めいた主人公が鋭い知性を発揮し、b2－b4のオープニングでアンパサンを行ない、中盤ではクイーンを犠牲にしてセルビアのチャンピオンを打ち負かすというシーンがあった。ニューヨークタイムズの評論家がこれについて、同じようなシーンをすでにこの作家の他の本二冊で読んだことがあると書いた。二週間後、編集部にはアフリカから細長い航空小包が届いたが、中にはいっていたのは腐乱したドブネズミだった。

モレスキンはもっと男性らしい主題を好んだ。彼は細身の脆弱な体型で、完治しなかった結核の後遺症に悩まされていて、哲学の博士号を持っていたが、社交界ではその話は隠していた。一番よく知られた写真では、彼はボクシングのグローブをつけていた。二番目によく知られた写真では、タルガートの海岸に立ってズボンを下ろし、同僚スパスキーの『クイーンズ・ギャンビット』に小便をかけているところが写っていた。

モレスキンはアンティークの武器をコレクションしていて、タルガートに移住してすぐにホモの軍隊ごっこクラブのようなものを設立した。何人もの十二歳の少年たちのために、彼はマルセイユで白いズボンと豪華な青い上着の制服を作らせ、かなりリアルなおもちゃの銃を持たせて、近くの砂漠でこの小隊の司令官として準軍事組織的な訓練を行なったのだが、その訓練というのは主に長距離走、精神的肉体的苦痛、灼熱の太陽のもとでの修練、そして上着をさっと脱ぎ捨てることにあった。ふたりの作家は仲良くなったり、またけんか別れをしたりを繰り返していたが、どちらの時期でも互いに手足の細い茶色く日焼けした少年である家事手伝いを横取りするのはやめなかった。

こうした少年のひとりがいま、短い黄色のトレパンだけ履いて、鉄の鋳物の門を開けた。前庭は松明で照らされ、その周囲は高くそびえる木々の柔らかい暗がりに包まれていた。ポリドリオは不安そうにカニサデスの後ろに隠れた。彼らは大きな階段のあるホールにはいった。庭へと向かういくつもの大きなドア、スーツを着た男性たち、イヴ・サン＝ローランのドレスを着た女性たち。その間を縫って他のトレパン少年たちが行き交い、銀の盆で食べ物や飲み物を供していた。家の主人の姿はなかった。

カニサデスは四方八方に挨拶し、ポリドリオは胸の前に腕を組んで後を着いて回った。公式な紹介といったような古い作法は行なわれていなかったので、いま目の前にいるのが高級官僚なのか、貧乏なインテリなのか、どこの誰とも知れないただの変態なのかは想像するしかなかった。ヒエラルキーというものをいまだ大事に思っているポリドリオのような人間には、これは大変なストレスだった。

ビュッフェに並んでいたのは、ポリドリオがこれまでに見たこともなければ名前をきいたこともない料理ばかりだった。壁には抽象画が飾られ、カウンターの周りの床にはおがくずが撒かれていて、客たちの脚の間を金の首輪をつけた小さな、毛足の長い生き物がうろうろしていたが、ポリドリオはそれが小さな犬なのか、大きなドブネズミなのか、それとも全く別の動物なのかどうしてもわからなかった。

カニサデスはすぐに以前からの知人たちと一緒になった。ポリドリオは何となくそばに立っていたが、会話には参加しなかった。彼はトレパン少年のひとりからシャンパンをもらい、少し離れたところに立っていた真っ白い衣装の女性を一心に観察していた。とてもほっそりとして、とても明るいブロンドで、胸が大きかったが、何かがおかしかった。彼女の表情は妙にずれていた。彼女の周りにはアメリカ人将校が何人も立って熱心に耳を傾け、彼女が引きずるような調子でひと言話すたびに大げさなくらいに笑っていた。

「同僚のポリドリオです」とカニサデスが言い、老人性のシミだらけの手がぎょっとしている刑事の方に伸びてきた。

「はじめまして、ようこそ！　私の人生もあなたのと同じくらいエキサイティングだったらいいんですがね。どうしてあの格好いい制服で来てはくれないんですか？　私の家に悪い評判が立つとでも思っていらっしゃるんでしょうか」

話の始めを聞いていなかったポリドリオは、恥ずかしそうに頭を振った。シミだらけの人物は、どうやらスパスキーらしかった。背の高い、はげ頭の男だった。感じのいい人物だということは否めなかった。ポリドリオがお世辞を受けて何か敬意のこもった返事をしようと考え込んでいる間に（「最新作を読みました」「このパーティーはいい文学のようにすばらしいですね」「私の人生もあなたの御本くらいにエキサイティングだといいのですが」）、スパスキーはもう別のひとのほうを向いて感じよくおしゃべりしていた。

カニサデスは同僚を連れてもう二、三のグループに紹介して回ったが、ポリドリオはすぐに、友人の足手まといになるのはやめなければと感じた。彼は家の中にはいり、また庭に出て、あちこち場所を移動して何か用事があるような振りをしたが、どこでも仲間入りはできなかった。どこに行っても会話が弾んでいる最中だった。社交の場で彼がよく体験するような困惑した沈黙、コミュニケーションの折々の、感じの悪くはないぎこちなさ、質問と答えの間の思考の時間というものがここにはなかった。誰もがとんでもない速さでしゃべりまくっていた。彼がそばに寄ると、気付かれないか、あるいははっきりと意識的に無視され、自分の知っている話題について話されていたときにひと言口をはさんでみたときには、ひどく慇懃な態度で皆がこちらを向いたのですっかり脈絡を失ってしまった。このパーティーの何もかもが、ポリドリオにとっては曖昧な侮蔑でしかなかった。

ポリドリオはずっと、途方にくれてうろうろとするばかりで、ただ何だか気味の悪いあのブロンドの女のグループだけは避けていた。彼はだんだんと口を閉じ、ただ聞くばかりとなった。彼は観察した。

経験豊富な警察官と素人に差があるとすれば、それは感覚の質だ。警察官は瞬時に、どこを見るべきかがわかるし、重要なものをどうでもいいものから区別することができるし、人間の目が頼りにならないことも知っている。観察し、感知することは生まれつきの才能ではなく、学び、鍛えることができる……こういう風にポリドリオは昔警察学校で習ったし、時々、社交の場で手持ち無沙汰になるとその通りにしてみようと無駄に試みるのだった。彼は会話と会話者たちが通り過ぎるのを観察し、意味の通らないこと、混乱したことを聞き、理解しようとしばらく苦労したり、せめて覚えておこうとしたが、防御と軽蔑の姿勢にのめり込んでいくばかりだった。

「まあ、適当な数字を言うとすれば、大体三対五かな。三対七かもしれない」

「百年前に交通事情のデータを分析したら、一九七二年にはロンドンは馬糞に埋まると予測したかもしれない。ペッチェイのやってることもそれと同じさ、絵空事だよ」

「おそらく、南半球でもっとも偉大な精神でしょうな」

「作家が何か文学論みたいなものを考え出したりしたらね、きみ、その作家が一番得意で、以前からやってることが、みんなの目標だってことになるに決まってるんだ。そんなものは文学論じゃない。それはね、大きな森で日が暮れて暗くなると、かわいそうなうさぎが考えるようなことだ。だけど、ものを書かない人間の文学論なんて、ばからしい。だから、文学論なんて、存在しないんだよ」

「いわゆる現実というものは……」

「誰かがドアを開けて待ってくれたりすると、何だか義務があるような気がしてくるんだ。それで、走り出すわけだ。だけど、ぼく自身はいつでも、ドアを開けて待つことにしている。だからって、ぼくはサドかい？　って、今朝思ったんだ。ドア開けサドか、って」

「やあ、セトロワさん。こんばんは、こんばんは！　また秘密のミッションですか？　今日はお友達は？」

「南半球でもっとも偉大な精神といえばね、私は彼の『カタンガ』を知ってるんですがね、聞いてくださいよ。彼は手を貸した人間をひとりひとり知っていて、ベルギー人の奴らを髪の先まで知りつくしていて、何をやったか、どこに住んでいるか、子どもが何人かまでわかっているんですよ。なのに、私たちはここでスパイがどうのこうのと議論しているんですからね。彼はケンブリッジを出たばかりなんですよ。法律学で。笑ってますね！　ルムンバだって最初は相手にしてなかったでしょう、それなのにまだ反省してないんですか。国民の半分は、もう彼の方に着いているんです。言っておきますが、もしいつか、アフリカ全土の大統領が選ばれるときが来たならば……。彼の仲間たちの素朴な論法に惑わされちゃいけません。いまこそ変換の時、これこそ血の灯火、そして彼こそがその人物なのです。なんと言っても輝くばかりなんですからね。それもまだ二九歳で。気をつけなさい。気をつけなさい！　ヘルムズはもう、彼の事務所にスパイをひとり送り込んだんですよ、信じないんでしょう、ね？　でも本当なんです」

この話し手はやや東ヨーロッパ訛りがあった。その相手は、灰色の髪に帽子、スーツ、胸にはポケットチーフの人物で、全く納得できない様子だった。アフリカの血の灯火などという話は聞きたくもなかったし、平和な統合など、もっと聞きたくもない。進歩というものは望ましくはあるが、まずは後退、それも艱難辛苦と犠牲と革命による後退のほうがいい、と彼は言った。この大陸内では対立というものがまだあまり明確でないのだから、アフリカ連合などというものも存在しえない。ここにははっきりとした上下関係というものがないし、結局のところ上部というものはまるでなく、何よりも上部という観念がない。どこを見ても、社会には形というものがなく、わかりもせずに受け入れた構造やだらだらとした殺戮ばかりだ。いや、目的のない殺戮ばかりだ、と彼は言いなおした。いえいえ、そんなユートピアは、もっと大きな世界国家という構想の中でしか期待できませんね、それだったらヨーロッパ人がいつかやりとげますよ。アメリカは自己陶酔が過ぎますし、ロシアはもうへとへとだし、あとのアジアは昔から政治には無関心で、西洋の国家論を反芻しているだけなんですからね。私としては、ミレニアム頃には来ると思うんですよ、ヨーロッパ発の世界国家が。「ミレニアム」という言葉で相手は馬鹿のように笑い、この言葉を初めて聞いたポリドリオにも、そんな先にまだ地球に人類が生きているなんて、あり得ないことのように思われた。ふたりはまだ言い争いを続けていた。

ブロンドの女はひとりで庭の端に立ち、夜の光景を見渡していた。ここからは海岸の丘陵をすべて見下ろすことができた。月に照らされた波のような峰が、見えない海岸に向かってきらきらと連なっていた。モレスキンを囲んだグループが、スパスキーの若い頃の作品を、まるでのぼせ上がったティーンエージャーがヌーディスト用のカタログでも見るようにめくり、酔っぱらった十五歳の黄色いトレパン少年が巨大な注射器を持ってポリドリオの後ろをつけまわし、彼や他の客たちのお尻に注射器を突っ込むマネを何度もしてみせた。

そのうちにポリドリオは、東ヨーロッパ側からすでに未来のアフリカ連合大統領と目された例の若い外交官のそばにやってきた。黒い顔に輝く白い歯、白っぽいスーツ、魅力的な微笑み。ポリドリオが酔っぱらった観察力で判断できた限り、確かに彼はものすごく頭の回転が早く、ユーモアがあって、機知に富んでいた。しかし、だからといってどうにもならない。黒人には違いなかった。ひとつめの副文のあと、もうポリドリオは彼の言葉について行けなくなった。

家の主人がふたりの召使いに支えられてよろよろと庭の折りたたみ椅子の上に上がったとき、会場は静まった。召使いたちは気を遣って椅子の脇に残ったのだが、スパスキーはえらそうな身振りで彼らを追い払った。何か重要な発表でもあるのかと人びとは押し寄せ、どこかから前もっての拍手が起こり、カニサデスがアメリカ人芸術家たちとの交友関係を大事にしていることを承知していたポリドリオも、眉を引き上げて近づいて行った。グラスの中で氷のたてる音しか聞こえなくなってから、スパスキーは声を上げた。しわがれて、単調に、ささやくように、しかし独特によく通る声で、庭の隅にいたひとでもたやすく聞き取れるように。

「未来を見通す目というものは、美徳と考えられています」と彼は言って、まるで氷も黙るまで待っているかのように間を置いた。「未来の心配をし、備えておくのは動物にはなく、人間だけの能力なのです。しかしながら、まさにこの心配から生まれた気質というものは、年老いた、ヨーロッパ＝アメリカ型の人間であり、私たちはこうした人間たちからこの気楽なアフリカへ、まだ青春と花開いている社会、思想、性質へと逃げてきたのです。この青春の花に、乾杯したいと思います。みなさん、お集りいただきましてありがとうございます。暗い未来が、輝く現在を濁すことがあってはなりません。みなさんも、目を上に向けてください」そして彼は劇的な身振りで夜空を見上げた。客たちでこれに従ったのは数人で、ほとんどは家の主人の大仰な身振り、星空の下でふるえるその幽霊のような細い腕を見つめたままだった。「あなたたちのうちで、死の瞬間に、人類の大半を犠牲にしてでも自分の命を取り戻したいと思わないひとがいるでしょうか。ディドロの言です。この瞬間の美しさか、人類の存続かを選ばなければならないとしたら——これについて申し上げたいことがあります。ローマ・クラブの友人たちが毎週うまずたゆまず新聞で告げ報せているように、十年後に光が消えゆくとして、それが、哲学的に見て、何だというのでしょう？　人類の十分の九を削除するとしましょう、そしてその残りからまた十分の九を消すとしましょう。それでもまだ人類の屑は残るのです。憤慨してもしかたありません。いいえ、もうわかっているのです。十分の九。しかしそれでも、私たちがトリノ出身のあの馬車馬の首を、涙を流しながら抱きしめることを妨げるものはないのです。私たちは人間なのですから。そうなのです、このことを私は本当に、感激をもって主張するのです、私を知っているひとは、私の真意を理解してくれるでしょう。長い話はやめにしましょう。さあ、啓蒙の思い上がりから私たちを解放しましょう、どんな暗闇も照らせばいいというものではないのです！　私たちはみな、自分たちの感じている感情を知っています。飢え死にしそうな子どもに銅貨をいくつか投げ与えて、炭のように黒い目に浮かぶ、どんな星空よりも、哲学者の考え出すどんなユートピアよりも明るい感謝の輝きを見るときの、この感情、もう一度言います、この感情、この羞恥心、この惨めさ、この隠しきれない優越感、これなのです、信じてください、理性なんかのためではないのです。人類よ！　人類よ。ワリッヒ氏の言うことは正しい、成長の限界を云々することは、無責任な戯言なのです。私たちは一九八〇年になっても電気を使い、幸福でいることでしょう。私たちは一九九〇年になっても電気を使い、幸福でいることでしょう。二〇〇〇年も。そして二〇一〇年には私たちはみな死んでいるでしょうが、それでもまだ電気はあるでしょう。カルタゴに乾杯！」

彼の腕は銃身のように揺れながら制服を着た楽師たちを指し、ドラマーが四まで数えた。

タルガートで一番若手の刑事は、頭痛がするからと言い訳をして同僚に別れを告げ、出て行った。

走る少年の門の下で、ポリドリオは一度、深呼吸をした。

いいから誰かあそこに爆弾を落としてくれ、と彼は思った。

10　遠心分離機

シュレーディンガーの猫と聞くと、銃に手を伸ばしたくなる。

スティーブン・ホーキング

まさにこれがこのラクダ使いどもの問題だった。原子を取り扱おうとしているのに、彼らは遠心分離機とはどういうものか知らなかった。ルントグレーンは、物理の成績はあまり良くはなかった。自分のつもりではどちらかというと語学系だった。音楽も、それに体育と宗教も良かった。しかしそれでも、遠心分離機とは何か高速で回るものだ、ということだけは学校で覚えた。そして超遠心分離機とは、超高速で回るものに決まっている。この機械で同位体を分離することができる、例えばウラン235とウラン238。細長い円筒形のものに高い回転能力をもたせればいいわけで、そう複雑なはずはなく、ただの機械の問題だけのはずだ。ちょっと腕のいい自動車技師なら、できただろう。だが、ラクダ使いどものところではそうはいかなかった。ラクダ使いどもは全然どうにもできなかった、回転する筒なんてものを作るくらいのノウハウもないのだ。

もし彼らが拷問や人権の侵害やイスラエル攻撃に費している時間や金を、一度でも自動車技師の学校教育に注いでいたら、きっとこのいまいましい遠心分離機を自分で作ることができただろうに。大まかには。誰だってこんなものは作れる。自分だって、物理の時間にもっとよく授業を聞いていたら、きっと作れたはずだ。回る筒、やれやれ、これのどこが難しいんだ。ここの奴らだけだ、作れないのは。それとも、作りたくないのか。そうかもしれない、作りたくないのだ。ルントグレーンは時計を見た。ぼんやりした緑の針は、暗がりで光るようになっている。妻のプレゼントだ。彼はミントティーをひと口飲み、グラスをエメラルド色のテーブルに置いた。通りの向こう側では、ちょうど真向かいの三階建ての家が倒れそうになっていた。緑色のペンキがはがれ、屋根の上には傾いた旗立てがあって、深緑色の布切れが無風状態を示していた。緑、革命の色。

ルントグレーンはこの世界でたくさんの悲惨なものを見てきた。そしていつからか、アジア、アフリカ、南アメリカとその住人たちがどんな問題を抱えているのかわかるようになっていた。例えば、頭を働かせることは男らしくないと考えられていた。そう口に出して言うものはもちろんいなかったが。しかし学問というものは、誇り、名誉、その他あれこれの大いなる理想とはぼんやりとした対照をなしているものなのだった。学問は女たちのものだった。女に百ドル渡せば、従業員八人の仕立て屋を一から立ち上げることができる。男に百ドル渡せば、内戦だ。中でも一番ひどいのはアラビア人だ。彼らの血管には、怠惰とたくらみと狂信が流れている。ものを考えるなんてことは女のやることだが、女は女で考えるのには頭が悪すぎる。悪循環だ。ルントグレーンは考え込んだ。しかし自分がアラビア人の国民性の悪循環と呼んでいたものについて考えれば考えるほど、それは彼にとっても身に覚えのないものには思われなくなってきた。結局、自分も同じだった。

学問とは何か。ひょろひょろした奴らの小細工だ。ママにクローゼットから出してもらったシャツを着た威張り屋どもや、ガラスの積み木みたいな眼鏡をかけた、研究所のドアまで背の届かないような小男たちが、甲高い声で見下したように、「さあ行って、汚れ仕事を片付けてくれ。一番大事なことは私たちがとっくに計算して済ませておいたから」と指示を出す。物理学というのは、哲学的に見れば、現実を記述するためのひとつのモデルだ。しかし間違ったモデルだ。物理学は単純すぎる、というのも最も重要なことを除外しているからだ。それは人間とその弱さだ。少なくともあのラクダ使いたちは、それがわかっている。どんなに偉いノーベル賞受賞者だって、ごく単純な力の使用に耐えることはできない、ということが。学問は現実には、現実の現実には何の関係もなく、フィードバックに欠けているのだ。スパイ活動にはフィードバックがある。スパイ活動は複雑で、ほとんど芸術的な活動であり、そしてすべての芸術と同様にまやかしと錯覚だった。スパイとは、芸術でありかつスポーツであり、学問とは違って人生に、偉大なる、消去可能な、儚い、ちっぽけな人生という総合芸術に似たものだ、しかしただひとつ、気も狂いそうになるのは、接触予定の人物が現れないことだ。きっとどこか自分の家の中庭にいて、気に入りの羊とセックスしているうちに、同位体を分けるなんてことはすっかり忘れてしまったに違いない。

接触予定の人物が現れない。それにこの太陽。ルントグレーンは一日目の夕方にもう、このおかしな麦わら帽を買った。こんなものでは、いまから八分前に太陽が核融合の副産物として送り出し、いままさにルントグレーンの額に容赦なく注いでいる日光を遮ることはできなかった。しかしカフェの中にはいるのはためらわれた。見通しをよくし、安全を守る。基礎的なことだ。電磁波は麦わら帽を通り越してじりじりと焼き付き、ルントグレーンは緑の旗を見つめ、緑の家を見つめた。すると急に言葉が消えた。

彼の舌の上には、麻痺したような感覚だけが残った。言葉は消えていた。自分の名前を思い出せそうもない気分だった。あれの名前を忘れてしまった。あれだ、あの回るもの。そのためにここにいる、あれだ。そうだ、遠心分離機だ、ツェントリフーゲだ。ケンタウロス（ツェンタウル）、センター（ツェントルム）、中央恒星（ツェントラールゲシュティルン）に似ている。ツェントリフーゲだ、確かに。でも、その前に考えていたのは？　だんだんひどくなってきた。その前には、ミユントティーのことを考えていたのだった。マドマゼル、ミユントティーを一杯お願いします。それから羊の子どもたちのこと。しかし、どうしてここにいるんだっけ？　ええと、あの……エキセントリフーゲのためだっけ？　急激に速いから急速ツェントリフーゲ、だったかな？　こめかみをたっぷりとマッサージしてやっと、ルントグレーンは「大まかには」という言葉を思い出すことができた。大まかツェントリフーゲ？　いや、こんな名前じゃない。それとも？　こういう名前だったっけ？　もし、こういう名前じゃなかったとしたら、最後はどうなるのだろう？　こんにちは、私の名前は大まかに言ってルントグレーンです。あれを持ってきました。ああ、ありがとうございます。どういたしまして……。本当に、だんだんひどくなってきた。太陽のせいだ、あのくそ太陽のせいだ。それにあのお茶。それからくそツェントリフーゲ。

煙草二本とお茶半杯の後、ルントグレーンは「やなきのように」震えていた。すべてを疑うこと、とくに自分の側の人間を疑うことに慣れている男としてルントグレーンは、自分はおとりにされたのではないかと最初から疑っていた。若い見習いに、ジーメンスの空中鉤を取ってきてくれとか、大目量りを取ってきてくれとか言って、後で笑いものにするようなものだ。あのひょろひょろの学者たちめ。彼を指さし、ガラスの積み木を通して眺め、チョークを投げつけやがる。ただ、ここの奴らはチョークを投げつけるどころじゃないだろう。得意科目は拷問だ。

誰にも知られずに計画書類を眺めるのは安全ではなかったし、簡単でもなかった。彼はそのために投影機のところに行かなければならなかった。文章は暗号化されていたか、アラビア語だったが、どちらでも結局同じことだ。しかし設計図もあった。ルントグレーンは何もわからなかったが、その図は彼の目には充分に円筒形で秘密めいて見えた。ページは百以上ある。これなら、遠心分離機のことだけではなさそうだ。それで彼は安心した。あれはジーメンスの空中鉤じゃない。空中鉤にしては、大きすぎる。だからこれは、ちゃんとしたミッションなんだ。そう簡単には騙されないぞ。

それでも彼はなんだか胸騒ぎがした。失敗が許される仕事ではなかった。人里離れた砂漠にいて、通りの向かいの日陰には二日前から歯のないアラビア人が座って、彼を見つめていた。ずっと。ときどき老人は前に身を傾けて、どこかに向かって祈りを捧げた。それからまた彼を見つめた。

「いつもあそこに座っているんですよ、ちょっと頭がおかしいんです」と十二歳のウエートレスが教えてくれたが、そう信じられるものでもない。いつも、振り返ると彼女の燃えるような目にぶつかるのだった。けだものめ！　このあたりでは、みんなそうなのだ。頭は藁のように中身がないくせに。それでも見栄えはいいのだ。動物のように。これこそ国民性だ。あの黄金色の肌！　漆黒の目！　そういう遺伝なのだ。誰を信用することができるだろうか。そうだ、誰も信用できないということが、この職業のエキサイティングなところなのだ。人間とはただの仮面、世界は表だけのもの、そしてその裏にあるのは隠された魂胆と秘密。そしてどの秘密の裏にもまた秘密がある、影の影のように。

ルントグレーンは、夢見るようにひとり微笑んだ。だが急に、二日目の午後になって悲劇が起きた。あの歯なしの老人がふいにどこかから小さな機械を持ち出してきたのだ。手で隠そうとはしていたが、ルントグレーンは目の端で見ていた。小さな、光の反射。アラビア人がその小さな黒い箱を耳に近づけた瞬間、ジープが通りを走ってきた――これは何かのシグナルに違いない。ルントグレーンはぱっと飛び上がった。彼はカフェの中に走り込み、トイレに逃げた。洗面台の端にしがみついて、鏡に映った自分に落ち着け、と言い聞かせた。近づく声。足音。ルントグレーンはトイレの窓から必死で逃げた。日陰で四二度もある日だった。彼は壁を飛び越え（一一〇メートル障害走を十四．九秒でスウェーデンのジュニア新記録を取ったことがある）、びっくり慌てている鶏たちの間を二回、左へ曲がり、カフェの立っている大通りに飛ぶようにしてたどり着いた。脇の下に隠した武器をさぐる。安全装置を外す。妻を思い浮かべ、角から顔を出した。

陽光のきらめく空気の向こうに、小さなカフェが見え、彼のメモブロック、彼の麦わら帽子、彼のモルトティーがヴェランダの前の小さなテーブルに取り残されていた。席は空いていた。まるで空気でできたルントグレーンがそこに座っているかのようだった。道の向こう側、緑の家の前ではあいかわらずアラビア人が座って、トランジスタラジオを耳にあてていた。音楽、虚ろな節回し。ジープは通り過ぎた後だった。ルントグレーンは全身で身震いした。十二歳のビューティークィーンが不思議そうに、優しく手招きをしていた。ルントグレーンは汗をかいたチーズのようになってよろよろと席にもどった。少女は微笑んだ。彼は少女の顔を見なかった。彼女はまだ発達していない胸を突き出した。彼は抵抗した。まずミッションを済ませ、それから女の子を押し倒す。古い掟だ。

午後にはカフェの前の道に人通りが多くなってきた。男たちが町の中心に向かって歩いて行った。何かあるらしい。意味のわからない呼び声、何度も同じ言葉だ。ルントグレーンは苦虫をかみつぶしたような顔で眺めていた。数時間後、人びとが今度は帰ってきた。また同じ呼び声。

三日目の朝、ルントグレーンは歯のない老人に施しを与え、別のところに座ってくれと言った。老人は金を受け取ったが、腰を上げなかった。四日目、ルントグレーンは老人に「やあ、今日はもう羊とやったのかい?」と挨拶し、老人は黙って手を差し出した。白々とした光線が空から降り注ぎ、ルントグレーンは昨日よりたくさんの施しを与え、微笑み、ぱっと笑い、もう明るい笑いを止めることができなかった。彼はわずかに残った理性で、何か、もしかしたら脳、もしかしたら下痢、それとも妙齢の黒人の姫君の姿のせいで、危険な浮かれ気分が彼の中でどんどん湧き上がってくるのに気付いていた。浮かれ気分は生産的ではない、浮かれ気分は禁止だ。それはわかっていた。ちゃんと、何でも知っている。自分は、ルントグレーンだ。

11　再捜査

どこへ行くのか知らない者は、一歩ごとに目的地に到達する。

フルべ族のことわざ

翌日、ポリドリオはもういちど書類を持って来させ、紐一本で綴じられた薄い紙の束を自分の机の上に広げた。一番上にあったのは、中央警察署で行われたアマドゥの聞き取りの報告書だった。ポリドリオはこれはちらっと眺めただけだった。聞き取りには二回同席していたし、アマドゥが供述を変えなかったことはわかっていた。最後の報告書にはたったの一文しかなかった。「供述は前日を参照」

その他の書類は整理されていなかった。ポリドリオはまず目撃者の証言を探し出した。その大部分はタイプされていたが、手書きで、よくわからない省略や速記を混ぜ込んだものもあった。タイプされたものにはほとんど聞き取りの係員の名がなく、日付のないものもあった。報告書を書いたのはカリーミだろう。カニサデスはアマドゥが逮捕された直後に一度ティンディルマに行っただけで、ポリドリオはまだ行ったことがなかった。いくつかの幼稚な表現の繰り返し（「それから続けて次に彼は報告した」、「証人はかんかんに怒って言った」）から、カリーミよりも頭の悪い誰かが報告書をタイプしたか整理した可能性があった。書類の間には現場の状況報告、スケッチと時間表が挟まっていた。ホテルの領収書や読めないメモ、外国のジャーナリストへの対応についての内務省の指示などもまぎれこんでいた。金の計算を書いた紙ナプキンもあった。現場を歩いた記録、日付なし。ある被害者の母親の嘆願書は、書きかけのまま。家の見取り図にふたつの死体の位置を記したスケッチも、コメントなし。書類は紙くずばかりだった。

事件の経過を最初にまとめたのはカニサデスで、ティンディルマの警察が述べた最初の感想は混乱していた(「他にも外国人のところで殺人が起きる可能性がある」)。外国のジャーナリストがやってきたことで、オアシスは混乱に陥っていた。ポリドリオはカリーミから、ティンディルマの警察官のひとりがカメラを見ると必ず顔を突き出しただけでなく、生き残ったコミューンの住人たちにプライベートなセキュリティとして自分を売り込もうとしたために、彼とつかみ合いの喧嘩になったと聞いていた。

現場の写真で使い物になるものはひとつもなかったが、ポリドリオは白い紙の裏にクリップで止められたコミューンの入り口の表札の写真を見つけた。手作りの陶器で、飾りに緑と赤の釉薬で花々が描かれていた。

ここにビーナ・ジローズ、エドガー・ファウラー、ジャン・ベキュルツ、
ターレグ・ウェインテン、ミシェル・ファンダービルト、
ブレンダ・ジョンソン、ブレンダ・リュー、クーラ&アブデル・ファター、
レーナ・シェストレム、フリーダム・ミュラー、アカーシャ、
クリスティーネ、アクニロ・ジェームズが暮らし、働き、愛しあっている

表札はコミューン設立当初のものらしく、被害者のうちふたりの名しかここには見当たらなかった。その他の人びとも、カリーミの作成した現在のリストと比較してみると、まだコミューンに暮らしているのは半分ほどだった。リストには二一人の名があり、そのうち四つの名前の後ろには十字が記され、他のふたつの名前は括弧に入れられていて、これは犯行時にその場にいたかどうか不明、あるいは最近になってコミューンから離れた、ということらしかった。

ポリドリオはため息をついて、アスピリンを二錠、口に放り込み、目撃者の証言をひとつひとつ読み始めた。目撃者は三一名で、これはこの辺りでの事件としては——いや、この辺りの事件ではなくても——グロテスクなほど多かった。普通はきちんとしたことを言う証人がひとりいれば充分で、あとは容疑者の供述がそれに合うようにすればいいのだった。しかし今回は世間の注目が大きすぎて、そうはいかなかった。

三一名の証人のうち、五名は犯行時に家にいたコミューンの住人、あとは銃声を聞いてコミューンの中庭に詰めかけた二六名の通行人だった。五名の住人たちは、ある者はこと細かく、またある者は大雑把ではあったが、基本的には大量殺人の経過を互いに矛盾なく証言していた。ふらりと現れたアマドゥ、性的なことに関するモノローグ、コミューンの台所での勝手な飲酒。武器、ステレオを運び出そうとする試み——コミューンの住人シェストレムの殺害。金のはいった籠編みの鞄の発見。さらに三人の殺害、果物籠、逃走。

通行人たちの証言はこれに対して貧弱で、その大部分がアマドゥの動機や政治的な背景に関する長々とした憶測からなっていた。ほとんど全員が政治的背景を口にしていた。これは決まった言い草らしかった。動機としては、嫉妬、復讐、傷つけられた家族の名誉、猛暑、信仰、発狂などが挙げらていた。金欲しさとは、誰も言っていない。そこに述べられているわずかな事実（中庭での銃声、籠編みの鞄、逃走）については大概の証言は言葉遣いまで一致している。つまり役に立たない。みんな誰かから聞いたことをそのまま繰り返しているか、カリーミが誘導したということだ。

通行人の四分の三が、アマドゥが建物にはいるところも見ていたと証言している。ポリドリオはアシズからコミューンの場所を地図で教えてもらっていたが、入り口はスークわきの横町にあり、左右に商人の店もなく、人や車の通りが多かった。誰かが開いた門から車で中にはいったところを、最初から気に留めていたひとはいそうもなかった。中から銃声がしたのは十五分後なのだ。それに、聞こえたという銃声の数ときたら、数百回とか、数十回とか、たくさんとか、二回とか、ばらばらだ。

他に変わった証言は、アマドゥではなく北ヨーロッパ人がドアの前で空に向かって発砲し、それから拳銃をアマドゥに渡したというものだった（証人一名、聞き取り担当はM．M．）。または、ひと群の雲が太陽を隠し、アマドゥの逃走を助けた（証人一名、聞き取り担当Q．K．）。アマドゥは「映画に出てくるイギリスの裁判官のような」灰色のかつらを被っていた（証人一名）、混乱を巻き起こすため、群衆にむかって金粉を撒いた（証人二名）、見るからに酔っぱらっていた（証人四名）、建物を出る際に両腕を空に向かって差し伸べ、心うつ言葉で唯一の神の加護を願った（証人一名）。

現場検証。薬莢がいくつかと空の弾倉がひとつ。弾の二発は壁に、一発は二階と三階の間の天井に刺さっていた。四人の被害者はそれぞれ何発かの銃弾を受けていて、どれも至近距離からだった。ひとりは背中から、他は正面から。死因に疑問の余地なし。他の容疑者の可能性なし。カリーミの署名。

被害者が西洋人だという以外に、事件には特別な点はなかった。

ポリドリオは書類をまた綴じ、自分のとったメモを長いこと見つめ、それからボスのところに行って二日間の休暇を願い出た。ついこの間引っ越してきた家族と少しゆっくりしたいので、と彼は言った。それから、凶器についた指紋を調べてくれ、とアシズにメモを残し、車に乗った。

12　砂嵐《ハムシン》

密度の異なるふたつの気層の流れがすれ違うとき、波状の界面が生じる。

ヘルムホルツの法則

ティンディルマへの砂の街道にはいるのには、ふたつの道筋があった。近い方の道は塩の町と砂漠を斜めに突っ切って真っすぐ向かうもので、もう一つは貧民街を避けて北に何キロも弧を描き、山に突き当たる手前で直角に枝分かれして街道に向かう。ポリドリオはどちらの道もよく知らなかったが、短い方を選び、塩の町を五分も走ったところでもう迷ってしまった。

少し大きな町の常で、タルガートも帯のようなスラムに取り囲まれていて、役所が気が向いたときにみすぼらしい小屋をブルドーザーで斜面から掻き落とさせるくらいでは、庭木を刈り込むほどの効果しかなかった。清掃活動が済むと、藪は一層と深く絡み合い、小道や横町はその中にかき消えた。トタン、プラスチック容器、ゴミ山。すべてが、道でさえも、ゴミからできている、ゴミから生まれ出ているように見えた。広い道の真ん中にぽっかりと深い穴があき、中には家族が住んでいた。いくつかの穴にはシートが掛けられていて、重しの石を冠のように頂いていた。ポリドリオが袋小路でターンしようとしていると、裸足の子どもたちが走ってきて、汚い手の平を助手席の窓に押しつけた。杖を二本ついた少女が立ちはだかった。他のひとたちも加わって、車はたちまちのうちに淀んだ人の波に飲み込まれてしまった。不具者、ティーンエージャー、ヴェールを被った女たち。彼らは叫びながら、鍵のかかったドアに手をかけた。

ポリドリオは、誰の目も見ないように気をつけた。彼は両手でハンドルにしがみつき、悪夢のようなスローモーションで車を前に進めた。車の屋根をたたく拳骨。車の鼻先にわずかな隙間が見えたそのとき、彼はアクセルを踏んで次の横町にはいった。この通りは長く、真っすぐで、人気がなく、ポリドリオには奇跡のように思われた。遠くには、バラックの合間に砂漠の突端が見えた。

ゆったりと背をもたせかけようとしたそのとき、ポリドリオは妙な音にぎょっとした。それは車の中からしたように聞こえた。バックミラーを見ると、にんまり笑う三人の子どもたちがいた。後ろのバンパーに足をかけて、ルーフドリップのモールに指をかけていた。真ん中の子どもは片手だけで屋根につかまり、もう一方の手にはカマを持って、リアウィンドウに突き立てようとしていた。タコメーターは時速四五キロを示していた。ポリドリオはすぐにアクセルを放した。無断乗車のふたりは飛び降りたが、カマを持った子は残った。

砂漠の砂の上でポリドリオが蛇行すると、カマでつつく音は止んだ。子どもはカマを口にくわえて、両手でモールにしがみついた。バラックや小屋を後にしてから一キロほどで、ようやく少年は飛び降りた。ポリドリオは少年が道具を手に砂丘の間をふらふらと歩いて行くのをミラーで見た。

彼は車をゆっくりと止めた。汗が靴にまで流れ込んでいた。トランクから水をひと瓶取り出す。その瓶を右手に、左手をぶんぶんと振り回しながら、ポリドリオは近くで一番高い砂丘に登り、辺りを見回した。斜め前に東西に向かって並んだ電柱が見えた。おそらくティンディルマへの街道に添っているのだろう。その他には、ただ砂ばかり。ポリドリオは水を全部は飲まず、あとは頭から振りかけて、また車に向かって滑り降りていった。

砂の街道をもう四五分ほど走ったころ、ポリドリオは地平線に奇妙なものを見つけた。小さな、黄色い、汚らしい雲が、ゆっくりと広がってきた。彼は目を離さなかった。数分後には、雲は地平線全体を覆ってしまった。一度も見たことがなかったにもかかわらず、彼はすぐにそれが何だかわかった。砂丘の頂上ではもう砂が小さな旗のように揺らめいていた。風は急速に強まり、空は焦げ茶色に染まった。そして一瞬、風が止まった。そしてその後、車は衝撃を受けて砂の道から転げ落ちそうになった。ポリドリオは急ブレーキをかけた。サンドブラストの如く砂が真っすぐフロントガラスに吹き付け、ボンネットの先が見えないほどだった。車はまるで炎に包まれたかのように、パチパチ、ギシギシと音をたてた。ポリドリオはほぼ一時間、足止めを食った。

待っている間にポリドリオは、アマドゥが逮捕されたのはこの辺りだったと思い出した。四人を殺した直後に。あるいは、殺さなかった後で。こんな風景の中にいると、ひとりの人間の命どころか、哲学的に言えば、四人の命だって、あるいは人類すべての命だって無意味なものだ、という考えが押し寄せてきた。ポリドリオは、どうしてこんなことを考えたのか、よくわからなかった。自分の事務所に座っていたなら、こんな考えは哲学的でないばかりでなく、くだらないと思えただろう。汗ばんだ指で彼はラジオをつけた。電波なし。砂漠が水平に、彼のわきを通り抜けていった。街道が影のように見えてきたとき、ポリドリオは発進しようとしたが、タイヤが回るばかりだった。彼は頭に布を巻きつけ、ドアを開けた。バケツをひっくり返したような砂が車の中に飛び込んできた。彼はまたドアを閉めた。

安全に車から降りられるくらいに風がおさまってくると、幅広い砂の波がゆったりと車にそって流線型に流れていった。車の数メートル前方には、以前にはなかった標識が立っていた。ちょうど人の背丈ほどの砂山から突端をのぞかせ、三角形で、錆びきっていて、何が書いてあるのかほとんど読めなかった。一〇二……あとはわからない。

空の色は明るい黄土色に変わった。ポリドリオは手と腕とで車の後ろの砂を掻き落とし、砂地用の金属板をタイヤ下に敷いて前に進もうとした。それには三〇分ほどもかかり、さらに一時間でティンディルマに着くと、十分ほどコミューンの住人たちと話しただけで、彼らの言うことは信用できるとわかった。彼らは真実を話したのだと。報告書に書かれているその通りに、犯罪が起きたに違いないと。一〇二、か。

13　仕事中

気をつけろ！　気をつけろ！　虹をよく見ろ。魚はもうすぐ上がって来る。チコは家にいる。空は青い。通知を木に載せろ。木は緑と茶色だ。魚はもう間もなく上がる。魚は赤い。

E．ハワード・ハント

ラクダの脚は一本、縛り上げてあった。口をのぞき込んだり、蹄を眺めたりしている痩せっぽちな男たちに囲まれて、ラクダは三本脚でふらふらしていた。ルントグレーンは、脚をもう何本縛り上げても、ラクダは倒れずにいることができるだろうかと考えた。もう一本はなんとかなるかもしれない、二本は難しい、三本では一巻の終わりだ。物理はなんと言っても得意ではなかったが、全然興味がないわけでもないのだ。このルントグレーンは生まれつき好奇心の強い人間で、知に飢えていて、ドグマにとらわれず心が広く、しかも自由主義の泥沼にはまることはないのだ。聞き上手で、他のひとの心の内を読むのに薄気味の悪いほど長けていて、繊細な観察力がある。いつも、そうだった。学校の女の子たちが、まずそれに気付いた。女の子たちは彼が好きだった。男の子たちも、女の子たちのことで嫉妬しているのでなければ、彼のことが好きだった。ルントグレーン、モレノ式ソシオグラムの輝ける中心点。エル・ロボ。しかも、仲間思いなタイプだ。父親は社会民主ようにノートを高く上げたものだ。物理でも、生物でも。ルントグレーンはみんなに見える主義者だった。先生がテスト中に向こうを向いたりしたら、ルントグレーンはみんなに見えるようにノートを高く上げたものだ。物理でも、生物でも。ルントグレーン。彼は笑った。ラクダ市場に行って、誰かに十ドルやって、あのラクダの脚をもう一本、縛り上げさせようか。前の右脚と、後ろの左脚。それとも前の右脚と、後ろの右脚。十ドル。それで、脚を上げさせて、様子を見る。面白い思いつきだ！　ルントグレーンはありありと想像してみた。楽しい。もし誰かにこの話をすることができたなら、喜んで話しただろう。ここでの仕事を終えたなら。まずは仕事、それからラクダだ。それからビューティークィーンだ。それともまずビューティークィーン、それからラクダ。彼は涙が出るほど笑った。しかしまた目を開けたとき、隣のテーブルには男が座っていた。日に焼けた服と、格子柄の肌の男。ルントグレーンは、秒速でプロフェッショナルな顔を取り戻した。隣に男がいる！　ルントグレーンは目の端から彼を観察した。そしてなんとかして、別の方向を見ようと試みた。男がいる。男だ、男だ、男だ。

男はお茶を注文した。三分間の沈黙。もうルントグレーンは我慢できずに、聞いた。「お名前は？」

男はちょうどお茶のグラスを口に持っていったところだったが、動きを止め、ゆっくりと「そうだ」と言った。

「あなたのお名前は？」とルントグレーンは小声で繰り返した。

「そうだ！」と男も小声で応じた。

「いったいどうしたんですか？」

「何が？」

「名前ですよ！」

「何だって？」

格子柄の男は不安そうに通りを見やり、周囲を確認して、会話の声の大きさを紛らわすためにさりげなく手を振って、ほとんど聞こえないほどの声でささやいた。「あなたのお名前は？」

「あなたが先です」とルントグレーンは言った。

「あなたが始めたんでしょう」

「何ですって？」

「あなたが始めたんですよね」

「わかりました」とルントグレーンは言って、相手の手の動きをまねた。「ヘルリッヒコッファーです」

「え？」

「ヘルリッヒコッファー。そんなに大声は出さないでください。あるいは、ルントグレーン。でも、あなたにはヘルリッヒコッファーなんです」

「私にはヘルリッヒコッファーですって？」

「そうです！　さあ、今度はあなたがここに名前を書いてください――ここです――ここに」

ルントグレーンはポケットからメモブロックを出して、相手のテーブルの上に押しやった。格子柄の男は紙にブロック体の文字を七つ書いた。そのすぐ後、ルントグレーンは宿へと走っていた。あれほど心配した後の、この何ともいえない気分。これで終った！　彼は頭の中で、セキユハッケン、と電報を送った。電話があったらよかったのだが。サハクハモエル、砂漠ではなくサハク。でも電話はなかった。そこで、電報はルントグレーンの脳からルントグレーンの脳に送られただけだった。QZカンリョウ、ストップ、サハクハモエル、ストップ、C3セキユハッケン。いや、間違えた。UZだ、QZじゃない！　ここで間違えたりしたら。

14　白黒

その点では、私もみんなと同じです、出来の悪いノルウェーの映画より、出来の悪いアメリカの映画のほうが好きなんです。

ゴダール

カニサデスはテレビをつけ、脚を机に載せて長いこと黒い画面を眺めていた。ブラウン管がぱちぱちと音をたて始め、ざらついたアナログ時計が現れた。六時二分前だった。

カニサデスは病院で集団強姦の被害者とおぼしき人物を聞き取り調査しようとする試みに午後を費やしたのだが、報告書を書き始めるにはもう疲れきっていた。そんなものを書くのは無駄でもあった。被害者の従兄弟が三人も病床で番をしていて、カニサデスが少女の顔を見ることができないように注意していた。ある女医の仲介で、なんとか間に合わせの白いカーテン越しに話を聞くことができた。その結果は、予想通りのつまらなさだった。強姦なんかじゃありません、ただ階段から落ちただけです。カニサデスは、怪我の種類、内出血の場所、束になって抜けた髪や裂傷のことを女医から説明してもらわなければならなかった。彼は従兄弟たちの名前を確認した。そのうちふたりは強姦に参加した疑いをかけられていたのだが、気にもかけない様子で、むしろ楽しげにカニサデスを病室から送り出した。警察に通報したのは被害者の十一歳の妹で、窓から見ていて警察に駆けつけたのだったが、そこで待っていたのは運悪く賄賂の効かない警察官だった。いま、その少女は麦わら人形とタルガート唯一の女性弁護士といっしょに中央警察署のどこかに座っているはずで、人生の楽しい時期が終ってしまったのをもう予感しているころかもしれない。

「テレビ見てんのか」アシズがガムを嚙みながらサンダルを引きずって部屋を横切り、机の上に書類を放り投げて、背中を搔き、隣の部屋に消えた。

「何だい、こりゃ?」とカニサデスが後ろから叫んだ。

「書類だよ」

「どうしろっていうんだ?」

「指紋だよ」

「どこの指紋だ」

「モーゼル銃のさ」

「モーゼル銃だって、馬鹿かよ。今朝、判決が出ただろう」

五秒の間、何も反応はなかった。それからアシズは上半身をこちらの部屋にのぞかせた。もうガムを嚙んではいなかった。「馬鹿だって、何言ってんだ、仕事してるだけだろ。あのモーゼル銃に何時間、フィルム貼りつけたと思ってる。くそったれ、結果がいらないんなら、くだらんメモなんか俺の棚に入れるな」

そしてアシズは消えた。隣の部屋のドアが開く音がした。

「ポリドリオか?」カニサデスは叫んだ。

「知るか」

「それで、結果は?」

「どうだったかって? え? もう何時間もあんたらのために……」

その後はもう聞き取れなかった。

六時一分前、ドラマティックなヴァイオリンの音楽が鳴り始めた。カニサデスは書類に手を伸ばしたが、脚を机に載せたままでは届かなかった。音楽は止み、カメラが引いて、ざらざらしたアナログ時計はニューススタジオの一部になった。とても若くてとても見栄えのいい男が、きっちりと左右対称に花束、マイク、黒電話が置かれたチーク材の机の向こうに座っていた。若い男はアラビア語とフランス語で挨拶し、それからニュースをフランス語だけで読んだ。

国王の六四歳の誕生日のために、パレードが催された。画面には立派な白馬に乗った白い制服の男たちや、白いトーガをまとって孔雀の羽根を飾った召使いたちが映っていた。ある軍の高官が地方長官に任命された。ある高等学校が火事で消失した。アナウンサーはきまじめに、重々しくニュースを読んでいた。しかしその背後に、黒いヘジャブを着た女が黒こげになった子どもの死体を前にして地面の上で転げ回っている映像が出ると、アナウンサーは声を失った。嗚咽を押さえながら机の下にもぐり込み、鼻をかむと、しばらく間を置いてから北部で最近発見された燐鉱山の採掘量を読み上げた。さらに、ぴちぴちのショートパンツを履いた女性が両脚を水平に前に伸ばして空中に浮いている画像が出た。彼女の下には砂、後ろには合成ゴムの陸上トラック。ハイデ・ローゼンダールだ。アナウンサーはここで少しつかえた。するとすぐに白い夏用の帽子を被って顔に靴クリームを塗った男が、スーツを着た男たちと話している場面が映った。軽いトレーニングスーツを着た別の男たちが、機関銃を持ってオリンピック村の平らな屋根の上で運動していた。パレスチナの民族解放運動は……。ミュンヒェンの警察署長は……。人質は全員……。これに、状況を鋭く分析する高位聖職者とのインタビューが何分も続いた。

カニサデスは両手を頭の後ろに回し、口を開けて、カクカクと音を立てて顎関節を前後に動かした。それから脚を机から下ろし、書類を手に取った。指紋を写したA4の紙が一番上にあった。お決まりの文章、その下にふたつの正四角形の枠、その真ん中にじゃがいものような指紋がひとつずつ。

「タルガート」とアナウンサーが言った。

カニサデスは目を上げた。画面には、窓に格子のはまった白いトラックの写真が映っていた。それは十二トントラックに横から突っ込まれて建物の壁に押しつけられ、缶詰のようにぱっくりと開いていた。今日午前、死刑判決を受けた四連続殺人の犯人アマドゥ・アマドゥが、刑場への囚人移送の途中で逃走しました。写真のほうを向いて、アナウンサーは二台の車のクロスする走行方向を腕で示し、事故の状況を解説し、逃走した囚人はすぐに再び捕らえさせるつもりだが、自分でやるわけではないのでアラーよお許し下さい、というような意味の警察長官の言葉を引用してニュースを終えた。彼は紙の束を机の上に押しやって、咳払いをした。カメラはまたアナログ時計にズームした。六時十五分。

カニサデスは四角い枠を眺めた。銃から取った右手のくっきりした親指と、十日前に署で取ったアマドゥの右手の親指。一致。

第二部　砂漠

15　タブラ・ラサ

ガラマンテスの民のもとからから十日の旅を続けると、再び塩の山と泉にたどり着き、その周辺にはアタランテンという民が住んでいる。彼らは、私たちの知る限り唯一の、名前を持たない人びとである。みな一緒でアタランテンという名なのであり、ひとりひとりには別の名前はない。

ヘロドトス

舞台を眺めているようだ。二枚の黒っぽい色の板が急ごしらえの幕のように左右にある。その間の鋭いくさびのような隙間に、高く青い空。ほとんど白く、明るく、網膜を痛めつけるような。下には砂漠。砂漠には白いジェラバを着た三人の男たち。最初は、男たちはみな同じように見えるが、やがて小さい男と、太った男と、地味な男が見分けられる。彼らの口はせわしなく動き、手はひらひらとひるがえっている。小さい男が太った男を説得しようとしていて、太った男は日に輝く籠編みの鞄を腕に抱えている。しばらくすると、地味な男が視界から消えた。太った男は自分の顎を平手でぴしゃりと打ち、唇をまくり上げた。小さな男は笑う。彼は漫画のように大げさに、片方の拳を前に突き出し、腕を曲げてもう一方を頭の後ろに振り上げ、今にも太った男に飛びかかるようなポーズを取った。そして次の瞬間、本当に太った男に飛びかかり、太った男は彼を地面に殴り倒した。籠編みの鞄は砂に落ち、紙幣が流れ出た。地味な男がつかつかと歩いてまた視界に戻り、ふたりと話した。彼らは紙幣の方に身をかがめた。風向きが変わり、彼らの声が聞こえるようになった。彼らはセトロワという男の話をしていて、自分たちのせいではなかったのだ、と互いに確認しあっているのだった。自分たちに非はないと。それから彼らはふと黙り、ある方角を眺めた。ただ太った男の両手だけが、まるで勝手に動いているように砂の間を探り続けていた。小さな男は地味な男の方を向き、何かささやいた。地味な男は見えない札束を見えない鞄に詰める動作をした。遠くからディーゼルエンジンの音がした。車のドアが閉まる音がオフから聞こえた。四人目の男が画面にはいってきた。やはり白いジェラバを着ている。彼の顔も声も、他の三人とそう変わらないが、態度がもっと堂々としていて、アラビア語と英語混じりのフランス語を話していた。

「見つけたか?」と四人目は聞き、小さな男は、ひとり、頭をかち割ってやったと答えた。

「ラルビがひとり、頭をかち割ったんで。ジャッキで。腐った木みたいな音がしやしたぜ」

「見つけたか?」と四人目は繰り返し、小さな男は太った男を見て、太った男は「セトロワが持って砂漠に逃げました」と答えた。

「あいつの頭をかち割ったんじゃないのか?」

「セトロワの頭じゃありませんで」

「じゃ誰のだ」

「わかりません」

「セトロワはどこだ」

「遠くまで逃げられやしません」

「どこだと聞いてるんだ！」と四人目は太った男の胸ぐらを摑んだ。

太った男、小さな男、地味な男は同時に片腕を挙げ、苦労してシンクロで身動きしているようだった。

「なんでここに突っ立ってるんだ」

「モペッドに乗って逃げたんで！」

「歩きじゃなかったのか？」

「そうです、でもそこの倉庫にはいったと思ったら、モペッドで出てきたんで」

「お前ら、車はどこだ？　それに、その鞄はなんだ！」四人目は太った男の腕から鞄を蹴り落とした。金がまた舞い散った。

「だから、最後まで話させてくださいってば！」と小さな男が言った。

四人目は拳銃を取り出し、小さな男に向けた。小さな男は甲高い悲鳴を挙げて一歩横に逃げた。四人目は彼の下腹を思い切り蹴り、小さな男は画面から飛んで消えた。

「車輪の跡がありますって」と地味な男が叫んだ。

「じゃあ、見せてもらおうか！」と四人目が言った。

小さな男がかがみ込み、片腕を腹にあて、もう片方の腕を身を守るかのように上にあげて画面に戻ってきた。

「もう少しで捕まえるところだったんで」と彼は嘆いた。「もうすぐってところだったんです。もうボンネットのすぐ鼻先にいたんですから！　なのにセトロワの奴、砂漠にはいっちまって、この砂漠めが。うちらのシボレーが砂にはまっちまって。なんで走って追いかけて、ラルビはもうセトロワに手が届きそうだったんですが、砂山を駆け上ったら！」ここで彼は両手を肩の高さに上げて、びっくりした表情をして見せた。

「そこいらじゅう、金だらけで！」と太った男が続けた。

「それも、ドイツのお金ですよ！」と小さな男が言った。「もちろん、四人で分けましょう。まあ適当な数字を言うとすれば三〇、三〇、三〇、一〇、とまあ、大体のところですが、つまりね、三人が三〇であとは……一〇と。もちろん、私たちは二八とか二五でも……」

銃声が響き、小さな男はくずおれた。そして倒れてしばらく動かずにいたあと、転げ回り、けがをしていない体を驚いて見下ろした。

「セトロワはどこだ！　いいから跡を見せろ！」と四人目が怒鳴り、小さな男の上にそびえ立って、ピストルで背後の地平線を指した。

「あっち！　あっち！　あっちで！」と地味な男が叫びながら画面から走り出た。四人目と小さな男も続いた。

太った男は籠編みの鞄を拾おうとかがんだが、四人目がすぐに戻ってきた。彼は銃を逆さ向きに持ち、握りの部分で太った男の頭を叩いた。彼は札束を手に取って、太った男の顔にこすりつけた。

「これが誰だか、わかるか？　ゲーテだよ。いや、知るわけないか！　ゲーテって、誰だと思う？このくそゲーテはな、くそ東ドイツ人だ。東ドイツの金なんだよ、全部で二〇ドルにもならん。じゃあ、跡を見せてくれ、これであいつを捕まえられなかったら――せいぜい祈るんだな！」

彼はまた画面から消え、太った男もついていった。

小さい男の声がオフから聞こえる。「モペッドがあるなんて、知らなかったんですよ。倉庫にモペッドがあるなんて、知るわけないでしょう。それに、あいつの仲間のことは――」

四人目の男の声「仲間だって？」

小さい男の声「ラルビが頭をかち割った野郎ですよ。なんにも聞いてないいんですね！　セトロワはあの倉庫にはいって、一分後にはモペッドでまた出てきたんです。わたしらは三百メートルも離れていて――どうにもならなかったんです。だからわたしらも中にはいって、ほら、他にもモペッドがないかと思って。そしたらあの野郎がいて。それで、奴はどこへ行った、どこへ行った、って聞いたんですが……わかってますよ。何も答えないんで、ラルビがジャッキで頭をかち割ったんです。でも、わたしら歩いてじゃどうにもならないんで……でも、あんたがすぐにジープで来るのがわかってたもんだから……そいでいつでもわたしらを……怒らないでくださいよ……」

彼らの声は段々と小さくなっていった。車のドアを開ける音、閉める音。聞き取れない言葉。エンジンのかかる音、そして騒音の中で怒鳴りつけるひと言、「この馬鹿野郎、もしあいつが路線《シーネ》を混乱させせたら！」

そして何も聞こえなくなった。

16　覚醒の可能性

「ファントマだ」

「何ですって？」

「ファントマ、と言ったのです」

「その意味は？」

「何も……すべて！」

ピエール・スーヴェストルとマルセル・アラン

男たちが画面の右端に消えたのと同時に、大衆劇場の俳優のように太陽が木の板の左から登場した。消えて行くディーゼルエンジンの音は、地平線の下に水平なくさびを打ち込むようだった。

この明るさ。静けさ。頭の向きを変えようとすると、どこが痛いともわからない痛みを感じた。まるで内部から握りこぶしが目を押し出そうとしているかのようだった。彼は目をしばたたいた。彼は手で頭を探り、頭蓋骨に穴が開いているのではないかと思った場所に巨大な腫れを見つけた。乾いた血と粘液。あいつらに、頭をかち割られたんだ。しかしなぜ？　彼は目を閉じ、また開いた。まだそのままだ、おそらくこれは現実なんだ。彼の最初の考えは、逃走、だった。逃げなくては。なぜかはわからないが、体がそう言っていた。体のあらゆる部分が、ここから逃げ出したがっていた。

しかしそうなると、どこへ逃げたらいいのか、とパニックになった。そしてまたそれは、ここはどこだ、という疑問につながった。木の板の隙間から眺めても、何もわからなかった。空っぽの砂漠。どうやってここまで来たのか、わからなかった。どうしてあの男たちに頭をかち割られたのか、わからなかった。そもそも本当に彼らに頭をかち割られたのか、わからなかった。思い出すことができなかった。そして、頭をかち割られたこの自分は誰なのかも、思い出すことができなかった。自分の名前が思い浮かばなかった。

体の向きを九〇度変えるだけのことがあまりにつらくて、それが痛みのせいなのか、それとも筋肉が言うことを聞かなくなっているのか、わからなかった。彼は体を後ろに倒し、ただ頭だけを持ち上げようとした。汗びっしょりになり、息を切らしながら、自分がその壁によりかかっている部屋の一部を眺め渡した。小さなハンマーが頭蓋骨を内側から叩き、心臓のリズムにのって、屋根裏、板壁、記憶喪失、滑車、平底フラスコ、砂山、といった単語を神経衰弱のカードのように開いて見せた。

平底フラスコや記憶喪失といった複雑な言葉が記憶にあるということに、彼は少し安堵した。しかしこうした言葉以外には、状況を明らかにしてくれるような何も思い浮かばないことに、不安を覚えた。自分の名前が思い浮かばない。ちょっと前まで思い込んでいたように、口先まで出かかっている、というのでもなかった。彼は頭をもう少し上げた。

彼に見えたのは、幅七、八メートルで、奥行きはよくわからない屋根裏部屋だった。一方の奥は真っ暗で見えず、もう一方では窓のような開口部から埃っぽい光が注いでいた。その逆光の中にいくつも机があり、その回りには金属の機械やフラスコ、ポリタンクがあった。机の上には小さなフラスコ、床の上には大きなフラスコ。机の回りの床は砂で覆われていた。実験室？　砂漠の中の屋根裏部屋に？

天井の梁からは重たい鉄の鎖にぶら下がった滑車装置が、床に開いた大きな四角い穴を通して下につながっていた。

彼は長いこと辺りを眺め、理解できそうな物体のすべてを観察し、その名を挙げ、しばらく意図的にそのことを考えないようにしたあとで、またついでを装って自分のアイデンティティのカードをさらっとめくろうと試みた。

そのカードはなかった。

他に思い出せるものは何か、彼は思い出そうとした。まったく何も思い出せないというわけではなかったのだ。高い空の下に立っていた四人の男たちのことは覚えていた。彼らが話していたこと、けんかを始めたことを覚えていた。金のつまった籠編みの鞄のことを覚えていた。それから、彼らがセトロワと呼んでいた男が、モペッドに乗って砂漠に逃げたということ。男たちが欲しがっている何かを持って。彼はぎらぎらした日の光と、「もしあいつがシーネを混乱させたら！」という言葉を思い出した。エンジン音がかぶさって聞こえにくくなった言葉。あいつがシーネを……マシーネを……クリスティーネを？　もしマシーネが動いたら？　もしあいつがクリスティーネを尋問したら？　白いジェラバを着た四人の男たち、籠編みの鞄、ジープ。

この小さな四人劇を過去に向かっていくら延長しようと試みても、無理だった。劇には始まりも終わりもなく、無の大海に浮かぶ小さな孤島のように漂うばかりだった。もし雪崩《ラヴィーネ》がひどくなったら。もしあいつが砂漠の犬を誘拐したら。セトロワ。白紙に書かれた最初の弱々しい文字たち。

思い出せることは、あと何だ？　男たちは、四人ではなかった、最初は三人だった。頭の悪い男たちだ。誰かの頭をジャッキでかち割ったといって喜んだり、東ドイツの金とちゃんとした金の区別がつかなかったり。それから四人目の、武器とジープを持っていて、それほど頭が悪くないらしい男。彼は、男たちが乗って行った車はディーゼル車だったのを覚えていた。彼は車のドアを閉める音をちゃんと聞いて、数えていたことを思い出した。一、二、三、四。脳天を叩く四回の衝撃。四人の男が四つのドアから見えないジープに乗り込み、走り去った。誰かひとりが一度目にはドアがちゃんと閉まらず、二度ドアを閉めたのでなければ。そうだとすれば、三人がいなくなり、ひとりが見張りに残ったことになる。

彼はできるだけ、物音をさせずに耳を澄ませた。しかし頭の中の拍動は、じっとしていることにもう耐えさせてはくれなかった。もし見張りがひとり残ったのなら、そいつは彼がどこにいるのか、もとからわかっているから残ったのだ。それならどうでもいい。ここから逃げないと。彼の体は逃げようと言っていたし、彼の精神も同意見だった。

17　下へ降りる可能性

もしそのひとが他の点では普通に振る舞うのなら、彼は完全に責任能力がある。それなら、たとえ彼に脳がなかったとしても関係ない。

ハンス＝ルードヴィヒ・クレーバー、法医精神医学者

　彼はもう一度、起き上がろうとした。今度は筋肉がどうにか言うことを聞いてくれて、言い難い苦痛を予想していたのに、頭の中の疼きだけしか感じないことを不思議に思いつつ、彼は起き上がった。最初に起き上がろうとしたときに体の麻痺のように感じられたものは、革ひもをかけて背中に背負っていた物体だということがわかった。彼は革ひもを肩からはらい、ずんぐりとした機関銃の銃身を眺め下ろした。遊底と引き金、そして銃床、ピストルグリップ、弾倉の不吉な三拍子。AK－47。少なくとも、銃床には覚束なげな銀の文字でそう刻まれていた。AK－47と。しかし会社のマークはなかった。それに、この物体はAK－47ではなかった。軽く、ふらふらと揺れながら、それは彼の手の上に乗っていた。丹誠込めて、細部まで木で彫り出した、黒塗りのおもちゃだった。

　彼は四つ足をついて床から起き上がり、ぐっと立ち上がった。目を閉じ、また開いて、屋根裏の床の上を不確かな足取りで数歩、歩いた。大丈夫だ。彼はゆっくりと息をしようと試みながら、とにかく自分自身に言い聞かせた。大丈夫、大丈夫、大丈夫。

屋根裏の端にある窓のような開口部から、彼は外を眺めた。その下は五、六メートルあった。そこは巨大な物置き小屋の切妻に開いた窓だった。下には小石が敷いてあった。物置き小屋の左手には小さなバラックがあり、その屋根の上には洗濯物が干してあった。そしてその向こうには、地平線まで広がる砂漠。

階段なし。梯子なし。

汗がにじみ出た。

「私の名前は」と彼は突然声に出して言った。「私の名前は。私」最後の「し」で彼は舌の動きを止め、そのまま自動的に先に進むのを待ったが、舌も唇もなすべきことを知らなかった。

どうにかして下に降りなければ。一階につながっているのは、滑車がぶらさがっている三×三メートルの床の穴だけのようだった。その下の一階は真っ暗だった。目が暗がりに慣れるまで待っていると、穴の下には廊下のようなものがあるように思えてきた。廊下からは左右に向かって少し明るい線が伸びていた。きっと小さなついたてのようなもので空間を区切って、小部屋や家畜のための仕切りなどを作ってあるのだろう、と彼は考えた。ついたての高さも、地面までの高さも、推測するのは困難だった。暗がりがまるで目の錯覚のように働いて、地面は近くに見えたり、遠くに見えたりした。どちらが本当か、彼にはわからなかった。しかしここでも小屋の外側から見たのと同じくらい高さがあると予測するのが妥当だと思われた。とすると五メートルか六メートル。穴の縁から少しの砂を足で押して落とすと、一秒は何も聞こえず、それから暗がりでさらさらと音がした。

動滑車からは油じみた鎖が伸び、大きな定滑車を通って斜めの梁に向かい、そこで釘にしっかり掛けられていた。彼は鎖を外して、重たい滑車を少し上下に動かしてみて、また鎖を掛けた。油のついた鎖をつたって五、六メートルも下まで降りる自信はなかった。彼は長いこと屋根裏、床の穴、滑車装置を眺め、ふと初めて、どうやって自分はここまで上って来たのかと疑問に思った。滑車で？　それなら、上で誰かが彼を鉤から外して、隅まで引きずって行き、それから自分で下に降りて行ったことになる。

多分、梯子があったのを、後で片付けたのだ。もしかしたら自分で屋根裏に登ったのかもしれない。そしてここで頭をかち割られた。あるいは、奴らは下で彼の頭をかち割り、彼は最後の力をふりしぼって屋根裏に逃げ、梯子を引き上げてから意識を失った。

彼は薄暗がりのなかを見回したが、梯子は見当たらなかったし、他にも使えそうなものはなかった。縄もなかった。がらくたばかり。

「私の名前は」と彼は言った。「私の名前は……」

なにか対重になるものを鎖につけて、自分は滑車にぶら下がってそっと地面まで降りることは可能だろうか？　彼は懸命に物理の法則を思い出そうとした。力×力の動く距離、負荷×負荷の動く距離。しかし負荷の動く距離はどのくらいなんだ？　滑車はふたつあり、鎖は上から来て下の滑車を回り、輪を描いて今度は上の滑車にかかっていた。つまり、三倍の、いや二倍の距離だ。すると自分自身の半分の重さの対重が必要だ。いや、それとも四分の一？　心臓が早鳴った。一分間、機械を眺めているうちに、どちらの端により重いものを釣り下げたらいいのか、わからなくなってきた。それに、もし計算をちゃんとしたとしても、錘が自分に対してどのくらいの重さなのか、どうやったらわかるというのだ。錘が軽すぎれば、降下するときに速度が上がりすぎる。重すぎれば、梁にまで釣り上げられてしまう。

彼は屋根裏をもう一度詳しく調べ始めた。机の上の装置、銅製の鍋、管。レンガを積んで作った炉の上に金だらいが載っていた。辺り一面の砂は、明らかに防火が目的だった。透明な液体のはいったプラスチックの瓶を嗅いでみると、高濃度のアルコールのつんとした臭いがした。

いくつもある机は、重くてしっかりした感じに見えた。注意して穴から落とせば、積み上がって舞台のようになってくれそうな気もした。机のひとつを動かそうとすると、その後ろで何かが倒れ、砂と埃とがらくたの下に梯子の桟が見えた。やっぱりあったか。

彼は梯子を掘り起こして、長さを測り（大股で五歩半）、これでは屋根裏の床から地面まで届いたとしてもぎりぎりだという結論に至った。うめき声を上げながら、彼は梯子の中ほどを持って持ち上げ、床の穴に向けて秒針のように下ろしていった。そのとき滑車の鎖が留めてあった斜めの梁に、梯子の後端がひっかかった。鎖は釘から外れ、滑車がゆっくりと動き始めた。首をすくめて、固まったまま、彼は滑車がずっしりとした動きで沈んで行き、鈍い響きを立てて地面に打ち当たるのをただ眺めていた。それに続いて鎖があざ笑うかのようにがちゃがちゃと鳴りながら上の滑車を通って、視界から消えていった。もう少し気が回っていたら、鎖を止めることができたかもしれない。でもそうしたら梯子を取り落としていただろう。しかし、もう梯子があるのだから、滑車がなくなったのはまだ諦めがつくように思われた。もっと心配なのは、音だった。彼はじっと動きを止め、息をつめた。しかし何事も起こらなかった。

用心深く、彼は梯子を穴の縁から押し出した。梯子がおそらく半分より少し空中に突き出たところで、梃子の法則が働いた。彼は短い方の端を支えていることができなくなり、梯子を引っ張り戻した。

垂直に下ろすことも無理だった。天井が低すぎた。もう二回、無駄な努力をしたあとで、唯一の可能性は、梯子を勢いよく奈落に投げ込んで、どうにか真っすぐ立つことを期待することだけだと思われた。彼の予想が合っていれば、梯子が穴の縁まで届くためには、垂直からほんの数度までしか傾いてはいけなかった。もし本当に届くものなら。

道具の使い方を練習する実験動物のように、彼は梯子を支点の上でバランスをとりながら何度も揺らした。実験と失敗、精神と物質——と、ふいに物質が勝手に動き始めた。重心をほんの少し前に出しすぎたらしく、梯子が加速し、彼は前のめりに引き倒された。彼は必死で一番端の桟にしがみついた。

ものすごい勢いで腹から倒れ、穴の縁からきわどいくらいに乗り出し、ただ右足がどこか、おそらく机の脚に引っかかったおかげで落ちずにすんだ。息ができなかった。

右腕と、上半身の大部分が奈落の上にあやうく浮いていた。右手は、痛みとしてしか感じられなかった。肩関節は、もっと大きな痛みだった。しかし最後の力を振り絞って、彼は梯子を片手で握りしめた。彼は梯子が暗闇の中でゆっくりと巨大な振り子のように揺れているのを感じていた。血が右手の指をつたって落ちた。皮膚が破けていた。彼はうめき、頭を下にしたままもう数センチ奈落に乗り出した。振り子は地面をかすり、止まった。彼は梯子をがたがたと揺らして垂直に立てた。

梯子は立っていた。しかし梯子の端と屋根裏の床板の下側の角までには四〇センチほど足りなかった。彼は梯子の端に掛ける手を左手に代え、痛む右手を宙に振って、ほっと息をついた。

とはいえ、梯子が短すぎるなら、何の役に立つだろう？　それなら手を離したって同じだ。これは明らかに、登ってくるのに使った梯子ではなかった。きっともうひとつ梯子があったのに、誰かが外してしまったのだ……そこで彼は不安に身をすくめた。どうしよう、もしその誰かがまた下に降りていったのじゃなかったら？　まだここに隠れているとしたら？　屋根裏の隅々まで調べたわけではなかった。彼はおびえて見回し、頭を左右に振り、屋根裏の端の窓に目を留めた。あそこだ、とふいに思いついた。

梯子を窓から出せば、外壁に寄りかかって止まっただろう。もしかしたら、あそこから出られたかもしれない。彼は決然と、梯子の桟をつかんでまた上に引き上げようと試みた。しかし梯子をやっと少し持ち上げただけで、重労働のために肺から息が抜けた。二番目の桟をつかもうとすると、体がずり落ちてきた。急いで梯子を地面に立てると、彼は横たわったまま激しく息をついた。

あと二回、試みたが無駄だった。もう梯子を落としてもよかったかもしれない。しかしすでに一度間違いを犯したあとで、二度目の間違いは避けたかった。仕方なく、少なくとも何かもっといいことを思いつくまで、梯子の端を持って待っていることにした。

最初に思いついたことは、梯子を何かに結びつけることだった。ジェラバを脱いで、一番上の桟に結びつけられるだろうか。

ジェラバの襟をつかんだとき、自分がジェラバの下に格子柄のスーツを着ていることに気付いた。これで、どうしてこんなに汗をかいているのかわかった。しかし、どうしてジェラバの下にスーツを着ているのだろう？　どうしたら横たわったままジェラバを脱ぐことができるか考えているうちに、彼は水の音を聞いた。水の音。蛇口がきしる音。ひとの声。独り言を言っているような声だ。それは物置き小屋の外から聞こえた。

端の窓の下を歩くくぐもった足音。急にぎしっという音がして、ほんの細い光の糸が一階を走った。誰かが戸を一センチほど開けたように。喉がぜいぜいいう音、それから静けさ、それから地震のような咳の発作。咳の発作は遠ざかり、またどこかで水の音がした。足を引きずる音、ぜいぜいいう音。締めるときしむ蛇口。

気付かれずに梯子を落とすことはできなかった。しかし横たわったままでいることもできなかった。絶望が、とにかく行動せよと駆り立てた。左手で梯子を押さえながら、腹這いで床の上を動き、左脚を奈落に投げ出して一番上の桟を探した。それは意外に近くにあった。彼はそこではなく、すぐに二番目の桟に足をかけた。それからそっと梯子の足から手を離した。足で踏みつけることで、なんとか梯子を垂直に保つことができた。彼は右脚も奈落に出して二番目の桟を踏んだ。何をしようとしているのか、計画なんてなかった、ただパニックを起こしてがむしゃらに目標につき進もうとしていた。センチメートル刻みで重心を後ろに倒しながら、一方の足を鉤にして二番目の桟の下を支え、もう一方の足で三番目の桟を探した。両足が三番目の桟に立つと、彼の腰はもう屋根裏の床下に消えた。

片手を穴の縁に、もう片手を梯子に掛けて、彼はぐらぐらしながらもう三段降りた。これでおしまいだった。次の一歩では、穴の縁から手を離さなければならない。下まではまだ数メートルあった。彼は見下ろした。十二段か、十五段。外からぜいぜいいう音が近づいてくる。

彼は梯子のバランスをもう一度整え、深く息を吸い込み、穴の縁から手を離して、猿のごとき早さで奈落へと降りていった。尻を馬鹿みたいに突き出しては勢いよくまた梯子に身を寄せて、自分の口からもれる嘘のような喘ぎ声を聞きながら、それでもさらに四段か五段は降りられた。サーカス芸だ。それもクラウンの。綱渡りのじゃない。しかしそこで梯子はひどく傾き、もう一段下に足をかけたものの、次の足は宙を踏んだ。落下しながらも彼は梯子をつき放し、背中から地面に落ちた。梯子は彼のほんの数センチわきに倒れた。埃が舞い上がった。小枝を編んだ壁、金属のタンク、砂、鎖、きしむ音。開いた戸からはいる光。戸口に立っているのは海の神ポセイドン、波打つ髭と三叉の矛。

訂正、干し草フォークを持ったオアシスの農夫。

彼は、どこが一番痛いのか、考える暇もなかった。骨は折れていないようだった。よろよろしながら立ち上がり、何事もなかったかのような顔をして二本指で額を叩いた。こんにちはの意味だ。ポセイドンは下を向いた。

彼は、逆光の中で髭の上にある老人の酔っぱらった顔を見たように思った。そして「上にいたんですよ」と弁解とも抗議ともつかない言葉を言ってみた。彼は事件の現場を指さしながら、どうしたらこのポセイドンのわきをすり抜けることができるか考えていた。

ふたりの男たちは同時に一歩踏み出して近づいた。農夫は目が見えないか、ひどい斜視かどちらかだった。白い膜が片方の目を覆い、もう一方は小屋の暗がりのどこかを見つめていた。それからポセイドンは視線と同じ方に体を向け、これまでとは全く違う、驚愕したような音をぜいぜいする喉から漏らした。

向き合った男は振り向いて、農夫の見ているものを見た。がらくたと機械の部品の横、ふたつのついたての間の薄闇に男が横たわっていた。白いジェラバを着た男が、手足を奇妙にねじけさせて。彼のぐしゃりとつぶれた頭の上には、重い鉤のついた滑車があった。油じみた鎖が血と脳漿の中をのたうっていた。ポセイドンがよたよたとこの図に足を踏み入れる。いまはこの男に記憶喪失がどうのと話をする時ではなかった。殺されたばかりの死体、武器を持ったジープ乗りの男たち、フォークを手にした目つきの怪しい農夫。状況は混乱していた。彼は農夫を突き飛ばして走った。小屋の戸から走り出た。バラックのわきを抜け、砂漠へ。そして走り続けた。

18　砂丘の下で

荒れ地ではなく、すべてが地下へと生い茂る逆さまの森。

サリンジャー

走る方向はただ物置き小屋の戸の向きに従っていた。ただただ、真っすぐに、建物から一直線に。彼は砂丘を駆け上がり、つまずいて、稜線の向こうに身を投げた。十五メートル滑り降り、波打った谷間を全力疾走し、続く風下の斜面をよじ上った。砂丘の風下側は急斜面で、脚が膝まで沈み込んだ。風上側は平らで固かった。逆の方向に走るのならもっと簡単だっただろうが、それでは追って来るのにも簡単だということになる。

彼は振り向いた。誰も追ってはこなかった。すっかり息を切らして、彼はゆっくりと走り続けた。斜め前方の少し離れたところに、並んだ柱が見え始めた。おそらく電柱、それに街道だ。彼はそこを目指した。どこかから唸るような音がした。始めは自分の耳の中の唸りのように聞こえたが、彼はそんな幻想に身を任せたりしなかった。それは近づいてくるディーゼル車の音だった。おそらく彼らはセトロワを捕まえることができなかったので、今度は彼を追って来たのだ。あるいはセトロワを捕まえて、今度は彼も捕まえようとしている。

彼は走った。ジープは山谷を二〇か三〇超えた向こうで砂丘の上を疾走し、一瞬、宙に浮いたかと思うと、エンジンを唸らせて視界から消えた。

背をかがめて彼は左に鋭角に曲がり、蛇行する谷間に入り込んで、走りながら拳大の石を拾い、また落とした。どうしようというのか？　これで相手の手から銃を打ち落とせるわけでもないだろう。午後の太陽が彼の顔を焼いた。彼は立ち止まり、喘いだ。自分の足跡を十歩ほど踏んで戻ってみた。ダメだ、すぐに見分けがつく。エンジン音は谷間のリズムに添ってふくらんだりしぼんだりした。パニックでおかしくなって、彼は砂丘を登り、また同じ側を降りて、その結果を眺めた。それから谷間をぐるぐると走り回り、隣の小さな谷間も走り回って、あらゆる方向への足跡だらけにした。

二枚の平べったい岩がまるでトースターにささっているように並んで垂直に立っているところがあった。その風陰には深い溝ができていた。彼はそこに体をねじ込み、頭を岩の間にいれて、脚と胴体に砂をかけた。そして両腕を横に着き出して地面をこすった。打ち付ける衝撃で簡単に小さななだれが起きて、彼の上に降り注いだ。最後に頭を岩の間でごろごろと回した。頭の傷が開くのがわかった。痛みは超絶的だった。上から顔に砂が落ち、さらさらと耳に流れ込んだ。ディーゼルエンジンの音は消えた。彼にはもう、自分の喘ぎしか聞こえなかった。息をこらして、目をしばたたいた。体はすっかり砂で覆われているようだ。体に載った砂の向こうに、谷間と向こうの砂丘の腹、そしてあたりを覆う怪しげな足跡が見えた。視界は岩にかなり遮られていた。そのかわり、彼の顔は目の前に立つのでなければ見えないはずだった。それでも見えるのには変わりなかったが。

彼は深く息を吸って、目を閉じ、もう一度頭をごろごろと回した。砂がもうひと塊、額と鎖骨あたりに落ちて、細かい粉砂糖のように彼の瞼、頬、口角を覆った。顔がどのくらい外に出ているのか、大体しかわからなかった。多分、顎と鼻の先は出ているだろう。しかしもう頭を動かすわけにはいかなかった。ほんの少し息を吹いて、鼻から砂粒を出し、彼は待った。

たったいま見たばかりの、明るい日の光に照らされた砂丘の残像が瞼の裏に浮かんだ。風に刻まれた波模様に覆われて輝く砂丘。巨大な脳の襞を思わせるような。太陽は黒い輪で、真ん中に明るい穴があいている。もしかしたら、一生の終わりに見た光景。もし奴らが彼を見つけて、音も立てずに近寄り、岩の間の地面に何発か打ち込んだら、彼は殺人者を見ることさえないだろう。またエンジン音がした。近づいてくる。遠ざかる。曲がったようだ。突然、彼は軽い衝撃を感じた。砂のヴェールが軽やかに彼の脚の上の砂にかかった。彼は叫び声を聞いた。どうやら奴らは彼の隠れている谷底をハイスピードで円を描いて走っているらしい。彼は身じろぎもしなかった。息も止めようとした。騒音が消えたとき、奴らが行ってしまったのか、それとも車を降りて歩いて彼を探しているのか、彼にはわからなかった。

静寂が何分も続いた。

三分。それとも十分。自分の時間の感覚がどれほど不確かか、気付いた彼は心拍を数え始めた。心臓はばくばくと打っていた。左胸の上の砂が太鼓の膜の上でのように跳ねて、居所を知らせている様子が目に見えるようだった。百回で一分。そんなところか。百五を数えたところで、くぐもったキィ、という音を聞いたような気がしたが、確かではなかった。耳の中の砂がとんでもなく痒かった。

彼は、時間を計るため、気を落ち着かせるため、集中するために数え続けた。百九十九、二百。息を吐くと鼻の下の砂に模様ができて、見つかるのではないかという馬鹿らしい考えを振り払うことができなかった。

三百、四百、五百まで数える。五分。三千二百でエンジン音が聞こえたが、とても小さかった。今度は近づいてはこなかった。六千、一万二千まで数える。動かない。後頭部のずきずきとした痛みが強くなってきた。全身が脈を打っていた。数を並べ続ける間、誰かが自分のすぐ上にかがんで、銃を構えたまま意地悪に待っているような気がしていた。彼が目を開けるまで待って、それから笑いながらこの砂の墓へと一発撃ち込む。彼は一万五千まで数えた。これで心拍一万二千、およそ百二〇分の間、音がしていない。彼は下唇を突き出し、顔に息を吹きかけて、瞬きしようとした。岩の間の細い視界の中には、車輪でぐちゃぐちゃに掘り返された谷間と向こうの砂丘が、ガラスのように青い暮れ方の空の下に広がっていた。砂丘の稜線には何かが立って、つぶらな瞳で彼を凝視していた。食い入るように、じっと、馬鹿げた好奇心に駆られて。短足で、毛皮のある動物、フェネックより大きくはない。赤みがかった黄色の毛皮。二本の牙が貧弱な下あごの上に垂れていた。動物は辺りを見回し、もう一度キィ、と鳴いてトコトコと消えた。

19　四分の一文字

マリファナを合法化しようとした野郎めは、全員ユダヤ人だった。ユダヤ人ってのは、一体どうなってやがるんだ。きっと、奴らのほとんどは精神分析医だからこうなんだ。

ニクソン

電信柱の下の街道にたどり着くやいなや、地平線に埃が舞い立つのが見えた。彼は砂丘の後ろに這って行き、近づいてくるのがあのジープではないのが確実にわかるまで隠れていた。やってきたのは白いフィアット500で、その左側からは脚が一本突き出していた。彼は飛び上がり、街道に駆け戻って両腕を振った。フロントガラス越しに、乗っているふたりが見えた。髪の長い若い白人で、上半身は裸だった。彼らはふらふらと蛇行しながら彼に接近し、牛のように鈍重な眼差しで、ぐっと曲がりながら通り過ぎた。そしてそのまま歩くほどの早さで進んだ。

彼は車の後を追いながら、どんな目にあったたか、開いたサイドウィンドウに向かって叫んだ。助手席の男は口を開き、上唇を鼻にまでまくり上げて、耳が遠いかのように手を耳にあてた。「何だって？　何だって、て言ったんだよ！　おまえ、足早いな！　けど――何だって？　どんな男たちだって！　おいもうちょっとゆっくり運転してやれ、大分息が切れてるぜ。いやそこまで遅くするな。さあ、言ってみろ、どんな男たちか、わかるはずだろう！　で、だからってここをほっつき歩いてるのか？　ただほっつき歩いてるわけじゃねえ、って言ってるぜ。いや、ほっつき歩いてんじゃねえんだって……ビールひと口どうだい？　気を悪くすんなよ、俺たちゃクリスチャンなんだから。でもさ、英語はできるんだね。本当さ、英語ができんのはおまえが初めてだよ。ここいらの土人ときたら――スミマセン、フランス語はヘタクソで、て言うしかねえからな。けどよ、どうするつもりだい？　後ろの席を見てみろよ。そうだ、俺たちみんな、生きるか死ぬかで大変なんだ。もちろん、気の毒だけどさ。俺たちの身にもなってくれよ。砂漠の掟さ。その上っ張りの下にナイフ隠持ってたりするかもしんねえじゃんか。もちろん、違うだろうさ！　喉をかっ切る前に、ナイフ隠してますなんて言う奴がいるかよ。でもよ、注意にこしたことはねえからな。それにこんなところをほっつき歩いて、自分が誰だかわかんねえし、どこに行きたいかもわかんねえ、頭もめっちゃかち割られて、なんて話する奴は――あのさ、どうなってんだよ、おまえ！　そんなん信じらんねえよ。ねえ、あいつの言うこと、信じられる？　ちょっと速度落とせ。ビールいるかい？」

車は第一ギアでゆっくりと彼の横を走っていた。彼は一度、差し出されたビールの缶に手を伸ばしたが、缶はさっと引っ込んでしまった。ついに彼は疲れきって、息も絶えだえに立ち止まり、キシキシと音をたてながら進むフィアット500を見送った。五〇メートル。そこで車も止まった。運転手が降りて、ストレッチをしながら手招きした。ゆらめく熱気が彼の腕を体から切り離し、足は地面から二〇センチほど浮いていた。そのうちに助手席の男も降りてきた。男はズボンのファスナーを開けて砂に小便をし、肩越しに振り返って運転手の男としゃべっていた。彼らは笑った。それからまた手招きした。

理性では、またからかうつもりだとわかっていた。多分、近づくやいなや、車に乗り込んで発進するつもりだろう。しかし、どうしてかわからないが、彼らは仲間だという気がしてもいた。

彼らの顔に浮かんだ表情は奇妙なほどに注意深く、同時に明るく開けっぴろげだった。彼らは昔からの友人か知り合いで、ただ状況の深刻さに気付いていないだけなのだ、という気がしてならなかった。それとも、頭のおかしい奴らか、どっちかだ。しかし頭がおかしいようにも見えなかった。ためらいがちに、彼はふたりに近づいて行った。友人かもしれない、という希望が膨らんで、ついに口をすべらした。

「俺たち、知り合いか？　知り合いなんだな！」と彼は叫んだ。

「そうだよ」と助手席にいた男は言い、シワシワのろうけつ染めのTシャツを被った。「ついさっきからね。けど、本当にマジなんだな？　自分が誰だかわからねえ、ってのは？」

彼は頷いた。

「で、いつからわからなくなったんだ？」

「何時間か前からだ」

「財布は持ってねえのか？」

これは考えてもみなかった。彼はジェラバの下でスーツの尻ポケットに触ってみた。信じられない。財布だ。彼は財布を引き出そうと、ジェラバをたくし上げにかかった。そしてまた目を上げると、折りたたみナイフが目に向けられていた。助手席の男が彼の手から財布を取り上げた。

「助けてやって、乗せてやるとしたら、おまえだってちゃんとこっちを助けてくんないとな。いいだろう？　ちょっと実費を負担してもらうだけさ」と言って男は中に札の束と色々なカードがはいっている財布を開け、紙幣だけ取ってあとは砂の上に投げ捨てた。男の連れはしゃがれた笑い声をたてた。男の瞳孔は開ききっていた。

「お、いいじゃんか。いい具合だ。じゃあ、俺たちはガソリンを買いに行って、荷物を下ろしてくるとしようか。それから戻ってくるよ。ここで待ってな、いいだろ？　その間にちょっと身なりをきれいにしといたらどうだい。豚みたいだぜ」

「記憶をなくしただけじゃなさそうだぜ、だんだんしゃべるのもだめになってきたみたいじゃん」

ふたりはナイフの先で彼の頭をあっちへこっちへと動かし、それから運転手が彼に四つ足で這って豚みたいに鳴けと命令した。彼は四つ足で這いまわって豚のように鳴いた。ひとりはどうしてそんなことができるんだと聞き、もうひとりは、豚はアラビア人のところじゃ汚れているんじゃないのかと聞いた。ふたりとも、あまり独創的ではないようだった。ふたりは最後に彼の脇腹を蹴って、車に戻った。運転手はエンジンをかけ、助手席の男は片足を踏み板にかけて、ナイフと札束を迷ったように眺め、振り返った。

彼らが思い返して、もっとひどい目に会わせられたり、殺されたりしたら、と不安に駆られて、彼は叫んだ。「金ならやる！」

これは決定的な間違いだった。

助手席の男がまず気付いた。「そうか、金は別にいらなかったんだな！」と彼は言った。喜びに顔を輝かせながら、彼は戻って来て、財布を拾い上げ、地面にひざまずいて痛む脇腹を抱えている男の反応を眺めた。彼は財布から紙類を取り出し、読み書きを習い始めたばかりの一年生のような、楽しげな無知を満面に浮かべて読んだ。白いカード、緑のカード、赤っぽい紙。真っ白いアメリカ人の歯並みが二列と、歯茎がにゅっと顔をのぞかせた。ショックを受けたように、彼はその赤っぽい紙を運転手に渡して、「オーマイゴッド」と言った。

運転手はちらりと紙を見て、戸惑ったように辺りを見回し、やはり「オーマイゴッド」と言った。それから下を向いて、「知らなかったんですよ！　申しわけありませんでしたね。どなたか存じ上げていたら！」と言った。

「襲ったりしてはいけなかったんです！」

「スーパーマン！　スーパーマンを襲ってしまった！」

「その通りだ、オーマイゴッド。スーパーマンだ！」

「スーパー頭脳のスーパーパワーだ！」

「それにスーパーぶひぶひだ！　おやおや、これは困った！」

彼らはすっかり自分たちの言うことを面白がっていた。それからまだひとしきり、スーパーキタナイ、スーパーバカ、スーパーブタ、などとジョークを言った後、助手席の男がライターを持ってきて、身分証明書の下に当てた。青みがかった炎がとてもゆっくりと、厚い紙に回っていった。切れ端を手から落とし、男は腕を振って指先に息を吹きかけた。白いカードと緑のカードはもっとよく燃えた。男はそれからまた四つ足で這ってメッカに向かって豚のように鳴けと命令した。それからやっとふたりは車に乗って走り去った。

彼は赤みがかった身分証明書の最後の燃え端に飛びついた。ほんの小さな切れ端から、灰が震えながら落ちていった。彼はその紙を人差し指と親指の爪ではさんだ。気まぐれな偶然にも論理や悪意が含まれているものだろうか、その切れ端にはちょうど「氏名」という文字が見えた。

氏名、そして文字の四分の一ほど。もう曲線の端が見えるばかりの。最後の炎がちょうどその曲線を蝕んでいるところだった。その文字は左上が丸くなっている、つまりCかOか。赤みがかった紙に真っ赤なインク。彼は砂の街道から埃の雲が上がっている地平線を見やった。それからまた自分のすすけた指先を見た。曲線は灰になってしまった。でも、見たことは見た。彼には、自分の名前がCかOで始まるということがわかっていた。それともSか。Sもあり得る。それが姓なのか、名前なのかはわからなかった。

彼は砂の街道を進んだ。もうずっと、車は来なかった。彼はジェラバを脱いで、その背中についた細い血の跡を眺めてから、砂に埋めた。次の埃のキノコ雲が地平線に立ったとき、彼は隠れるのに遅れてしまった。黒っぽいベンツがクラクションを鳴らしながら通り過ぎた。その後は、念のため街道から少し離れて砂丘を歩いた。とても疲れたが、不安で死ぬよりましだった。砂丘の上に来るたび、彼はあたりを見回した。傷がうずいた。彼は肌着を頭に巻いた。スーツのポケットの中身は、もうとっくに調べてあった。上着には鍵が七つついたキーホルダーがあった。タンブラー式の鍵が四つ、普通の鍵がふたつ、車の鍵がひとつ。それに使用済みのテッシュペーパー。内ポケットには先の折れた緑の色鉛筆。

歩きながら、彼はC、O、Sで始まる名前を思い起こそうとして、それがあまりに簡単なことに驚いていた。すぐに幾つもの名前が思い浮かんだが、どれも特に心当たりはなかった。クロード、シャルル、ステファーヌ、カンボン、カレ、セロー。オジェ。ササール。サンクレール。コンドルセ。オズーフ。オリヴィエ。名前はまるで見えない手によって見えないお盆に乗せられて出てくるようだった。もしかしたら、これは特にそういう名前のひとを知らなくても、誰でも知っている名前なのかもしれない。それともこういう名前のひとたちを、彼はみな知っていたのかもしれない。そのせいでどれも同じ感じがするのだ。どれも何も語りかけてこないのだ。彼は、どうして自分がそもそも記憶喪失などというものがあると知っていたのか、自問した。どんな人生のなかで、彼はそのことを知ったのだろう?

そこで彼はQを思いついた。

地平線に立つ次のキノコ雲からはディーゼルエンジンの音がした。彼は砂に腹這いになった。カノー、カントン。シュルムベルガー。カトルメール。シュヴァリエ。名前の列は途切れることがなかった。

それからGを思いつき、癇癪を起こした。彼はひざまずき、砂の上に指でアルファベットを書いて、他に忘れている文字がないか確かめた。C、G、O、QとS。これで全部だ。彼はふらふらと歩き続けた。シーネを破壊したら、雪崩《ラヴィーネ》の犬が動いたら、蜜蜂《ビーネ》を輸出したら……太陽がじりじりとサハラを照らしていた。

20　ウーズの国で

第九タイプの女性は、自分は第二タイプだと思っていることが多い。

エーヴァルト・ベルカース

ヘレンは数分の間、ひと言も言わずに受話器を耳に押し当てていた。そして向こう側からすすり泣きしか聞こえなくなったとき、彼女は「それでも、行っていいかしら？」と尋ねた。

昼頃、彼女はシェラトンのフロント係に教えられたレンタカー屋を見つけた。レンタカー、とフロント係はとにかく言ったはずだった。これならスクラップ置き場と言ってもよかった。中庭に置いてある乗り物は牛車一台と錆びたホンダのピックアップトラックだけで、その回りにはすり切れた車体が積み重なっていた。

板囲いの中では十三歳の少年が水パイプの前にうずくまっていた。ブロンドの女が現れたのを見て、少年はにわかに生気を帯びた。彼は飛び起き、腕を振り回しながら奇妙に古風なアクセントで彼女にしきりと話しかけた。その言うことは、しかしあまり芳しくなかった。ホンダは壊れているし、牛車（牛と御者付き）をヘレンは借りたくはかったし、いつまた車が借りられるのか、そもそもこのレンタカー屋には車が何台あるのかという質問には、少年は首を傾げることしかできなかった。近くに別のレンタカー屋があるかと聞くと、空港に行けばリムジンが借りられるが、予約もなく一台借りられる確率はゼロに近いという。

「で、あれはどこが壊れてるの？」とヘレンは窓の外を指さした。

考え込むように頭を左右に揺らしながら、眉を上げる少年。彼はヘレンを外に連れ出し、ピックアップに乗り込んでキーを回した。ボンネットの下からはカチ、という音がした。

「修理屋が来るよ。多分。二週間」

ヘレンはもう一度、ここには車が何台あるのか聞き出そうとしたが、前より詳しい答えはもらえなかったので、今度は工具はあるかと尋ねた。少年の机の下には曲がったスパナ、ペンチ、ハンマー、ブラシのセットがあった。ヘレンはそれをホンダ車のところに運んだ。少年はしばらくの間、考え込んだように頭を揺らしながら横に立っていたが、ついには見ているのに耐えられなくなって小屋に帰った。女が！　ブロンドの女が！　こんな話、誰にもするわけにはいかない。少年は炭とナクラ煙草とマッチを探し出して、水パイプに火を入れ、小さな窓から中庭へと煙を吐き出した。

時々、開いたボンネットの向こうからアメリカ流の罵詈雑言が聞こえてきた。金属を打つハンマーの音、マグネットスイッチがカチカチいう音が真昼の灼熱した空気に響いた。そして炭が燃え落ちた頃、少年はエンジン音を聞いた。そのすぐ後、オイルと汚れにまみれた女が小屋にはいってきた。彼女は道具箱を机の上に放り出し、財布を取り出して、高慢この上ない口調で「一週間、借りるわよ。いくら？」と言った。

ヘレンの知る限り、ティンディルマへの街道に出るには短いが危険な道か、長いが安全な道とがあった。時間はあった。大通りを何キロも北へ走って山の麓に出ると、その辺りでは町の家々もまばらになって、ぽつんと立った看板が分かれ道を指していた。その後数百メートルは、からからに乾いた植物が生えている間を走った。塩生植物の生えた砂丘の向こうには何も生えていない砂丘が続き、砂漠への入り口は街道の頭上はるか上で口をつけあっているレンガ製のラクダ二頭の幾何学的な像で示されていた。

これまで一度も砂漠というものを見たことがなかったのに、見飽きるのは早かった。ちょうど真昼の暑さがピークに達する時間で、対向車は一台もなかった。あちこちで壊れた車が死んだ羽虫のように、金属がむき出しになるまで削られて、ドアを羽根のように開いたまま砂に埋もれていた。二時間で給油機がひとつしかないガソリンスタンドに着いた。そのすぐ向こうに、ティンディルマのオアシスがあった。

ヘレンはオアシスできっちり二回、車から降りようと試みた。ジーンズと長袖のTシャツ姿だったにもかかわらず、彼女はその度に群れの暴走を巻き起こした。男たち、少年たち、老人たちが腕を差し伸べて彼女の方に走ってきた。車のどこかに頭巾があったはずだが、暑い昼間に被りたくなかったし、それで状況がそう和らぐとも思われなかった。ひとりで村を歩いてみようという心づもりは、一旦あきらめた。

コミューンへの細い道は、スークからすぐに見つかった。ヘレンは電話で聞いていた表札を見つけ、ホンダで中庭にはいった。ろうけつ染めの長衣を着た、縮れた髭の男がドアを開けた。男はヘレン・グリーゼという名を何度も繰り返し、彼女の目を二〇秒も見つめながら下顎を左右に揺らし、やっと入れてくれた。

家の内装は、普通のアラビアの家のようにふかふかの織物やクッションからなっていたが、まずヘレンの目についたのはメモだった。そこらじゅうメモだらけだった。背後ではちりちり髭がドアに鍵を四つかけ、その瞬間、中庭への階段をミシェルが金切り声を上げながら駆け下りてきた。彼女はヘレンの首に抱きつき、いつまでもすすり泣いた。背中に腕を組んで、ちりちり髭はしばらく横に立ち、ふたりの女たちの出会いをまるで込み入った交通事故のように観察していた。男は黙り込み、ミシェルはすすり泣き、ヘレンはミシェルの肩越しにコート掛けの横に貼ってあるメモを読んでいた。「観察者は、観察される者である」

ミシェルは幼なじみの友だちを腕の長さの分だけ突き放し、曇った目で眺め回し、またすすり泣きながら引き寄せた。興奮のあまりしばらく何も言えず、やっと口がきけるようになると、「喘息スプレー」と言った。彼女はまた階段を駆け上っていった。ちりちり髭は背中から両手を出し、もったいぶってゆっくりと脇の下に持って行き、ストレッチ運動に移りながら、「喘息じゃない。精神的なものだ」と言った。

彼はヘレンを連れ、コミューンの住人が五、六人いるキッチンを脇に見ながら長くて暗い廊下を歩いて行き、その端にある赤いクッションを被せたベンチのところに着いた。「そこに座ってな」

数分の間、ヘレンは薄暗がりにひとりで立っていた。そのうちに座った。かすかな声、水道の音、振り子時計の音が聞こえた。彼女は座っている場所から見えるメモを読もうとした。ベンチの横には、「すべては良いが、どこででも、いつでも、だれにでもではない」、ベンチの上には、「亀はうさぎよりも道について多くを語ることができる」。天井のランプにはいくつもメモがあったが、ヘレンは一枚しか読み取ることができなかった。「船を建造したいなら、木材を集めたり、道具を用意したり、仕事を分担させたり、労働時間を区切ったりするために太鼓で男たちを呼び寄せたりせず、男たちに遠く限りない海への憧れを教えよ」

おそらくこれらの小さいメモは虐殺の前から貼ってあったのだろう（あんな事件の後には、誰も部屋の模様替えをしようなどと考えないだろうから）。

長いストレートの髪の女たちが三人、かわるがわる台所から頭を突き出し、また引っ込めた。男がひとり、泣きながら廊下を走って行った。それからちりちり髭がまた現れて、「話をしなければならない」と言った。

ヘレンは動かなかった。

男は廊下の端にある黒塗りのドアを開け、肩越しに振り返った。「いますぐ！」と彼は言った。

男のスコットランド訛りと、その態度から、ヘレンはこれがエドガー・ファウラーだろうと判断した。エド・ファウラー三世、この小さなコミューンの事実上の支配者。彼女はもう少し、ミシェルが現れないかと待っていたが、彼に続いて脇の部屋にはいった。

部屋には一面、毛布や布、青みがかった灰色のマットレスが敷いてあった。何か臭いがした。真ん中には床が小さく空けてあって、子ども用の柵が置いてあった。プラスチックのサイコロ、色とりどりのボール、布の人形が中に散らばっていたが、柵の真ん中に身動きもせずにうずくまっていたのは子どもではなく、やや赤みがかった砂色の毛皮の動物だった。髭が震えていなかったら、ぬいぐるみだと思っただろう。貧弱な下顎の上に二本の牙が垂れ下がり、耳の間には紙でできた冠のようなものを被っていて、まるでその気になりさえすれば後ろ足で苦もなくゴムバンドを頭から外せるかのようだった。しかしそんな気はないようだった。

その動物はのんびりと柵の中をひとまわりし、自分の脇腹のにおいを嗅いでから、小さな、黒いボタンのような目でヘレンを見つめた。柵の隙間よりもずっと小さかったのに、動物は柵から逃げようとしなかった。

ファウラーはマットレスのひとつにあぐらをかいて、ヘレンが向かいに座るまで待った。彼はヘレンを、おそらく彼としては深く、火花の散るようなというつもりの眼差しで見つめたが、ヘレンはそれと正反対の印象を禁じ得なかった。彼女は動物を見つめた。動物はあくびをした。

「こちらはグルジェフ。ひとの言うことはなんでもわかる」

「これが?」

「これ、か。ウーズだよ」

「でも、フランス語をしゃべったら?」

「きみがお祈りをしたら、神さまはわかってくれるのか?」

「お祈りなんてしない」

「詭弁だ」

「話って、何」

「もう話してるじゃないか」

「あ、そう?」

「ユダヤ人だってね。ミシェルが言ってた」

「そういうわけでも」

「何でも反抗するのか」

「これくらいで、もう反抗なの? それで話って、何」

「誤解しないでくれ。私は評価はしない。事実を言い表すだけだ。私の言う事実はここでは、否定主義、屁理屈、反抗だ」

ヘレンはため息をついて、また動物を見た。その動物はテニスの試合でも見るように、短い言葉の応酬を注意深く、まじめに、集中して追っていた。

「私を見なさい」とファウラーは脅すような力をこめて言った。

ヘレンは彼をみつめ、ファウラーは黙った。彼は口を閉じたまま舌を動かし、ゆっくりと、瞑想するように目を閉じた。

「きみはここにただ遊びに来たんじゃないな」と彼は言った。「自分がそのつもりでいる理由から来たのでもない。きみは四人の殺害について聞いた。きみは、野次馬根性を満足させるために来たんだ。きみは——」

「ミシェルの一番古い友人よ」

「私が話し終えてから答えなさい」彼は怒って目を見開き、またその目を閉じて話を続けるまで長く間を空けた。「きみはここにただ遊びに来たんじゃない、と私は言っただろう。きみが聞いた話は、きみの中の何かを動かした。きみにわかっているよりも、深いところに当たったのだ。ミシェルを訪問するつもりだときみは言った。きみはミシェルを見つけられないだろう。ミシェルを見つけられない——とはどういうことか。いま見たじゃないか？　座ってなさい。砂漠はきみを変えるだろう。流浪の民だ。ここに長く住むと、目が変わってくる。砂漠の民は静かで、物事の中心にある。砂漠の民は物事に歩み寄るのではなく、物事が彼らに歩み寄るのだ。きみが感じているのは、寒さだ。しかしこれは寒さではない。暖かみだ。すべてを包むエネルギーだ。自由の始まりだ」ファウラーはヘレンの左の胸をつかんで、知らぬ顔で揉みしだいた。「自由とは何か？　ふーむ。自由とは、やりたいことを何でもできるということではない。自由とは、正しいことをすることだ」

彼はほんのひとときだけ、目を開いて、言葉の効果を試すように瞬いた。この瞬間を待って、ヘレンは彼の顔を叩きつけた。ファウラーは手をゆっくりと、威厳を保ちつつ引っ込めた。彼は厳かに微笑んだ。少しも気を悪くせずに。これはひとを見る目の問題だ。何が起きるか初めからわかっていたのであって、いまなお彼は事態を掌握していた。穏やかな理解を込めて、彼はヘレンを見つめた。ヘレンはウーズも自分を同じような目で見つめているような気がしてならなかった。

「きみは自分の感情をコントロールしている。いつもコントロールしてきた。そのために感情はコントロール不能になっている。なぜ、私にそんなことがわかるのか、不思議に思っているね。きみはイカシタ女だ。イカシテル、イカシテル、よく言われただろう。弱い男たちから。きみには興味のない男たちから。奥深いところできみにはわかっている、自分にはもっと別の運命があると。きみは典型的な五だ、六に近いところにいる。もっとも、六とは奉仕するものなんだが。きみはオープンじゃない。座ってなさい」

ファウラーはまたヘレンの方へ手を伸ばしたが、ヘレンは立ち上がってドアに向かった。そこで彼女は立ち止まり、顎で柵の方を指した。「あのねずみ、頭に何つけてるの」

ファウラーはねずみという言葉を聞き流し、わからないほどわずかに首を振った。半眼に閉じた瞼の下には平常心とおおらかな心。彼は誰も裁いたりしない。しかし彼の身ぶりにはかすかな軽蔑の名残りがあった。彼には人間を見抜く力と才能はあったが、自分の意見を隠す力はなかった。そこはまだ努力しなくてはいけないところだ。彼は、ものの本に書いてあるように、典型的な第九タイプなのだ。

ヘレンが柵に向かって数歩進んだところで、彼は飛び上がった。

「触るな！」

「どうして？」

「きみはまだ、そこまで来てないからだ」

廊下ではミシェルが喘息スプレーとハンカチを持って待っていた。無頓着な様子を見せつけているところからして、立ち聞きしていたに違いない。

「部屋を見せてくれる？」とヘレンは尋ねた。「自分の部屋があるんなら。じゃなきゃ、家を案内して」

21　とうもろこし

どのような攻撃においても、敵には背後から接近することが肝心だ。

ベルケの教則

コミューンの建物の中に幼なじみの友だちがいるせいで、ミシェルは派手な色彩や格言のメモ、小さな祭壇、花束、ろうけつ染めの絵などをいつもと違う目で見ないわけにいかず、ヘレンを案内しながら、もうとっくに忘れていた観念の数々が湧き上がってくるのを感じた。

汚れて散らかっているのを絶え間なく謝り、さっと手を伸ばして線香の灰を床になすりつけ、誰かが前の晩にホワイト・アルバムの全メッセージを読み解こうとして色々な印や矢印やジグザグを描いたメモの山をベッドの下に足で押し込んだ。神々の像のことを、ミシェルはきれいな彫刻でしょう、と言い、カードの類は暇つぶし、ペンタグラムが表紙にある本の山はもうとっくに出て行ったもと同居人の残していったものと説明した。

「来てくれて本当にうれしいの」と最後に彼女は言った。

ヘレンはしかし額に皺を寄せながらミシェルを見つめ、ミシェルは泣き出した。

彼女は根本的には少しも変わっていなかった。ちょっと夢見るような、ぼんやりしたところはもとからだし、親切さと善良さも変わっていなかった。しかし彼女のこうした性質には、方向性というものがなかった。ミシェルは決して決断しなかった。両親のしつけも、ちゃんとした学校教育も、コミューンでの数年も、この点では何も変えることはできなかったのだ。明るく暢気に、彼女は他人の意見を飲み込み、限りない単純さと善良さでごたまぜにし、幸か不幸かそういうところが問題というより魅力と感じてもらえるような生活共同体の一員となっていた。実質的で現世的な事柄に関して、彼女がまたもや生活の知恵のなさや無頓着さをさらけ出すと、ひとはよく彼女の背後で「ミシェルは私たちとは違うからね」とささやくのだった。

そういうわけで、どうしても緊張関係は避けられなかったが、ミシェルはコミューン内でもあまり決断力が必要でなかったり、彼女が誰よりも得意だったりする仕事にさらに精を出すことによってこの問題を解決しているつもりだった。そのひとつは農作業だった。コミューンの畑がなんとか収穫と言えるほどのものを産出していたのは、ミシェルひとりのお陰だった。もうひとつは、もうすこし複雑な話になる。

古い住人で、もういなくなった（あるいは砂漠に消えた）ジャン・ベキュルツが、あるとき旅行からタロットカードを持ち帰ったのだった。十六世紀の北イタリアで印刷されたものの複製で、木版多色刷り、二二枚の大アルカナだった。ベキュルツ自身は運命の力を信じてはいなかった。あるいは少なくとも、しばらくの気晴らしに適当だと思える以上には。彼はタロットに関する本も二冊一緒に買ってきたのだが、読むのに苦労し、やがて興味を失った。ただ、新しくはいったばかりのミシェルに木版画のカードを見せたときの反応に、ふと考え直した。ミシェルは最初から、感激するというよりは反発しているようだったのにもかかわらず、カードを手に取り、長々と考え込んだ後にカードの並べ方を尋ねた。その様子を見て、ベキュルツは自分はタロットカード術にふさわしい人間ではなかったのだとはっきり思い知らされた。彼は自分の知っていることをすべてミシェルに教え、妬む心もなくあっさりと彼女に道具の一切を譲り渡した。

ミシェルはその本を少しも読みにくいとは思わなかった。彼女は夢中で読んだ。そして読み終わってしまうと、もう一度読んだ。何百年にもわたって弟子から弟子へと受け継がれてきた不可解な知恵や、隠された秘密の知識を取り込んでいるという気が、彼女には一瞬たりともしなかった。むしろどの言葉も文も、もうずっと自分の頭の中にあったかのように、そう、まるで自分でこの本を書いたかのように、慣れ親しんだものに思われるのだった。

コミューンの他の住人たちにもタロットカードに興味を持ったものたちがいたが、ミシェルのように苦もなくすぐにその秘密を身につけ、上手にカードを並べ、カードを心の底から深く、正確に解釈することができたものはいなかった。ミシェルがカードを手にとり、注意深く混ぜるとき、一瞬の間目を閉じ、それから親指で一番上のカードをそっとずらして、積み重なったカードを探査機のように目の細かい絨毯の上にかざすとき、彼女のまぶたが高次の存在とその影響力への集中のためにひくひくと動き始めるとき、どんな懐疑派も黙る他はなくなった。

そのうちにぽつりぽつりと相談にやってくるものが出た。ファウラーだけはこうした騒ぎに異議を唱えたが、彼の反論は（みんなにはすぐにお見通しだったが）超感覚的なものとの交信に反発するというよりも、自分の権力の揺らぎを心配してのことだった。

間もなく、ミシェルはコミューンでの重要な決定すべてにカードで裏付けする役割を果たすようになった。議論の場では、彼女の主張はしばしば聞き流されたが、彼女の託宣はあらゆる行為の方針となった。初めは個人を超えた最重要の問題について相談していただけだったのが、すぐにカードに相談できない問題はなくなった。すべての決定はカードと共に決定され、こうした決定のひとつでも、後になってから間違いだったと主張することは、ファウラーにさえできなかった。些細なこと、大事なこと、未来、性格、発展、天気、収穫から、新しい住人の受け入れ、部屋の壁に塗る色、見当たらなくなった家の鍵のありかまで、カードは教えてくれた。

ミシェルの才能は、とにかく際立ったものだった。しかしそれは才能であるだけではなく、重荷でもあった。カードを初めて見せられたときから、その絵のいくつかは彼女に暗示というにはあまりにも強すぎる連想を与えた。

例えば月のカード。しかし月よりもひどいのは、吊るされた男だった。ミシェルは猫の毛にアレルギーがあったが、吊るされた男のカードを見ると――それは拷問を受けた少年が、山々や海王星の見える秋の風景を背にして、片足で棒から逆さ吊りにされているものだった――彼女にはそのアレルギーと全く同じ反応が出た。だから最初のころは、ミシェルは吊るされた男をカードの山から抜いて隠していたのだが、ベキュルツがみんなの前で、カードが二一枚しかない、と不思議がって以来、吊るされた男が山の一番下に来てそのままになるような混ぜ方を開発した。

ミシェル自身も公正ではないと感じていたこうしたやり方の結果、解釈に不明瞭な部分が生じ、小さな間違いが積み重なってちょっとしたひずみとなり、最後には悲劇を巻き起こした。彼女がコミューンに迫っていたあの恐ろしい危険、アマドゥの意図、襲撃、強奪、四重殺人をはっきりと予知できず、ただぼんやりと大きな変革としか感じ取っていなかったのは、あの混ぜ方によるのに違いなかった（その変革というものは、他のカードの組み合わせから明確すぎるくらい明確に読み取れていた）。それ以来、ミシェルは神経が切れそうに張りつめたままだった。密かな罪悪感に責め立てられ、彼女はすっかり気が立って、興奮しやすくなっていた。

四人の死者と個人的にあまり近い関係にはなかったという事実だけが、彼女の神経をなだめてくれた。おかげで心の痛みはほんの少し和らいだが、それは秘密だった。というのも実を言えば、悲嘆に暮れ、大きな悲しみの一部となり、一生の間悲劇を担うということには、魅力がないとは言えなかった。ちょっとした勲章を胸に留めているみたいなものだ。

ヘレンといっしょに家の裏手に出て、小さなとうもろこし畑が豊かな緑に育っているところに来ると、ミシェルはほっと安心した。イデオロギーの問題は色々あったが、このとうもろこしはちゃんとした、誰にも恥ずかしくない立派な作物だった。

「それで、あなたはここで――タルガートで何をしてるの？」と彼女は尋ねた。

「仕事よ」

「そうなの？　あら――そうなの？　何の仕事？」

「大企業で働いてるの、化粧品の。ただ、船から降りるときに見本を入れた鞄と書類が全部――」

「大手の化粧品会社で働いてるの？　販売員なの？」

「販売員じゃないわ。似たようなものだけど。ここに支店を作るのよ」

「アメリカの大企業なの？　アメリカの大企業のために働いてるの？」

「ちょっと試しにね」

「本当に？」とミシェルは叫んだ。

彼女は気を落ち着かせることができなかった。誰よりも尊敬している幼なじみのヘレン、みんなに恐れられていた知性鋭いヘレン・グリーゼ、皮肉屋のヘレン、傲慢なヘレンが――ブルジョワと資本主義の生産消費構造のただの歯車になったなんて！

　ミシェルの表情は一瞬にして豹変した。誰かを見下すなどということはミシェルの性格にはそぐわなかったが、彼女は本当に、腰を抜かすほど驚いていた。時という巨大な破壊者の素っ気ない権力が、ここでも振るわれたということなのか。人間の夢と希望は、どうなるのか。あの輝く星、マタラッツォ・ジュニア・ハイスクールの知性の星、男の子に囲まれていたブロンドの、豊かな胸の娘はどうしてしまったのか。

　ふと、ミシェルはその傍らに立つ自分を省みた。彼女は、これまで意識したことはなかったが、未知のものへの跳躍を果たしたのだった。あの小さなミシェル、本当のところいつも許容されていただけで、ヘレンからは決してまともに相手にされていなかったミシェル・ファンダービルトが、市民的な安全志向に決別し、自分の理想に到達したのだった。彼女は仲間といっしょにアフリカにコミューンを建設し、自らの手で土を耕し、探索という人生を選んだのだった。彼女は至高の高みを探り、そして悲劇によって一生の重荷を負うこととなったのだった……四人もの人間が彼女の傍らで射殺されたのだ。四人も！　そして暗黒の中で彼女の魂は成長した。それに対して、幼なじみはどうなっただろう、このすばらしい、手塩にかけて育てたとうもろこし畑の前に立っている、何だか不便そうな流行の服を着た彼女は。大手化粧品会社の社員だって！　運命の皮肉だ。

　ヘレンは勝利感に満ちあふれたミシェルの顔は気にもとめず、畑の縁に生えている小さな、枯れかけた一本のとうもろこしを眺めていた。それは生命の循環と、全てを包むエネルギーから外れ落ちてしまっているように見えた。そのとうもろこしの足もとにはうようよと動く白い幼虫の塊が土の中にあって、蟻たちに襲われているところだった。小さな、白い玉のようなものがざわめく黒い波に乗って、地面の穴に呑み込まれていった。ミシェルは自分の満悦の気持ちを恥じて、ヘレンの目線を追った。

「そうなのよ！」と彼女は大仰に叫んだ。「かわいそうよね。あの白い虫はこの辺のどこにでもいるのよ。指で蟻ん子をよけてやったこともあるんだけど、でも――どうにもならないのよね。これが自然なんだから。これがありのままなんだし、これでいいの。虫も、他の小さな動物たちも、私たち人間も、結局は大きな全体の一部、ひとつの計画の一部なのよ」

「もし訊いてみることができたとたら、あなたの説は幼虫たちのところでより、蟻たちのところで賛成を得ることでしょうね」

「大概の人間は、そんなこと考えないのよね、みんな一部しか見ないの。でも、これがわからない限り、この陽と陰の原理がわからない限りは……全てはひと続きなの、生と死も、知ると知らざるにかかわらずね。私はその上に立とうとは思わない。全てはひとつで、全ては意味があるの」

「アウシュヴィッツ」とヘレンは言った。

しかしミシェルを動揺させることはそう簡単にはできなかった。「アウシュヴィッツね」とミシェルは深刻な顔で言った。「あなたの言う意味、わかるわよ。とくにあなたにとって、あなたの家族にとって。もちろん、ドイツ人がしたことは間違ったことだった。それは議論の余地がないわ。間違ってたってことは！」ここで彼女は意味深長な間を入れた。「ユダヤ人を虫けらに例えるなんてことも、あなたも無意識に、特に何とも思わずにしたんでしょうけど、間違ってるわね。だけどあなただって……つまり私が言いたいのはね、パレスチナのことよ。あなたたちが、その、イスラエル人たちがパレスチナ人たちにしていることだってアウシュヴィッツと変わらないじゃない――、いいえ、最後まで言わせて――、それどころかもっとひどいでしょ、だって自分たちの歴史から何も学んでいないってことなんだもの、それに、ユダヤ人も、パレスチナ人も、水星のもとにある民族なんだから、とくに悲劇的なのよ、つまりね、パレスチナの子どもや女性、罪のない人たち、赤ん坊に対する罪、恐ろしい罪のことを言ってるの」ミシェルはそう言って、とうもろこしの足もとで起きている虐殺を眉をひそめて見つめた。「あんな恐ろしい罪、ひどい、ひどい、ひどい」と彼女は言いながら懸命に涙を押さえた。

「あらそう」とヘレンは言って、つま先で虫の巣に砂をかけると、虫も蟻も混乱したようだった。彼らも水星の悪影響のもとにあるように見えた。

22　砂漠のガソリンスタンド

ガソリンスタンドの店員「マダム、今日はどういたしましょう?」
ヴァーラ「いつも通りよ、満タンにして!」
ファスター・プッシーキャット!　キル!　キル!

結局ミシェルは、泊まっていくように友だちを説得することはできなかった。ヘレンがこういう場面を毛嫌いするのがわかっていたので、別れのときにも、ヒステリックなすすり泣きやその前の高揚した気分のことを、極度の緊張と苦痛と喜びによって引き起こされた精神状態と解説してみせた。しかしヘレンは、いつもそういう場面で示すのと同じ態度で、冷たかった。彼女に人生の何がわかるというのだろう?　いつか、何かわかったりすることがあるのだろうか?

「また会いたいわ」とミシェルは言い、続くふたつほどのセンテンスは涙にかき消えてしまった。ヘレンは力ずくで友人の抱擁から身をはがし、そのときふと家のドアの内側に貼ってあるメモに目を落とした。「どこに行っても、おまえの運命がそこに待っている」

「センチメンタルになったりしないでよ」と彼女はつぶやいた。

「あんたみたいなひと、ここじゃ鼻つまみものよ!」という声が台所から聞こえた。

ミシェルは泣きべそをかきながら抗議したが、このあとコミューンで巻き起こった論争は、もうヘレンの耳にははいらなかった。もう見るべきものは見たし、使命は終った。

彼女は車に乗り込み、深呼吸して、できるだけ早く砂漠を突っ切って、彼女の運命が待つ方へと走って行ったが、この時点では彼女もその運命とはホテルのバーだとばかり思っていた。ティンディルマを出てすぐの砂漠のガソリンスタンドで、ヘレンは水を二リットル買い、財布から小銭を選りながら、汚らしい八歳の男の子が車のフロントガラスに茶色い石けんの泡を塗り付けるのを眺めた。ガソリンスタンドの店員は給油していた。

店員がヘレンから二〇ドルを受け取り、お釣りを取りに小屋に帰っている間に、ドイツナンバーの白いフォルクスヴァーゲン・バスがゆっくりとガソリンスタンドにはいり、エンジンをかけたまま、給油機の向こう側に止まった。窓には黄色いカーテン。若いカップル。とても若い。

運転していた男はちらっとヘレンを見て、ヘレンがその視線に答えるとぱっと目をそらした。彼は両手でハンドルをぎゅっと握りしめていた。女のほうは、地図をダッシュボードの上に広げていた。彼女のほうが活発なようで、大声でしゃべり、ハムサンドを持ったまま手を大きく動かし、店員を呼ぼうと助手席から手を伸ばしてクラクションを鳴らした。その間に、八歳の少年はヘレンの車のフロントガラスもサイドガラスも泡でふさいでしまった。彼女は車を降り、煙草に火を点けた。

ガソリンスタンドの回りはゴミだらけだった。砂丘からゴミ山を踏み越えて、アラビア人らしい風貌の男がガソリンスタンドの建物に向かってきた。彼の顔は硬直し、目は血走っていた。ゴミ山を超えると、彼は一瞬、柔らかい砂に膝まで埋まり、地面がまた固くなっているところに来ると、今度はジグザグに走った。その蛇行線は、酔っぱらっているようでもなく、もの思いに沈んでいるようでもなかった。ヘレンはプリンストンの研究室にいたラットが実験で、ご褒美に向かって走る様子を思い出した。ラットは長い経験によって、ご褒美が電気ショックで守られていることを知っていた。男はフォルクスヴァーゲン・バスの後ろでつまずき、迷っているようにホンダの回りをまわって、急に意を決したようにヘレンに近づいてきた。「助けてくれ、助けてくれ」と彼はかすれた英語で言って、ボンネットに手をついて身を支えた。彼は砂と黒くべとべとした液体で汚れたスーツを着ていた。第一世界でなら、ただの無害な浮浪者で通っただろうが、サハラ砂漠の真ん中ではもう少し危険に見えた。

ヘレンはポケットから小銭をつかんで差し出した。彼は小銭には目もくれなかった。彼の袖からホンダのボンネットに汚れが少し移っていた。彼は上着の端で車をきれいにしようと身をかがめた。

「いいわよ。これあげるから」

「何だって?」

「いいからやめて」

彼は頷き、身を起こして「助けてくれ、助けてくれ」と繰り返した。

「どうしたいの」

「連れてってくれ」

「どこへ?」

「どこでも」

「悪いけどだめ」

男はもう一度差し出された小銭を苦痛の表情で断り、そのとき頭を少し横へ向けたので、ヘレンには後頭部の血と砂にまみれた大きな傷が見えた。彼の目は地平線を探っていた。ずっとこの場面を観察していたフォルクスヴァーゲン・バスのドイツ人カップルは、落ちつきがなくなってきた。運転席の男は頭を振り、サイドガラスの内側から両手でダメだ、とサインを出した。助手席の女は額に皺を寄せて催涙ガスの使用手引を読んでいた。

　ガソリンスタンドの店員がまた出てきて、何も言わずヘレンにお釣りを渡し、フォルクスヴァーゲン・バスの給油口に手をかけた。

「何があったの？」とヘレンは負傷した男に尋ねた。

「わからない」

「何があったか、わからないって言うの？」

「ここから逃げないと。お願いだ」

「運命だ、とか思ってる？」

「いや、そうじゃない」

「なら、まあいいけど」彼女はしばらくの間考え込んで男を見つめた。そして助手席のドアを開けた。

　フォルクスヴァーゲン・バスのカップルはここで我慢ができなくなった。男はサイドガラスをくるくると開けた。「注意、注意！」と彼は下手な英語で叫んだ。「ここ、ヨーロッパ違う！　ヒッチハイク、ダメ！」

「危険、危険！」と恋人も援護した。

「危険、危険って」とヘレンは言った。「あんたたち、関係ないでしょ」そして男には「何、ぼーっとしてるのよ」と言った。

彼女はホンダに乗り込んだ。彼は形ばかりに両手で砂のこびりついたズボンを撫で、さっと助手席に飛び込むとドアを閉め、ヘレンがエンジンをスタートさせるまで、まるでおびえたうさぎのようにフロントガラスの向こうを凝視していた。

すでに数分、砂の街道を走ってから、男は「怖がる必要はない」と言った。

ヘレンは煙草を深く吸い込み、長々と男を眺めた。助手席の男は彼女より頭一つ分小さく、腕をふるわせながら傍らに座っていた。彼女は自分の筋肉隆々な腕を彼の腕に並べて、握りこぶしを作った。

「だから言っただろう」と男は言った。

「タルガートに行くから。病院に連れて行ってあげる」

「病院には行かない」

「じゃあ、医者のところに」

「医者にも行かない!」

「何でよ?」

長いこと、答えはなかった。ついに、彼は心もとなさそうに「わからない」と答えた。そこでヘレンはアクセルから足を離し、車を止めた。

「だめだ!」と男はすぐさま叫んだ。「お願いだ! お願いだから!」

「どこに行きたいのか、わからない。どうしてどこかに行きたいのか、わからない。医者に行かないといけないのに、行きたくない――、それもどうしてかわからない。何なのよ。何ならわかるのよ?」

わかっていることが少ないにしては、彼の物語は長かった。ヘレンは何度も聞き返さなければならなかった。男はつっかえつっかえ、やっとのことで話していた。なかなか出て来ない言葉があると、男は上半身を揺らした。しかし彼は自分の言ったことをきちんと修正し、矛盾したことを言ったと気付くと腹を立て、興奮して自分の額を指でたたき、最後には怒濤のごとく次々と細かい点を並べ立てた。屋根裏、金のはいった鞄、ポセイドン。彼の言っていることからは何の意味も引き出せなかったが、まさにそのためにヘレンはこの奇妙な同乗者が真実を語っていると確信した。あるいは、少なくとも真実を語ろうとしていると。

ただひとつのディテールを彼は省いた。運転席のアメリカ人観光客がどれだけ落ち着いて、超然とした空気を発しているにしても、滑車で押しつぶされた男という話は、午後の砂漠のドライブにはほんのちょっと行き過ぎではないかと思われた。そのかわり、自分の聞いたこと、四人の男たちのよくわからない会話、よくわからない怒り、よくわからない最後の言葉は詳しく、できるだけ聞いたままに伝えた。

「あいつがパウリーネに報せたら、蜜蜂《ビーネ》を輸出したら、マシーンが動いたら……とか何とか。わからない」

「あいつがミーネをいま、壊したら、とか」とヘレンは言って吸い殻を窓から投げた。

彼らの前に、街道の上でキスするあのラクダたちが現れた。木炭と船のガソリンのにおいが、タルガートから漂ってきた。西の空は赤と黒に染まっていた。

23　赤チン

もし、盗人が壁に穴をあけて入るところを見つけられ、打たれて死んだ場合、殺した人に血を流した罪はない。しかし、太陽が昇っているならば、殺した人に血を流した責任がある。

出エジプト記22、1－2（共同訳）

ジャロジーが短冊に切った月光が、ダブルベッドに落ちていた。平行する光の蛇たち。もうひとつの窓は開いていた。海のざわめき、潮とヨードのにおい。規則的な寝息。彼は寝返りを打ち、目の先ほんの十センチにブロンドの髪が広がっているのを見た。

錠剤を四つ飲んだことは覚えていた、そして残りの薬は水のコップといっしょに机の上に載っていた。それもわかっていた。額には冷や汗が浮かんでいた。部屋は暗かった。入り組んだ迷宮をさまよいながら、彼はひと目、望遠鏡をのぞき込もうと必死に努力していたところだった。口径の小さい銃口をのぞいていると、三叉の矛を持った男が迫って来た。彼は自分の顔を見て、ディーゼルエンジンの音を聞いた。５８１ｄ。注意深く、彼は鏡に映った女が彼に包帯をするのを眺めた。赤チンの瓶を手に持って。女が彼をシャワーの下で支えているところ。ひとりで立つことのできない自分。

彼女が傷の消毒をする間、彼は両手で洗面台にしがみついていた。自分が痛みに泣き叫ぶ声が聞こえ、白い陶器に赤い雫が落ちた。彼女が落ち着かせてくれたこと。彼女が彼の肩を後ろからつかんで前に進ませ、平手の側面でシーツに線を引いたこと。あなたはあっち。私はこっち。ここに薬を置いとくからね。見た？　手を下ろしなさい。息をしなさい。

平行する光の蛇はベッドから床に滑り降り、壁を這い上がっていった。夜の間、彼は何度も目を開いて、蛇たちがあるときは五〇センチ先に、あるときは前と全く同じ場所にあるのを見たが、時間の感覚は全くそれに見合っていなかった。結局彼は立ち上がり、暗闇の中をトイレに向かった。目の端から、ベッドの両側が空になっているのが見えたが、あまり気に留めなかった。バスルームは砂だらけだった。大きな砂山の向こうには地面に深い穴があいていて、頭がふたつある動物が見張りをしていた。頭が前にひとつ、後ろにひとつ。ひとつは死んでいて、ひとつは生きている。生きている頭はストローで穴から液体を吸い上げていた。ぶくぶくと、恐ろしい音。電柱が動きだし、黄色と青の縦棒が走り過ぎていく。彼は棒の檻から逃げようと何度も試みたが、何度も囲い込まれてしまった。そのうちにやっと、黄色と青の縞の壁紙という心地の良い認識が押し寄せてきた。悪夢ではなかったのだ。あるいは、ただの現実という悪夢。観光客向けバンガローの早朝。

ベッドの上で寝返りを打つのが怖かった。何か予期していないものを見る不安。そして寝返りを打つと、キッチンが見えた。キッチンの流しの前には裸の女。彼女はコーヒーを沸かしていた。ぶくぶくいう音は、しゅうしゅういう音に変わった。

太陽を見つめるような顔で、彼は「昨日、知り合ったんだよな」と言った。

「そうよ」と裸の女は答えた。彼女の指の爪はきっちりとネイルが塗ってあった。彼女は親指と人差し指でコーヒーフィルターをつまんで、流しに放り込んだ。

「名前は、ヘレンだ」と男は心もとなさそうに言った。

「そう。それとね、もし自分の名前を思い出せなくても、心配しなくていいのよ。昨日も知らなかったんだから。ミルクと砂糖は？」

しかし彼はミルクも砂糖も欲しくなかった。朝食は食べたくなかった。考えただけで気分が悪くなって、彼は目を閉じた。次に目を覚ますと、部屋は薄暗くなっていた。影がベッドの縁に座って、濡れた布巾で彼の顔を拭いていた。陶器の鉢から湯気が上がっていて、通りからの声が消えていき、女は爪で弾くようにして彼の口に薬を入れた。彼女は今度は袖がレースになった白いワンピースを着ていた。

あるときは、彼女がビキニを着て、海水浴用のかばんを肩にかけてバンガローを出て行くのが見えた。あるときは、ＣＩＡと電話しているのを聞いた。またあるときは、彼女には頭がふたつあった。彼女はホテルから、ごつごつした発泡スチロールのお盆をふたつ持ってきた。どちらもアルミホイルで蓋がしてあって、開けるとまるでオーブンから出したばかりのように料理が湯気を立てた。

彼は何も食べられなかった。

「俺、何を話した？」

「また記憶喪失、それともはっきり覚えてないだけ？」

「はっきりしないんだ」

「あなたは砂漠の中の家の、屋根裏で目が覚めた。頭に裂け目がある。多分、誰かに頭を殴られた。警察にも病院にも行きたくない。私はヘレン。あなたを拾ったの。ここは私のバンガローよ」

彼は女を見て、うめいた。アメリカのモード雑誌から切り取ってきたような顔。彼女の眼差しに耐えるのはつらかった。彼は毛布を頭の上まで引き上げた。

「どうして、警察に行きたくないんだろう?」と彼はくぐもった声で訊いた。

「自分が重罪人だと思ってるからよ」

じゃあ、話してしまったんだな。

「滑車で誰かを押しつぶして殺したとかって。信じないけど」

どうして信じないのか、彼は訊かなかった。彼は布団にもぐったままだった。すると映像が戻って来た。ぶくぶくいうストローをくわえた動物。彼は女が電話して、化粧品がどうのと話すのを聞いた。彼女は買い物に行き、飲み物を持って来て、ベッドの縁に座り、またいなくなった。心地よい幻覚だ。そのあと彼は暗闇に横たわった。何の音も聞こえなくなった。波の音もない。息づかいもない。パニックが押し寄せては引いた。彼は眠った。

24　つばめ

パーソンズ「戦わずに戦う方法、だって？　見せてくれよ」
リー「後でな」
燃えよドラゴン

目を開くと、薄暗かった。彼の横にはくしゃくしゃになった毛布。ひとりきりだった。コップと瓶でいっぱいのサイドテーブル。壁には絵が二枚。体はまだ弱っている感じだった。背中と額に汗を感じたが、それはむしろ引いていく熱の感触であり、回復期の心地よくぐったりした感じだった。ただ後頭部はまだ軽く痛んだ。彼は立ち上がり、ベッドから数歩あるいた。キッチンの向こうにも部屋がもうひとつあった。

「ヘレン？」

テーブルの上には食器が並べてあり、テラスのドアは開いていていた。

彼はためらいつつ朝の空気の中へと歩み出し、石垣にもたれて空と海とを見渡した。銅色の松が広々とした下り斜面に生えていた。海にはかすかな霧がかかり、穏やかな波が平行な長い線を岸辺へと打ち寄せていた。右手からは石の階段がもうひとつ下のテラスへと続き、そこから水辺へと黄土色の道がうねっていた。下のテラスにはヘレンが立っていた。目を海に向け、足を開き、腕を両側に伸ばし、プラチナブロンドの髪はポニーテールにして後ろに垂らしていた。数秒間、静止したあと、ヘレンは腕でゆっくりと空気をかきわけた。片腕をゆっくりと前に伸ばし、膝を曲げ、上体をゆっくりと左に向ける。手は、まるでもったりとした蜂蜜をかき混ぜるように回っていた。ふわりと横に足を踏み出し、体の軸を横にずらす。極端なスローモーションのカンフー映画。

彼は念のために空を仰ぎ、二羽のつばめがふつうの早さで飛んでいくのを見た。脳のせいではなかった。彼女は本当にゆっくりと動いていたのだ。少し緊張を解いて、彼は石垣に寄りかかり、あまり運動らしくない体操の様子を眺めた。そこにはどこかしら心に触れるものがあった。

ヘレンは白いスニーカーに水色のトレパンを履いていた。トレパンのゴムが食い込んで、腰のところの肉が少しはみ出していた。袖無しのＴシャツがぴったりと上半身を覆い、背骨の線が汗で浮き出ていた。彼はこの女性への不思議な感情が湧き上がるのを感じた。もしかしたら、適切とは言えない、間違って迷い込んだ感情だ、と彼は思った。彼を救ってくれて、寝るところを与え、看病してくれたのは彼女なのだ。彼女は、絶望的な、沈没してしまった世界の中の救いの碇なのだ。でもこれは、感謝の気持ちではない。別のものだ。彼は息がつまるような思いがした。

彼女がしばらく静止している間に、彼は音もなく階段を降り、後ろから彼女を抱きしめた。この温かさ、湿り気。彼はヘレンの汗ばんだ首筋に顔をうずめ、彼女の脈拍を頬に感じ、水平線を見つめた。

彼女は硬直した。

「すまない」と彼は言った。

「もういいから」とヘレンは言い、彼の抱擁を解いて階段を上がった。

25　泳ぐ

ヨブは灰の中に座り、素焼きのかけらで体中をかきむしった。

ヨブ記2．8

まだ少しよろよろしていたのだが、浜辺へと出かけるヘレンに彼はついて行った。いっしょに朝食をとったのだが、彼は林檎を半分くらいしか食べられなかった。

あまり高くは昇っていない太陽が、木々の間を縫って浜辺に下りる道をオレンジ色に染めていた。西洋人の小さなグループの中にはトップレスの女性たちがいて、このグループのせいなのか、ホテルの権威のせいか、それともどこかにセキュリティが隠れてでもいるのか、ジェラバはせいぜい二、三枚、木にひっかかっているばかりだった。ヘレンは砂の上にタオルを二枚敷いた。彼は甲虫のようにに不器用に仰向けになると、もう動こうとせず、差し出された日焼け止めを黙って断った。すぐにまた眠くなった。

「で、何も思い出したことはないの？」

「ない」

「でも、この海がどこだか、わかるんでしょ？」

「うん」

「この町がどこで、この国がなんていう名前かも?」

「うん」

「あなたの英語、ちゃんとしてるけど、フランス語はどうなの、私にはわからない。アラビア語はできるの?」

「うん」

「何語で考えてる?」

「フランス語」

「泳げる?」

ヘレンがふわふわとした足取りで砂浜を歩いて海にはいっていく間、彼はタオルを首の下にたくしこんで、寝ながら彼女の後ろ姿が見られるようにした。太陽は彼女のほぼ真上にあった。ぎらぎらとした逆光が彼女の輪郭を溶かし、ウエストはぎゅっと狭まって見えなくなった。

彼は、自分が泳げることを知っていた。でも、どうして泳げるのかわからなかった。どうして自分が泳げると知っているのかもわからなかった。クロールと背泳ぎができた。言葉も、動作も、さっと頭に思い浮かんでくる。

ヘレンは一度振り向いて、魅惑的な、気取った身ぶりで髪を耳の後ろにはさんだ。小さな波が彼女に当たって飛沫をあげ、彼女は何を思うのか見透かすことのできない微笑みを浮かべた。彼は、こんなに魅力的な映像でも、人間の脳というものは忘れることができるのか、と考えた。もしかして、自分はもう忘れたのだろうか。

微笑みを返しながら、彼は自分の奥深くからある疑いが浮かび上がってくるのを感じた。いま思うに、ずっと前から暗にうごめいていた疑いだった。もし、彼女のことを本当に以前から知っていたとしたら？　彼女も彼のことを知っていたら？　茶番を演じているのだとしたら？　彼は飛び上がり、波打ち際まで走り、また走って戻りながらふたりの海水浴客にけつまづいた。彼が太ももまで水に浸かって、叫びだして初めて、ヘレンは異変に気付いた。「誰も知らないし、誰も俺を知らない。自分のことも知らない。おしまいだ」

「ゆっくり息をして。ゆっくり。だいじょうぶよ。またよくなるから」ヘレンは彼の背を押して浜辺に戻らせ、タオルの上に寝かせて、しばらく腕をにぎっていた。

「静かに」

「何とかしないと」

「何をするのよ？　息をつめちゃだめ」

「こんなとこに座ってられない」

「じゃあ、医者に行きなさいよ」

「だめだ」

「重罪人じゃないとしたら？」

「何かやばいことになってるのは確かだ」

「でも、殺人犯じゃないわよ」

「何でわかるんだ？」

「滑車は間違って動き出した、て自分で言ったじゃない」

「それだけじゃないだろう？」

「何のこと？」

「あの連中とかかわり合いだってことだよ。多分、俺も同類なんだ」

「あなた、思い込みすぎじゃない？　とにかく重罪人じゃないわね」

「何でわかるんだ？」

「もう三日三晩、見てるのよ。とくに、夜。あなた、犯罪者なんかじゃない。もっと言うとね、あなたは小心ものよ。虫一匹、殺せやしないの。いま、そうなんだし、多分ずっとそうだったんでしょ。記憶喪失だって、性格の基本的なところは変わらないの」

「何でそんなことがわかる」

「わかるの」

彼は長いこと、疑わしげに彼女を眺めた。やがて彼女は立ち上がり、タオルをたたんで彼に頷きかけた。それは、愛の眼差しではなかった。何かもっと、たちの悪いものだった。

第三部　山々

26　悪魔

彼らは次のようにして契約を行なう。ひとりが相手に手の平から飲ませ、また相手の手から飲む。何も液体がない場合には、地面の埃を手に取り、舐める。

ヘロドトス

ひまわりの花が印刷されたビニール袋を持って、彼は買い物に出かけた。店はシェラトンのすぐ隣で、山を三百メートルほど登ったところにあった。この道は昨日ヘレンといっしょに歩いたのだが、今日は初めてひとりで行く。道行く人びとの見知らぬ顔が気になって仕方がなかった。誰かが微笑むと、自分が誰だかわかったのではないかと思い、誰かがこちらを見ても微笑まないと、もっと気になった。トレンチコートの男は、彼が振り返ると立ち止まったので気になった。シェラトンホテルのポーターは、まるで旧知の仲のように挨拶してきた。片目の女が片手を伸ばしてきた。

重い買い物袋を抱えてもうバンガローに着く、というところで彼はふいに心が騒いでホテルにとって返し、自分を以前にも見たことがあるのか、とポーターに訊いた。

「はい、昨日」とポーターは答えた。

「それ以前にはないんですか？　私のことを知ってはいないんですね？」

「581dのバンガローの方でしょう、女性のお客様が連れていらした」

うなだれて、彼は小道を歩いた。絶望が頭をもたげた。駐車してあったリムジンからダークスーツの男ふたりが降り、彼のあとを追って来た。彼は男たちに気付かないまま、二度も曲がり角を間違えた後に頭から麻袋を被せられた。首のまわりに紐が巻き付けられた。両手の指先をなんとか紐の下にねじ込むことができたが、そうするうちに脚を持ち上げられた。脚をばたつかせたが、叫ぶのを忘れていた。肩が金属に当たり、一瞬、無重力になったかと思うとどさっと落ちた。ゴム臭、トランクの蓋、くぐもった音。スタートするエンジン。

ドライブは五分もかからなかった。その間、彼にできたことは、被された袋を顎から口へ、そして鼻の付け根にまでと押し上げることだけで、袋はそこで止まって眼球を圧迫した。

トランクが開けられたとき、彼はまだ袋を取ろうともがいているところだった。彼の脚と肘をつかんで持ち上げるふたりの男がぼんやりと見えた。三人目が運転席にいた。頭をぐっと反らせないと、男たちの姿は見えなかった。武器を持っている。黒塗りの車。白い砂利道。広大な屋敷の前の緑の芝生。庭の周囲には背よりも高い壁がめぐらされ、その向こうには賑やかな通りの音。すぐ近くに。男たちは彼の片腕を後ろに回しただけで、縛りもしなければ、猿ぐつわを嚙ませもしなかった。彼が助けを求めて叫ぶかもしれないとは思っていないようで、男たちの様子を見ても、うっかりその可能性を忘れているという風には見えなかった。だから彼は叫ばなかった。鼻から血が滴った。

「ジュリウスです」

男たちのひとりが呼び鈴を押した。がらがらした声が、誰だ、と訊いた。

一同は巨大な玄関ホールに足を踏み入れた。アメリカ映画のような眺め、石の手すりのついた立派な幅広い階段、漆喰の装飾、金、すべておとぎ話のように大仰だ。巨大なクリスタルの鏡に映っていたのは、開いたドア枠の中に立つダークスーツの筋骨逞しい男ふたり。そしてその間に挟まれたほっそりした姿。片腕を後ろに回され、鼻からは血が滴り、巨大なコック帽のような白い頭巾を目まで被っている。石の男女に交ざって、生身の若い男たち、女たちが数人、水音さわやかな噴水の回りに立っていた。女たちは涼しげな服を着て、ちらりとドアのほうを見やり、また目をそらした。

ジュリウスと名乗った男が、彼を押して階段を登らせ、ある部屋に通した。男は彼の頭巾を切って外し、どっしりとした机の向かいに置かれた革張りの肘掛け椅子に彼を押し込んだ。机には金の文房具類が並べられていた。部屋の壁は暗い色の板張りだった。裸婦の大きな油絵の横に、モダンアートの不器用な円や四角。ジュリウスは隅の椅子に腰掛けた。机の後ろにある、スチールにワイルドドレザーを張ったキャンティレバーチェアーには、誰も座っていなかった。

問いかけようと口を開くと、ジュリウスはわずかに武器を上げた。彼はまた口をつぐんだ。彼は頭の包帯を直した。傷がうずいた。庭からは話し声、笑い声が聞こえた。三〇分が過ぎた。すると板壁からドアが開いて、短パンを履いてバドミントンのラケットを持った、輝くような白髪の男がはいってきた。汗まみれのTシャツの裾から、ぶよぶよとした肉がのぞいていた。脚は腕より細そうで、顔は十九世紀の人相学の挿絵で多血質の見本になれそうだった。服装、体つき、動作、周囲の様子、すべてがあいまって、叩き上げの人間——しかもそれをからきし苦とも思ってこなかった人間という印象を醸し出していた。

白髪の男はキャンティレバーチェアーに腰掛け、ジュリウスとちらりと目を交わして微笑んだ。そして沈黙した。男は沈黙の効果をぎりぎりまで引き伸ばした。そしてまた間を置いて、「どうやら見くびり過ぎていたようだ」

「随分、思い切ったことをしてくれたな」と男は言った。そしてまた間を置いて、「どうやら見くびり過ぎていたようだ」

男のフランス語にはどこのものともつかないアクセントがあった。

「小さいソーセージがふたつ。そう言ったのは、私だったかな、それとも違ったかな。小さいソーセージがふたつだ！　私らがあのソーセージを無事手に入れたら、みんな喜んで神に感謝しなくちゃいけないくらいなんだ。ところが、どうだ」

白髪の男は彼のほうに身を乗り出して、バドミントンのラケットで頭の包帯をポンポンと叩いた。傷の中で嫌な音がした。

「質問していいかね。それとも、最初からやり直そうか？　まだ敬語で話す仲だったっけ？　あんた、ちょっと思い出させてくれ。敬語じゃなくたって、気にしないよな？　よし。これが何の話か、ちょっとでもわかってるのか？」

白髪の男は彼をしばらく眺め、ラケットから草の茎二本と土くれとをつまみ取り、このスポーツ用具を後ろに突き出した。すぐにジュリウスが飛び上がって、それを受け取った。

「わかってるのか、何の話なのか？」

わかっていて困惑した顔と、わからずに困惑した顔との間の難しい選択。

十秒が過ぎた。

「何の話か、わかってないな！」と白髪の男は怒鳴った。男は身を乗り出し、机の引き出しから石炭色の厚紙の小箱を取ってぽいと投げてよこした。煙草の箱の半分くらいで、どこかの宝飾店のマークが金で押されていた。箱は彼の膝の上に落ちた。彼はためらいがちに箱を開けた。中には短い金の鎖とペンダントがはいっていた。ペンダントはひと目見るとまるで切れた指先のように見えた。指先の大きさ、指先の色。しかしそれは蠟のような色のすりきれた木片で、上に血のように赤い点がふたつ、ついていた。裏側には、長年使われてきたせいですり減っていたが、悪魔の顔が彫ってあるのがわかった。赤い点は角だった。わけもわからずに彼はこのお守りを指でまさぐった。

「ほら、ショックだろう」と白髪の男は言い、満足げな眼差しで背をもたせかけた。「だがね、そんなことは前もって考えておかなくちゃね。ローマを攻める者は、ローマを知るべし。軍にいたことはあるのかい？」

ジュリウスはふざけて彼に銃を向けた。彼は、相手が予想している感情にふさわしい表情をしてみせようと苦心していた。

白髪の男はふいに机越しに手を伸ばし、彼の手からお守りを取り上げ、また投げてよこした。「ヴードゥー人形かい、それとも？　お守り？　私らみたいな人間から守ってくれるように？　だめだよ。瞬きひとつしないようにしたって。下手な演技はするな」

白髪の男は頭を下げ、彼の顔を下からのぞき込もうとした。

「指みたいに見えるな」と彼は続けた。「本物の指みたいだ。本当に、本物の指になるところだったんだがね。でも、指じゃない。そうならなかったのは、誰のお陰だと思ってる？」

ジュリウスが赤面した。

「優しい奴なんだ！」と白髪の男は皮肉を込めて言った。「優しい奴だ。ジュリウスには子どもが五人もいる。子どもが五人もいれば、誰だって心が洋梨みたいになるのさ。どうにもならないんだ。でもあいつは、二度も私の命を救ってくれたんだからね。人間、わからないもんだ。洋梨みたいにぐずぐずなのに、命を二度も救ってくれた。それがあいつの老後の備えなんだ。忠誠ってやつがね。Right or wrong - my country ってね。私が一番高く評価する人間の性質といえば、この忠誠なんだ。あんたには、残念だがないもんだがね。そのせいでどんなことになるか、知りたいか？　どんなことになるか、言ってやろう。私が座って、あのチビの小便小僧を膝にのせて、さあ、相場通りだとすると、左手の人差し指か、右手かね？　と訊く。ジュリウスは、ああ、と言うばかり。そこに母親がやってくる。やれやれ！　母親はなんて言う？　言ってみろ、わかるだろ、母親がなんて言うか。あんたの奥さんだろ。奥さんと、ちゃんと話をするんだろう？　あんた、どっちかって言うと気をつかうタイプだろうからね。さあ、あのおデブさんが何て言ったと思う？」

沈黙。

「おデブさんて言ったからって、怒らないよな？　誰も傷つけるつもりはないんだよ、もしかしたらあれでも他にいいところがあるのかもしれないんだし。あのおデブさんにも。まあ、セックスもあんまり上手じゃないけど」

視線は外さずに、白髪の男は顔だけジュリウスの方に向けた。「それとも、ジュリウス、上手かね？　まあまあってとこじゃないか、それともお前の感想はどうだい？　まあ、手入れがなってないからな。大事なモノは他のことに夢中なんだから。例えば、忠誠って言葉に高ーいところから小便をひっかけるとか。さあ、クイズだ。おデブさんは、指と聞いてなんと言うでしょう？　ピアニストだってさ！　あの小僧はピアニストになるつもりなんだと。もうすぐイク、ってとこであの女、言いやがった、息子はピアニストになるんだって。考えても見ろ。三歳で、もうピアニストだとよ。信じられん、三歳で、ベートーヴェンだと。私は、わかったよ、って言ってやった。よし、でもその上ヨハン・クライフにもなりたいとは言わないよな、ベートーヴェンとヨハン・クライフは変わった取り合わせだからな、って。そこで足の指をつまんだら、さあ、あのおデブさん、何て言ったと思う？」

白髪の男はしばらく自分の言葉の効果を味わうように間を入れた。何の効果もないなどとは、男には知りようもなかったのだ。少なくとも、記憶のある人間になら及ぼしたであろう効果はなかった。

「言ってみろ、奥さんのことよくわかってんだろ、何て言ったと思う？」

彼は首をうなだれて白髪の男の説教を聞き、無関心以外のものを感じようと必死になった。そうか、家族がいたのか。妻と子どもがいたのか。家族が危険にさらされているのか。しかし思い出すことのできない人びとへの感情を呼び覚ますことはできなかった。彼は、やがて記憶を取り戻したときに、愛する人びとが受けた肉体的苦痛を思って自分がいかに苦しむかを想像しようとしたが、いくら考えてもその場面は抽象的で、二カ月後の歯医者の予約くらいにしか思えなかった。

それに、頭の中で「おデブさん」、「小便小僧」という言葉が響き渡っている間、彼はヘレンのことを思わずにはいられなかった。ほっそりした、プラチナブロンドのヘレン。白髪の男のおしゃべりが巻き起こした唯一の感情は、嫌悪だった。そして自分の身に迫る危険への不安だった。ここから無事に逃げ出せるか。ほんの数分前まで、彼は自分の知っていることを話すつもりだった。つまり自分は何も知らないということを。しかし指を切るという悲しいお話を聞かされて、彼には自分が向き合っているのはどういう人物かはっきりとわかった。彼は努めて冷静を装った。

「泣いたりするんじゃないよ。大きく打って出ようって奴は、背後を守らなくちゃならないってことさ。それと、背後を守るより大事なことはな、背後なんか持たないことさ。私を見てみなさい。ガンジーでもいい、ヒトラーでもいい、誰でもいい、考えてごらん。イエスでもいいよ。だめだめ、あんた、妻と子どもが最悪の背後だよ。誰だって侵略できる。そこに手を出されたら、あんた、チーズみたいにぐにゃぐにゃだよ。ジュリウスを見てみろ。前は誰より優秀だったのに、今じゃ優しいばっかりの役立たずだ。それでさ、ジュリウスに、どうしたらいい、って訊いたのさ。そしたらジュリウスの奴、小便小僧の首からお守りを引きちぎって、親分、これでどうです？ って言うんだ。これで充分でしょう、って。笑っちまうよ。ってわけで、今の状況はこうだ。おデブさんと子どもは人質に取ってある。もしこれまで、異変に気付いてたとしたら言っとくがな。それとも、こんとところ家には帰ってないのか？」白髪の男はお守りを手に取って、机の端で悪魔を踊らせ、作り声で「俺たちから逃れられるとでも思ったのかねえ？ そうらしいねえ」と言った。それからまた普通の声で、「さあ、申しわけないが訊かせてもらうよ、ジュリウスの質問と同じだがね。これで充分かね？」と言って、男は悪魔のお守りを手で釣り上げた。「それともおデブさんと子どもを一切れずつ持って来ないとだめか？」

お守りはまた箱にしまわれ、箱は引き出しにしまわれた。

「さてここからどうなる？ わかるか？」

彼はしばらく考え、唇を噛んで「取り引きだ」と言った。

「取り引きか」と白髪の男は、歓喜と呆然との間を行ったり来たりするような表情で言った。「取り引きだ！」男はジュリウスを見つめ、それから立ち上がって机越しに彼に手を差し出した。

彼が握手しようとすると、白髪の男は彼の腕を取って引き寄せ、左手で金属のレターナイフを取り、あっと言う間もなく彼の手に突き刺して机に留めた。それから男は椅子に腰を落とし、手をひらひらと振って、自分でナイフを抜こうなんてするもんじゃないよ、と知らせた。ジュリウスが彼に銃を向けていた。

「やれ、やれ、やれ！」

手は机の向こう端に留められていて、彼は座ることも立つこともできなかった。野原で用を足そうとしているみたいな妙なしゃがみ具合で、彼は机の上に半ば身をもたせていた。

「何と何を交換しようってか、え、あんた？」

彼は口をぱくぱくさせた。

「つまり、交換できるものを持ってると、白状するんだな？」

彼はうめいた。

「私のものを持ってるんだな。白状するのか？」

一分が過ぎた。彼は命の危険を感じていた。何もかも白状してしまいたかったが、わずかに残った理性がそれを引き止めた。白髪の男が何を欲しがっているにしても、彼はそれを持っていなかった。彼は、その物とは数日前にセトロワという男がモペッドに乗って砂漠に持ち去った物だろうと推測していたし、その推論には充分根拠があった。その推論をここで言うこともできたかもしれない、しかしそれは、それがただの推論に過ぎないということを白状して、何も確かなことは知らないこと、記憶を失っていることを白状するのも同じだ。そんなことを言ったら、その瞬間に自分は相手にとって価値のないものになることは、少し考えればわかることだった。万が一、信じてもらえたとしたら。その時こそ。もしも、その可能性のほうが高いのだが、信じてもらえなかったら、もっと怒らせるだけだろう。

真実を言うことはできなかった。嘘もつけなかった。嘘をつくには、どんな嘘をついたらいいのかわかっていなければならない。そこで彼はただ歯を食いしばった。

「そうはいかないんだ」と彼は喘ぎながら言った。

「へえ、そうはいかないのか」と白髪の男は言って、レターナイフを車のギアのようにつかみ、ギアチェンジした。

「あんたの家族の命がかかってるから、あんたのその大事な命がかかってるから、とでも思ってるのかい。そんなことが問題なんじゃない。正義が問題なんだ。忘れちゃいけないよ、私は金を払ったんだからね。だから、あんたみたいな素人にお楽しみを台無しにされる筋合いはない」

「始末をつけます！　始末をつけますから！」

「どうやって始末をつけるつもりだ」

彼はすすり泣いた。彼は白髪の男の顔を仰ぎ見て、もうすこし手探りで進んでみることにした。

「誰だか、わかってるんだ！」

「誰だか、わかってるって？」

「どこだかも、わかってる！」

「どこ、だと！」と白髪の男は怒鳴った。

「それを言ったら、俺はおしまいなんだ」

「言わなくたって、おしまいだよ」

「始末をつけます、俺ならできる！」と彼は叫んだ。ナイフのもとから血が黒々と湧き上がった。

「俺のこと、知ってるだろう！　俺もあんたたちのことはわかってる！　俺の家族は押さえてるんだし！」

白髪の男は彼を黙って見つめた。

「信用してくれ！」と彼は呻いた。「ああ、妻が！　愛する息子が！　おお、神さま、息子が、かわいい息子が！」彼の目から涙があふれた。彼はそれを隠そうと、机に顔を伏せた。自分でも少し大仰ではないかという気がしていた。

ジュリウスが身をかがめて、白髪の男の耳に何かささやいた。白髪の男は椅子の背にもたれた。

一分が過ぎた。またもう一分。

「七二時間だ」と白髪の男は言った。「それで、ミーネはまた私のものだ。七二時間だぞ。じゃないと、指、足、耳だ」

ゆっくりと、男は手からレターナイフを抜いた。

27　走る少年の門

観覧車を盗んだことのある奴を知ってるぜ。
ダシール・ハメット

高層の雲に覆われた、穏やかな午後だった。痛む手を胸に押しつけて、彼は邸宅からよろめき出た。誰も追ってはこなかった。膝ががくがくした。彼はプラタナスの大木の影にある壁にもたれた。しばらく目を閉じていると、かすかに音楽が聞こえてきた。

その壁は、いま出てきたのより少し小さくて、それほど豪勢でもない邸宅のものだった。彼の目の前では、走るひとの大理石像があるアール・デコ調の門前の歩道に、エレガントな服装の男性たちが立っていた。彼が男性たちの間を抜けて行く間に、警察の車が一台、坂を上がってきて彼のすぐ横で停まった。私服を着たふたりの男が車を降り、門に向かって行った。

「カリーミは馬鹿だよ」と、ひとりが言うのが聞こえた。彼は血の出ている手をポケットに隠し、顔を伏せてふたりの横をさっと通り過ぎた。シェラトンへ向かうヘアピンカーブを下りながらずっと、あの白髪の男は、なぜ彼が警察に行くとは考えなかったのか、彼は自問し続けた。

その理由はひとつしか考えられなかった。自分が重大な犯罪に関わっていて、警察に行ったりしたら、白髪の男からよりもよほどひどい目に会わされる、ということだ。しかし、自分の命と家族の命を脅かされる以上にひどい目とは、何なのだろう？

もうすぐバンガローに着く、という時になってやっと、もうひとつの可能性を思いついた。もし白髪の男が、警察だったとしたら？　国家の高位権力者とか？　彼は道端の商人をつかまえて、腕で海岸の山を指し、あの広大な邸宅に住んでいるのは誰か知っているか、と問いかけた。山上の邸宅は遠くからでもはっきりと、あの変な走るひとの門の家の隣にその豪奢な姿を見せていた。所有者の名はアディル・バシールというらしい。人びとは敬意を込めて、かすかなためらいと共にその名を口にした。名前よりも、その職業を聞き出すほうが難しかった。やっとひとりが教えてくれたのだが、それは職業とは言えないものだった。闇取り引きの王。

28　地図

イエスは言った。人びとは、私が平和を世に送るために来たと思っている。そして私が諍いを、炎を、剣を、戦争を送りに来たことを知らない。五人がひとつの家にいれば、三人が二人と争い、二人が三人と争い、父は子と、子は父と争うだろう。そしてかれらを助けるものはいない。

トマスの福音書

「二二歳の容疑者の血みどろの服は、逆らい難く犯行の可能性を示している――まあ、血みどろの服、ですって……、それに、逆らい難く、って……あなたの国の新聞、もうちょっとどうにかならないかしら。全身血みどろの犯人は、とにかくも盗んだトヨタ車で、何年も前から評判の悪かった外国人の怠け者どもが住むコミューンに……大したことは書いてないわね。重要な間接証拠、一部の自白……死刑が宣告され……見て、銃を持ってたのね。弾がぴったりと穴に合うモーゼル銃……穴ですって、どういう言い方よ？　聞いて、うちの同僚、穴が開いちゃったのよ、とか言うのかしら？　とにかくも彼の指紋が銃についているのは確認された。私があなただったら、あんまり心配はしないわね」ヘレンは新聞を下ろし、血と泥にまみれたスーツを着て、頭には新しい包帯、右手にはまだ赤い色のにじんでいる包帯をし、氷嚢を脇に、足を上げてソファに横たわっている男を眺めた。

彼は呻いた。

「それとね、家にもう一度電話したの。母の友だちがちょっと詳しくて。傷が真っすぐに通っていて、何にも当たってなければそんなに大変じゃないらしい。炎症を起こさないように気をつけなくちゃいけないけど。そうは言っても、私はやっぱり医者に行ったほうがいいと思うけどね」

「先を読んでくれ」

「痛いのはあなたの勝手だけど、私のバンガローで身元不明の男が敗血症で死んだりして、問題になったら嫌だから。二二歳の殺人犯は——さっきは容疑者だったじゃない——最後には死刑宣告の間、後悔の苦い涙を流していた二二歳の男は、刑場への囚人輸送の途中で、信じられる交通事故によって逃走を果たした……信じられる交通事故？　私のフランス語が悪いのかしら、それとも新聞がおかしいの？　とにかく、記憶喪失なんてことはどこにも書いてないわ。それに、火曜日の事件よ。いいえ、違うと思うわ。アマドゥ・アマドゥなんて、あなたにぴったりの名前だから残念だけど」

「俺、何歳に見える？」

「三〇かしら。二二じゃないわね。それにね、もう一度訊きたいんだけど、どうしてそいつに記憶喪失のことを言わなかったの？」

「それのどこがおかしい？」

「レターナイフで手を机に留められたら、私なら色々しゃべったでしょうね」

「あいつの知ってないことを、自分が知ってるはずがないって気がしたんだ。ただあいつは、俺が何も知らないってことは知らなかった。もし何も知らないなんて言ったら、俺はどうなったと思う?」

「でも、ジェラバを着た四人の男の話をすればよかったでしょう? それからモペッドに乗った男のことも。だけど、一番不思議なのは、そいつがあなたを放した、ってことよ」

「もしかしたら、俺にしか始末はつけられないって思ったのかも。それに家族を押さえてるんだし」

「家族はまずいことになってるわね。だって、あなたは何の始末もつけられないでしょ。ミーネに、セトロワに、アディル・バシール。あなた、何のことか全然わからないんでしょ。でも警察には行きたくない。待っているのも嫌。一番いいのはね、医者よ。記憶喪失がどうなってるのか、調べてもらったらいいんじゃない」

「俺の言ってること、つじつまが合わないとでも言うのか」

「いいえ。でも、第三者に相談するのもいいでしょう。お金ならあるから。心配してるのよ」

彼は考え込みながらヘレンを見つめた。それから、「ミーネ、か。地図を見せてくれ」と言った。

ヘレンは彼に地図を渡し、立ち上がってコーヒーメーカーに水をいれた。「それはないでしょ。もし鉱山だとしたら、モペッドの男はいったい何を持って砂漠に逃げたの」

「売買契約書とか」

「闇取り引きの王が、売買契約書ですって?」

「もしかしたら俺は鉱山技師で、鉱山を開拓したのかも」

「だからどうなるって言うの？　馬鹿なことばっかり言わないで。あいつの言ったことを一言一句教えて。それならあれはまた私のものだ、って？　それとも、あれは私の手にもどる？」

「それで、あれは私のものだ。七二時間で、あれはまた私のものだ」

「で、ずっとフランス語だったのね？」

「この灰色のものは何だ？」

「花崗岩よ」

「緑は？」

「燐だと思う」

「燐って、何に使うものだ？　ネオンに使うものか？」

「肥料よ。でも、何百キロも向こうじゃない。燐じゃないし、花崗岩でもない、馬鹿らしい」

「で、この丸にギザギザがついてるのは？」

「現在地よ」

「ふうん、じゃあこれは？　ここにも、ここにも、そこにもある」

「農園よ」

「それとも、ここには載ってない小さな鉱山とか」

「ねえ、四つ目のものって何？　あなた、四つ思いつくって言ったじゃない」

「顔の表情だよ」

「それでもまだ三つじゃない？」

「顔の表情、鉱山、爆発物と、鉛筆の中にはいってるあれだ」

「それがみんな、フランス語だとmineなの？　知らなかったわ」と言って、ヘレンは考え込んだ。

「でも、鉛筆の芯だとしたら、金でできてたって、ひとを誘拐したり、殺したりの手間はかけそうもないわね」

「金の鉛筆の芯って、どのくらいするんだろう？」

「数百ドルじゃない？　百ドルかしら？　知らない。結婚指輪くらいなものでしょうね。あいつはものすごい金持ちだって言わなかった？　地雷のほうが考えられるわね。でも、地雷だって、私の知ってる限りではたいして値段が高そうじゃないけど。爆発して、おしまいでしょ」

「何か、特別大きいのだとしたら？　最新技術を駆使した兵器とか？」

「私の意見はわかってるわね。まずは、医者よ。それからバシール。だってね、鉱山だの地雷だのっていくら言ったって、一番具体的にわかってるのはあのお屋敷に座ってるあいつなんだから」

「で、これは？　ここだよ、黒枠に赤い点。ウランだな」

「それはちょっと、指一本分遠すぎね」ヘレンは人差し指を地図にあてた。指一本で三〇〇〇キロだった。「これじゃ、もうほとんどコンゴね」

彼は長い間考え込み、それからヘレンの目を見ずに尋ねた。「この地図はどっから出てきた？どうして、鉱山の在処なんかが載ってる地図を持ち歩いているんだ？」

「これ、普通の地図よ」とヘレンは言って、地図をひっくり返した。「裏なんて見なかったわ。それに——何見てるのよ？　私も疑わしいって言うの？」

「悪いけど、もう一度訊かせてもらうよ。化粧品だって？」

「そう」

「販売員?」

「ラルッシュっていうのは、全米第二位の化粧品会社で、私はここで――」

「で、船を降りるときに、よりによって見本をいれた鞄が海に落ちた」

「男の子が手からもぎ取ったのよ」

「で、その他には何も……その……身分を……」

「証明するものはないのかっていうのね? まったくもう。代りの鞄が届くまで、まだ何日もかかるの」

「もちろん、あんたを疑ったりしちゃ……」

「堂々巡りはやめて。いいから、ソーセージって何のことか、説明してちょうだい。可哀想なソーセージがふたつ、って何よ」

「相棒と俺のことだろう。セトロワだよ」

「それよ。何で、相棒だって信じ込めるの? 敵の敵は自分の友だから?」

「そう思うのが自然だろう」

「じゃあ、友だちだったとしてもよ。あなたを物置きに置いたまま、モペッドに乗って行っちゃったんじゃ、友情もおしまい、ってことじゃないの?」

「その可能性もなくはない」

「そうよ。だけど、そう思うのは自然じゃない、って言うんでしょ。もしかしたらセトロワはあの四人の仲間だったのが、ちょうど寝返ったところかもしれないわよ。もしかしたら、やっぱりあなたの仲間だったのに、あなたの頭をかち割ったのかも知れない。太った男はただ、四人目の男に嘘をついて自慢したのかも」

「随分、こじつけじゃないか？」

「もしかしたら、セトロワなんていないのかも。三人が、何かを隠そうとしてでっちあげたの」

「そういう感じじゃなかった……四人目が来る前に、話してるところを聞いたんだ。何だか、困ってるみたいで、馬鹿らしい会話だった」

「わかった。困っていて、馬鹿な人たちだったとするわよ、で、困っていて馬鹿だから真実を言っていたに違いないって、それはないでしょう。でもまあそうだとしても、〈セトロワがあれを持って砂漠に逃げた〉っていう言葉から推論できることは、第一に、セトロワは存在すること。第二に、セトロワは何かを持って砂漠に逃げたこと、それだけよ。だけど、そのことがあなたやアディル・バシールの言うミーネに関係あるのかどうかは、証明できないの」

「〈もしあいつがミーネを壊したら〉」

「ええ。でも、あなたには、〈もしあいつが線路《シーネ》を混乱させたら〉って聞こえたんでしょう。それに、人口百万人、スラムを入れれば五百万人の町で、どうやってそのセトロワを見つけるの？　ここで電話帳なんてものを見たことある？　どこかに電話番号の登録リストがあるかどうかも、疑わしいものね」

29　トゥーリスト・インフォメーション

彼は夏には、横に真珠母のボタンのついた色鮮やかなプルーネル織りの短ブーツを履いていたと、私は信じている。

ドストエフスキー

天気によっては、そして風が海から吹くときには、バンガローでも開いた窓から静かな波の音が聞こえた。山に囲まれた入り江から、音が重なりあって、半ば眠りについた者の耳にまで届いた。記憶のない男は顔を窓に向けて目を閉じていた。永遠と荘厳なるものと比して自らの卑小さを思うという、随分と単純素朴な考えが夜の眠い脳にひたひたと押し寄せ、全身の痛みを感じながら彼は目を覚ました。部屋の真ん中に、影が立っていた。最初は思い違いかと思った。しかしその影は動いていた。ジーンズにぴったりしたTシャツを着た裸足の女。彼女は、夕方に彼が服を脱いでかけておいた椅子の前に立っていた。いまちょうど、スーツのズボンのポケットをひっくり返そうとするところだった。彼女はズボンのウエストを手で探り、音もなくズボンをまた椅子にかけた。それから上着を手に取ると、砂がこぼれ落ちた。内ポケット、他のポケットふたつを探り、それから親指と人差し指で縁をはさんでなぞった。彼女は茶色の靴の片方を取り上げて、中敷きを引っ張り出し、空の靴をのぞき込んだ。そして靴のかかとをつかんで力をかけてみてからもとに戻し、もう片方の靴に手をのばした。彼女がベッドのほうを振り返らないうちに、彼は目を閉じた。しかし、長く我慢してはいられなかった。

「何か見つけたか？」と彼は大声で訊いた。非難するつもりはなかった。「ちびた鉛筆だけね」とヘレンは罪悪感のかけらもない声で答えた。

「わかってる」彼はベッドの上で起き上がった。

「それから鍵の束も」

「うん」

「この名前、覚えがある？」

彼女は上着の両肩を持って差し出した。襟のところに白い長方形の布が縫い付けてあり、濃い灰色の糸で「カール・グロース」と刺繍してあった。

「メーカーの名前じゃないのか？」

「そうだと思う。聞いたことのないブランドだけど」

ヘレンはバスルームからカミソリを持ってきて、ベッドの角に座ってタグを外した。裏側には糸が長く渡っていた。長い、濃い灰色の平行線、機械刺繍、明らかにメーカーのタグだった。ヘレンはその四角い布を彼の額に押しあてた。

「それでも、この名前で呼んだらだめ？　だって、何か名前がないと困るでしょ。カール」

「カール？」

「カールよ」

「他にも何かあっただろう」と彼は言って、ズボンのポケットから小さな、縁が黒く焦げた赤っぽい紙の切れ端をつまみ出した。氏名。その後には何もない。

朝食のとき、ヘレンは左手で頬杖をつき、煙草を真上に向けて、ひと言ごとに彼をカールと呼んでからかった。「コーヒーに砂糖はいる、カール？　ねえカール、どうして身分証明書を焼いちゃったの？　昨日はまだ、ヒッピーなんて言ってなかったでしょ。カール」

「じゃあ、何て言ってた？」

「連中、ってだけ」

寝室からヘレンは黄色のブレザーとサーモンピンクのバミューダパンツを持ってきた。ちょっと試しにでも着てみるようにカールを説得するまで、コーヒー二杯と煙草四本分の時間が過ぎた。服はぴったりだった。

「自分の服は、あとでホテルに持って行ったらいいでしょう」

「これじゃ、まるでカナリアだよ」

「明日までには洗濯できるから」

それからヘレンは情報収集のためと言って、ホンダでアメリカ領事館に出かけて行った。その間にカールはシェラトンホテルまで散歩がてら歩いて登って行った。ホテルのクリーニングに服を預け、初めて「581dのカール・グロース」と名乗ったあと、思いついたまま、ホテルの従業員にセトロワ、ムッシュー・セトロワを知っているかと尋ねてみた。ええ、タルガート在住の。いいえ、ホテルの客ではありません。多分違います。

しかし従業員はセトロワを知らず、別の従業員を呼んできたが、こちらも何も知らなかった。ひとり目の従業員は三人目を呼び、ふたり目は四人目を呼んできた。人だかりができる前にと、カールはヘレンに押しつけられた小額の紙幣の束から施しの金を出して男たちに与え、礼を言って立ち去った。

ヘレンがはっきりと忠告したにもかかわらず、彼はタルガートへ下りる道をたどった。愛想のいい顔や愛想の悪い顔を眺め、通りの名の看板や会社の看板を読んだ。弁護士のクロワズノワというのがあった。ある石には「シャルル・ボワローを記念して」と刻まれていた。試しに歩いているひとに声をかけてみたが、町の中心に近づくにつれて今度はよく話しかけられるようになった。黄色いブレザーにバミューダパンツという出で立ちの彼は、かなり奇抜で、かなり金持ちの観光客に見えたので、スークを取り巻く細い路地を歩けば、五分と空けずに次々と男たちがなれなれしい様子で話しかけ、寄ってくるのだった。暇を持て余した若者が何か手伝いましょうと言ってきたり、占い師や商人が握手してきたり。ほとんどの者は、何を期待しているのか顔に書いてあった。しかしそんな者たちを見ても、もしかして自分のことを以前の人生で知っているのではないかという疑いがカールを苦しめた。

しかしその男たちに問いかけるのは無駄だった。うれしそうに「元気かい？」と言いながら、旧知の仲とばかりにずっしりとした腕を彼の肩にからませ、小さな店に連れ込んだかと思うと、そこでは間違いなくその男か、あるいはその従兄弟が香辛料、サンダル、トゥヤの木の箱、色とりどりの紐、プラスチックのスプーンやサングラスを売っているのだった。

その過程を短縮するために、カールは戦略を変えた。あまり人通りのない道で、彼はまずぼんやりと物思うような顔つきをして、それから再会の喜びを満面にたたえて誰かに駆け寄り、この前に会ったのはどこでしたっけ、とか、今日はセトロワさんにもうお会いになりましたか、とか訊いてみるのだ。彼は、ここで友だち、敵、義兄、借金取りと待ち合わせているようなふりをした。五分前には彼を見かけたのに、というふり、あるいはムッシュー・セトロワはすぐそこに住んでいるはずなのに、通りの名や家の番号を忘れてしまった、というふりをした。彼はセトロワ氏をごくふつうのアラビア人、ごくふつうのフランス人、ごくふつうの黒人と説明してみた。しかし誰も、そんな名前の男を知らないようだった。この調査の唯一の成果は、山のようなストリートチルドレンにつきまとわれるようになったことで、その子たちは銅貨を何枚かくれれば、あるいはバンパーカーに乗せてくれれば、背の高い、やせた、小さな、髭を生やした、太った、白人の、黒人の、金持ちの、臭い、または筋肉質の、その他どんなムッシュー・セトロワでも連れて来ましょうと約束するのだった。ついに彼は疲れ切って、道端のカフェに腰を下ろした。

ミントティーを半分ほど飲んでやっと、隣の建物の入り口に掲げられた看板に目が行った。中央警察署。

警察を怖がる気持ちは、あいかわらず強かった。しかし同時に、彼はその建物が発している重力に必死で抗っていた。あそこ以外のどこに、失踪した人物の情報があるというのだ？

警察官がふたり、玄関から出て話し込んでいるのが見えた。ほんの二〇メートル先だ。ひとりは銃ではっきりと膨らんだ服を着て、開いた指で髪をかきあげながら人ごみを見渡していた。そしてその動きを途中でふと止め、同僚の腕をつかんで、顎で小さなカフェの方を指した。そのカフェには黄色いブレザーのひとり客が座っている……あるいは、二秒前まで座っていた。

カールはぎこちなく警察官に背を向けて、札をお茶のグラスの下に差し込み、走り去った。横町の人ごみのなかで、警察官を振り切るのは簡単だった。もし、追いかけてきていたとして。振り返る勇気はなかったし、半日分としてはもうスリルは充分だった。彼はシェラトンへと踵を返し、港に添って歩き、海岸通りを登って行った。

白い服を着た金持ちのアメリカ人たちが海を背にポーズをとっていた。金ぴかの乗務員がほっそりとしたヨットの前で手すりによりかかり、魚介レストランの入り口はまるでプラスチック製のギリシア神殿のようだった。彼は空っぽで、麻痺したような心地だった。煙突から蒸気を吹いて外海へと出て行く豪華客船を見て、移住したらどうだろう、と彼は考えた。彼には過去がなかった。過去があったとしても、暴力、犯罪、逃走ばかりの人生だったに違いない。これまでの人生を継続したいという意志は、休息と安寧を求める気持ちにとても対抗できなかった。フランスかアメリカに移住して、気楽な人生を始め、プラチナブロンドの女の傍らでの生活にやがて慣れていく。それは無理なことだろうか。

「セトロワ！」と誰かが背後で叫んだ。「セトロワ？　誰を捜してるって？　セトロワ？」

入り口に車体が積み重なっている工場の引き戸にもたれて、青いつなぎ姿の男が立っていた。男はわかってるぜ、というような身ぶりでカールを呼び寄せると、工場に引き込んで引き戸を閉めた。薄暗闇にもうひとり、屈強な男が待ち構えていて、すかさずカールの腹を蹴り上げた。

彼は前のめりに倒れながら、誰かに後ろから首をつかまれるのを感じた。男たちは何も訊いてはこなかった。何が言いたいのか、彼が知っているものと前提しているようだった。もし本当に何か言いたいことがあったとしたら、だが。伝統に縛られた社会では、女物の服を着た男が反発を買うのはあたりまえだから、ちょっと痛めつけてやろうというのかもしれなかった。蹴られながら、おまえたちは誰だ、とあえぎあえぎ尋ねても、さらに蹴られるばかりだった。血の味がした。男たちは工場の奥のほうに彼を引きずって行き、屈強な男が彼を大きな木の箱が載った作業台に押しつけた。片側が開いた木箱には、超近代的な、ぴかぴかのクロームシルバーの機械がはいっていた。男たちは彼の頭をその機械に打ち付けた。

「どうだ?　どうだ?」と屈強な男は叫んだ。

機械はぐらぐらと揺れ、カールは呆然と床にくずおれた。男たちは彼にのしかかり、首を絞め、引き戸のほうから音がしてぎょっとする瞬間までやめなかった。

細長い、ゆっくりと広がって行く日光の楔が、床に、作業台に、クロームシルバーの機械に、そして取っ組み合いをしている三人の男たちのあまり古典的ではない群像に当たった。数秒の沈黙。それから、舌足らずの、高慢な感じの女性の声が強いアメリカ訛りでExcuse me, can you tell me where to find the tourist information?　と尋ねた。

小柄なほうの男がすぐに飛び上がって、両腕を広げて引き戸のほうに走り、後ろの出来事を隠そうとした。もうひとりはカールの首を押さえて床に押しつけた。カールには、汗と涙のヴェールの向こうに、四角い光の中に立ったふたつの影が見えた。何か小声で言うのが聞こえたかと思うと、ぐきっという嫌な音がして、影のひとつが床にくずおれた。もうひとつの影が腰を振りながら工場に乗り込んできて、暗闇に立ち止まった。屈強な男はカールの首を離し、そっと自分の握りこぶしを撫でながら影に近づいていった。

今度はカールにも空手チョップが見えた。ぐぎっと音がして、男の喉が砕けた。九〇キロの巨体が床に転げた。ためらうことなく、微笑みもなく、ひと言の言葉もなく、ヘレンはカールに近寄り、事務的な目つきでちらりと機械を見やった。彼女は作業台の上で木箱を傾けてみて、カールにもう一方の端を持つように目で合図した。

重い木箱を抱えて、ふたりは工場の真ん中で気を失っている男の体を乗り越え、戸口のところでまた、気は失わずに両手で首をおさえ、口をぱくぱくさせている男の体を乗り越えた。ヘレンのピックアップトラックは中庭にあった。ふたりはいっしょに機械を荷台に乗せ、さっと走り去った。

「これじゃないんでしょう?」バンガローで、テーブルの上のクロームシルバーの機械を前にしてヘレンは言った。その機械は台も合わせると一メートルはあり、真ん中はほっそりとした円柱で、外に管が出ていて、計測器があって、上には何かを入れるための口があいていた。電気が必要なようだったが、電源ケーブルはなく、横に電極のふたつある差し込み口がついているだけだった。

「何が?」

「ミーネよ」

「ミーネ? これが? そんなこと考えて、持って来たのか――」

「だって、真ん中にどんと置いてあったじゃない。すぐ横にはあなたと男たちがいて――あなたが見つけたんだと思ったのよ」

「こんなものがミーネだと思ったのか?」

「知らないわよ」とヘレンはいらいらと言い、注ぎ口のねじを動かした。「あの工場に何の用だったの」

「あんたは?」

「あなたを見たのよ、いたずらっ子みたいに、ちょろちょろ入ってくところを! で、これは何なの!」

しかし、よく調べてみてもそれが何なのかはわからなかった。台のところには小さな金属の板がついていて、二五〇〇ワット、十二アンペア、と書いてあり、その上には何語だかわからない言葉で短いテキストがあった。

「ノルウェー語か、デンマーク語かな」とカールは推測した。

「ポーランド語。Warszawaって、ポーランド語よ。で、あれはアディル・バシールの手下だったの?」

「わからない。違うと思う。約束の期限はまだ過ぎてないし」

「それとも、砂漠の男たち?」

「いや、違う」

「そうだ、砂漠と言えばね、鉱物はないんですって。でも、金鉱山はあるの」とヘレンは言った。

30　山の王ハキム

どうして、金が作れないはずがある？　今じゃ原子物理学で、何でも可能だってわかってるじゃないか。ちょっと前までは、何でも可能だとは思われてなかったんだけどね。

スクルージ・マックダック

黄色い霞に、黄色い山々。このあたりに鉱脈はないと、アメリカ領事館でヘレンは確かに聞いてきた。鉱山や採石場、その他ミーネと言えそうなものは、領事館の親切な職員たちの知るところではなかった。

ヘレンがもう領事館を出たところで、モップとバケツを持った若い男が駐車場まで追いかけてきた。ヘレンと職員たちの会話を遠くから聞いていたらしかった。英語が下手で、話が全部通じてはいないようだったが、男は興奮して、入り口の巨大なアメリカ国旗の下に立ったまま、北のほうにはもちろん鉱山があると言い張った。あるいは、かつてそこにあったと。

正直そうな目で男はヘレンを見つめ、ヘレンが財布を振りかざすのを待ってから、ティンディルマへと街道を下りる道沿いに、古い金鉱山があると教えた。ただし、何分も麗々しい言葉を並べたてた後になって、本当にちゃんとした金鉱山ではないとしぶしぶ認めたのだが。そこには本当にナイジェリア人だか、ガーナ人だかがずっと前に経営していたレストランがあって、「金鉱山」という名前だったのだが、名前と違って全然金脈がなかったので、もうとっくになくなってしまった。もう廃墟しか残っていない。砂漠にあるレンガのラクダ像のほんの一キロほど向こうで、辺りには他に何もないし、その廃墟だけなんで、必ず見つかるはずだ。山の方へ細い道が分かれるすぐ手前だ。

「多分、くだらない思い違いじゃないかと思ったんだけど」とヘレンはカールに言った。「でもそれ、ちょうどあなたを拾った辺りなのよね。とにかく、そのすぐ近くなの」

ふたりは出かけた。

午後のぎらぎらとした猛暑の中、ラクダたちは永遠のキスをしていた。風がその背中から黄色い埃を吹き払っていた。

山へと向かう小さな分かれ道はすぐに見つかったが、家の廃墟と言うべきほどのものはなかった。岩の間に板がいくつか散らばり、ぼこぼこになったバケツが落ちていた。かなり探した末に、カールはかつての建物の四隅だったであろう四本の杭と、剝げかかったアラビア語の文字が書いてある板を見つけた。金鉱山、という言葉の一部だった。それだけ。

この話に大きな期待を寄せていたカールは、落胆の余り石を蹴飛ばして、足をくじいたかと思うほど痛い思いをした。すぐにタルガートに帰ろう、と言ったがヘレンは反対だった。

「レストランを開いて、風車小屋、って名前にしたとすると、普通はそこに昔、風車小屋があったってことでしょ。もう何百年も前になくなって、誰も思い出せないにしても。でしょ？　どうして、レストランを金鉱山なんて名前にしたと思う？　だからちょっと、探してみたっていいでしょ」彼女は山の方へと入っていくくねくねとした道を指さし、また落胆したくないカールは、それでも自分でそれを思いつかなかったのに腹を立てて、嫌々ながら車に乗り込んだ。

同じ形の禿げ山がどこまでも単調に連なっていた。何もない山肌に所々、岩が転げ落ちていた。こちらには小さな岩、あちらには大きな岩。黄色、灰色、茶色の離れ岩が、つまらない芸術品のように斜面に散らばっていた。歩くようにのろのろと、ホンダは斜面を登って行った。

ある角を曲がったところで、ヘレンはブレーキをかけた。山の上で何か動いたというのだった。少しバックすると、道から三〇、四〇メートル上、岩の間の細い隙間で、レジャー用の派手な色の服を着た男が地面を眺めているのが見えた。禿げ上がった頭には四隅を結んだハンカチがのっていた。何かゆらゆら揺れる装置を背負っていて、上半身をかがめるたびに、それがマストのように背中から突っ立つのだった。その装置は長い釣り竿の先に大きな、目の細かい網がついたものだった。網の口には丸い木の板がついていて、グリップを握ると紐で開け閉めができるようになっていた。男はちらりとホンダを見下ろしただけで、すぐにふらふらと歩いていってしまった。

ヘレンは窓から身を乗り出した。

「何か釣れた?」と彼女は英語で話しかけた。その声は岩に当たってこだまとなった。男はよろよろと一歩脇に出て、よく見ようとした。彼は親指で背中を指し、「私が発明したんだ!」と叫んだ。

「この辺りのこと、よくご存知ですか? この辺に――」

「レヴィ・ドプテラです! 私は!」と男は叫んだ。

「初めまして、ヘレン・グリーゼです!」とヘレンは叫び、エンジンを止めた。「この辺に鉱山はありませんか? 鉱山があるはずなんですが」

「線路《シーネ》だって？」

「鉱山《ミーネ》。金鉱山です」

「金がいるのか？」

「鉱山を探してるんです」

「金なら山ほどあるぞ」と男は叫んで、手招きした。

「欲しいって言え！」とカールが言った。

「いいえ！」とヘレンは叫んだ。「もしかして、何か見ませんでしたか？　鉱山の廃墟とか？」

「すばらしい！」

「何の話だ？」とカールはヘレンに尋ねた。

「わかんない」とヘレンは答えた。それからまた窓の外に向かって大声で、「何がすばらしいんですか？」

「私も探してるんです！」と男は叫んだ。「レヴィ・ドプテラです」

「すてきね！」とヘレンは叫んだ。「でも、もしかして鉱山みたいなものも、見ました？」

「山あるところ、掘るひとあり！　あきらめちゃいけません。私の経験です」

「もう行こう。あいつ、おかしいよ」とカールはささやいた。

「ご忠告、ありがとうございます！　ちょっと乗せていってあげましょうか？」とヘレンは叫んだ。

「いえ、いえ！」と男は笑い、網が楽しげにゆらゆらと揺れた。

「じゃあいいわ。この馬鹿め」とヘレンはつぶやいた。

道はどんどん細く、険しくなって、数キロ行くと崩れかけた岩の間でかき消えていた。

カールとヘレンは車を降り、辺りを見回した。右にも左にも何もない山肌ばかり。日向ぼっこしている蜥蜴。砂埃にまみれたアザミ。

ヘレンは、無駄足だったわねと言ったが、今度はカールが斜面を四〇メートルも五〇メートルも這い上がって、ひとの手の入った跡を探し続けた。ヘレンはしばらく下から呼び戻そうとしたが、後は車の中に座って、カールの姿がかなりかかって山の稜線までよじ登り、しばらく向こうを眺めたあと肩をすくめて、向こう側に消えるのをフロントガラス越しに見ていた。十分が過ぎた。三〇分。両側のドアを開け放ったまま、ヘレンはぐったりと運転席に座っていた。山のひとつがヘレンの背後の谷間に影を落とし始めた。彼女はハンドブレーキを外して、車を影のところまでバックさせた。そしてまたブレーキをかけたとき、山の上で手を振っている男が見えた。カールが手を振っていた。もう長い間、振っていたらしかった。ヘレンは何か叫んだが、カールは答えず、ただ腕を振り続けた。

細い紐のサンダルにため息混じりの視線を落とし、ヘレンは用心深く斜面を登り始めた。

ヘレンが上に着くと、カールは「しっ！」っと言った。彼はヘレンを案内して岩のわきを通り、しばらく四つ足で這って、下を指さした。向かいの山の中腹に小さな平地があって、狭い小屋が立っているのが見えた。風車が回っていて、樽がピラミッドのように積み重ねてあり、小屋の少し上からは巨大な横穴が山の内部へと続いていた。その横には捨て石が凍った滝のように山を流れ落ちていた。

「兵士だ」とカールが言った。

「小屋に？」

「あそこだ」と彼はまったく違う方向を指さした。「あそこで演習して、妙な運動をしてた。大人じゃないってのは、他より倍も大きいのが出てくるまで気がつかなかったけど」

「子どもなの？」

「だけど銃を持って、軍服も着てた。もう、いなくなって十分くらいだ」

「で、その子たちは小屋には行かなかったの？」

「いや。小屋には動きはない。だけど、あれは鉱山に間違いない」

ふたりはしばらく谷間と小屋の様子を眺めてから、切り立った斜面に踏み固められた小道を下ることにした。谷底を歩いていると、耳もとを銃弾が通った。カールはすぐ地面に伏せた。ヘレンは岩影に隠れた。銃声が岩壁に響き渡っていた。どちらも、銃弾がどこから飛んできたのか、見ていなかった。

しばらく何の音もなかった。それから誰かが、ひどく訛った英語で怒鳴るのが聞こえた。「アメリカ！　くそアメリカ人！」

斜め上の平地には男がひとり立っていて、ウィンチェスター銃をこん棒みたいに頭上に振りかざしていた。銃がその手から滑り落ちた。男は笑った。そして銃を拾うと、銃底を少しいじってから、片手で垂直に掲げた。頭を上げた腕に押しつけ、もう片方の手の人差し指を耳に差し込んで、撃つ。銃声がまた響き渡った。男はぴょんぴょんと飛び回って、「くそアメリカ人！」と叫んだ。

「ねえ、この国、どうにかならないの、いらいらしてきたわ」とヘレンは言った。

ヘレンは隠れたまま、男に向かってフランス語で、道に迷ったんです、と叫んだ。街道に戻る道がわからないし、水もひと口欲しいんです、と。

その返答として、男は再び銃を振り回したが、また取り落としてしまった。男はすっかり酔っぱらっていた。

ヘレンは突き出した平地のすぐ下までよじ登った。彼女はショートパンツを履いていて、ブラウスは汗びっしょりだった。手のひらを上に向けて、彼女は小屋の主人に小声で話しかけた。

「アメリカ人！」と男はあと一、二回不安げに叫び、目を皿のようにしてヘレンのブラウスを見下ろした。それからカールの方を向いて、「見えるぞ！　見えてるぞ！　ふたりとも出てこい！」と叫んだ。

男は何やらはっきりとしない身振りをして、後ろに倒れた。それから銃を杖替わりに立ち上がろうと試みた。男の青白い肌には細かい皺が寄っていた。三〇歳かもしれなかったし、七〇歳かもしれなかった。

平地によじ登ってきたヘレンとカールは、ふらふらする男の両脇を支えて小屋に連れていった。小屋は大型車よりたいして大きくはなく、中の様子は住人の魂を反映していた。少々混乱気味。男はすぐに床に座りこみ、客たちにも席をすすめようと試み、客たちが四度も、五度も繰り返す質問に、子どものような楽しげな表情で耳を傾けていた。

いや、今は掘っていない。と男は言って、泥と乾いた薬草がのぞいている脛の包帯を指さした。もうどのくらい掘っていないのか、自分でもよくわからないが、とにかく自分はご存知ハキム三世で、ハキム二世の息子、山のハキムの孫だ。もちろん、あの伝説の金、百年前に祖父ハキムがまさにこの小屋の立っている場所で、アラーの思し召しにより、わが母、いや祖母である小さな耳の、うるわしの、カモシカのような、黒い瞳のライラとの結婚のため、素手で砂から掘り上げた金は……えーと、質問はなんだったっけ。そうそう、頭がおかしくなっちまって、欲のせいで。絵のように美しい、かわいい耳のライラに結婚祝いの金の飾りを作らせて、初めから決まっていた人生を粛々と歩むどころか、祖父ハキムは、恥さらしにも、ハンマーやノミや掘削機に全財産を傾けて、この呪われた岩山を掘り始めたのだ。

山のハキムが初めてハンマーを撃ち下ろしたのは十九歳、それから六八歳で肝臓を悪くして大往生するまで、枯れ果てた手で掘り続けた。だが、その四〇年間、金は砂一粒も採れなかった！　というわけで、最初に見つかった金も実は怪しい……という噂も絶えることはなかった。でもそれは噂だ。そして忠実な息子ハキム二世は、決して疑うことなく、二〇歳で掘り始め、六四歳でノミを取り落とすまで掘り続けた。今度は心臓だった。ハキム二世も砂一粒も見つけなかった。そして最後に忠実な上にも忠実な孫、ハキム三世の番が来た。ハキム三世は十三歳で掘り始めた。

「それで、ハキム三世はどうなったの？」とヘレンは尋ねた。

「まだ掘っているさ」と彼は答えて、誇らしげに胸を叩いた。そして祖先に倣い、命の尽きるまで掘り続けるだろう、そして死ぬのは心臓のせいでもなく、肝臓のせいでもなく、黒い胆汁のせいだろう、そしてまさにここ、自分の手で掘った坑道の前で、自分と祖先との生涯の作品の前で、自殺するのだ、脳みそをぶっ散らかして、この塵の山の塵となるのだ。そう言って彼はウィンチェスター銃の銃口をくわえ、楽しそうにほっぺたを膨らませて、充血した目をぐるぐると回した。

「坑道を見たいかい？」

ふたりは坑道を見たがった。地下は、最初の数メートルは涼しかった。しかし深くもぐるにつれてどんどん暑くなった。そして空気も澱んできた。アセチレンランプを持ったハキムがふらふらと先頭を行き、カールとヘレンにすぐ後ろに着いて来るように何度も指示した。「俺がいなくちゃ、絶対外に出られないからな」

岩山の中を肩幅ほどの長い坑道が縦横に走っていた。入り口のところだけは、自然のものらしいやや広い大通りのようなものがあり、ところどころハンマーとノミで広げてあった。舌を鳴らして、ハキムは黒い煤の手形が胸の高さにきっちりと並べられて続き模様になっているのに注意をうながした。坑道の入り口では、右手ばかりが五〇センチ置きに並んでいた。そこから別れる道には違う印がついていた。左手や、四本指の左手、手のひらに人差し指と親指だけなど。深くもぐるにつれて指の数は減っていった。

印が左手に親指だけになったとき、ちょうど背の高さほどの洞窟のような場所に着き、そこからは道が三つか四つ分かれ出ていた。ハキムはおんぼろランプで辺りを照らし出し、どの親戚が何年にどの穴を掘ったか解説した。彼は時々、誇らしげに自分の胸を指して、意味ありげに眉を吊り上げた。注意深く耳を傾けていたカールには、この語り手自身が若い頃にここを掘り始め、大人や老人になってからも掘り続けたのであり、ひとりで祖父、父、孫を兼ねているのではないかという気がした。ハキムがまだしゃべっている間に、穴の奥から恐ろしい呻き声が立ちのぼってきた。カールはヘレンを見た。ヘレンは老人を見た。しかし老人はまるで何も聞こえなかったかのようなふりをしていた。彼はハキム二世だかハキム三世だかが、ここで電動ドリルを使おうと試みたという話を始め、頬をふくらませてそのダダダダダッという騒音を真似してみせたが、それでも少し間を置いてから、また一オクターブ低く響き始めた不気味な音を隠すことはできなかった。

「あれは、何、なの」とヘレンは尋ね、ハキムは耳に手を当てた。

もう何も聞こえなかった。

「何かが、ぜいぜい言ってるみたい」とヘレンは言い張り、老人の表情はぱっと明るくなった。

「ああ、ぜいぜい言ってるって？　見せてあげましょう！」

彼は急いでランプを持って、一番傾斜のきつい道を降りていった。上に残ったカールとヘレンは、もう充分見たから、これ以上坑道を眺めるつもりはないと呼びかけた。しかし遠ざかっていく足音がそれに答えるばかりだった。それが一歩遠ざかるごとに、洞穴のような空間は暗くなっていった。

「ねえ！」とヘレンは叫んだ。「ねえってば！」

「俺といなくちゃ、あんたら絶対外には出られねえぞ」という声が奥深くから聞こえた。そこでカールとヘレンは手をつないで、消えていく光を追いかけた。道は狭く、前後に並んで歩く他はなかった。カールが先に立っていた。ヘレンはカールを追い越そうとしたができず、英語で彼にささやきかけた。「いい、何か起こったら、まずはランプを取って、それからあいつに襲いかかるのよ。ランプがなくちゃ、私たち一巻の終わりよ」

壁には右手のひらと薬指だけが押されていた。何度か鋭角に曲がると、道は広くなって、反響の長い、大きな暗闇にたどりついた。そこは裂け目のたくさんある洞窟で、アセチレンランプの光が端までは届かないほど大きかった。岩の天井は真っ黒で、自然の柱や人間のような形の岩に支えられて、数メートルほどの大きさのどろどろとした池の上に覆いかぶさっていた。

カールが咳払いすると、急にまたあのぜいぜいいう声が、すぐ目の前からぎょっとするような大きさで聞こえてきた。

遠くからならば、秘密の通路から風が抜ける音か何かかと思うこともできただろうが、ここに来ればもう明らかだった。この暗闇には、何か生き物が潜んでいた。

ハキムは器用に岩をいくつか降りて、ランプで池の岸辺を照らし出した。そこにはぶるぶると四本脚を震わせながら、山羊が一頭立っていた。あるいは、かつては山羊らしいものだったに違いないものが。毛はすっかり抜け落ちていた。両目には白っぽい膜が垂れ下がっていた。恐ろしいほどゆっくりと、この生き物は頭を訪問者たちに向け、喘息のようにあえいだ。首には重たい金属の鎖が巻き付いていて、その端は池の中へと消えていた。ごつごつとした岸辺に残った汚物の半円で、鎖の長さをおおよそ推測できた。

ハキムはポケットから草をひとつかみ出し、山羊に投げ与えた。山羊はびくっとしたあと、地面の匂いをかいで草を探した。

喜びに顔を輝かせながら、ハキムは山羊と自分の歯のない口を交互に指さして、舌なめずりの音を立て、五本の指先をすぼめて唇に当てた。「おじいさんが発見したんだ！　六カ月か、七カ月、それで肉は真っ白、すごく柔らかくなる。おいしい、おいしい。暗闇でしか、こうはならない」

その夜、カールはまた悪夢を見た。ホテルの近くの海岸に寝転んでいると、隣のバスタオルの上に寝そべっているのは巨大な、太った、白く濁った目の山羊なのだった。この目を見て、彼はこの動物に出会ったのが初めてではないことに気付いた。夢の中で声がして、これは本当はスフィンクスで、彼はその謎を解かなくてはならないのだと告げた。一度だけ質問をしてもいいのだが、本当に一度だけだ。

じっくりと考えた末に、彼は「これからどうなるだろうか？」と尋ねた。山羊は「まあまあうまくいくさ」と答えた。このときになってやっと、彼は山羊がしゃべれるということに気付いて驚いた。微笑みながら山羊が両前足の蹄で顔をこすると、下からヘレンの顔が現れた。彼女の表情《ミーネ》。恐怖におののいてカールは飛び上がった。輝くように青い朝が窓にあった。ベッドに寝ていたのは彼ひとりだった。まだ夢の中なのだろうか？　それとも違うのだろうか？　ひとの声が聞こえて、彼は頭を上げ、外を見た。

バンガローの前にはヘレンがホテルの従業員といっしょに立っていた。ヘレンは愛想良く笑い、従業員に手を振ると、買い物袋をふたつ下げて、前庭の夾竹桃の間に立っている白い柱のところへ行った。小さな鍵で柱に組み込まれている箱を開け、郵便物をひとつかみ取り出してぱらぱらとめくった。

「よく寝た？」と彼女は訊いた。「おかしいわね、何にも送ってこないなんて、本当に変だわ」

キッチンのテーブルで彼女は郵便物を小さな山に分けていった。もっとも、郵便物というのは適切な言葉ではなかった。郵便受けの中身は、近所のレストランの広告が二枚（「すばらしいアラビア料理」、「最上級のフランス料理」）と、ホテルから挨拶と注意点および非常事用の電話番号（水道の不具合、停電、敷地内にアフリカ人侵入の場合のため）、さらに透明な袋にぴっちりとパックされたダイビングスクール「ポセイドン」の写真たっぷりのパンフレット（「三叉の矛印のダイビングスクール」、「私たちの小舟」、「魅力いっぱいの海中の世界を、新しい目で発見してみませんか」）。そこには手書きで「ご出発の際にはパンフレットを郵便受けにお戻しください」とあった。それからくしゃくしゃに丸められた黄ばんだティッシュが二枚、中身のない封筒ひとつ、チョコレートバーの包み紙、そして最後にもう一枚、タイプライターでカーボン紙を使って何枚か一緒に打ったらしい細長い紙があった。ヘレンは唇を噛みながら目を通して、黙ってカールに渡した。

精神科　診療所
J・カルトゥジアン・コッククロフト医学博士 海岸通り27番
Tel.: 2791 英語、フランス語。アラビア語不可。
診療時間《テルミーネ》　月曜—土曜八時—十二時　および相談により
——最新の治療メソッド——　開業記念のため
特価にて！

「何だ、これ？　こんなの、普通あるかな」カールはその紙切れを指でつまんでひらひらと裏返してみた。

「ここなら普通かもしれないわよ」

「でも、まさか本当に俺が行くと思ってないよな」

ヘレンは買い物袋の中身を冷蔵庫、果物籠、流し、テーブルと振り分け、パイナップルをさばき始めた。カールは決心の着かない様子であとについて回った。

「特価にて。偽医者だろう」

「私に訊いたって知らないわよ」

「でも、訊きたいんだ」

「このあたりじゃ、精神科医の密度はマンハッタンほど高くないはずよね。あっちなら、確かに広告もうちょっと違うわ。でも病院に行きたくなくて、他にもどこにも行きたくないなら——」

「それに、見たか？　テルミーーネ（Termiene）だって。iじゃなくてieになってる」

「記憶喪失と、おまけに被害妄想。精神科医のところに行ったほうがいいわよ」

「変だと思わないのか？」

「もしテルミーーネどころかテラミーネと書いてあったり、女性と子どもは半額って書いてあったりしたらね。――だけど、ちょっと打ち間違いがあるからって、そう興奮しなくてもいいんじゃ？きっと、ちょっと頭に日が当たり過ぎた観光客が行くような所で――」

ヘレンはカールの悲しそうな顔を見て言葉を切った。

「不安なんだ」とカールはつぶやいた。手に持った紙切れは震え、その震えは腕を伝わって体にまで伝染した。ヘレンはパイナップルを置いて、雫のしたたるナイフを持ったままカールに歩み寄った。彼女はカールを抱きしめ、その背にきらりと鋼鉄の背びれを光らせたまま、「試してみたら。偽医者だったら、ちょっと時間が無駄になっただけのことよ」と言った。

「いやだ」とカールは答えた。「絶対に行かない」

31　アクラガスの専制君主

もし人間の脳が、我々の理解できるくらいに単純だとしたら、我々はとてもそんなことができないくらいに単純なことだろう。

エマソン・ピュー

「あなたの名前は？」

「わかりません」

「しゃべっているのは何語ですか？」

「フランス語です」

「私たちがいるのはどこですか？」

「タルガートです」

「いまは、いつですか」

「一九七二年です」

「もっと詳しく言うと？」

「九月七日。いや、八日」

「どうしてわかるのですか？」

「新聞を読んだからです」

「新聞を読んだのはいつですか?」

「昨日です」

「物置き小屋で気がついたとき、何月何日だかわかっていましたか?」

「いいえ」

「新聞で日付を見たとき、びっくりしましたか? それとも大体予想していたとおりでしたか?」

一九七二年九月というのは?」

「大体思ったとおりでした」

「何歳ですか?」

「うーん」カールはコッククロフト博士を見た。コッククロフト博士の頬髭は前に向かってしゃくれていて、中くらいの長さの髪はしばらく前まで金髪だったと思われた。目も鼻も口も、四角く張り出した額の下で顔の下半分へと押し潰されていた。作曲家とか、原子物理学者でも良さそうな顔だった。両手は巨大で、爪は肉のぎりぎりまで嚙み切られていた。ややしゃちこばって、ひどく流行に無頓着な服装で、博士はカールと向かい合って、花模様のフラシ天を張った肘掛け椅子に座っていた。ふたりの男の間には小さな机があり、その上には茶色くなった林檎の食べ残し、コッククロフト博士のメモ帳とモンブランの万年筆がのっていた。テレビには音無しでサッカーの試合が映っていた。窓のカーテンは閉まっていた。

「どのくらいだと思いますか?」とコッククロフト博士が尋ねた。

「三〇歳?」

「家族がいますか？」

「わかりません」

「ペットのことを思い出せますか？」

「いいえ」

「アメリカ合衆国の大統領は？」

「ニクソン」

「フランス大統領は？」

「ポンピドゥ」

「この指は何本ですか？」

「八本」

「私のやるとおりに指を動かしてください。はいそうです。では今度は反対の手で左右対称に？オーケーです。そこの紙を取って、何か書いてみてください」

「何を書いたらいいんですか？」

「何でもいいんです。じゃあ、コッククロフト博士は両手に指が四本ずつある、と書いてください。よし。では今度は正四角形を描いてください。それからその正四角形の回りに円を。それが円だというのなら、今度は卵形を描いてみてください。遠近法で立方体が描けますか？　何か、視覚の異常は感じていますか？」

「いいえ」

「あなたの後ろに何と書いてあるか、読めますか？」

「非常口」

「ぼやけたりもしていませんか？　視界の端のほうも？　小さな点が飛んでいたりしませんか？」

「いいえ」

「自分の脚が何本か、見ないで言えますか？」

「は？」

「脚は何本ですか」

「本気で訊いてます？」

「答えてください」

「二本」とカールは答えて、脚を見た。

コッククロフト博士はメモをとった。「仲間はずれの言葉を答えてください。人間——シェパード——魚」

「魚……いや、人間だ。人間が仲間はずれだ」

「どんな音楽が好きですか？」

「わかりません」

「いま、私が何か音楽をかけるとしたら、何がいいでしょう？　アラビア音楽？　ヨーロッパの音楽？　クラシック？　それともポップ、ロック？」

「クラシックは違いますね」

「グループとか、バンドの名前は言えますか？」

「ビートルズ。キンクス。マーシャル・メロウ」

「ビートルズの歌が何か歌えますか？」

「歌えないと思いますが」

「ちょっと鼻歌でメロディだけでも？」

カールはためらいがちにいくつかの音を出してみて、それから自分でも驚いて「イエローサブマリン」と言った。

「後ろの看板に何て書いてあるか、覚えてますか？」

「非常口」

「奥さんの名前は？」

「知りません」

「ここまで一緒に来た女性ですよ」

「妻じゃありません」

「外で待ってるひとのことですが？」

「はい」

コッククロフト博士は左手の親指の爪を嚙んだ。彼はメモ帳を見て、何かを線で消した。「じゃあ、奥さんじゃないあの女性の名前は何ですか？」

「ヘレンです」

「あなたはどこに住んでいますか？」

「ここから二、三本向こうの通りの、バンガローです」

「あの女性と一緒にですか？」

カールは長いこと考え込んでから、「なぜ、知りたいのですか?」と言った。

「彼女と一緒に住んでいるんですか?」

「バンガローは彼女のです。休暇に来ているんです。私たちは偶然知り合いになったんです」

「あなたが病院から退院したあとに、ですか?」

「病院にはいませんでした。包帯は彼女がしてくれたんです」

「どうして病院に行かなかったんですか?」

「さっき言いましたが、襲われて……それに、そんなにひどい傷じゃないような気もしたので」

「そんなにひどくない、と」コッククロフト博士は噛み切った爪を舌で唇の間に押出し、ぷっと吐き出した。彼は頷いた。「よろしければ、あとで見てあげましょう。で、その手はどうしたんですか?」

「切っちゃったんです」とカールは言って、分厚い包帯を腿のわきに隠した。

コッククロフト博士はメモを眺めてため息をついた。「まあ、いいでしょう。では、百から七を順番に引いてください」

「百」とカールは言って、数え続け、七〇まで来たところで医師の唸るような声に遮られ、これで課題は果たしたものと思った。コッククロフト博士は一緒にメモを取り、最後に手の動きからして二本の線を引いたように見えた。彼は口の左端を吸い込み、右端を吸い込んだ。それから何ページかメモを読み返して、

「では、これまでのことを全部、さかのぼって話してください。さっき話してくださったことを全部、ひとつひとつ、バンガローに着いたところから始まって」と言った。

「全部?」

「全部です。逆さまに」

カールの目は、青光りする甲虫がつま先のすぐ近くから歩き出して、机の脚をうろうろと登っていくのを追った。「わかりました。ヘレンと私はバンガローに着きました。その前には、タルガートを車で通ってきました。その前には、私はガソリンスタンドでヘレンに話しかけました。そこにはドイツの観光客の乗ったフォルクスヴァーゲンのミニバスもありました。その前には、砂の街道を歩いていました。その前には、財布を盗まれました。ヒッピーたちに。その前には砂に埋もれていました。私の上をジープに乗った四人の男たちが駆け回っていました。白いジェラバを着た四人です。その前には、砂を掘りました。その前には、砂漠を走っていました。その前には、物置き小屋の戸から……」

コッククロフト博士はキャップを閉めた万年筆でメモを点々と指し、「よしよし、いいですよ。もう結構です。酒は飲みますか?」

「飲まないと思いますが」

「いえいえ、いかがですかと訊いているんです」

コッククロフト博士は小さなカウンターに行き、バーボンを注いでから肩越しに振り返った。

「他にも何もいりませんか?」

カールは少し前屈みになっているところだった。メモ帳にバンザーとか、ガンザーとかの逆さまになった文字が読めたような気がした。その後に太い疑問符。

「いえ、結構です」

鼻息荒く、精神科医はまた肘掛け椅子に腰を落とし、ひと口飲んで、ほぼ空になったグラスを目の前の机に置き、ポケットから巨大なハンカチを悠然と取り出した。腕時計を手首から外してグラスと万年筆の横に置くと、黙ったままこの三つの物体を指さした。次にそれらを仰々しい身振りでハンカチで隠した。

「車とボートの共通点は?」

「どちらも移動手段です」

「それから?」

「中に座れること?」

「それから?」

「それから?」彼の脳裏にヘレンの錆び付いたピックアップトラックとダイビングスクール・ポセイドンの小船が浮かんだ。どちらもヘレンに関係がある。いや、馬鹿げてる。彼はぴくりと肩をすくめた。

「わかりました」とコッククロフト博士は言った。「では、ひとつ物語をお話ししましょう。できるだけちゃんと覚えてください。アクラガスの専制君主は、ファラリスという男でしたが、彫刻家のペリルスに牛の銅像を作らせました。その牛は中が空になっていて、囚人をひとり入れるのに充分な広さがありました。銅像の下で火を焚くと、中に閉じ込められたひとの叫び声は本物の牛の鳴き声のように響くのでした。出来映えをテストするために最初の犠牲者となったのは、彫刻家そのひとでした。この物語を自分の言葉でまとめてください」

「全部を?」

「全部です」

「えー、ある男が、名前はえーと……何とかいうひとが牛を作らせた。銅製の。中にひとを入れて拷問する用に。火を燃やして。で、彫刻家が最初に死んだ」

「どう解釈しますか？」

「解釈って？」

「この物語の教訓は何でしょう？」

「教訓？」

「教訓はありませんか？　何か言いたいことがあるんじゃないでしょうか？」

「多分、穴ふたつ、とか？」

「それがあなたにとっての教訓ですか？」

落ち着きなく、カールはいつの間にか机の上にまでたどり着き、用心深く角を探り歩いている甲虫を眺めた。

「よく考えてください。この物語の言わんとするところは何でしょうか？」

「芸術と政治はうまく行かないってこと？」

「もっと具体的に？」

「芸術は不道徳だということ？」

「それが、あなたの意見ではこの話の意味なんですか？」

「わかりません」とカールはいらいらして答えた。「その専制君主は馬鹿だし、彫刻家も馬鹿、馬鹿が馬鹿を殺すだけ。それ以上の意味は読み取れません」

コッククロフト博士は少し落胆したようにうなずき、背を後ろにもたせかけて、「ハンカチの下にあるのは？」と尋ねた。

「腕時計、グラス、白うさぎ」

医師の表情はまったく動かなかった。「ハンカチの下には？」

「万年筆です」とカールは訂正した。

「動きへの衝動を感じますか？」

「どんな動きですか？」

「最初の記憶は、引用しますと、私は砂漠を走っていた、でしたね？」

「最初の記憶は小屋の中です」

「でもその後、走ったんでしたね」とコッククロフト博士は言いながら、腕時計をまたはめようとして長々と不器用な努力を続けた。「逃げる、という表現を使っていましたね」

「後ろを追いかけてきたひとがいるからです」

「逃げようという衝動はまだありますか？」

「追いかけてくるひとがもういません」

「また追いかけに来るということはあり得ないんですか？」

「何が言いたいんです？」

「推測してみてください。あなたの意見では、追っ手がまた帰ってくるという可能性はあるんですか？」

「消えていなくなったわけはないでしょう。追っ手がいると思い込んでいたわけでもありません。

そうお考えなのでしたら、言っときますが」カールは負傷した右手を上げた——そしてやっと間違いに気付いた。

カウンターで、コッククロフト博士はバーボンをもう一杯注いだ。それから今度は瓶ごと持ってきた。

「ではまたその小屋に戻ることにしましょう」と彼は言い、フラシ天の椅子にどっかりと腰を下ろした。「フラスコや大鍋やガラス管と言っていましたね。そうした道具で何を思い出しますか?」

「それ以前には見たことのないものでした」

「でも、その装置の目的について考えてみなかったんですか? 何だった可能性がありますか?」

「実験室ですか」

「もっと言うと?」

「どうして訊くんですか?」

「どうして答えないんですか?」

「あなたも答えは知らないからです」

「でも、答えてみてください」

「何のために? もし私が、肥料の工場だったとか、物理の実験室だったとか言ったら、あなたは行って確かめるんですか?」

コッククロフト博士は黙り込み、こみ上げて来る不信感を押さえきれないカールは「いったいこれで何のテストをしてるんです?」と言った。

「とにかく私の質問に答えてください。何だった可能性がありますか?」

「あなたが言ってみてください」

「あなたのお話を聞いたところでは、それに、引用しますが、目覚めたときにかすかにアルコール臭がした、ということなら、蒸留装置だった可能性があるのでは？」

カールは頭をかしげた。「そうかもしれない」と彼は気分を害した様子で言った。「そうかもしれない」

「アルコールの作り方は知っていますか？」

「果物から。発酵させて」

「もっと詳しく？」

「発酵したら、熱して……何かを熱して、アルコールをろ過する。それとも、水をアルコールから飛ばすのかな。それから……最後にまた薄めるような」

「ちょっと休憩しましょうか？　お疲れのようですから」

「いいえ」とカールはきっぱりと断った。「大丈夫です」

「それとも、頭の傷をちょっと見てあげましょうか？」コッククロフト博士はバーボンをもう一杯注いだ。「精神科ですが、医学部にいる間にちょっとはわかるようになるもので」

片手にグラスを持ったまま、博士はカールの包帯を外し始めた。

「座っててください。ここのところを、そーっと剝がしてみますからね……ああ。そうか、そうか。すっかりがさがさに固まってますね。でも、ちゃんと洗って張り合わせてある。ほとんどプロの処置ですね。ちょっとグラスを持っててください。ここを押すと？　痛い、そうですか。もちろん痛いでしょう。じゃあ、ここは？　でも、全体的にはちゃんとしてますね。内出血と、ちょっと破けただけで、そんなにひどくありませんよ。また閉じておきますね。脳の中に出血すると大変なんですがね、もし中に出血してたら、四八時間以内に死んでます。だから、結果から推測してそれはないと言えますね」

きちんと気をつけて、しかし多少不器用で酔いの回った手つきで、コッククロフト博士は包帯を元通りにしようと努めながら、脳内出血について滔々と語り、最後にまたバーボンに手を出した。

「あまり心配はいりませんよ」と彼は言った。「気を悪くするかもしれませんがね、脳ってものをそんなに複雑に考える必要はないんです。コンピューターを見たことがありますか？ 電脳ってやつです。いや、もちろんないでしょう、私はたまたまマサチューセッツ工科大時代にちょっと見る機会があって……ドレフュス事件をご存知ですか？」

コッククロフト博士はふと動きを止め、「電脳」という言葉に空中でカギ括弧を施すために軽く上げていた両手もそのままに、前屈みになり、青光りする生き物が黒っぽい足で歩いて行くのを間近に見つめた。彼は指を一本、テーブルの天板にあてて、甲虫がそこによじ上るのを待ち、それから床に弾き飛ばした。ごわごわとしたサイザル麻の繊維をかいくぐって、甲虫は再びテーブルを目指し、やがてまた登り始めた。

「シシュフォス。それともソフォクレス？ 何と言いましたっけ？」

「シシュフォスです」とカールは言った。

コッククロフト博士は頭を深く垂れて座っていた。密かな笑いが頰髭をふっくらとしたハムスターのエサ袋のように広げた。

「奇妙な国。奇妙な虫たち。ですが、いま話そうとしたのは、大学時代にいつもサイバネティクスの講義に出ていたということです。もちろんまったく分かりませんでしたがね。人文学系だったものので。でも、このコンピューターというものには引きつけられました。それにあそこに来ていたひとたちにも。白状すると、あそこの女の子に恋をしまして、とても才能のある技術者と言われている子でしたが。あんまり脱線が過ぎると思ったら、言ってくださいね……とにかく、私は彼女がコンピューターと対決しているところを見たことがあるんです。あれは私にとって、機械の内部を見た最初のショック体験でした。緑や茶色の基盤がごみごみとした通りの家のように並んでいて、色とりどりのケーブルが血管のように張り巡らされている。ひっくり返した箱を片足で押さえて、彼女はケーブルをねじ回しで引きちぎった。結晶のようなものから四角いものを折り取ったと思うと、何かを何かにハンダ付けして、また全部をぐらぐらする台に放り込んだ。三〇秒とかからなかったのに、コンピューターはまた動き出した」

コッククロフト博士は腕を伸ばして、甲虫を再びテーブルから弾き落とし、患者の戸惑いの眼差しを見つめ返した。「言いたかったのはですね、脳だって似たようなものじゃないかということです。自分の臓器のことは、何だかとても複雑で繊細なもののように思うものです。そう感じるのが正しいか正しくないかはともかくとしても、臓器の伝えてくることが複雑で繊細に感じられるものですから。でも、純粋に物質的な意味では、そういう繊細さに根拠というものはないし、ねじ回しとペンチで充分修理可能なんです。長々話してもしょうがない、短く言うと、あなたの頭の穴のことも、あまり心配はいらないと思いますよ。危険なのは出血と……」

「ドレフュス事件て、何ですか」

「ああ、覚えてましたか？　山猫みたいに目を光らせてるんですね」

困惑したように、コッククロフト博士は身の回りにある三つの互いにかけ離れた存在物の間に目をうろつかせた。テーブルを三たびよじ登ろうとしている甲虫、質問してくる患者、そして震えながらバーボンのグラスをつかんでいる、青白い皮膚で覆われた骨、腱、神経、筋肉の機械。彼はバーボンを口に運んだ。

「ドレフュスは話に関係ないんです！」と彼は決然と言った。「ただ、いま言ったコンピューターは、チェス用のコンピューターだったというだけです。リチャード・グリーンブラット。聞いたことなさそうですね。五、六年前から、この研究を始めたひとで。何人かで、コンピューターにチェスを教えこもうとしているんです。役にも立たない事なんですが、コンピューター技師なんて、そんなもんです。で、ドレフュス――ヒューバート・ドレイファスは、マサチューセッツ工科大の哲学者です。もともとはハイデガー研究者で、電気機械のことには門外漢だったんですがね。もう何年の前から、なぜ人工知能は存在せず、未来にも存在しないであろうか、なぜその辺の八歳児のほうがパンチカード機よりチェスが上手なのか、という本をいくつも書いているんです。それでコンピューター関係の同僚に随分と腹立たしい思いをさせているんですが、そこでグリーンブラットが、それじゃあ私のコンピューターと一戦交えてくださいと、ヒューバートに挑戦したんです。覚えている限りでは、そのコンピューターはマックハックというすばらしいファイティングネームでチェスをしていたんですがね、このマックハックが哲学者をこてんぱんにやっつけてしまったんです。お陰で、ドレイファスは数本の銅線に知性で負けた最初の人間という不滅の栄誉に預かることになった。月に降りた最初の人間ほどじゃないが、立派なものでしょう。機械の世界を批判した彼の本は、それ以来もっと激烈になったと聞きましたがね……」

こんな感じで、コッククロフト博士はしばらく語り続けた。何でこんな話になったのかまったく理解できないカールは、相手の大学時代の思い出話がまだ診療の一部なのかもわからないので（そうだとしたら、その目的もわからない）、彼を透明な罠にかけようと、この精神科医は込み入った手段でずる賢く立ち働いているのだという印象をどうしても拭いきれないでいた。

「それが私に何の関係があるのでしょうか？」と彼はついに医師の饒舌をさえぎった。

「何にも！」とコッククロフト博士は楽しげに答え、バーボンをぐっと飲んでグラスを勢いよくテーブルに置いた。目をかっと見開いて、彼は患者を見つめた。

「わざとですか？」とカールは尋ねた。

「何が？」

「それです」彼はバーボンを指さした。

コッククロフト博士は片目をつぶり、もう一方を見開いたまま、琥珀色の液体を通して甲虫を見た。手首の骨でテーブル板にモールス信号を送ると、グラスの下の窪みに閉じ込められた虫はパニックを起こしてぐるぐると回った。ガラスの牢屋を開けると——「失礼！」——昆虫はあわててテーブルの上を走り、角から飛び降りて古新聞の山の下にがさがさと逃げ込んだ。

「じゃあ、どうして私にそんな話をするんですか？」とカールは尋ねた。

「どうして話すのか、ですって？　とても興味深いと思うからですよ！　すばらしい時代に向かっていると感じているからです」両手の人差し指で博士は左右のこめかみをつつき、連動して眉毛を踊らせた。「いつかそのうちに、あなたがいままだ頭の中に持ち歩いていて、悩みの種になっているものは、電気回路ふたつと色とりどりのケーブルに置き換えられるんです。絵に描いたような美人女学生たちが、蹴ったり、ハンマーやペンチを使ったりしてあなたの悩みを解決してくれるようになるでしょう、そして不死の問題も……でも、あまりご興味がないようですね。わかりました。結局、ただの楽しい未来図というだけなので。いまはまだ、通例の方法であなたの脳の皺の深みにもぐり込むしかないんです。大変、残念ですがね」

彼はまたメモを取り出して何ページかめくり、ふと動きを止めた。「ですが、ふと思ったんですが、どうしてここにいらしたのか、お話してくださいましたっけ？　記憶喪失のことじゃありませんよ。最初は医者に行きたくなかったんでしょう？　ところがこうして――間に何か起きたんですか？」

カールは首を振った。「別に。こちらの広告を見つけただけです。それに、具合がよくないので。落ち着かなくて、どんどん不安になるんです。あまり眠れません。ひどい夢を見るんです」

「そうですか」

「昨日の夜は、ほとんど寝ていないに等しいんです。ずっと悪夢で」

「わかりました。では質問に戻りますが――」

「何の夢を見たか、話しましょうか？」

「いえ、必要ありません。先に進みましょう」

「聞きたくないんですか？」

「精神科医なんだから聞きたいだろう、って思ってるんですね」コッククロフト博士は親指の爪の残骸を噛んだ。「それで気が済むなら、どうぞお話ください」

カールはしばらくためらってから、あの巨大な太った山羊の夢のことを話した。ふいにヘレンの表情になった山羊のことを。「つまりその、ヘレンの顔になったんです」とカールは言い直した。話しながら、カールはだんだんと心もとなくなってきた。この夢のいったいどこが恐ろしいのか、少しも説明できなかった。昼間によく考えてみれば、何もかも大したことなく思えた。

「で、夢判断をして欲しいんですね？」とコッククロフト博士は尋ねた。「何を聞きたいんですか？　あなたを受け入れて、看病してくれて、お金もくれて、包帯も巻いてくれて、私のところに送ってきてくれたアメリカ人の観光客を、あなたが明らかに怖がっているということですか？　この女性の顔があなたにとって他のすべてのひとの顔と同じように見覚えのないものだということですか？　巧妙に仮面を被った嘘つき女の手に落ちたということですか？」彼は両手で頬髭をつかみ、まるで本物だと証明しようとするかのようにぐいっと引っ張った。「秘密の任務を負った女スパイ？　それとも、状況を利用して喜劇を演じている糟糠の妻？　私は精神科医ですがね、ウィーン流のドブさらいとは無縁なんです。もし私めの意見をどうしてもお聞きになりたいと言うんでしたらね、夢なんて、私たちの脳の中の花火に過ぎません。意味なんかないんです。これは現在の研究結果でもあるんですがね」

「あまりありがたくない話ですね」としばらく間を置いてカールは言った。

「現代の脳科学が見つけ出すものは、ありがたくないものばかりですよ」とコッククロフト博士はほくほくとうれしそうに言った。「ところで、表情という言葉には、何か意味があるんですか？」

「え？」

「すぐに顔と言い換えたでしょう。違いますか？　では、あのアメリカ人の観光客に話を戻しましょう。ヘレンですね。どうやらなかなか信用できずにいるようですが。親密な関係にあるんですか？」

「は？」

「肉体関係があるんですか？」

「あなたに何の関係があるんです？」

「私はあなたの主治医です。性交渉があるんですか？」

「それが記憶喪失と何の関係があるんですか？」

「情事を思い出すことができないんですか？」

「いいえ。事実がないので」

コッククロフト博士はうなずき、万年筆の端で首の横をトントンと打って、カールをまじまじと見つめた。「最後の質問です。一度でいいから、問い返さずに答えてください。あなたは本当に、自分が誰だかわからないと確信しているのですか？」

「じゃなくてどうしてここに来るわけがありますか？」

「ちゃんと理由があって訊いているんです」

「はい、そうです！」とカールは諦めきって答えた。

32 解離

彼の顔は、考え込みながらそれを隠そうともしない人間の単純な表情を見せていた。

カフカ

「あなたの病状は、控えめに言って、普通ではありません。診断は慎重にしないと、とわかってはいます。でも慎重にする時間はないようですね。まず第一に、ここはあなたがいるべき病院ではありません。第二に、半径五百キロ以内にあなたの病状にふさわしい病院があるとは私には思われません。第三に、あなたは非常に不安定な生活状況にあって、この先の治療の妨げになりそうな色々なことに巻き込まれているようです。あなたのお話がすべて本当だとしたらですが。最後に、私はべつに記憶喪失の専門家というわけではなくて、ごく普通の平凡な精神科医なんです。いくらかの知識はありますが、何でも知っているわけではありません。それでもよろしければ、ちょっと言い当ててみましょう、そちらが協力してくれると見込んでのことですが」

彼はメモをぱらぱらとめくった。「脳の機能に目立った欠陥はないようです。それはご自分でもわかっているようですが。時間と空間の感覚はちゃんとしています。知識は正常で、中学生程度です。あなたはその――事故といいましょうか、事故以来のことはちゃんと覚えていて、脳の外傷の場合よくある前行性健忘ではないようです。あなたの記憶の欠陥は過去にのみかかわっています。

そして自分個人の歴史に関してだけです。それは不思議なことではありません。一般知識と非陳述記憶はしばしば影響を受けないのです。自分の生活史は、リボーの法則に従って、last in - first out、と消えて行きます。外傷を受ける直前の数日、数週間、数年を忘れるのです。最後の記憶は七歳の誕生日、という症例もあります。自分がまだ七歳だと思っているような症例もあります。大分たくさん吹っ飛んでしまったわけですね。しかし非常に稀なこと、稀というのはゼロに近いということですが、それは人生のすべてとアイデンティティが消えてしまうことです。自分の名前も思い出せないということです。こういうことは、ふつうフィクションの世界、娯楽映画に出て来るような記憶喪失の形です。頭をぶたれて、アイデンティティが吹っ飛ぶ。もう一度ぶたれれば、また戻って来る。アステリクスとオーベリクスの世界ですね」

コッククロフト博士は肘掛け椅子に寄りかかって、指先を絡み合わせ、かすかに微笑んだ。

「それはつまり?」

「つまり?　正直に言いましょう。あなたの症状は、存在しないものの様相を呈しているということです」

ペナルティーゾーンでは審判の回りに人だかりがしていて、黒っぽいユニフォームの選手たちが抗議していた。白いユニフォームの選手たちが黒っぽいユニフォームの選手たちをつつきまわしていた。副審がピッチを横切って走って行った。

「何が言いたいんですか?」とカールは尋ねた。「仮病だと?」

「そうは言っていません」コッククロフト博士は画面から目を離した。「あなたの症状は、存在しないものの様相を呈している、と言っただけです。つまり、いくつかの点で疑問があるということです。ただ、疑いないのは、あなたが……どう言いましょうか、重大な損傷を受けているということです。でもどんな損傷か、私にはわかりません。仮病というとても響きが悪いですが、普通はただ脳の病気を真似して喜んでいるということじゃないんです。必要があってそうしているのかもしれません。逃げ場のないストレス状態にあるとか。近代科学では、当人の意識閾のわずかに下で起こる仮病というものも知られているんです。たとえばガンザー症候群とか……あなたには当てはまりませんが。だから困るんです。他にも何もあなたに当てはまるものはないんですからね。老年性の健忘。白痴。コルサコフ症候群。その他、解離型ヒステリーなんていうありそうもないものは考えないにしても、ですよ」

「コルサコフって何ですか?」

「アルコールですよ。でも、あなたはそれにしてはどう見てもまだしっかりしていますからね。蒸留器だらけの小屋という背景には、ぴったりだったでしょうが。ですが、本物のコルサコフ症候群なら、脳がすっかり酒びたしで使い物になりませんからね。きちんとした主文副文なんてもうひとつも話せないんです。いや、残念でした」

「ということは?」

「ということは、つまり私にできることは、消去法でいくつかの可能性を排除することだけなんです。それに、私は特に専門家ではないと言ったことを、覚えておいてください。ですが、スタンダードな教科書を引用しますとね、全般的な記憶喪失は稀であり、その仮病の方が数千倍多く見られる、んです」

「でも存在するんでしょう」

「存在するようですね」

「ガンザー症候群って、何ですか？」

「ガンザーはドイツ人の医師です。刑務所の囚人でまず発見したんですが、最初は〈的外れ応答〉と言っていました。〈的外れ応答〉なんていう名前の病気、どんなものか想像できますか？　そう、想像はできますね。で、どんなものを想像しますか？」

「言葉にすれ違いがあることでしょう。例えば私があなたにとんちんかんな答えをする。あるいはあなたが私に」

「ガンザー症候群の患者に例えば二足す二は何ですかと訊くと、五と答える。四八と答えることはないが、四とも答えない。いつも少しだけ間違っている。耳はいくつですかと訊くと、耳を散々触ったあとで、ふたつかな、と当ててみる。アイデンティティへの問いには、解答不能ということになっている。しかし三日もすると完全に回復して、見たところ痴呆状態にあった三日間のことは何も覚えていない。仮性痴呆というのが、この病気の別名でもあります」

「で、それは私にはあてはまらないんですか？」

「あなたの返答のいくつかは、まあそう言えないことはないかと思えましたが、別の返答は……」

「でも、そんなに頭がおかしいんなら、その人たちも頭をかち割られてそうなるんですか？」

「いい質問ですね。本当にいい質問です。その話をしようとしていたところです。ガンザー症候群を引き起こすのは頭への打撃ではありません。アイデンティティを失う他の可能性のどれも、頭への打撃で起こるのではありません。そうではなくて、心にトラウマを残す出来事によるのです」

「他の可能性って、どんなものですか？」

「藁にもすがる思いなんでしょうね、わかりますよ。私だって多分そうするでしょう。でも、役に立ちませんよ」

「さっき言ったもうひとつは何でしたか？　機能不全型ヒステリーとか？」

「解離型。いえ、違いますね」

「だけど、それは何なんですか？」

「世紀末ごろに出て来たものですがね。放浪癖です。フーガとも言います。本当にそんなものがあるのか、疑問があるところで、専門家の間でも物議をかもしています」

「でも、それにかかるとアイデンティティが消えるんですか？」

「そう言うひともいますし、違うというひともいます。いま言ったとおりです。症例が少なくて、検証に耐える研究もないんです。ガンザーも同じですよ。アイデンティティの記憶が消えるというようなものは、全部根拠が怪しいんです。私の意見を言わせていただければ――」

「で、どんな症状なんです？」

「どれの話です？」

「放浪癖の」

「放浪癖というのは」とコッククロフト博士は言った。「特定の、大概は非常に限られた時間内に起こるもので、あなたはもうその時間を超えてしまっています。そしてその間には自我は完全になくなってしまって、動きたいという激しい衝動だけがある。多少ではありますが、あなたにもそういうことがありましたね。そしてそれは心にトラウマを残す出来事によって起こるんです。拷問とか、子ども時代のこと――最近のはやりですがね。ただ、それにしてはあなたは全体的に頭がしっかりしすぎています。あなたのお話は明確で、筋が通り過ぎています。ただ、思い込みか、思い込みでないかわからない追跡者のことは——」

「思い込みじゃありません！」

「気になりますね。思い込みの追跡者というのは、ちょっとした人格障害には使えますからね……ただ、現実の追跡者は解離型ヒステリーにはあてはまりません」

「私を追いかけてきて、頭をかち割った四人の男というのは、トラウマにはならないんですか？」

「トラウマは頭をかち割るのとは違います。トラウマというのは精神的な危機のことです。過小評価するつもりじゃありませんがね、アイデンティティを失うには、白い上っ張りを着て、ジャッキを振り回す四人の馬鹿者くらいじゃ足りないんですよ」

「ジャッキを振りかざして、私を殺そうとするんですよ」

「いいえ」コッククロフト博士は胸の前で組んだ手に顎をのせ、患者の目を深くのぞき込んで首を振った。「いいえ、いいえ、いいえ。それでは、トラウマ患者が世の中にどれだけあふれることになると思います？」

「じゃあ、その前にあったことは？　打撃ではなくて。その前にあったこと、思い出せないことは？　もっと何か……長い出来事があったのかもしれないでしょう？　トラウマになるような精神的危機、そして頭を打たれたりしたのはただその続きの流れで？」

「いい探偵になれそうですね。本当に。ですが、放浪癖というのはまさに放浪癖という名にふさわしいものなんです。放浪癖にかかった人間は、心は空っぽなんです。ただ放浪するために放浪するんです。きれいな川を見て、ちょっと川沿いを歩いてみようと思って、何百キロも歩くんです、そしてつかまって、どうしてと訊かれたら、答えられないんです。何に追われていたのか、すっかり忘れているんですよ。何もかもどうでもよくなっているんです。これが第一です。第二に、もしあなたの追跡者が現実だったとしたら、いまあなたがシャーロック・ホームズばりに推測して見せた精神的危機のいい説明にはなります」コッククロフト博士は四人の男たちの姿を思い浮かべようとするかのように目を閉じた。「つまり、この男たちに砂漠で長々と苦しめられ虐待されてトラウマになったと。いいですよ。それなら頭を打たれたことなんか余計なことだし、ケーキの上にクリームを乗っけるほどのことです。ですがね。ここで大きな反論につきあたるんです。アイデンティティ全体を吹き飛ばすようなトラウマは、あなたの追跡者たちも吹き飛ばしたはずなんですよ。それどころか、まず第一に彼らを消したはずなんです。わかりますか？　トラウマの原因がまず最初に消されるんです。そうじゃなきゃ意味がないでしょう。すべての記憶が消えたのなら、原因の出来事も消えたはずです。特に四人の男たちと、トラウマの原因のジャッキとが。どうです、私もいいワトソンでしょう」

カールは精神科医を見つめた。彼は何もない壁とテーブルの上のメモ帳を見つめた。もっとよく考えようと、彼は手で目を覆った。コッククロフト博士がバーボンをもう一杯注ぐ音が聞こえた。精神科医の解説はどこかが非論理的な気がした。それに、博士が彼の精神の中の出来事よりも、砂漠での出来事の流れのほうにより興味を抱いているように思われることが気にかかった。それとも、それは気のせいだろうか？　彼は博士を白いジェラバ姿で思い浮かべようと試みた。

「申しわけありませんね」とコッククロフト博士は言った。「私に診断を下してほしかったようですが、これがその診断です」

腕を組む医師。素っ気ない家具。サッカー。

「本当に、何も隠していないのは確かなんですか?」とコッククロフト博士は言って、身を乗り出した。

「あなたの方は、確かに自分は精神科医のつもりなんですか?」

「どこか疑いの点でも?」

「私が仮病を使っていると主張なさるんなら――私だって、あなたは医者じゃないと言いますね」

コッククロフト博士は答えなかった。

「どうして、記憶喪失とは関係のない質問ばかりするんです? どうしてここは、まるで……まるで……」

「どんな質問のことです?」

「例えば、アルコールのことです。何で訊いたんです?」

「もう忘れたんですか?」

「いいえ、忘れてはいません。それに、コルサコフ症候群なら主文副文はひとつも言えない、脳がすっかりダメになっているとあなたが言ったことも覚えています。じゃあ、何で訊いたんですか? どう見ても明らかでしょう、私が――」

「考えてみてわからないんですか?」

「いいえ、わかりません!」カールは飛び上がり、また座った。「わかりませんね。それとも、最近のアル中は自分で酒を作るんですか?」

コッククロフト博士はまあまあ、と宥めるような手つきをして、患者の興奮は少なくとも本物だと信じるつもりがあるらしく見えた。

「信頼してください」と彼は言った。「落ち着いてください。信頼が一番大事なんです。詳しく訊いたのは、あなたのアイデンティティを見つけられたらと思ってですよ、忘れてないといいですが、アイデンティティを探していたんですよね？ それに、誰かが頭に大けがをして血を流しながら、砂漠の中で、アルコール製造の機械に囲まれて気が付いたとしたら、そのひとはそこに仕事場のある闇アルコール製造者じゃないかと思うのは普通ですよね？」コッククロフト博士は架空の漏斗を手の上で転がすような身振りをしてから、指先をすっと打ち合わせた。「ただ、その可能性はもう否定できますがね。あなたがアルコールとその製造法について知っていることは、誰でも知っている程度のことです。大したことはありません」

「で、性交渉のことは？」

「え？」

「訊きましたよね、ヘレンと性交渉が――」

「通例の質問ですよ」とコッククロフト博士は言った。「普通に訊くんです。正直に答える意志があるかどうかを見るんです」

「信じられませんね」

「どうして信じないんですか」

「ちゃんとした医師はそんなこと訊きません。何か別のことを訊くでしょう」

「ちゃんとした医師が何を訊いて、何を訊かないか、どうして知っているんですか」

「私の一般知識は損傷ないんでしょう？」

「ちゃんと覚えているのはいいですね。良くないのは、あなたが――」

「あなたは医者じゃない」

「本当に疑ってるんですか？　いつからですか、訊いてもよければ？」

「ここにはいってきたときから。ずっと。広告を見たときからずっと」

「広告って？」

「お試し価格」

「何が変なんですか」

「普通の医者はお試し価格なんて書かないでしょう。新装開業なんて。それに、こんな診療所もありません。どうしてずっとテレビがついたままなんですか？　医療器具はどこですか？　それに専門書も置いてませんね。白衣も着ていないし。それに――」

「白衣ですって？」コッククロフト博士は一瞬我を失ったようだった。「白衣を着てたら、もっと私の診断を信用してくれるんですか？　申しわけありませんがね、精神科医は白衣は着ないんです……もっとも、一枚持っていることは持っていますが。まだ上に置いてあるんです。専門書の棚も上です。テレビは、申しわけありませんが、スイッチが壊れているんです。後ろのコードを引き抜くのはとても面倒なんです。それと、思い出していただけるといいんですが、あなたは診療時間外にいらしたんですからね」

コッククロフト博士はテレビを蹴った。アナウンサーが驚いて飛び上がり、崩れて波線となり、頭部を失った。頭はゆっくりと画面の中心に戻ったが、頭蓋骨の一部は右端に飛んだままだった。

「もうひとつ、教えてあげましょう」とコッククロフト博士は言った。「これであなたの信頼を取り戻せるか、それとも完全に失うか、わかりませんが――でも、あなたの言う通りです。ここは診療所らしくありません。この土地で生活費を稼ぐというのはどういうことか、あなたは想像もつかないんでしょうね。あなたのような患者が来るなんてことは、相当な例外なんです。正直に言いますとね、あなたは私の初めての患者、初めてのちゃんとした患者なんです」

アナウンサーは紙の束を机の上に押しやり、コッククロフト博士はウイスキーを一杯、ぐいっと飲み干した。

「でも、これがアフリカです。ここに何人くらいの精神科医が開業していると思います？　ケープタウンにもうひとりいるそうですよ。地元の住民とじゃ、商売になりません。彼らには独自の方法がありますからね。ちょっと太鼓を叩いて、ちょっと踊って、ちょっと歌う。それだけで、問題やらは大概のところ解決できるんですから。アフリカ人の魂はまだよちよち歩きなんです。平均的なアメリカ人主婦みたいなノイローゼの塊とは、比べ物にならない。で、私がどうやって生活費を稼いでいるか、教えてあげましょう。大きなサングラスをかけた醜い母親たち。腰のでっぷりした良家の子息。観光客の女たち。そういうのが客なんです。ちょっと休暇に来て、浜辺でちょっとストレスがあって、あちこちでちょっと浮気をして――私はそういうレジャー産業の一部なんですよ。これであなたの疑念にお答えできたのならいいんですが。私の診療所はホテルに所属しているんです。そして二週間ごとに新装開業のためお試し価格、とやるわけです――いいコンセプトでしょう、効果は絶大です」

「でも、あなたは……本物の心理学者なんですか？」

「精神科医です。プリンストン卒業です」とコッククロフト博士は言って、病院や大学の名前をずらずらと並べ始めたが、カールにはもちろん、ちんぷんかんぷんだった。

「何か証明書があるんですか？　医者の証明になるような？」

「白衣とか、ですか？」

カールは首を縦にも横にも振る気がしなかった。

「私の白衣が見たいんですか？」とコッククロフト博士が念を押した。彼は微笑んでいた。不安そうな微笑みではなく、待ち構えるような、興味津々な微笑みだった。まるで、「あなたは母親の膣が見たいんですか？」と訊いているかのようだった。

「はい」とカールは勇敢に答えた。

「上にありますよ。さっき言いましたが。多分。クリーニングに出したかもしれませんが」

「証明書とか、専門書とかでもいいんです」

「本は上にあります。本気で、見に行きたいんですか？」（あなたは膣にはいりたいんですか？）

カールは両手で頭を抱え、怪我をしていない方の手で頭皮を揉んだ。コッククロフト博士は患者を冷ややかに見つめた。

「本気です」とカールは言った。「いっしょに上に上がってもらったら、いけないでしょうか――」

「よろしい。それであなたの信頼を取り戻せるなら。医師と患者の間に信頼がなければ、どんな治療も無意味ですから……いえ、いいんですよ」コッククロフト博士は椅子の肘掛けをつかんで、すでに数センチ腰を浮かせていた。「私のすばらしい白衣をお見せしましょう。見たいですか？」

博士の態度はおおらかで協力的で、上の階になどもう行かなくてもいいくらいだった。これ以上こだわるのは滑稽だった。カールはそれがわかっていた。しかし、この協力的な態度の密かな目的はまさにそれだと感じていたので、「はい。はい、見たいです」と答えた。

33　図書室

エド「夜になった。俺たちにはどうしようもない」
　　　　　　　　　　ジョン・ブアマン『脱出』

　幅の広い木の階段が二階に続いていた。階段が終わると、左右にドアが四つか五つずつある長く暗い廊下が伸びていた。カールはコッククロフト博士の二歩後に続いた。博士はすでにはっきりとアルコール臭を漂わせていた。

「ここが図書室です」と博士は言った。そしてドアのひとつの前に立ち止まり、勢いよくドアを開け、明かりのスイッチをいれた。弱々しい電球の光が、ひどく狭い空間を照らし出した。欠けた煉瓦と埃だらけの床に取り外した洗面台が置いてあり、錆び付いた配管が二本、壁から飛び出していた。

「おやおや」とコッククロフト博士は言った。気にかける様子もなくドアを閉めると、また廊下を数歩進んで、次のドアノブをつかんだ。

「図書室です！」と彼は言い、ドアノブを引いた。ドアノブを引っ張った。ドアは鍵がかかっていた。

「こんな遅くに私のところに来るなんて、いい考えじゃありませんでしたね」と彼は首を振りながら言った。

すでに少しばかり自信を失って、博士は反対側のドアを開けてみた。今度は、ドアの向こうに何があるか、前もって宣言はしなかった。四本の蛍光灯がちかちかと灯り、ほとんど空っぽな部屋を照らした。壁は真っ白に塗られ、床は塗料が飛び散った新聞紙で覆われ、シンナーの臭いがした。白いプラスチックのバケツがひっくりかえったままになっていた。部屋の真ん中には、これもまた新聞紙で覆われたテーブルがあり、その細い円柱状の脚は先が尖った真鍮製だった。脚の一本は途中で折れていて、その下には厚い本一冊と薄い本一冊とが敷いてあった。

「図書室、ですか?」とカールは訊いた。

コッククロフト博士は田舎芝居の役者のように額をぱしりと叩き、叫んだ。「忘れてた! 今日は職人が来たんだった!」

彼は二冊の本の方にかがみ込み、ちらりと見て、勝ち誇った笑みを浮かべてカールに手渡した。薄い、灰色の包み紙で表紙をくるんだ本と、青い布表紙の分厚い上製本だった。

「精神分析の生まれ故郷から来た専門書です!」

「ドイツ語ですか?」

「訊かれる前に答えますがね、私は読めません。私の本じゃないんで。行方不明になった前任者のもので……」

カールは薄い本を手にとって眺め回した。灰色の包み紙には鉛筆で「アルベルト・オイレンブルク SUM I」と書いてあった。

「……私はその前任者の診療所を引き継いだんです。診療所と、患者と、図書室とをね。ただ、奥さんだけは、どういうわけかいっしょに連れて行ってしまったんですがね。ああ、いえいえ！」と博士はすっかり酔っぱらった様子で自分とカールの間の空気を切って脇へ寄せた。「期待しちゃいけませんよ！　ヨーロッパに帰っただけなんですから。多分。オーストリア人でしたし。それに、あなたが精神科医だったら、私たちも気付いたでしょう、ね？」

「そうですね」本当は「いや、違う」と思いながらカールは答え、薄い本を開いた。まず最初にドイツ文字の詩が目に留まった。

私は色々な考えで頭がいっぱい
それに私は変態でもある
私は確かに皆にとって
解くことのできない問題なのだ！

「解読できるんですか？」とコッククロフト博士は訊いた。

「え？」

「読めるんですか？」

「はい」とカールは困惑しながら答えた。彼はページをつかんでぱらぱらとめくった。長い、難しい文ばかりの専門書だった。詩はひとつだけの例外だった。図はなかった。それに古いドイツ文字だった。

「ドイツ語ができるなんて、言わなかったじゃないですか」

「自分でも知らなかったんです。それに……あまりよくできるわけじゃないんです」

「変な文字ですよね。何の話です?」

「女性がどうとかって」

「で、何か感情がわいてきますか? ドイツ語に対して、ですよ」

カールは本をのぞき込んで、唇を動かしていた。

「いいえ。難しすぎます。大概の単語はわかるんですが、それ以上は。母国語じゃ、ありませんね」

「どんなことがわかりますか?」

「女性は残酷じゃないということです。性的に見て。ただ男性がそう思い込んでいるだけだと」

「それは最近の研究結果に対応していますね」とコッククロフト博士は考え込みながら言った。彼は謎めいた文字を自分で読んでみようと、カールの手から本を取った。その動きの途中で、彼は部屋の暗い隅にネズミでも見たかのように静止し、そこに向かって突進した。勝ち誇った身振りで博士は白衣を取り上げ、勝利の旗を振る兵士のようにはたはたと翻した。それは白衣と言えないこともなかった。しかしペンキまみれなところは、どちらかと言えばペンキ屋の上っ張りに見えた。

カールはもう一冊の本を手に取った。そして羽ばたくようにして白衣を着込み、絡まった袖にひっかかっている医師がそれでも自分から目を離さないのを確認すると、熱心にページをめくった。それもドイツ語の本だった。百科事典、一九五八年版のブロックハウス、発行地ヴィースバーデン、AからM。

劣等感(ミンダーヴェルティヒカイツゲフュール)、最低入札価格(ミンデストゲボート)、ミンドーロ、ミンツェンティ……ミーネ。カールは内容を覚え込もうと、この項目を繰り返し読んだ。

ミーネ（フランス語より）一般に、丸めて、あるいは器に詰めて使用する弾薬。1．設置形地雷は一定の区域を遮断するために用いられ、接触（足踏み式、ワイヤー式、皿形地雷）あるいは電気信号で爆発する。地雷原とは、特に戦車による攻撃から守るために不規則に地雷を設置した区域。2．爆薬投射機の弾。3．魚雷（球形または卵形）は浮遊する器と強い弾薬および碇から成り、特定の水深に設置できるよう調整器具がついている。魚雷設置船あるいは他の軍艦によって防御線として、あるいは地雷原状に設置される。敵の魚雷は魚雷探知船あるいは魚雷撤去船によって除去される。4．ルフトミーネは飛行機から落下させる、特殊な制御機能と高い破壊力を持つ爆弾。5．鉱石や結晶状の金属の鉱山。

ミーネ（女性名詞）1．古代ギリシアの硬貨、ミナ。六〇分の一タラントン、百ドラクメにあたる。2．古代ギリシアの重量単位。

ミーネ　1．イサドラ・ミーネ（本名ミネスク）ルーマニア系フランス人の女性測量士、生物学者。一八三七年（ママイア）～一八九〇年。↓ペリシエの依頼で↓ウーズ（Ouz）を探すために北アフリカを探検、優れた地図を製作し、旅行記『黄金の源へ』（一八六六年マルセイユ、二巻）を執筆。蟻の優れた研究家でもあった。2．エマーブル＝ジャン＝ジャック・ミーネ、1．の息子、作家、一八七四年（アルジェ）生まれ。コスモポリタン風の生活の深淵をユーモアあふれる小品に描いた。後に三文小説風の要素を持つ冒険小説を書く。主要作品は『ママの大旅行』（一九〇一年）、『ママ再び大旅行へ』（一九〇三年）、『砂の息子たち』（一九三四年）、『見えない蜃気楼』（一九四

○年)、『黄色い死の影で』(一九四二年)。小説『海のない砂浜』で一九五一年にゴンクール賞受賞。
3. ヴィルヘルム・ミーネ。一九一五年生まれ、ドイツの天文学者。

「鉛筆がない」とカールが言った。

「え?」コッククロフト博士は袖の穴を通してカールを見た。

「それに、ミーネっていう古代ギリシアのコイン?」

「ご質問は何ですか?」

「フランス語でもミーネ、ミーヌという古代ギリシアのコインがあるかどうか、ご存知ですか? それともギリシア語で?」

「申しわけありませんが、知りません。ミーネがどうしたんですか」

「別に……フランス語でもそう言うのかな、と思っただけです」

「おかしなことを訊くんですね」

「それと、Oもありますか? Oの字も? もう一つの巻です」

「おお、なんという知識欲! いいえ、すみません。もう言いましたが、前任者から引き継いだのはこれだけです」

夜中ごろ、ふたりの男たちが家から出て来ると、ロケットのような形のミナレットの間に数ミリの細さの三日月がかかっていた。大気は暖かく、乾いていた。コッククロフト博士は袖のことはあきらめて、白衣をさりげなく肩にかけていた。その様子は医者のようでもなく、ペンキ屋のようでもなく、出来の悪い映画に出て来る頭のおかしい物理学者のようだった。彼は鷹揚に患者の肩を叩き、またいつでもいらしてください、と言って、おそらく近い将来にコッククロフト症候群という名で呼ばれるであろう砂漠の奇病がどうのとぶつぶつつぶやいた。

「前任者の名前は、何といったんですか?」とカールは尋ねた。

「は?」

「名前は?」

「いや、いや。信じてくださいよ……あなたはオーストリア人じゃありません。それに彼は小柄で、引き締まった体型だったそうですよ。あなたはどちらかというと中背で引き締まってますからね。ガイザーといいましたっけ。それともガイゼル。オルトヴィン・ガイゼル」

彼はカールが焦点の合わない目つきで頭を垂れて道を渡る間、いくらかしゃちこばった陽気さで手を振っていた。道を渡ると、カールはある建物の入り口の陰に隠れて振り返った。コッククロフトがふらふらしながら家に入るのが見えた。数分後、診療所の明かりが消えた。そのすぐ後、二階の窓のジャロジーに、頬髭のある影法師が映るのが見えた。しばらく待ってから、カールは急いでまた道を渡り、ポケットから鍵束を出した。診療所のドアにはタンブラー錠がついていた。カールの鍵束にはタンブラー式の鍵が四つあった。音を立てないように、彼はそれを次々に鍵穴にあててみた。どれも合わなかった。

がっかりするというより、ほっとした。

バンガローで待っていたヘレンは、彼の肩に片腕をまわした。カールは最初、愛情の表現と思ったのだが、彼女の顔の表情を見て、それが愛情ではないのに気付いた。彼女は彼を支えた。彼はよろめいた。

「で?」と彼女は訊いた。

「わからない」と彼は答えた。

「信頼できそうになかった?」

「まさにそれを訊かれたよ」

「彼を信頼できるかどうか、訊かれたの?」

「きみを信頼できるかどうか、訊かれた」

「それで? 信頼できないの?」

カールは答えなかった。

「少なくとも、ちょっとは有能そうだった?」暗闇で並んでベッドに横たわってから、ヘレンは尋ねた。「それとも、広告の通り?」

また、長いこと答えがなかった。「偽医者ではとにかくなさそうだ」と、カールはヘレンがもう寝息をたて始めてから言った。「偽医者なら、もっと医者らしく見えるように努力したと思う」

34　バナナ

神は小柄な人間と大柄な人間をお作りになった。
コルト銃はすべての人間を同じにする。
アメリカの諺

女、親しい女が騙している……長年の妻が状況に乗じて喜劇を演じている……コッククロフト博士はどう言ったんだっけ？　もちろん、馬鹿らしい話だ。カールは、それが馬鹿らしいということがわかっていた。しかしその言葉は彼の脳の底なしの真空の中で膨張し、彼の意識のぼんやりとした空間に玉虫色のあぶくとなって立ちのぼった。

ふたりの偶然の出会いは、砂漠のガソリンスタンド。短パンを履いたアメリカ人観光客、感じのいいバンガロー。彼の妻じゃない女、長年の妻じゃない女へレン、信頼しない理由はない女、かいがいしく世話をしてくれた女。彼女は彼の持ち物を検査した。彼女の物を検査するのに、良心の呵責はない。

彼はまずスーツケースにとりかかり、それからバンガローじゅうを調べた。下着と何枚かのセーターは戸棚に放り込んであり、他はまだスーツケースの中か、その半径一メートル内にあった。ジャンパー二枚、靴下、緑色の絹のイブニングドレス。黄色い服、白い服、白紙のメモ帳。とても小さな旅行用ポーチ、針と糸。商品の化粧品もクリームもない。アメリカの新聞は、明らかに読んだ様子がない。当地の新聞のひとつから破り取ったページには、フランスの原子力関係のスパイ活動に国が加担しているという批判を憤慨しつつ否定する記事があったが、そもそも誰が、なぜ、そのような批判を行なったのかは書いてなかった。英語の新聞から破り取った、アメリカの野球リーグの結果。その裏にはハロルド・ピンターに関する記事。読書用の眼鏡は一方のつるが絆創膏で蝶番に留めてあった。手錠、もうひとつ大きな手錠、これはもしかしたら足錠(というのか?)、警棒、バスローブ、ジーンズ二本。ビーチボールのラケットと固いビニールのボール。そしてスーツケースの一番下に、大きな葉巻入れくらいのサイズのどっしりとした木箱。それは爪を固く立てても開かなかった。中には左右対称ではない、何か重い物体。箱の回りには、どこから迷い込んだのか毒々しい緑のビキニのトップが巻き付いていた。それを手で払ってスーツケースの中に落としたとき、カールは背後に物音を聞いた。

「仕返し、ってわけ?」ビキニの持ち主が胸の前に腕を組んで、戸口にもたれ、微笑んでいた。足もとには買い物袋が置いてあった。

憤慨の表情を無邪気な驚きに取り替える暇が、カールにはなかった。

「何だ、警官なのか?」と彼は叫んだ。彼は手錠と警棒をかざして、絶対に妻じゃない女をにらみつけ、絶対に妻じゃない女は彼を大人の色々な秘密を知りたがる小さな男の子のように見つめた。カールは彼女の眼差しを理解できず、彼女の身振りも理解できなかったので、ヘレンはとうとう、世の中にはお花に手錠をかけて受粉する蜜蜂さんもいるのよ、と教え、彼が手に持っているプラスチック製の細長い物は「警棒」ではないと教えた。彼女は自由の国アメリカとか、現代的といった言葉を口にした。

カールはまず黙り込んだ。それから妙な物を両手に持っている自分に気付き、それをそっとスーツケースに戻した。目をきらっと光らせて、カールは「それに、この箱が開かないんだ」と言った。

「.357よ」

「何だって?」

「.357マグナム」とヘレンは言い、独特に間のずれた表情で微笑んだ。

「嘘だろ」

ヘレンは肩をすくめて小箱をスーツケースに放り込み、蓋を閉じると、カールを寝室から押し出して朝食のテーブルについた。

「嘘だろ」とカールはもう一度言った。彼は自分の椅子をくるっと回した。ヘレンは自分のコーヒーを注いで、果物皿からバナナをつかみ、カールに向けた。「武器も持たずに、あなたたちの国を歩き回ったりするもんですか」と彼女は言った。

35　リザ、またの名をカハカハ

これらの弾丸は、殺すことが目的ではありません。主に重傷を負わせ、敵を動けなくするために使われます。結局、重傷を負った兵士よりも敵に時間と金を使わせるものなのです。

ベルギーの銃器メーカーFNエルスタルについてのドキュメンタリーより

バーの奥の暗がりにひとりで座っている男は、リザ、またの名をカハカハといった。彼は神経質そうな、活発な表情をしていたが、その顔には額から顎にかけて三本の傷痕が縦に走っていた。歳は二〇くらいか。左利きだった。

六歳のとき、彼は両親、祖父母、四人の姉妹、義兄がひとりとその親戚全員、さらに他のトゥアレグ族の二家族、数人の反逆者、そして関係のない人たちが一列に砂の上に並べて寝かせられ、つなぎ止められるのを見た。それから軍の戦車がその上を走ると、人びとの体は歯磨き粉のチューブのように破けた。リザは十歳まで空の町の北東にある難民キャンプで育った。ふた夏の間、彼は太ったスペイン人が無料で授業をしている貧民学校に通った。リザはこの学校に来たことのある一番頭のいい生徒だった。彼は読み書きと計算を覚えると、革なめし職人のところに修行入りした。革なめし職人の工房はゴミ山の陰にあったが、ある日その戸口に、色鮮やかな衣装に身を包み、金の飾りを指にたくさんつけた黒人の大男が立った。革なめし職人はその足もとの土間にひれ伏し、ありったけの金をかき集めて差し出した。黒人はその金を取って、リザも連れ去った。豪華な邸宅の地下に彼は少年を住まわせ、服を買ってやり、食べ物を与えた。リザは一年間、商人とのやりとりの仕方と武器の扱い方を学んだ。彼は運び屋と経理を担当した。十三歳で、初めて人間を殺した。

いまでは岸辺に近い小さな島に住んでいて、週に二回、商売のために陸にやってきた。養父の形見である分厚い金の指輪が右手に光っていた。リザはアメリカ版ヴォーグの下着コーナーをめくっているところで、何だか不安そうな様子の男に話しかけられても目を上げなかった。

「何か売ってらっしゃると聞いたんですが?」

「うーん」

「売ってないんですか?」

「消えろ」

カールはテーブルのそばの空いた椅子を見つめて迷っていた。座る勇気はなかった。

「何か売っている、ってひとから聞いたんです」

「マリファナならあっちだ」

「マリファナじゃない」

リザは傷痕のある顔を上げてカールをちらりと眺め、出口のほうを見ると、ちょうど少年がひとり出て行くところだった。彼はバーキーパーを見やった。バーキーパーは肩をすくめた。

「情報が欲しいだけなんです」とカールはぎこちなく言った。

「俺の知ったことか」

「あなたがうってつけだと聞いたんです」

「うってつけなんかじゃない」

「そう思ったんですが」

「何を思ったって？」

「あるいは、何か知っているひとを知っていませんか」

「何を知っているひとだって？」

「誰か、情報を教えてくれるひとです」

リザは、黄色いブレザーにサーモンピンクのバミューダパンツを履いたこの奇妙な姿がそのうちに霧と消えないものか、一瞬待ってから、「ここからきっかり十秒以内に生きて出られる方法なら、教えてやってもいいぜ」と言った。

「お願いです」カールは空いている椅子の背をつかんで、自分の方へ数センチ寄せた。「こっちはもう一日中歩き回っているんです。誰かが、あなたなら――」

「誰がだ？」

「男の子です」

「どこの男の子だ？」

「知りません……ただの男の子です。ここに連れてきてくれたんです」

「どこで知り合いになったんだ？」

「知り合いじゃありません。誰かが彼のところに行けと言ったので」

「誰がだ？」

「知らないひとです」

「あんた、ウェスティングハウスのところから来たのか?」

「いいえ」

「じゃ、エル=フェラーか?」

「いいえ」

「ひとりでここまで来て、誰の遣いでもなくて、欲しいものは〈情報〉だけだって?」

「取材なんです」

「消えろ」

リザはまた色鮮やかな写真に目を落とした。下着、また下着、口紅。舞台の上に女が五人。ソファの上に女がふたり。煙草。また目を上げて、カールがまだそのまま立っているのを見ると、彼はぐいっと拳を振り上げて、相手の顎先で数秒の間、空中に止めた。カールはぴくりとも動かなかった。リザの表情は、怒り狂っているのか、面白がっているのか、全く読めなかったが、まさにこの表情の読めなさがカールにこの男こそ探していた人物だと確信させた。

「何か飲み物を注文しましょうか?」

イブニングドレス、コート、下着、グレートデーンを二頭連れた女。黒いブーツの女。白いブーツの女。リザは答えなかった。

「何も買いたいわけじゃないんです」

「この辺で何が買えるって言うんだ」

「わかってます。ただ——」

「飲み物をおごってくれるって言うんだな？」

「はい」とカールは言って、相手の馬鹿にしたような顔つきは無視した。彼はバーキーパーに向かって何か言った。バーキーパーは腕を組んで隅に立ち、動かなかった。

リゾートファッション、リゾートファッション、水着。眼鏡ひとつしか身につけていない裸の女がしゃがんでいる。奇抜な帽子。リザはついでのように目を上げ、もう数ページめくると、手を挙げて指を二本立てた。バーキーパーがジャムの空き瓶二個に透明な液体を注いで、テーブルに持ってきた。カールは数秒待ってから椅子をくるりと自分の方に向け、座った。テーブルの上では十ワットのランプが薄闇を放っていた。

ここに来るまでに、午前中いっぱいかかった。カールは始め道端で、どこか楽しめるところはないかと訊いたのだった。すると港へ行けと言われた。港で彼は用心しながら、武器はないかと訊いた。すると次々とたらい回しにされた。質問が具体的になればなるほど、答えはぼやけた。最後にカールはある少年の案内でスラムの通路を五、六本曲がり、この穴にたどり着いたのだった。少年は案内に一ドルを要求した。それは他の人たちに払った分全部の三倍だったが、まさにそのためにカールはこの少年に賭けたのだった。

リザはグラスを口にあて、目を閉じて、おがくずを蒸留した自家製の酒の香りを嗅いだ。「何も買わないいんなら、なんでわざわざ？」

「さっき言いましたが――」

「俺を騙せるとでも思ってるのか？」とリザは言った。「騙せやしないぞ」

カールは黙り込んだ。

「何か買いたいんだろう」

「いいえ、私は――」

「じゃあ、売るんだな」

「いいえ」

「買うか、売るかだ」リザの声は脅すような響きを帯びた。

「何か売ってるのか」

「いいえ」

それからカールは「まあ、いいでしょう」と言い、少し考え込んだ。「私が何か買おうとしているると仮定しましょう。あるいは、私が何か買おうとしていて、何も売っていないし、何の関係もないひとのところで、どこかで何か買えないかと訊こうとしていると仮定しましょう」

「あんたはホモだと仮定しましょう」リザはテーブル越しに手を伸ばしてカールの顎を二本の指ではさみ、左右に振った。バーキーパーはにやにや笑った。

「いいでしょう」とカールは譲歩して見せた。「私がホモだと仮定しましょう。ホモなもので、実質的なことは全然わからないから、情報が必要なんです。それも、値段はいくらかという情報です」

「何がいくらかだって?」

「例えば地雷とか」

「どんな地雷だ?」

「地雷です。どんなものでもいいいんです」

「どんなのでもいいって？　どんなのでもいいから地雷の値段が聞きたいって？　そのために来たってのか？」

「じゃあ、一番高いものは？」

「一番高いのだって？　ドカンと一発か？」

「ええ。とにかく高ければいいんです」

「いや」とリザは言った。「いや、いや、いや、いや！　ドカンと一発──それか高いのだって？」

「値段の問題だけです」

「あんたは何でもいいから地雷が買いたい──とにかく高いのを？」

「買いたいんじゃありません」

リザは椅子を前後に揺らし、前屈みになると、平手でカールの頭の包帯をぽんぽんと触った。

「どうしたんだ？　頭の中身を持ってかれちまったか？」

「ある意味そうですね」

「ある意味って……じゃあ、イカれちまってるのを認めるんだな？」

「はい」

「騙そうってんじゃないな」

「そんなつもりはありません」

「この前、騙そうとしたサツは──」

「サツじゃありません」

リザはひと口飲んで、グラスを置いた。彼は雑誌を閉じて、ジャケットの右ポケットにしまった。

同時に彼は左手をさりげなくジャケットの左ポケットに入れた。バーのずっと奥の暗がりに座っていたふたりの客たちがぱっと飛び上がって出口に走った。バーキーパーはカウンターの向こうに隠れた。椅子がひとつひっくり返った。

「仮定してみよう」とリザは小声で言った。「あんたの言ってるそういうモノのことを、俺が本当に聞いたことがあるとする。武器のことをな」リザは口の両端をぐいっと引き離して、ゆっくりと、真っ白に輝く二列の歯並みを見せた。バート・ランカスターがそうしているのを見たことがあったのだ。「それからまた、あんたが本当に買いたいとは思っていないとも、仮定してみよう。あんたが何も売ろうともしていないし、武器なんか必要としていないし、サツでもないとしよう。あんたが本当に、その――何て言ってたっけ?――取材とやらをしていると仮定しよう」

「はい」とカールは不安げに答えた。

「雑誌の取材。何のためだ? ヨーロッパの代表的インテリ雑誌に、地雷に反対する平和主義的でセンセーショナルな記事を載せて、世界をちょっとばかり美しく、道徳的にするためか?」

カールは相手の表情を読もうと努めた末に、わからないほどかすかに頷くことに決めた。

「俺があんたを信じることにした、とするよ。信じないがね。だが、そう仮定することにしよう。そうすると、どんなに頭の悪いジャーナリストだって、まずもっと違う質問をするんじゃないかね?」

「どんな質問です?」

「生産地はどこか、流通は、使用されている区域は。それでも値段が知りたいとなれば、まずはどんなタイプか言うもんじゃないか?」

「タイプって?」

「タイプって、だと?」リザは両手をポケットから出してテーブルに載せた。「あんた、地雷のことを知りたいんだろう! これじゃ、果物はいくらですか、って訊いてるようなもんだよ!」

「でも、一番高い果物は? って訊いたら?」

「それだけ? 一番高い果物だって? ヨーロッパじゃ、そんなことを知りたがるもんなのか?」

「ヨーロッパなんて言ってない」

「それだけなのか? 一番高い地雷はいくらか、知りたいだけなのか? なんでよりによって俺に訊くんだ? 他に誰だって教えてやれるだろう?」

「誰も教えてくれませんでした」

「その辺のどんな馬鹿だって答えられるよ」

「問題は、私が訊いたその辺の馬鹿は、誰も答えてくれなかったってことです。あなたと同じです。私が何か欲しがっていると思うからです。あるいは、私が何か欲しがっているふりをしていると思うから。でも、何も欲しくないんです。なのに誰も何も答えてくれない」

「誰でも知ってることだからだよ」

「私は知らないんです」

「馬鹿だからだろう。自分を見てみろ!」リザはカールの黄色いブレザーの襟をつかんだ。「そんなピエロの衣装を着てたんじゃ、あんたの名前だって教えてあげる気にならないよ。まずはちゃんとした格好をするんだな。そんな格好じゃ、健康によくないぞ。それに、そんなに何にも知らないのも、健康に悪いな。わかったか? 本当に何にも知らないんだな。本当に何にも知らない」

「本当だ。何にも知らない。専門家はそちらだ。だから私はここに来たんです」

「専門家なんかじゃない」

「そうですか。わかりました」

「誰が、俺が専門家だなんて言ったんだ?」

「誰もそうは言ってません。すみませんでした。もちろん専門家ではありませんね。でも、私とは違って、地雷には色々なタイプがあって、それぞれ値段が違うってちゃんとご存知なんですね。多分。それに、その辺の誰でも知ってることだから、その値段だって知ってますよね。それ以上のことを知りたいわけじゃないんです」

「俺のグラスが空だぞ」とリザはしばらく間を置いて言った。カールは手を着けていない自分のグラスを押しやった。リザは一気に飲み干して、「また空になった」と言った。

カールはバーキーパーに合図をしようとしたが、バーキーパーはリザが頷いて承認するまで動かなかった。

「わかった」とリザは言った。「何かを知りたいというわけだな。じゃあ、言おう。酒をおごってくれるんだからな。それに、誰でも知ってることだから。道端に落ちてるような知識だ。あんたは、地雷の中のロールス・ロイスが知りたいんだな。ユーゴスラヴィア製か?」

「ええ」

「それともイギリス製か?」

「ええ。どちらでも」

「それともアメリカ製か?」

「ええ。アメリカ製にします」

「じゃあ、アメリカ製がいいんだな？　ユーゴスラヴィア製じゃダメなんだな？」

「値段の問題だけです。一番高いのを」

「一番高いのだと？」リザは怒り狂ってカールを見つめた。彼は立ち上がり、また座った。顔の傷痕が薔薇色に照り映えた。その視線に耐えることができなかったカールは、目をそらすという間違いを犯した。次の瞬間、彼はカウンターの横に仰向けに倒れていた。顔に傷痕のある男がその胸の上に膝をつき、ガラスが飛び散り、バーキーパーが首のところで割れた瓶を手にしてふたりをのぞき込んでいた。

「一！　番！　高！　い！」とリザが怒鳴った。「そんな手にひっかかると思ってんのか！　あんたが何もんだか、わからないとでも思ってんのか！　はいって来たときからわかってんだよ！　サツはひと目でわかるんだ！　だけどサツじゃないって言うんだな。どういうつもりだ、このホモ野郎！」彼はカールの首を襟の上から絞めた。カールは喉をぜいぜい言わせながら、できる限り抵抗しないように試みた。「ユーゴスラヴィア製とイギリス製の地雷の違いもわからねえって言えば、ひとが喜ぶとでも思ってんのか？　馬鹿だと思うなよ。だって、馬鹿じゃないんだからな！　あんたの顔はどう見たってわかるんだよ。知ってるよ。あんたみたいな奴らは知ってるんだ。あんたが何ものか、言ってやろうか？　あんたはインテリだよ。インテリ野郎だ、頭のイカれた共産主義者の仲間なんだ、タートルネックを着たフランスの思想家の戯言を読み過ぎて、何かひと騒ぎ起こさないと気が済まなくなってるのさ。箍が外れちまってるんだ。ホビーテロリストってわけだ」彼は手を緩めて、やや穏やかに続けた。「だが、パンツの中身は卵だ。で、ドカンと一発地雷が欲しいだと。いいか、言っとくぞ。もしこのちっぽけな汚ねえ町で、帝国主義へのあんたのちっぽけな、自分勝手な反逆をおっ始めるつもりなら、もし何かを木っ端みじんにするつもりなら、つまりだな、もしここで何か頭のおかしい、馬鹿なことをやって、アラビア人を何百人も吹っ飛ばして、町を火の海にすることしか頭にないんだとしたら——俺が手伝ってやる」

リザの表情はだんだんと和らいだ。彼はカールの体の上からどいて、膝から塵を払うと、また席に着いた。「だが、嘘だけはつくな。お願いだから嘘はつくな。座れ。座れって。その〈男の子〉とやらが誰か頭のおかしい奴のところじゃなくて、俺のところに連れてきたなんて、あんた、幸運だと思わないとな。だが、俺の我慢できないことがあるとしたら、それは嘘をつかれることだ。わかったな？　じゃあ、座れ」

カールは襟のボタンを留め、頭の包帯を直して座った。彼は口を閉ざしたままだった。

「ただ、俺は武器を売っちゃいないんでね。この一点に関しては、残念ながら役に立てないんだが。だが、俺が疑問に思うのはだな——もし、仮にだよ、ほら、だってあんたは何も欲しくないんだし、俺も何にも売ってはないんだからね——ただ、もしそんなに地雷が必要なら、なんで他の奴らみたいに、地雷のあるところに行って、もぎ取ってこないのか、ってことだ。南がどっちか、わかるだろう？　太陽がある方だよ。そっちに行って、杭ひとつからクレイモアを五個ずつ取ってきたらいいだろう」

彼はいくつか向こうの席に前屈みに座って、スープカップに口をつけてすすっている男を顎で指した。男には腕がなかった。

「だからそうしないんじゃ？」とカールは言った。「じゃあ、それが一番いい品なんですね？」

「クレイモアが？　いや、違う」

「わかりました。では、誰かが幸運なことに、一番いい品を取ってくることができたとしましょう。そして売ろうとするんです。そうしたら、どのくらい要求するでしょうね？」

「二〇〇」

「ドルで？」

「あんたなら一五〇だ」

「じゃあ、その品は何ですか？」

「対戦車地雷だ。成型炸薬。磁石式だ」

「それがじゃあ、一番高いのなんですね？」

リザはまた落ち着かなくなった。彼はバーの中を見回した。「いったい何が目的なんだ？　一五〇じゃ不満なのか？」

「もっと価値の高いものがあるに違いないと思ってたんですが」

「価値が高い？　価値が高い地雷だって？」

これ以上ない近さからリザはカールの顔を見つめた。これまでは、彼はそんなに心配はしていなかった。こいつはちょっと変な奴だ。刑事か、あるいは警察の助手。とにかく頭が悪すぎて、危険なことはなさそうだった。だが、この男はやっぱり何かがおかしいようだった。いったい何を爆破するつもりなんだ？

「必要なのは地雷で、原子爆弾じゃないのは確かなのか？」

「何を探しているのかは言えません。本当に情報だけが欲しいんです……いくらか、っていう」

「じゃあ、もういいだろう」

「でも、それじゃあ生産者は生活できませんね」

「何の生産者だ?」

「地雷のですよ」

「このどうしょうもない大陸のどこにも、地雷の生産者なんていない。なんでそんなことが気になるんだ?」

「訊いてみただけです。ただ、他にももっと何かあるんじゃないかと思っただけで。でも一五〇じゃ——」

「なんてこった」と言って、リザは片手をカールの肩に載せた。彼の声は今度はとても小さく、ほとんど囁くようだった。「いいか、教えてやる、友だちだからな。友だちなんだ。いっしょにおがくずの酒を飲んでるんだからな。それにあんたの脳はどう見てもエンドウ豆くらいな大きさしかないようだし。言っとくが、この俺、リザ、またの名をカハカハは、武器を扱っちゃいない。俺んところでは売っちゃいない。だが、地雷を買いたいんだったら、十ドル以上は払わなくていいんだ。わかったか? 五ドルでも買えるんだ、もっと安いかもしれない。対戦者地雷、対人地雷、何でもだ。ただ遠隔スイッチのついた新型のクレイモアだけは——十ドルだ。せいぜい二〇ドル。あんたは馬鹿だからな。実のところ本物のクレイモアじゃなくて、クレイモアと書いてあるだけだが、効果は同じだ、バス一台分の人間をぶっ飛ばせる。他のはみんながらくただ。わかったか? その、中身を取り出されちまった脳で覚えておけるか?」

カールはがっくりと小さくなった。

リザはグラスを飲み干した。

「それから、もっとあほらしい質問をしたければな、答え一回につき一杯だ。または五ドル。一杯五ドルなんだからな」

彼はカールを見た。カールはバーキーパーを見た。

「わかりました」とカールは言った。「じゃあもうひとつ訊きます。この近くに鉱山がないか、知りませんか」

リザは黙り込んだ。そして腕を胸の前で組んだまま、小指のかすかな動きでテーブルを指した。

カールはポケットからお金を出して、紙幣を一列に並べた。これまでにかかった飲み代を分けると、五ドル札が三枚残った。彼はその一枚を前に押し出した。

「この近くに鉱山がないか、知りませんか」と彼は質問を繰り返した。

「何の鉱山だ?」

「何の鉱山でもいい」

「何でもいいだと?」リザの気分はそろそろ頂点に達しようとしていた。「この辺に何でもいいから鉱山がないか聞きたいんだと? 鉱山なんかどうするんだ? 何でもいいから地雷を使って、あるかどうかもわからない何かの鉱山を吹っ飛ばすつもりか?」

「いえいえ、それはもう関係ありません。これとそれとは別の話です」

「両方、ミーネという他には」

「ええ。でもそれは偶然です」

「偶然だと? 偶然って何が?」

「両方、ミーネということがです。訊きたいのは――」

「ものがどういう名前か、いつから偶然になったんだ？　地雷《ミーネ》と鉱山《ミーネ》。それが偶然だってのか？　あんた、そこまで無茶苦茶にインテリってわけでもないんだな、え？」

「インテリなんて、私は言いませんでした。あなたが言ったんです」

リザはにんまりと、歯の間からナイフでも出てきそうな笑いかたをした。彼はぐっと背を倒して、両手をテーブルの端に押しつけ、「あんた、どうして地雷のことをミーネっていうのか、わかるか？」

この問題はカールがまだ考えたことのないものだった。

「がんばって考えろ。自分でわかったら、五ドル節約できるぞ。どうして一方がミーネという名前で、もう一方もそうなんだ？」

「鉱山で火薬を使ったからじゃないでしょうか？　鉱石を火薬で吹っ飛ばしたんでしょう。だから鉱山も同じ名前で呼ぶようになったんじゃ？」

「そう思うか。だが間違いだな。鉱山はいつからあるんだ？　青銅器時代からだろう。で、火薬はいつからあるんだ？」

「じゃあ、反対でしょう」とカールは言った。「鉱山がミーネと呼ばれていて、火薬が発明されてそこで使われるようになった。それでいつの間にか名前がうつったんでしょう」

「ああ、名前はうつるのか。いつの間にか！　簡単だな。だが、爆発するものがあったら、まずどこに使う？　鉱山じゃなくて、戦場だろう。まだ考えるか、それとも次の五ドル札を旅に出すか？」リザは見るからに先生役が気に入った様子だった。

カールは考え込んだ。数分が過ぎた。それから彼は中指で真ん中の五ドル札を押し出した。

「わからないんだな」満足げに、リザはバーキーパーにグラスを満たすよう合図した。「だが、戦場というのは本当だよ。戦争だ。この場合は城攻めだがね。城攻めの戦いだ。昔、俺の言ってるのは中世の話だよ、砦を包囲したときには……砦を破ろうとしたときに、どうしたと思う？　まずは塹壕を掘る。それから攻撃されないようにジグザグで壁に向かって走る。そして充分近くまで来たら、地面の下にもぐる。で、地面を掘るのは誰だ？　専門家だ、鉱夫だよ。ミニュールたちだ。鉱夫が横穴を掘って、木材で支える。それで基礎の下まで来たら、木に火をつけて、逃げ出す。すると坑道《ミーネ》は崩れ落ちて、上にある城塞も落ちるってわけだ。だから、ミーネはミーネっていうのさ。火薬はずっと後になってからだ。ドカンと言わせるためにな。だが、無くてもできるんだよ」

「なるほど」

「で、質問に答えると――いいや、鉱山のことは知らない。山なんて、価値がない。最後の五ドルも無駄にしたいのか、それとも今日はこれまでにするか？」

カールは長いこと考え込み、最後の五ドル札を指で叩きながら言った。「殴らないで欲しいんですが。でも、この辺りに古い城塞があるかどうか、もしかして知りませんか？」

第四部　オアシス

36　長官のところで

ナサモネス人の隣人は、プシラ人だった。この民は次のように滅んだ。南風が吹いて彼らの水瓶を干してしてしまったが、スルテの中にあった彼らの土地には水がなかった。そこで彼らは一致団結して、南風との戦いに出かけた（私はリビア人の語った通りに伝えているだけである）。そして砂漠に着くと、南風が吹き始め、彼らは埋もれてしまった。こうしてプシラ人は滅びたので、ナサモネス人がその土地を手に入れた。

ヘロドトス

用件にふさわしく腰を低くして、しかし急いで、カニサデスは警察長官の大きな部屋のドアを開けた。赤と金で刺繍し、豪華な額に入れたコーランの一節の下に、二〇〇キロはある男が座っていた。警察長官だ。洋梨のような顔の形は、体全体で驚くほどそっくりに繰り返されていた。設計図と実現。まばらな眉毛の下の細い目、小さい鼻、肉付きのいい下唇は重力に引っ張られて、ネズミのような白い歯がいつものぞいていた。シャツの下では垂れた胸がふたつ、膨らんでいて、腹が邪魔で真っすぐに座ることもできなかった。そして長官を大分前に宿舎のシャワー室で見たことのある将校は、腹の下には何も見えなかったと言っていた。にもかかわらず、机の上には長官がガリガリに細い妻と洋梨のような子どもたち八人と一緒に写っているカラー写真が飾ってあった。

長官は鼻息荒く、カニサデスに椅子をすすめ、それから恒例の「沈黙の一分」を置いた。カニサデスは密かに数えた。五六、五七、五八。五九秒で長官は折り畳んだ紙三枚をレタートレーから取り出し、宗教の壁を超えて広がる「親切で陽気なデブ」という一派に自分は属していない、とはっきり感じさせる表情で机の上に投げた。いいや、自分は別の種類だ。

「知らないとは言わせないぞ！　アシズがお前の机の引き出しに見つけたんだからな」

カニサデスは知らないふりはしなかった。彼はひと目でその紙が何か見て取ったが、それがどんな非難に結びつけられているのか、まったくわからなかった。植民地時代の書類をふざけて借用しただけじゃないか――こんなもののために長官はわざわざ呼んだのか？　しかし例の五九秒があったからには、すぐ守りに回るのが賢明と思われた。「すぐに説明いたします、すみません。ポリドリオと私が、書類の夜、書類の長い夜に……」

「道徳委員会特別捜査官だと！　お前らどうしたんだ？　誰がこんな馬鹿を思いついた？」

「ふたりです」とカニサデスは言った。「ポリドリオと」

「他に誰だ？」

「ポリドリオだけです」

「嘘をつくな！　証明書は三枚あるじゃないか」

確かにそう訊かれても無理はない。しかし正直に答えるならば、もとは四枚でした、と言わなければならないのだが。

「ただの冗談ですよ」とカニサデスは、信じてもらいにくい真実を正直に白状して切り抜けようとした。「たいしたことはやらかしてないんです。娼婦たちに見せつけただけで、それだけです」

「娼婦に……だと。そうか」長官はメモをとった。彼は短期記憶が弱く、会話の内容が枝分かれするのにはついて行けなかった。会話の途中で続きの質問を思いつくと、あとで次々に訊くために書いておくのだった。

「お前らはここで一番下っ端の手下なんだぞ」と彼は脅し付けるように言い、カニサデスは間髪入れずに「本当にただの冗談なんですよ。仕事に疲れて眠くなったので、ご存知でしょう、長い夜をずっと、書類の山と……そしたらその紙が書類棚から落ちて来たんですよ。他の色々なものといっしょに。私たちは他にも色々やったんです。やらなくちゃどうにもならなかったんです、ただ起きているために。その間にも停電があって――」

「他のこととは何だ？」長官の体がぼよぼよと押し出てきた。

「他のことです……別の冗談です。夜明けまでずっと働かなくちゃいけなかったんですから――」

「他のこととは何だ！」

「酒を飲んで、冗談を言って……紙で雪合戦をしたり」ローラー付きの書類棚でレースをしたことはカニサデスも用心して黙っておいた。「それから偶然にその道徳委員会の書類が出てきて。ＩＱテストもやりました。その間ずっと、暗いところに座っていたんですよ、配電盤の鍵が――」

「ＩＱテストって、何の話だ？　いつからここにＩＱテストなんてものがあるんだ？」

「その辺に散らばってたんです。知能を物差しみたいに測れるテストです」

「結果は？」

「私は一三〇で、ポリドリオは一〇二」

「結果は！　それで、お前らは頭がいいのか、どうなんだ？」

「ええ、まあ」とカニサデスは言った。「まあまあですね。たいしたことはありません」

「まあまあだと！　お前のそのまあまあとやらをこっちはどうにでもできるんだ、わかってるのか！」

かんかんに怒って、長官は机の上を見つめた。話の筋をまったく見失ってしまっていたが、カニサデスが次の目くらましを投げつける前に、長官は「で、これはいったいなんて変な名前だ？　アドルフ・アーンだと！」

「ポリドリオが思いついたんです」

「ドイツ語か？」

「さあ」

「それにこれ、ディディエ……それにベルトランだと、正気か？　お前らホモかよ？　ホモのペアなのか？」

「申しわけありません、長官」

「申しわけありません、申しわけありません、だと！」長官の顔つきはここで急変した。寛容な目つきで長官は証明書を小さくちぎった。「ところで、用事があるんだが。聞いてくれるか？」

はははあ、そういうわけだったか。

「もちろんです」

「あのアマドゥのことをどれだけ知ってる？　輸送車から逃げた殺人犯の」

「カリーミが担当です」

「わかってる。だがお前はどう思う？」

「ふぅ……」カニサデスは頭を絞った。同僚から少し距離を取るのがいい用心だと思われた。「カリーミは、いつもと同じように仕事をしているだけのことです。塩の町を潰す二台目のブルドーザーを申請したところですね」

「どう思うと聞いてる！」

「どちらかと言うと、カリーミの自己満足のためでしょうね。私に言わせると。あのアマドゥは、頭が悪すぎて、五分以上どこかに潜伏なんてできやしません」

　これがどうやら的を射たらしく、長官はやや調子を和らげて言葉を続けた。「もちろん、アマドゥは頭が悪すぎだ。だが、まさにそれが問題なんだ。あんまり頭が悪すぎて、自分がどれだけ頭が悪いかもわかってないんだよ。自力じゃ輸送車から出てこれやしなかっただろう。その上、手助けしてくれたひとがいるのにも気付かないくらい頭が悪い。言い換えると、その、奴は警備隊から逃げただけじゃなく、私らの……奴の……どう言ったらいいかな。もう四八時間も、奴がどこにいるのかわからないんだ。アマドゥは行方不明だ。で、私の言いたいのは、そしてカリーミにはとんと理解できないことは……アマドゥは行方不明でいいということだ、わかったか？」

　顔の肉に挟まれた二筋の隙間がぐっと細くなった。カニサデスは頷き、後頭部に人差し指をあてると、親指トリガーを押した。

「いや、いや、いや！」と長官は叫んだ。「行方不明と言えば、行方不明という意味だよ。中国語でしゃべってるわけじゃないだろう？　カリーミもわからん、お前もわからんのか。あのかわいそうな若者は、自分じゃどうにもならなかったんだ……どうしょうもなかったんだ。みじめこの上ない境遇に育って、厳しい人生に揉まれて、何も悪いことはしたことがなかったんだ。難しい話じゃないだろう？　あいつはティンディルマで平和に暮らして、山羊の番をしてたんだ、あのヒッピーどもがやってきて、挑発するまではな。アマドゥはずっと我慢して見ていたんだ……だけど、いつかそのうちに怒りがこみ上げてきたってわけだ。普通の神経の人間なら当然だがな。で、ちょっとオーバーリアクションしたってわけだ、そう言ってもいいだろう。だが、奴は本当は真っ当な人間なんだ。アマドゥは。わかったか？」

「つまり――」

「つまり、奴はこちらにとって何の害もない。それだけだ。それに、こちらも奴に何もしない。今後はお前がそう計らうんだ」

「で、カリーミは？」

「カリーミは手を引く。もう手を引いたんだ。で、私が言いたいのは……お前にどうして欲しいか、わかったんだろうな？」

「何もしないこと」

「じゃあ、知能テストも甲斐があったってわけだな」

「他にも何か知っておくべきことがありますか？」

「いいや」長官はむっちりした手を打ち合わせた。「何もない。待てよ、教えといたっていい、どうでもいいんだ。べつに秘密の理由があるわけじゃないんだからな。だが、何日か前にわかったんだが、アマドゥは内務大臣のところの掃除婦の孫なんだそうだ。いや、内務省の長官だったかな、まあどうでもいい。私らには関係ない。とにかく身分の高い人物さ……で、指示を出されれば、私はちゃんと従うってわけだ。わかったか？　あの馬鹿なカリーミじゃないからな。それで、同じようにちゃんと指示に従う人間が必要なわけだ。それなら話は簡単だからな。お前は、何人か引き連れて、アマドゥ捜索に出かけるんだ。奴は本当は全然頭が悪いわけじゃなくて、ちょっと変わってるだけなんだ、山羊飼いたちはみんなそうだからな。で、そういう人間を探し出すにはどうしたらいいか？　ちょっとその辺を走り回って、家をいくつか捜索するんだ。わかったか？　それと、何よりも、プレスの奴らをひとからげにして引っ張りまわすんだ。アメリカ人ふたりはまだシェラトンにいるし、イギリス人もひとりいる――知り合いだろう？　で、しっかり写真を撮らせるんだ。それで、誰か逮捕するんだ、いや、十人ばかり逮捕しろ、プレスが満足するまでな。あとは私にまかせろ。ひとつだけ、注意しなきゃいけないのは、アマドゥは塩の町にはいないってことだ。あそこで育ったんだからな。自分の上着のポケットくらいによく知ってるんだ。だからカリーミみたいな馬鹿な素人刑事はみんな、あそこに奴がいると思うんだ。だが、アマドゥは、いまわかったように変わり者だから、まさにあそこにはいないんだ、わかったな？」

「わかりました」

「あともうひとつ。カリーミが昨日ブルドーザーで塩の町に行ってから、ちょっとした反乱が起きてね。都合の悪い話だ。まあ、言うなればな。アマドゥの手にかかったよりたくさんの人間が死んだんから。お前にとっては、だから塩の町全体とその向こうの砂漠、ティンディルマ方面はタブーだ、空の町、塩の町、全部だ。これで話は通じてるかな？」

カニサデスは熱心に頷いた。頭の悪いアマドゥを庇護しようという動きがどこから出ているのか、彼には想像もつかなかった。内務大臣のところの親戚なんていうのは、もちろんありえない話だった。ティンディルマの小汚い山羊飼いが内務大臣や、その掃除婦とだって親戚なわけがなかった。もしそうだったら、一回目の尋問のときに面と向かってそう怒鳴ったはずだし、だらだらと無実を主張したりしなかっただろう。多分、アマドゥの家族がまたどこかから金を調達したのだろう。だが、その金は、今度はどこに流れたんだろう？　カリーミじゃないらしい。直接、警察長官に？　それとも、本当に内務省の誰かに？　カニサデスは、その金が自分のところは素通りしたのに腹を立てるばかりだった。普通は捜査にかかわるすべての刑事が抱え込まれるものだ。この件を最初に担当したのは自分だったではないか。それなのに、あんな下らない書類をカタに取られて。カニサデスには、アマドゥの奴をついでに捕まえて首をはね飛ばしてやりたい気持ちが少なからずあった。そんなに難しい話ではなさそうだった。カリーミのような能無しにわざわざ手を引かせる必要があると判断されたということは、アマドゥは多分ティンディルマへの街道のど真ん中に酔っぱらって裸で座りこみ、卑猥な歌でも歌っているんだろう。

カニサデスは、ちぎった書類を指して問いかける潮時が来たと見た。

「子どものいたずらみたいなんもんだな」と長官は言い、紙切れをごみ箱にはたき落とし、手振りでカニサデスを外に追いやった。やれやれとドアを閉める直前、カニサデスはもう一度呼び入れられた。長官はメモ帳を手にして、自分の書いたメモを指で叩いていた。

「で、うまくいったのか？」

「何がですか？」

「道徳委員会だよ。娼婦どもだ。私には家庭があるがな、知ってるだろう、それに敬虔な信者だ。ただ、その、伯父がいるんで訊くんだ……うまくいくのか?」

「申し上げましたが、一度しか行きませんでしたので。少なくとも私は」

「きちんと答えなさい! あの小さいあばずれどもが、ただで仕事するとでも言うのか?」

「将校以上の身分なら、いつでもただですよ」

「なんだと?」

「いつもただなんです」カニサデスは二歩後ずさりして部屋にはいった。「そういう慣習なんです、こっちは警察なんですから」

「じゃあ、なんでこんな書類をわざわざ?」

「申し上げましたが、私は試してませんよ。でもポリドリオが言うには、サービスがよくなるとか。普通はしないことをしてくれたり」

長官は腰を浮かせ、自分の拳骨をでっぷりとした尻の間に押しつけて、カニサデスを見つめた。

「ええ、そんなとこです」

「じゃあ、これは? こう?」

「ええ、それも」

「これは?」

「何でもです。ポリドリオによると」

「本気か?」信じられないという風に首を振りながら、長官はカニサデスを見つめ、メモ帳を見つめた。「この小さいあばずれどもめ!」それから長官は目を上げずに、訪問者をドアから追い出し、新しくメモをとって、前のメモを斜線で消した。

しばらくして、窓をふたつ取り替えるために来たガラス屋が長官を事務室から呼び出し、廊下の郵便受けのところで待ち伏せしていたカニサデスは事務室に忍び込んで、ごみ箱から紙切れを掻き集め、ポケットにしまった。用心に越したことはない。

そのあとシェラトンに電話をして、イギリスのジャーナリスト、ミスター・ホワイトに繋いでもらって、もうすぐ行なわれるアマドゥ逮捕の写真を撮りたいかと尋ねた。まだ電話をしている間に、長官がまたよたよたと歩いてきて、電話機の上にメモを置いた。カニサデスは受話器の口をふさいだ。

「すっかり忘れとった。これもやっといてくれ」と長官はささやいた。「お前がいちいち口をはさむからだ。息子ふたりがいなくなったと、農夫が訴えてる。殺されたとか。砂漠で。ひとりは撃たれて、もうひとりは殴り殺された。メモに全部書いてある。ティンディルマへの街道沿いの、古い物置き小屋だ、前はいつもそこで酒を蒸留してた。まずはそこへ行ってくれ。アマドゥはそれからだ。わかったか？」

37　女教皇

私には女性の美徳というもの、女の幸せというものの感覚がありません。ただ野性的で、偉大で、輝くものだけが好きなのです。

カロリーネ・フォン・ギュンデローデ

「鉱山じゃないわね、鉱山なんかないんだもの。地雷でもない、だって十ドルや二〇ドルのために家族を誘拐したり、殺すと脅したりするひとなんて、いるはずないでしょ。それに、ありえないもののリストの最後に付け加えるとしても、下に穴の掘ってある城塞もなしね」とヘレンは歪んだ微笑みを浮かべて言った。「だって、ないんだもの。その、顔に傷痕のある男が嘘をついたんじゃないとしたらね。でも、嘘じゃなさそう。とすると、残りは鉛筆の芯だけね」

「それか、コイン。または本」

「イサドラ・ミーネの？　それと息子のエマーブル＝ジャン＝ジャックの？　いいえ。そんなの、考えられない」

「でも、本じゃなくて、本に隠してあるものだったら？」

「それでも考えられない」とヘレンは言った。「価値のある本だって、ないわけじゃないのよ。でも、バシールがミーネと言ったんだから。七二時間、それでミーネは私のものだ、って言ったんでしょう。ちょっとばかり読み書きができる程度で、ひとの手を一時間もペーパーナイフでえぐるような低能は、本と言う代りにミーネと言ったりしない。本って言うでしょう。コインも同じ。コインと言うつもりなら、コインって言うの。そのセトロワって男のことをもっと考えたほうがいいんじゃない?」

「でも、どこを探したらいいのかわからないのに、どうしたらいいんだ?」

ヘレンは肩をすくめながら立ち上がり、受話器を取ってアメリカとの遠距離通話を申し込んだ。彼女が待っている間に、カールは砂漠にいたとき身につけていた品々をもう一度集め、テーブルの上に並べた。空の財布。くしゃくしゃになったティッシュ。鍵の束。鉛筆。

鉛筆は六角形で、緑色のつやつやとした塗装で、上の端には2bという金の文字が押されていた。芯の先は折れていて、ささくれた木屑は引っ張ると取れた。

「やめなさいよ」とヘレンが言った。

「しばらくお待ち下さい」と交換手の声がした。

カールは鉛筆を置き、今度は財布を手に取って、空っぽのポケットを探ったが、砂粒がいくつかはいっているだけだった。彼は財布を鉛筆の隣に置いた。それからティッシュを広げると、やはり砂がこぼれ落ちた。しばらく眺めてからまたくしゃくしゃにする。数分が過ぎた。それから彼は立ち上がり、キッチンからパン切りナイフを取ってくると、鉛筆を削り始めた。ヘレンは首をふりながら眺めていた。鉛筆がちびてくると、彼は手のひらでテーブルに押しつけて、細かい木屑の山と秘密も何もないグラファイトの粉しか残らなくなるまで削り続けた。彼は残ったものをじっと見つめて考え込んだ。

「馬鹿みたいなことするんじゃないわよ」とヘレンは、カールが指先をグラファイトの粉につけ、舌の先にちょんと触るのを見て言った。

電話は急に切れてしまった。ヘレンはフックを叩いたが、数分たっても交換手が出てこないので立ち上がり、カールに「買い物にも行かなくちゃ。いっしょに来る?」と訊いた。

カールは行きたくなかった。彼はテーブルの上に頭を垂れて両手で頬杖をついていた。そしてティッシュをまたつかむと、破かないようにもう一度広げて光にかざした。何か秘密の印を見落としてはいないかと。

ヘレンはため息をつきながらドアを閉めた。

食料がつまったポリ袋をふたつ抱えて帰ってくると、どこかから声が聞こえるような気がした。彼女はそっと買い物袋を置いて、家の外を回り、角に茂っているブーゲンビリアの後ろにひざをついて、テラスをのぞこうと花の咲いた枝をよけた。

数メートル先に、カールがあぐらをかいて床に座り、脛の前に置いてある何かを熱心に見つめていた。その向かいには、髪の長い、背幅のゆったりとした女の後ろ姿があった。それとも髪の長い男? ふたりとも頭を深く垂れていて、ヘレンのよく知っている声が聞こえた。「これは塔よ。この上に、隠者が十字に重なる。ここには、戦車、星……星はいつ見てもとてもきれいなカードね。星が無意識に。すぐに意味を教えてあげるからね。それから五番、これは……吊るされた男だわ」とミシェルは言って、急いでそのカードを別のものと入れ替えた。

カールは不思議そうな顔をした。明らかに、入れ替えが気に入らないようだった。彼の黒曜のような目の眼差しに耐えようとしながら、ミシェルは痛いほどの共感が体中に満ちて来るのを感じていた。彼女は、その意味を知っていた。それは、気を付けなければいけない、ということだった。

この絵に描いたような美しい男がタロット占いの誘いにすぐ乗ったときから、彼が覚束ない身振りで彼女をテラスに誘い、コーヒーを勧めたときから、いや、本当のことを言うと、彼が血の染み出した包帯を頭に巻き、折れ曲がった煙草を口の端にはさんでバンガロー581dのドアを開けたときから、彼の顔に浮かんだ言いようのない悲しみがミシェルを圧倒してしまった。しかもその圧倒はミシェル・ファンダービルトに、決して彼の人生を自分の人生に交わらせまいと瞬時に固く決心させるような種類のものだった。こういう決断は、彼女は何分の一秒かで下すことができた。決して多くのひとが彼女にそんなことができるとは信じなかったし、彼女自身も自分がまったく違う印象を与えることは知っていた。しかしミシェルは決然とした性格だった。意志の強さと決断力はイタリア人の祖母からの遺伝だ。その一方では同じ祖母から、見たところはそれと食い違うようだが、あふれるような感情の起伏と奔放さ、典型的なイタリア風の人懐っこさとを受け継いでもいた。頭の人間であると同時に心の人間。そして状況によっては、ミシェルはきっぱりとした態度をとることができた。そして決断を下した。長い経験から、複雑な問題のジャングルを切り抜けるには、直感に頼るのが一番だとミシェルは知っていた。そしてその彼女の直感が、最初の瞬間から注意を喚起していた。頭に画題になりそうな包帯を巻いて、悲しい目をした、絵のように美しい、苦しんでいる男に注意、ミシェル・ファンダービルト、注意せよ！

ヘレンのコミューン訪問直後に交わした短い電話で、彼女はこの男が誰なのか知っていた。これがその、記憶喪失らしきものを患っている男なのか。でも、それはどういうことなのだろう？

それは第一に、ヘレンがまず疑いなく、そしてヘレンらしい無頓着さで彼と性的関係を持ったということだった。とりあえずカールという名になった男は、いまのところ否定しているけれど。数分前にはとにかく否定した。そして第二に、ついこの間四人の友人を大量殺人で失ったという特別な苦痛に比べれば、自分のアイデンティティ以外には何も失っていない記憶喪失の男は、比較的幸福な人間に違いないということだった。そして第三に、この比較的幸福な人間は苦痛の格差を梃子にして何か利益（あるいは、別の何か）を得ようとするかもしれないということだった。彼がそうしようと思うなら。そして、彼女、ミシェルがそれを許すなら。しかし彼女は許さないだろう。この決意は最初の瞬間から固まっていた。そして決意が一度固まっているからには、翻されることはなかった。

「だって、この組み合わせだと、結局ね、厳密に言うと、ね、出発点に塔があって、それに死神が」と、急いで残りのカードを置いて、見開いた目で決定的な組み合わせを見つめながらミシェルが言った。「近い将来に死神が……普通は変容のプロセスを表すんだけど、変身、過程としての死……だけど……でも、あの……」

困惑しながら、ミシェルはカールが吊るされた男を彼女の手から取って元の位置に置くのを眺めた。

「これは吊るされた男で」と彼女は言った。「普通は取り除いておくんだけど。だって、こうして置いておくと、こうしてここにあるままにしておくとね、本当に誰かが死ぬって意味かもしれないの……あるいは何かが……いいえ、誰かが……だって、いまの私たちの質問だと、何のことになるかしら、ねえ、あなたのことでしょう？　ということは、あなたが……？」

「じゃあ、これを勝手に取ったら、死なないっていうのか？」

「死ぬなんて言ってないじゃない！　必ずしもそうじゃないわ、でもちょっと待って……よく考えないと。お願い、ちょっと待って。始めに言ったでしょ、これはただの時間の枠のようなもの、というか力の作用する領域のようなもので、決してこれはこうだとか、ああだとか確かなことは言えないの。ただ、このカードは、つまりその、死神は……それと愚者、悪魔、それにここには審判、こういう位置関係では……こんなの見たことがない」

ミシェルは両手で髪をかきあげ、時間を稼ごうとした。いまにも泣き出しそうな子どもの顔で、彼女は難解な組み合わせを見つめた。しかしカードに疑問の余地はなかった。

ミシェルにはそれが感じ取れたし、カールがそれを感じているのもわかった。

「でも、死ぬのは誰でも同じだ。いつとは出てないんだろう？」

「近い将来よ、ほとんど現在。つまり――」

「でも、俺がもう死んでるとしたら？」

「もう一度始めに戻りましょう」とミシェルは震え声で言った。「もう一度見てみたいの、全体として。ここには星があるでしょう、いつもいいカードだな、って思うのよ、とてもいいカードだわ、これはつまり、あなたは初めは希望に満ちていたってことね……確かにそうよね。小屋で目が覚めたときのこと、話してくれたでしょう――」

「で、もし俺がもう死んでるとしたら？」

ヘレンは後ろからではミシェルの表情を見ることができなかったが、親友の体がこわばるのが見えた。片手をカードにかざし、もう片手を後頭部にあて、肘を天に突き立てて。

たっぷり十秒が過ぎた。そこでミシェルは、カールの言いたいことを理解した。ヘレンはうめき声をあげそうになるのをこらえた。

「あなたがもう死んでるとしたら！」とミシェルは感激して叫んだ。「もちろん！　もしあなたがもう……だったらあなた本当に、あなたって本当に特別な人間だってことね」ミシェルは興奮して、吊るされた男のカードを人差し指でこつこつと叩いた。そのすぐ隣には塔のカード（塔はまるで梯子のように見えた。小屋の中の梯子のように！）、その後には近い未来に死が控えていた。カールの記憶喪失。以前のアイデンティティの死。

ミシェルは呆然と首を振った。「カードってどれだけ真実を知ってるの、びっくりしちゃう！しかも、あなたがそれを感じたなんて……お世辞で言うんじゃないわよ。私、正直なの。あなたがドアを開けた瞬間から、あなたは特別な人間だってわかってたの、本当に特別な人間だって。本当に特別。それに、カードの才能もすごくある。塔、隠者、戦車……男が四人乗ってる車の話、してなかった？　これが影響を及ぼしてるの、横の方に。だけど、戦車は探索という意味でもあるのよ、あなたの探索……アイデンティティの探索。で、吊るされた男は、ね、私は普通取り除いちゃうんだけど、意味としてはただ方向転換とか、自分の置かれた状況を考え直すとかのことなの、それと、あなた自身がいまのところまだ、この吊るされた男で、この梯子から逆さまにぶら下がってるってこと……本当に、びっくりだわ！」彼女の人差し指は新たな自信を持って右へ、未来へと動いて行った。アイデンティティの死、愚者、女教皇と、最後に審判。これらのカードにはもう明らかな関連性は見られなかった。これは集中しなければ。

ミシェルは集中した。「七番の愚者は、あなたが自分をどう思ってるかを示しているんでしょう……そして審判、これが結果ね。どういう意味かしら？　苦しみの時期が終るということ。新しい始まり、じゃないかしら……もっとも、カードが逆向きだけど。だと、逆の意味になるかもしれないの、ひっくり返さなければね、で、あなたは……だめ？　色々な意見があってね、私は大概ひっくり返しちゃうんだけど」

ミシェルはカールに少女のような人懐っこい眼差しを向けたが、カールは首を振った。

「わかった、あなたが嫌なら……そしたら、審判は苦しみの時期の始まりかもしれないわ、このま逆さだとね、でもそれだって、苦しみの可能性を表してるだけなの、つまり、あなたが間違ったことをするとね。いつでも、あなた次第なのよ。タロットカードは道を示すだけで、最後にどの道を選ぶかは、ね、つまり……でも、この八番の女教皇と苦しみはどういうことなのかしら……」

「苦しみの女教皇、それはもちろん私でしょ」とヘレンは言って、ブーゲンビリアを踏み分けてテラスに上り、ふたりの傍をすり抜けて家にはいった。カールは困惑した目を上げ、ミシェルはお医者さんごっこを見つかった子どものように首をすくめた。ヘレンがカードやアルカナの智やスピリチュアリティについてどう思っているかはわかっていた。しかし同時に稲妻のようにひらめいた。これこそ女教皇だ。賢明さと慎重さ——どちらも合理主義と知識偏重に変貌しかねないもの。カードが逆さになっていたら。カードは逆さになっていた。

38　酋長たちの戦い

「暗示だ、この本は暗示だらけだ」と私は考えた。
「すぐに金を返してもらおう」

マレク・ハーン

すぐにわかったことだが、ミシェルはヘレンの訪問の直後、恐らくはその影響で、この残酷で暴力的な大陸に永遠に背を向けることに決めたのだった。アメリカへ帰る飛行機のチケットのための少しばかりのお金を知人たちからかき集めた後、ヘレンからも何かしら上乗せしてもらえないかと期待して来たのだ。ヘレンとは違って、ミシェルは物質的なものには頓着しないので、持ってきた荷物はほとんどすべて精神的な財産だった。ファウラーからお別れにもらったウーズの歯のお守り、タロットカード、気に入りの本、それから、昼過ぎにいっしょに浜辺に下りるときにハンカチに包んで持って行ったのでわかったのだが、薄い漫画本がひと束。

浜辺ではこの時間、あまり人影がなかった。蒸気がヴェールとなって太陽を覆い、ヘレンとカールは大きなタオルの上に座って議論し、ミシェルは少し離れて腹這いになり、色鮮やかな物語を読みふけっていた。その姿勢には、読んでいる本のレベルへの批判は最初から受け付けまいとする雰囲気があった。数ページ読んだあと、ミシェルは目の端で、ヘレンが立ち上がってバンガローに走って行くのを見た。カールは物思いに沈んで残り、ミシェルの親しげな眼差しにもほとんど答えなかった。ミシェルは、また漫画に集中しようとした。浜辺にはだんだんとひとが集まり始めた。十五分ほど経って、ヘレンが手にメモを持って帰り、カールの横にぴったりとついて座った。

「いい、ちゃんと聞いて。セトロワなんていないの」と彼女は声をひそめて言った。カールはヘレンの手からメモを取って見つめた。

「いないの。そんな名前のひとはいないの。そんな名前、ないのよ。フランスに電話したの、アメリカにも、ロンドンにも、スペインやカナダの友だちも、で、電話帳を調べてみて、って頼んだの。ひとりもいなかったわ。セトロワなんていない。Cetroix, Sitrois, Setroiesも、全部調べたけど……なしよ」

目を細めて、カールは斜線で消した地名のリストを眺めた。パリ、ロンドン、セビリヤ、マルセイユ、ニューヨーク、モントリオール。その下に幾つもの綴り方でセトロワの名、これもチェックがしてあった。

「そこいらじゅうに友だちがいるんだね」と彼は感心してつぶやいた。

こんな小さいバンガローから、世界中のどこにでも電話できるということと、ヘレンの調査の素早さに彼は感心していた。しかし、彼女のリストの何かがひっかかった、何かがおかしかった。でも何が？　名前の間違った綴りが気になるだけなのだろうか？　それともヘレンの大文字の書き方か、そこにたったひとつ紛れ込んだ小文字のnか？　いつまで考え込んでいても、思いつかなかった。（三日後に思いついたときには、もう遅かった。）

ヘレンがため息をつきながらまた日の光の中に寝そべり、片腕を日除け代りにして目を覆い、カナダのフランス語圏のこと、パリの友人のことをしゃべっている間、ミシェルは献身的な表情で絵の背景を探っていた。彼女はこの冊子をもう二〇回は読んだに違いなかったのだが、それでも背景にはいつも何かしら細かなディテールの発見があった。隣をちらちらと眺め、そちらでの会話の波が引いて、カールが偶然のように彼女の目線を捉えたとき、彼女は冊子のひとつを差し出した。ぼんやりしたまま、カールはページを開いた。冊子の名前は『酋長たちの戦い』だった。

一ページ目には、ローマの軍旗が地面に突き立ててあるフランスの地図が載っていて、大きな虫眼鏡がブルターニュに当ててあった。その下には四つのローマ陣営に取り囲まれたガリア人の村があった。カールはなんだか見たことがあるような気がした。次のページの人物紹介にも、うっすらと覚えがあった。

卵形や丸や雲形の吹き出しの意味を解き明かそうとしている間に、背後からふたりの女性の声が聞こえてきた。聞き覚えのある声と、知らない声。カールは振り返らなかった。彼はただ、ヘレンが顔をタオルに押しつけて、まるで耳を塞ごうとするかのように、腕を頭に巻き付けるのを見た。

知らない声はがさがさしたドイツ訛りで、ドゥイスブルク、炭坑、文化、といった話をしていて、もうひとつの聞き覚えのある声、ミシェルの声は適当な形容詞を教えてあげていた。

最初の何コマかでは、ローマ文化に染まった、やや滑稽なガリア人と、原始的な、イノシシ狩りにいそしむがっしりとした男たちとが対比してあった。あるドルイド僧が、頭をぶたれたために他の記憶といっしょに魔法の飲み物をつくる能力も失ってしまった。森で精神科の診療所のようなものを開いているアムネジクスというもうひとりのドルイド僧も、同僚の病状を説明しようとして誰かが巨石で頭を叩いたので、やはり記憶を失ってしまった。

「現実はただの鏡よ」とミシェルの声が言った。「手で鏡の向こうをつかむのよ」

ふたりのドルイド僧は、何も、誰もわからなくなってしまった。人びとは大鍋と薬草を用意して、ふたりが無意識のうちに魔法を思い出さないかと期待するのだが、出来上がった飲み物は、顔色が変わったり、小さな爆発が起きたりする効果を発揮するだけで、最後には実験動物になったローマ人兵士が風船のように飛んで行ってしまった。そこで太ったガリア人が、もう一度巨石で叩くことで記憶喪失を治せないかと思いつく。小さなランプが彼の頭の上に灯っていた。小柄なガリア人が怒ってエクスクラメーションマークを三つ怒鳴った。

「……アカーシャだけは違うのよ。だけど、親友の四人はいま、より良い世界にいるの、それでいいんだわ。長いこと砂漠に住んでいると、ものを見る目が違ってくるのね」

結局、意外な治療効果をもたらしたのは薄緑色の、グツグツという効果音のもとで煮込まれた飲み物であり、それはドルイド僧の逆立った髪、ぐるぐる回る目、耳から出た蒸気の雲のせいで読み慣れない読者にもわかるのだった。最後はお祭りとたき火、ぐるぐる巻きにされた吟遊詩人の図で大団円となり、カールはなんだかこれも見覚えがあるような気がするのだった。彼は当惑した。しかし何よりも戸惑ったのは、ドルイド僧アムネジクスの秘書を見てだった。とても細くて、とても美しくて、とてもブロンドで、カールにはヘレンにそっくりの似顔絵としか思えなかった。彼はそのモデルをちらりと見やり、そしてヘレンからミシェルへと視線を移した。そこにはもうひとり、誰かいた。青白い女性だった。

イタリア人の祖母から受け継いだ人懐っこさで、ミシェルは数分前にドイツ人の観光客と知り合いになったのだが、このドイツ人女性は意外にものわかりがいいということがわかったのだった。彼女は緑と黄色の縞の水着を着て、片言の英語をしゃべり、自分で言うには woman for everythingというのが職業だそうだった。ミシェルは彼女にタロットカードを見せて、雑穀の栽培とか気候とかの話をし、ドイツ人女性は政治に文句を言った。イスラエル人の肩を持つつもりはないのよ、でも、いまミュンヒェンで起きてることは、とんでもないことだわ！　もちろん、パレスチナ人が絶望するのはわかるわよ、ユダヤ人を外国でも、いえ外国でこそ攻撃するのもわかる、だって他にどうしたら世界の注目を集められる？　だからあの襲撃事件だって全部国際政治の結果、国連の態度の結果なのよ――でもね！　罪のない人間だって混じってるんだから。The games must go onだなんて、これ以上シニカルな言い方がある？　ふたりの女性たちは涙を注いだ。爽やかな風が吹いてきた。ミシェルは、こんなに充実した会話をしたのはいつが最後だったろう、と思い返していた。かすかにマヨネーズの匂いのするドイツ人女性の肩にもたれて、感情に身を任せ、海を眺めるのは気持ちがよかった。あの向こうのどこかにあるアメリカも、いま聞いたところによるとやはりユダヤ人に支配されているのだそうだ。少なくとも、経済的に見て。このドイツ人女性は色々なことを知っていた。人差し指をもの思うように唇にあてながら、ミシェルはパレスチナ問題についてタロットカードに訊いてみようと提案した。

彼女は小声で話していたのだが、隣のタオルの上ではどちらにせよふたりの女性のことはまったく無視されていた。カールがちょうどヘレンに何か問いかけたところで、ヘレンは興奮して答え、ふたりは再び夢中になってセトロワという男のことを話し始めた。セトロワ、またセトロワ。

「あなたたち、そのセトロワがいったいどうしたの？」とミシェルが呼びかけた。

彼女はドイツ人女性、ユッタにカードの置き方を説明し始めた。ケルト十字の延長。タロットの起源は古代エジプトにあること、大アルカナと小アルカナ、法則と逆の法則、そしてその間に、隣がしばらく静かになると、もう一度質問した。

「チョコレート、いる?」とヘレンが答えた。

幼なじみにはひと目もくれず、ミシェルは一番の位置に教皇のカードを置いた。どうしてヘレンは、彼女の知性には全然期待してないってことを見せつけないと気がすまないのかしら。それに、彼女がチョコレートは絶対食べないって、よく知ってるのに。すぐに太ももについちゃうんだから。

「ちょっと訊いただけよ、セトロワ、セトロワ、って言うから」

「セトロワなんていないの」とヘレンはいまいましげに言った。

波が砂浜に寄せ、頭上では鷗が叫んでいた。普通の人間なら、このすばらしい自然がゆったりと穏やかな気分にしてくれるはずだった。でもヘレンは違う。

「もちろん、セトロワはいるわよ」とミシェルは言った。彼女は次のカードを裏のまま持ち上げ、厳かにめくった。二番の位置には魔術師。教皇が出発点で、魔術師が影響を表す、というのはミシェルにとってあまり解釈しやすいものではなかった。宗教心と宗教とを取り違えたら、間違いを犯しかねない。「知ってるもの」と彼女はつぶやきながら、第三の位置に節制を置いた。魔術師の隣に節制、これじゃ本当に意味がわからない。先を見ないと。関連性は、しばしば関連性の中で初めて理解できるもの。次には隠者、星、戦車……そしてついにミシェルは、ふいに辺りを支配した恐ろしい沈黙の中に頭を上げた。

ヘレンとカールは飛び上がって、彼女を見つめていた。こんなに注目をあびるとは、思ってもいなかった。心安らかに、彼女は残りのカードを置いた。運命の輪、恋人、皇帝……

「何ですって!」とヘレンは叫んだ。

「知ってるんだって?」とカールは叫んだ。

どういう口調かしら。彼女はもう一度目を上げるまで、たっぷり数秒待った。

「彼を知ってるの?」とヘレンが叫んだ。

「もちろんよ」とミシェルは肩をすくめながらユッタに向かって言い、ユッタは理解をこめて頷いた。「でも、誰も私には訊かないんだもの!」

彼女は唇を尖らせ、温和で自制の利いた目で十番の位置にある温和で自制の利いた皇帝を眺めた。皇帝はパレスチナに平和をもたらすのかしら? それが問題だった。カードはそう示唆しているように見えたが、それも二分の一秒の間だけだった。誰かがミシェルの肩を揺すった。ヘレンだ。隣にはカール。大声で叫びながら。これまでは勝利を味わっていられた。しかしこれですぐに状況が暗転した。ミシェルはこんなに無作法な詰問にはできれば答えを拒否するか、少なくとも先延ばしにしたかったが、コミューンでの年月から彼女が学んだことがあるとすれば、それは肩を揺すられるのは友好的なコミュニケーションの終わりだということだった。それに、諺では何と言ったっけ? 賢い者は譲歩する、だ!

「賢い者は譲歩する」とミシェルは言って、邪魔な髪を耳にかけ、すぐ上にのしかかるようにしているヘレンに向かってぽつぽつと不安げにつっかえながら、セトロワを知っていたと語り始めた。もちろんよ、知ってるわ、知ってちゃおかしい? 直接にじゃないけど、でも……どこでですって? どこでって、わからないかしら? わかるでしょう、だってここ数年コミューン以外のどこにも行ったことはないんだもの、だからあそこで……いいえ! コミューンの住人じゃないわ、まったく、コミューンの住人じゃないの……いったいどうしたのよ? 肩を揺するのをやめて、ちゃんと話をさせてよ。もう話してるじゃない、だったらあと一秒長くかかったたって、いまさらいいでしょう。やいやい言うのをやめないと、話せないわよ、私はこういう性格なんだから、ありのままなの、静かな、自分自身と折り合いをつけている人間なの、だから静かにしないともう全然……

ヘレンは彼女を平手で打った。それはミシェルが生まれて初めて受けた平手打ちだった。これが本当にいい治療になったかどうかはわからなかった。アスピリンを飲んだ後に頭痛が消えても、結局何が治癒をもたらしたのかはわからないように。そしてその後の数秒でわかったことは、ミシェルもそのセトロワが誰かは知らないということだった。ミシェルは彼を見てもいないし、彼と話してもいないのだった……直接には全然会っていなかったのだ。ただ、彼は連続殺人のしばらく後にコミューンを訪ねてきた。保険会社の委託で。明らかに、保険会社の外交員だった。

「始めは私たち、ジャーナリストだと思ったの、それから、探偵とか。で、結局保険会社の外交員てことに。それとも保険の調査員。だけど、それは他のひとたちの言ったことで、私はほら、ちょうど寝てたんだもの。もういいでしょ。」

まだよくはなかった。

「どの保険会社?」

ミシェルは脇を向いて咳をし、辺りを見回した。このほじくるような詰問。何かを知っているだけじゃ、やっぱり足りないのだ。何でもきっちり根拠づけて、証拠を出さないと気が済まない、西洋の病気だ。それに、それほどはっきりと知っているわけでもなかったのだ。

「私は、他のひとたちが話していたことを知ってるだけよ」と彼女は、手でドラマティックな身振りをつけながら説明した。明らかに何かドラマティックな出来事がからんでいるらしかったから。

「私は直接に関係ないし！　とにかく、例の恐ろしい事件の数日後だったの。警察が隅々まで捜索して、何時間もよ、で、その後にあの男が来たの。だってエド・ファウラーが……エド、エディよ、あなたも会ったでしょ、あの彼がイギリスの会社に保険を掛けていて――」

「生命保険？　盗難？」

「ええ……いいえ。それもかしら。エドは何かそんなような保険を掛けてたの、よくわからないけど。物質的なものには私、興味ないの、エドもよ、でも彼の家族が彼のために保険を掛けたの。彼の実家はとんでもないお金持ちなんだもの、だからどうしてもって、彼に保険を掛けたらしいのよ、でもそれがどんな保険か、どうして私がわかんなくちゃいけないの？」ミシェルは少し間を置いた。ほんの少しだけ。「とにかく、どの新聞にも、お金のはいった籠編みの鞄のことが載ってたでしょう。お金でいっぱいの、金の鞄。みんなが見たんだもの、家の前には何千人もひとが立ってたし、そこへあの汚らしいアマドゥが鞄を……それに、アラビア人のこと、もうわかったでしょう。金と宝石、ですって！　何も取らずに四人も殺すわけない、って。だけど、本当にただの籠編みの鞄だったのよ。ちなみに、私の鞄よ。四年生のときに作らされたの、黄色で、赤い星もつけて。後でとれちゃったけど。そこに誰かが紙幣を突っ込んでおいたの。東ドイツのお金。全然価値がなかったんだけど」

「どのくらいの価値だったの？」

「二、三ドルだって、エドが言ってた」

「それは、誰も知らなかったの？」

「警察は知ってたわ――最初は私たち、全部話したんだもの。ショックが冷めない間は。それからエドが思いついて……とにかく、その後はドルってことになったの。ドルがはいってたって。それから貴重品。金」

「それで保険会社を騙そうとしたってわけ？　もしかしてロイズだった？」

「ロイズかどうかなんて、わからない。関係ないんだもの！　こんな話、本当はあなたたちにしちゃいけないのに」ミシェルは目の前のカードをずらして、バスタオルの模様に合わせた。パレスチナの未来はふいにどんよりと曇って見えた。彼女は何としても、もう会話を打ち切りたかった。

「でも、見てはいないのね？」

「いいえ」

「どうしてセトロワって名前がわかったの？」

「だって他の人たちがそう言ったんだもの、もう！　彼と話した人たちが。そういう名前だって」

「で、その彼はあなたたちのところに来て、ドアを叩いて、保険調査員のセトロワでございます、って言ったの？」

「ええ……いいえ……いいえ、調査員なんて言わないわよ。だけど、私たちはそう思ったの、私たちだって馬鹿じゃないんだもの。もう私も忘れちゃったけど、自分では……ジャーナリストとか何とか言ったみたい、忘れちゃったわ。でも、ジャーナリストなんかじゃないのは、当たり前よ。お金のことで来たのよ。そのことばっかり訊いたんだもの。お金、お金、お金！　こっちでお金、あっちでお金、お金のことばっかり！　じゃあ、今度はあなたたちが説明してよ、どうしてあなたたち、彼のことをそんなに知りたいの？」ミシェルは涙をこらえ、同情しながらずっと黙っていたユッタは彼女の手を握った。

39　死体なければ殺人なし

それは、私だってカメラを動かすことはあるよ。
でも、それだけの理由があるときだけだ。
クローネンバーグ

砂漠の真ん中に、大きな建物ひとつと小さな建物ふたつ。カニサデスは砂の街道から分かれる車輪の跡を探し出し、それに添って建物の方へハンドルを切った。一方のバラックの上には洗濯物が広げて干してあった。巨大な物置き小屋は荒れ果てて、砂山が壁を飲み込もうとしていた。二羽の鳥がゴミ山に吸い寄せられていた。この農家が二〇年、三〇年前にはオアシスからか、いまは干上がってしまった自前の井戸から水を引いた豊かな土地に立っていたことは想像がついた。ここにまだ誰かが住んでいるのなら、考えられる理由はふたつ。所有者は頭がおかしいか、あるいは密輸業者が古い物置きを倉庫に使っているかだ。カニサデスは車を停めた。すぐに年老いた農夫が彼の方へとふらふらした足取りで近づいてきた。その人相を見ただけで、頭がおかしいという方の説が有力になってきた。半分盲目で、強い斜視で、片目は白く濁った膜に覆われていた。

「おお悲しい、おお悲しい!」と彼はすぐに叫んだ。「あんたが憲兵かい?　この世の金では埋め合わせなどできん。わしの息子ら!　何千ドルでも、もっと何千も、何千もあっても、わしの立派な息子ら、我が目の光、我が老年の太陽よ!　ふたりとも、この腕であやしたものだ、息子ら、王子たち。お願いだ、この世の金ではだめなんだ」

この世の何であろうと金で埋め合わせをするつもりなどないカニサデスは、一歩後ずさりした。

「モハメド・ベヌーナさん？　こちらがあなたの農場ですか？」

絵に描いたような老人は頷いた。「死んで、行方不明！　我が正直な胸の痛み、嘘などつかない！　かつては楽園の庭、いまは臭い砂漠。ただ、ひとりの不信心者が……天から降ってきて……息子たちを殴り殺したのだ、こうして！　両手で」彼は滑車装置を頭上で振り回す仕草をした。「あいつ、地獄の底にでも……いや、呪ったりはしないぞ。この苦痛。アラーが私を最も厳しい試練にかけるのだ、それは正しい。だがわしの黄金の息子、銀の息子、殺されて、辱められ、行方不明に……」

「死者はどこですか？」

「こんな思いをしながら、生き延びられるものか？　どうだろう？　我が息子の永遠に砕かれた頭蓋骨をどうしたら……いや、絶対にだめだ。モペッドは消えた、わしのふたりの息子は消えた、わしの年老いた日々の支えが……金ではとりかえしができない！　わしの魂の痛みは計算にいれなくても」農夫はカニサデスの前で膝をつき、その脚を抱きかかえた。立ちのぼるアルコール臭だけでは説明のつかない行動だった。カニサデスは始め、後ずさりして逃れようとし、次には怒鳴りつけた。しかし老人は四つん這いになって彼から離れなかった。

「死者を見せなさい。死者はふたりと通報したでしょう。いいから私の靴によだれを垂らすな！」

農夫はさらに嘆き続け、カニサデスが車のキーを取り出して、もうタルガートに帰るぞ、と脅してやっと思い直した。まだおいおいと嘆きながらも、思ったよりもあっさりと、鷹揚な身振りで、カニサデスをあちこち案内しながら老人は事の次第を報告した。あるいは、彼の思うところの事の次第を。明らかに、息子はふたりだった。長男は二一歳で（我が目の光、我が老いた日々の太陽、などなど）、何か重たいもの（老人が言うには滑車装置）で撲殺された。次男は十六歳で、砂漠に逃げたがそこでやはり撲殺。同じ日に。

老人がどうしてこのような推測に至ったのかは、明らかでなかった。殺人現場を見たわけでもなく、それに、やがてわかったのだが、死体も、それどころか犯罪の痕跡すらどこにも見当たらなかったからである。しかも老人がしつこく何度も「天から降って来た不信心者」と呼ぶ犯人らしき人物は、霧がかかったようにどうもはっきりとしなかった。老人はその男をしっかりと見た（そして男らしく戦った）と言う一方で、「不信心者」で、「天から降って来た」という以外に特徴を述べることができなかった。その出来事が外ではなく、物置き小屋の中で起きたということがわかるまで、カニサデスはしばらく時間がかかった。ということはその男は天から降って来たのではなく、どこかから飛び降りたことになる。不信心であるという特徴は、このような犯罪を犯すことができたという事実からの推論らしかった。現場の状況はこんなところでもうおしまいだった。肉体的にも精神的にもふらふらと千鳥足の老人が放つ饒舌からは、これ以上のことは聞き取れなかった。

カニサデスが四回か五回目に死者を見せてくれと言い、また車のキーを振りかざすと、老人はふいに戦略を転換し、あっけにとられた顔をして、警察の無力に呆れ果てたという態度を見せた。四日間。四日間も待たされたのだ！　その間、警察は来てもくれなかった。そのうちにネズミは来るし、日は照るしで、もちろんひとりの遺体は埋めた！　だけどもうひとりの方は砂漠で……殴り殺されたので……じゃなきゃ、帰ってきたはずだ。黄金の息子、銀の息子、老いた日々の光。

「でも、ひとりは埋葬したんだな？　墓を見せてくれ」

老人の顔を涙が流れた。彼はその場にくずおれて、これまでに十回も言ったことをまた違う言葉で繰り返したので、カニサデスはどうして老人がこんなにうわ言めいたことを言うのかすぐに察しがついた。明らかに老人は長男を砂漠で見失ったばかりでなく、次男をどこに埋葬したかもわからなくなっているのだった。それか、あるいは……全然埋葬していないか。

老人があまりしつこく、金ではまったく、あるいはほとんど埋め合わせのつかない苦痛やら何やらの戯言を繰り返すので、カニサデスはもう死体ではなく、ふたりの息子の身分証明書か出生証明書を見せてくれと言った。そんなものはないに違いないと予測してのことだった。

自信たっぷりに老人はカニサデスを一番小さいバラックに招き入れ、手書きや印刷の色々な紙を見せた。カニサデスは怪しい手紙や瓶のラベル、料理のレシピやテレビ雑誌に目を通した。老人は字が読めなかった。

真ん中の細い通路以外は、小屋の中は膝までのゴミに埋まり、その住人よりもひどくアルコール臭かった。小さな木箱から老人は一枚の写真を取り出して、カニサデスに差し出した。ティンディルマのスークと人ごみ。原始的な木の台に瓶、グラス、カラフェ、ポリタンクが吊るしてある前に商人が立っていた。商人の近くには小さな子どもがふたり。老人の黒く大きな親指が三人の姿の上を震えながら行ったり来たりした。わし。わしの息子。わしのもうひとりの息子。死んで、いなくなった。

写真に写っている子たちはふたりとも女の子の服を着て、顔立ちも柔らかく少女らしかった。老人だけがいくらか本人に似ていた。

「出生証明書を」とカニサデスは繰り返した。

魂の苦痛がまた始まったようだったが、出生証明書の代りに出てきたのは結局、ふたりの若者が寝ていたという悪臭ふんぷんたる藁袋ひとつだった。

老人の言うことを信じる理由はあった。アルコール臭がするということと、罪悪がどうのと言っているということだ。年老いたアルコール醸造者が理由もなく警察を家に呼ぶはずがなかった。自由意志で警察を呼ぶ者など、ここにはいなかった。老人の絶望は、だから本物には違いなかったし、ふたりの子どもが消えたことも想像の範囲内だった。だが、だからといって死んだとは限らないのでは？　そもそもその子どもたちは存在したのか？　もしかしたら、とカニサデスは写真を眺めて考えた、この少女のような息子たちはもうとっくの昔に死んだか行方不明になっていて、老人のアルコール漬けの脳の中でときどき生き返り、姿を表し、また消えるのではないか。コルサコフ症候群の末期症状だ。

「物置き小屋を見てみようか？」と、話を早く切り上げるためにカニサデスは提案してみた。思った通り、老人は立ち塞がった。いや、物置き小屋は絶対に見せん。ここで捜査は打ち切っても、何の問題もなかった。犯罪が本当に起きたのか、確かではなかった。しかしもしも起きていたとしたら、それはまさにカニサデスが最初の瞬間から予想していたものに違いなかった。黄金の息子のひとりがもうひとりを殺して、砂漠へ逃げた。これでは大した損失とは言えなかった。あまり捜査意欲もわかない。

「死体なくして殺人なし」とカニサデスは教科書を引用した。「どこに息子を埋葬したのかわからない限り、息子は存在しない。死体を見つけない限り、もう警察には連絡するなよ。それとも、小屋で何を作ってるのか、やっぱり見に行こうか?」

「あそこです、あそこに埋葬したんですよ、そこに!」と老人は叫び、絶望して窓から砂漠を指さした。あそこのどこか、どこか近く、遠くないところですよ、きっと探せます。老人の指が震えたとき、窓の外を影がさっと通り過ぎた。その影を見るのには、老人の視力は弱すぎたし、カニサデスは窓に背を向けていた。影はカニサデスの車に近寄り、その隣に立ち止まって、かがみこんだ。

40　姿なき国王軍

ある種の人びとは――私も含めてだが――ハッピーエンドが好きではない。騙された気がするのだ。不幸のほうが普通なのだ。不運は、どこかに引っかかって止まってはいけないのだ。身を縮めている村の数メートル上で流れを止める雪崩は、不自然なだけでなく不道徳な振舞いをしているのである。

ナボコフ

アマドゥは二日の間、塩の町に隠れていた。そこにブルドーザーがやって来た。彼は路上で生活し、浜辺で眠り、餓えに苦しんだ。この前まで住んでいて、四人もひとを殺したティンディルマに帰るのは、危険この上なく愚かなことだったが、そのうちに他にどうしたらいいのかもわからなくなってきた。

彼は朝早く街道に出て、ずんずんと歩いていった。しかし彼は自分の体力を過信していた。素足は痛み、一歩ごとに喉の渇きが増した。少し先に大きな建物といくつかの小さな建物を見つけると、彼はそこに向かって忍び寄っていった。ひと目見たところでは、この建物は空のようだった。井戸は見つからなかった。バラックからバラックへとつまずき歩きながら、彼が見つけたものは地面に伸びている年老いた農夫だけだった。老人は死んでいるように見えた。片目は白く濁っていた。しかし彼の胸郭は上下に動いていた。アマドゥは彼に手を触れる勇気がなかった。老人の頭のわきにはポリタンクがひとつあった。アマドゥはポリタンクをひっさらってふた口飲み、吐き出した。高濃度のアルコールだった。

咳こみ、喉をぜいぜいと鳴らしながら、アマドゥは他の建物と物置き小屋を探しまわったが、どこにも水は見つからなかったので、結局はポリタンクで喉を潤そうと試みた。ちびちびと飲めば大丈夫なのでは、と思ったのだが、だめだった。喉がひりひりと焼けた。

彼は樽がいくつかと、梯子と、ちぎれた滑車装置を見つけた。頭の上には屋根裏への穴があった。どうしたら上に登れるか考え込んでいたちょうどそのとき、遠くから音がした。

板壁の隙間からのぞくと、街道からリムジンがはいってきて、彼の隠れている数メートル先を通ってバラックの前に停まるのが見えた。運転していた男（明るい灰色のスーツ、上品な身なり）が降りてきて、そのしばらく後には老人と話しているのをアマドゥは見た。彼らはすぐに用件にはいったようだった。老人は車で来た男の前にひざまずき、アマドゥには「金」という言葉が聞こえてきた。老人は何度も男に詰め寄り、何度も金とか補償とかという言葉が聞こえてきた。最後にふたりはバラックのひとつに消えた。何も起きなかった。車の運転席側のドアは開いたままだった。

アマドゥはしばらく待って、車に忍び寄り、運転席に座った。キーは抜いてあった。彼はキーシリンダーの回りを爪で掻いてカバーを剝ぎ取ろうとしたが、声がしたような気がして動きを止めた。彼は後部座席に飛び込み、身をかがめて、そばに落ちていたセーターを頭から被った。声は聞こえなくなった。数分の間、彼はそうしてしゃがんでいた。それからそわそわと頭を上げると、車の中を探しまわり始めた。運転席の下からいくつかのものを引っ張り出した。針金、鉛筆、水の瓶。彼は瓶を飲み干して、鉛筆を周到に同じ長さに折り、針金の両端をそれぞれ半分になった鉛筆にからませ、しっかりと留めた。試しに鉛筆の半切れを引っ張ってみると、ギター弦のようなぶーんという音がした。

「……でも、私ひとりでは何もできないんだから。いいから涎をつけないでくれ。目の光、老いた日々の太陽！　信じてるよ、あんたの言うことは信じてる！　今日のうちに専門部隊に知らせるから、約束する。複雑な問題のスペシャリストだ……最高の能力を持った同僚たち、姿なき国王軍だ。きっと墓を見つけてくれるよ、きっとだ。あいつらはいつも何でも見つけるんだから、そしたら捜査だ、死体がないんじゃ何にも始められないんだから。それからもうひとりの息子も、ちゃんと調査するよ……もちろん、母にかけて誓う。嘘をついてると思うのかい？　あんたは嘘をつかないし、私も嘘をつかない、これが約束だろう……いや、もちろん違うよ！　秘密なだけで、本当に見えないわけじゃない、そういう名前なんだ。姿がないなんて、あり得ないだろう！　だけど、見てろよ、すぐにやって来て、あっという間に問題解決だ。だけど、誰ともこの話はしちゃいけないのは、わかってるな。さあ、四つん這いになるのはやめてくれ……アラーにかけて、私の母にかけて、何でもいいから！　あっちへ行け。クソッ！」

カニサデスは車に乗り、エンジンをかけて、砂埃の中にひざまずいている脳がアルコール漬けの老人にはもう目もくれず、街道へと車を向けた。高濃度のアルコールのひどい臭いが車の中でもしばらく消えなかった。まるでこれだけの間に彼の服か車かが臭いを吸い込んでしまったかのようだった。そんなはずはないのに。気のせいか。しかし彼はあまり不思議にも思わなかった。それに、一分後には死んでいた。

41　黒いシートの黄色いベンツ

ベン・トレーン。あいつは信用できない。あいつは人間が好きなんだ。そういう奴は、絶対にあてにならない。

ロバート・オルドリッチ「ベラクルス」

シェラトンの六階の部屋で、ミシェルはベッドに寝転がって泣いていた。バンガローは三人泊まるのに充分な広さがあったのに、ヘレンはミシェルが本館に泊まるようにさせ、それが何を意味するのか知っていたミシェルは心の底ではほっとしていた。アフリカとの別れはヘレンとの別れでもあり、本当は一度も存在したことのない友情の終わりでもあった。子ども時代からの知人は、最後の侮辱として、空港までのタクシー代きっちりを彼女に手渡した。足りないものがたくさんあるにしても、勘と感情移入の能力だけは申し分なく持っているミシェルは、ヘレンの振舞いの動機を見誤ることはなかった。嫉妬だ。激しい嫉妬だ。ヘレンはあの絵に描いたように美しいアラビア男を独り占めにしたいのだ。そして彼が欲しいのだ。ミシェルにはもう興味がないのだ。

彼女がやっと息をつき、何時間ものすすり泣きのあとの弛緩した無気力へと滑り落ちていったころ、ヘレンとカールはもうティンディルマへの途上にあった。砂漠に出るまで、調査のためにどちらがコミューンにはいるべきか議論したが、結局ヘレンが意見を通した。ミシェルの最後の言葉が決定的だった。コミューンでは外部の人間に対しては懐疑的で、最近の出来事の後は特にそうだし、雰囲気も悪くなっていて、カールみたいにかなりアラビアっぽい男は、多分中にも入れてもらえないわよ。でもヘレンは自分の友人として知られているし、自分がいっしょに行けば一番いいんだけど、でもわかるでしょ、あの恐ろしい場所には……どうしても嫌なの。それに飛行機は明日に予約してあるし……色々と。悪いわね。馬十頭で引っ張ってもだめよ。

最後に彼女は、コミューンに置き忘れてきたものをいくつか取って来てくれと頼んだが、出かけ際にヘレンは二、三個のものくらい覚えていられるからと言って、リストを書いたメモをごみ箱に捨ててしまった。

この日は、これまで砂漠で体験したことのないほど暑い日だった。カールは一度、暑い風を防ごうと試しに車の窓を閉めてみた。しかしそれも役には立たなかった。煉瓦のラクダたちは、陽炎のせいで真っ青な湖の上に浮いているように見えた。

「あそこに何かある」とカールは左を見ながら言い、ヘレンは車を降りたいのかと訊いた。

「わからない」

ヘレンは車を停めた。

カールが脛まで砂に埋まりながら砂山を登って行く間、ヘレンはゴムバンドを口にくわえてポニーテールを結い直した。彼女はカールの姿がふらふらと揺れながら頂上に登り、額に手をあてて肩をすくめるのを見た。カールは、何か本当に見えたのかどうか自信が持てなかった。とても遠くのどこかに明るい灰色のものが空中に動いているように見えた。多分、石が陽炎に浮いて動いて見えたのか。周囲には果てしない砂漠。地平線にはいくつかの黒っぽい点が見え、カールはすぐに、それが不幸の始まりとなったあの物置き小屋とバラックだとわかった。もう一度そこへ行きたいという衝動が、一刻も早く車に走って戻りたい衝動と交差した。一瞬の間、あの明るい灰色のものが本当に動いたような気がした……しかしピックアップトラックのクラクションが聞こえたのでカールは戻った。

コミューンの前の細い道、大きな門のすぐ前でヘレンは車を停めた。カールは助手席から、彼女が中庭を横切ってドアを叩き、髪の長い若い女性に中に入れてもらうのを見た。

彼は待った。車の中の暑さは耐え難かった。しばらく、永遠かと思われるほど待った後カールは車を降りて、コミューンの門から目を離さずに、数歩先の小さな店で水を買った。それからまた待った。そして結局、コミューンのドアを叩いた。

誰もドアを開けなかったが、建物のずっと上のほうで小窓が開き、黒い肌にショートカットの女が、まだしばらくかかるわよ、と言った。ヘレンが、もう少しかかるって伝えてくれって。エドは昼寝をしたの、その前にはふたりで議論して、いまもウーズの部屋で議論し続けてる……ところであなたは何の用？　いえ、無理よ。中に入れるなんて無理、中庭からも出てってちょうだい、公共の場じゃないのよ、そういうのは嫌なの、だいたいどうして門が開いてるの？　後で閉めてちょうだい。

小窓は閉まった。

カールは数秒待って、またドアを叩いた。

「ヘレンをちょっと呼んでくれないか？」

ガラス窓の向こうの女の影は拒絶の身振りをした。何も起こる様子はなかった。彼はヘレンの名を呼び、中庭をうろうろした。しかし結局またホンダに乗り込み、紙と書くものを探して、中にはいろうとしたができなかった、コミューンの回りの通りをちょっと見物する、とヘレンにメモを書いた。彼はメモを運転席に置き、どっちの方向に行ったのかわかるように、念のため矢印を描いた。斜め向かいの横町を抜けて、パンとオレンジと陶器の横を通る。

猛暑のせいで人通りは少なかった。新鮮なパン生地の匂い、オレンジの匂い。陶器職人と助手はオリンピックの問題を議論していた。側溝のわきでは物乞いが眠り込んでいた。商人がひとり、野菜と果物の屑をホースの水で歩道から洗い流していた。彼の淡々と明るい顔は、濡れて染みになったシャツを着た子どもたちがきゃあきゃあと声を上げているほうに水流を向けるたび、意地悪そうな表情をしてみせるのだった。その隣には身重の女性が立っていた。幸せそうで、夕暮れのように美しい。少年がひとり、見えないところにいる犬と話をしていた。

駐車してある車に添って、カールは通りをモスクまで歩いていった。ときどき、彼は辺りを見回した。軽いめまいがした。ヴェールを深々と被った女性たちが目を伏せ、駐車してある車のフロントグリルは彼をやぶにらみのウサギや、冷酷な昆虫、眼鏡をかけたインテリ、事務職の肉食家のように睨んだ。魚のような口の、エアサスペンション付きのクローム輝くシトロエンの隣に塗装のひどく剝げたおんぼろ車が停まっていた。リラ色、芥子色、ピンク。カールは目をしばたたいて、頭をかかえた。車の列の最後の方には耳の出っ張ったようなベンツが停まっていて、その右の後輪はつぶれた飲み物の缶にのっかっていた。それは緑に白い文字の缶だった。セブンアップ。蟻が三角形の汚れた飲み口に群がっていた。ムアッジンの声が祈りへと呼んだ。道の右側では男たちがカフェに座ってドミノの駒をからからと言わせていた。左側ではバックギャモンをやっていた。「そしたら皿をひっくり返して、裏も洗うんだ、で、それを七回繰り返す」

商人が一キロいくらいくら、と叫んでいた。

「いらっしゃい、いらっしゃい、さあごらんください、どんなもんです、さあごらんください、ごらんごらん、いらっしゃいいらっしゃい、どうですこれは、ええどうでどうで、ごらん、いやいや、だめだよ、さあさあ、ここだよ、ここへいらっしゃい、はいはいはい、いらっしゃい、はいはい。ごらんごらん」

何をしているのかわからないうちに、カールは立ち止まっていた。彼は頭の中の奇妙な感覚を追いかけ、七日も伸ばしたきりの髭を掻いた。しばらくして物思いから覚めると、もう何分もある店の窓を眺めていたことに気付いた。彼は焦点を合わせて、窓の向こうで働いている男を見た。それは床屋の店だった。

さっと決心して、彼は店にはいり、空いていた椅子のひとつに座って、髭を剃ってくれと言った。濡れた、熱いタオルが首に当たった。床屋は小柄な、身動きの素早い男で、カールの髭を剃り落とす間中、これぞ床屋とばかりにしゃべり続けた。

カールは聞いていなかったが、途中でちょっと聞いてみたところでは何か犯罪の話らしかった。彼は鏡に映った自分を見つめ、鏡に映った自分は彼を空虚に近いほどの集中力で見つめ返した。犯罪とその絡まり合い。カールは目をぎゅっと閉じ、頭の中に車の後輪の下敷きになった緑の缶を思い浮かべた。しかしそれはさっき歩きながら見たのと同じではなく、反転して、写真のように四角形に縮小され、派手な色合いで彼の記憶のアルバムに収まっていた。

床屋は、じっとしてくださいと言った。カールは両手で詰め物をした椅子の肘掛けをつかみ、ついには床屋に黙ってくれと呼びかけ、両手で目をぴしゃりと覆った。角が黒っぽい写真に写った、後輪の下の缶……いや、写真じゃない。写真のはずがない。画像の上の角と下の角は完全に平行ではなかった。角の丸い菱形の画面に、車輪の下敷きになった缶のくっきりとした画像。いったいこれは何だ？

「それ以来、奴は逃亡中なんですよ」と床屋は気にもかけずにしゃべり続けていた。「で、私に言わせればね――頭を左にお願いしますよ。私に言わせればね、誰かに助けられたんですよ、ずっと上の方から。警察の輸送車は、段ボール箱とは違いますからね。私の友人が奴を、空の町で見たんですよ！　そこで奴はすいすいと道を歩いて……すぐ終わりますからね、旦那。で、友人に、なんで何にもしなかったんだい、って訊いたんですよ。で、何て答えたと思います？　ナスラニ（キリスト教徒）なんか、俺はどうでもいいって。私はね、気持ちはわかるけど、賞金がかかってるのは考えなかったのかい、って言ったんですがね、そしたらナスラニが四人、これ以上の褒美はないんだから、俺は手を出さないよ、って……だけどそんなのは理由にならないよ、って私は言いましたよ。四人少なくなったからって、あいつら変わらないんだから、賞金もらったっていいだろう、いなくなったものはいなくなったんだし、死んだものは死んだんだ、って私が言ったら、友人は……」と床屋は言い、言葉を切った。カミソリを手に持ったまま、彼はしばらくの間凍りついたように、誰もいなくなった椅子の上にかがみ込んでいた。洗面台の中でコインがからからと鳴り、戸口で一瞬の間、カールが走り去りながら肩から投げたタオルが無重力空間にはためき、床に落ちた。

カールは全距離を走って戻った。走りながら袖で髭剃りの泡を顔からぬぐった。停まっている車の列を、まるで思考の流れを遡るように走って戻った。出っ張った耳のようなミラーのついた車は、まだそこにあった、それはまだちゃんと、芥子色で黒い座席のメルセデス・ベンツ280だった。その手前にはピンクのフォード、後ろにはリラ色のフォード。カールは車の回りをぐるっと回った。それから後輪の横に座りこんで、飲み口から蟻が出入りしているセブンアップの缶を観察した。これは何だ？　これがあの画像なのか？　彼は缶を車輪の下から引き抜こうとしたが、だめだった。彼は車の中をのぞき込んだ。何も特別なところはなかった。座席は革張りのようだった。助手席の足下には茶色いバッグが落ちていて、中には紙が一束はいっていた。窓は指二本分ほど開いていた。ドアは閉まっていた。ごく普通のものがはいった、ごく普通の車……彼はまた後輪の横に膝をついて、アルミ缶を眺めた。彼は缶を引っ張った。

「何してんだ？」後ろには若い男がふたり立っていた。警察ではなかった。そのひとりは、ベンツが停まっている目の前の店の商人だった。

カールは追い払うように手を振り、またじっと缶を見つめて考え込んだ。彼は蟻の行列を眺めた。彼は道路を眺めた。彼はむき出しになったアルミニウムを眺めた。

「おい、お前！」攻撃的な口調。とても攻撃的な口調。

「この缶が気になるだけだよ」とカールは答え、ふたりの男を蝿のように追い払おうとした。

「車のドアを揺すっただろう」

「ああ、それで？」

「お前の車かよ」

「関係ないだろう？　お前の車か？」

「いや、俺の車じゃない。だが、お前の車かよ？」

「ああ、俺の車だ！」とカールはいらいらして答えた。缶が少し動いた。彼はその端を少し上に曲げてつかみ易くし、渾身の力を込めて引っ張った。それでどうするつもりなのか、自分でもわかっていなかった。蟻が彼の指の上を這った。

背後ではふたりの男たちがこそこそと話し合っていた。そのうちに、ひとりが「おい、何て口のききかただ！　俺たちに何て口のききかたすんだよ？」

カールは首の後ろで片手を振った。消えてくれ。

「お前の車だったら、運転して二、三センチ前に出したらいいだろう？」

カールは背中に何か軽く触れたのを感じた。足で蹴ったのに違いなかった。数秒考えてから、「いい考えだ」と彼は言って、見せつけるようにポケットから鍵を取り出しながら立ち上がり、膝から埃を払って、邪魔者が消えないかと期待しながら車を回った。

確かにふたりは数メートル先に歩いていったが、そこで立ち止まって彼を胡散臭そうに観察していた。彼は運転席のドアの前に立ち、車のキーを挿しながら、同時に通りの向こう端に何かとても気になるものを見つけたかのようなふりをした。うまくいった。視界の端に、ふたりの男たちがゆっくり歩き去るのが見えた。キーはするりとシリンダーに滑り込み、唇を鳴らすような音とともにドアのロックが外れた。

42 大した意味はないものばかり

アリシア「私の車は外よ」

デヴリン「当たり前だ」

ヒッチコック『汚名』

落ちつきを取り戻すまで、数分かかった。運転席に座ってから、彼の目はまず右のミラーを見た。磨かれたクロームの、角の丸いやや菱形の枠の中に、後輪の下でつぶれている缶が映っていた。

彼は圧倒されていた。額をハンドルに押し当て、クラクションの音に驚いて飛び上がった。彼は三回、四回と深呼吸して、助手席の書類鞄をつかみ、取り落としてまた脱力した。全身の筋肉から力が抜けた。気分が悪かった。気分がひどく悪かった。自分が誰なのかを本当にすぐに知りたいのか、急にさだかでなくなってきた。そもそも、本当に知りたいのか？　数分が過ぎた。フロントガラスを通して、彼は細い道とわずかな人通り、そしてカフェに座ってこちらを観察しているあのふたりの男を見た。彼らの隣では、少年が拳を振り上げて「ウーズ！」と叫んでいた。

家々の裏でその声は弱々しくこだました。

書類鞄の中身にはがっかりさせられた。のぞいていた紙は、白紙だった。二〇枚ほど。白、罫線なし。それと使い古したタルガートの地図、空の眼鏡ケース、それだけ。

カールは車のトランクへと回った。中には派手な色のボールとスパナがあった。グローブボックスには茶色のアンプルがふたつ、座席の下にはサングラス、ぴかぴかした金属製のボールペン一本、コカコーラのマークがついた瓶の蓋だけふたつ、鈍くなったカミソリひとつ。さらに小さなメモブロックひとつと黒いウールのカーディガン一枚、そのポケットには何もなし。これだけだった。ひと目見たところ、どれをとっても、車の所有者のアイデンティティを推測させるようなものはなかった。ふた目見ても同じだった。アンプルのひとつに何とか読みとれる文字から推し量るに、これはモルヒネらしかった。メモブロックは紙と同様、白紙だった。ボールペンは、メモブロックにくるくると書いてみると青いインクだった。ボールペンのクリップ部分にはブロック体で「シェフチュク」と押してあった。おそらく会社の名前だ。

カールはボールペンを解体し、芯だけでもう一度くるくると書き、また組み立てた。彼はタルガートの地図を広げた。その右上には、実際にはそこにないはずのティンディルマが描き込まれていた。彼は眼鏡ケースを開け、また閉じて、撫で回した。ボールも撫で回した。違う色の生地を縫い合わせて作った子ども用のボールだった……青、赤、黄色、そして褪めたオレンジ、それは、わけあってそんなことを考えがちな者の目には、切り落とした指先を思わせるような色だった。ボールはおがくずか、固いスポンジのようなものを詰めてあるようだった。カールはぎゅっと押しつぶして、芯がないか確かめようとした。彼はボールに歯を立て、引きちぎった。おがくず、おがくず、どこまでもおがくず。最後にまた書類鞄に手を伸ばし、他の物も順に手に取っては眺め、ぐるぐる回した。彼はまたグローブボックスを探り、四枚ある敷物の下を全部見た。助手席の足元にはそれでもちびた鉛筆と買い物メモが見つかった。そこには果物、水、卵、牛肉という言葉が縦に並んでいた。カールはまるで異世界からのメッセージのようにそのメモを見つめ、泣き出した。

勢いをつけるかのように、カールはおがくずを窓から投げ捨て、見つかった他の物を全部ポケットにいれて、ベンツをロックしてヘレンの車のところに戻った。彼のメモはまだ同じ場所にあり、ヘレンの姿はなかった。コミューンの中庭への門は、木の柵で塞いであった。カールは柵を揺らし、隙間からのぞいた。カールはヘレンの名を呼んだ。

叫び声を上げ、こん棒を振り上げながら、彼の後ろでひとりの男が道を歩いていった。遠くからはもっとたくさんの叫び声が聞こえた。

カールはピックアップトラックに乗り込み、この前のメッセージを消して、自分が誰かはまだわからないが、タルガートには車二台で帰れそうだとヘレンに書いた。自分の車を見つけたからで、それは黒い座席の黄色いベンツで、道を矢印の方向に行ったところにある。そこから見えるカフェに座って待っている。とても幸せで、同時に不幸せな気分だ、そしてヘレンに何も起きていないことを心から願っている、とカールは書き、そして手を止めてまず「心から」という言葉を消し、それから最後の文を全部消した。それがヘレンに向けたものではなく、自分への言葉だと感じたのだ。それから彼は文を最初から読み返した。文字はひどく小さく、行の最後は何度も角に当たって曲がり、紙いっぱいの文章はほとんど読み取れないものだった。彼が最初から書き直そうと、ポケットから小さなメモブロックを出し、ダッシュボードの上に置いたとき、横から射した日の光で一番上の紙に跡がついているのが見えた。

鉛筆でそっと、その上をこすると、白いブロック体の文字が浮かび上がった。CETROIS.

これだけだった。カールはその文字をじっと見つめ、その横に同じ七つの文字を書いた。まったく同じ文字だった。それは彼の筆跡だった。なぜ、この名前をメモしたんだろうか？　記憶を失う前から、セトロワを探していたんだろうか？　これまでは、セトロワは友だちか、少なくとも仲間のようなものだと思っていた。とにかく、白いジェラバを着た四人の馬鹿に追いかけられるという運命を共にしている人物だと思っていた。しかしだったらなぜ、仲間か親友かの名前をメモに書いたんだろうか、しかも名前だけ？　訪問するつもりで？　電話するつもりで？　しっくりくる答えは何も思いつかず、この白い文字を眺めれば眺めるほど、セトロワは仲間なんかじゃなかったと思われてきた。とにかく、よく知っている仲間ではなかった。あるいは、まったく知らない人物。ヘレンの言うことはおそらく正しかったのだ。

道端の小さなカフェに座って氷水を飲み、黄色いベンツを目の端に置きながら、カールは待った。最初の目覚めと物置き小屋からの逃走をもう一度思い浮かべようとしながら、無意識に片手を宙に上げて複雑な幾何学模様を描いていると、隣のテーブルに座って彼をじっと見つめている女性に気付いた。彼女は彼に微笑みかけた。手をもぞもぞと動かしたからだろうか？　それとも、彼のことを知っているのだろうか？　いったん目線を落としてから、再び彼女の方を見てみても、彼女はまだ微笑んでいた。ヘレンがコミューンから送ってきた使いだろうか？　いや、それならこんな上品で控えめな服装をしているはずがない。それに、彼女は逆の方向からカフェにはいってきたような気がした。

ここ数日のうちに、カールはまったく知らないひとにも頷いてみせる習慣がついていた。彼は微笑み返した。彼女はすぐに立ち上がり、彼のテーブルにやってきた。

「ハロー」と彼女ははっきりとした声で言った。

「ハロー」と彼は言った。

「あなた、すてきね」と、彼女はまるで久しぶりに会ったかのような感じで言い、彼の頭の中はぐるぐると回り始めた——彼女は彼を知っているのだ！　空いている椅子に座る前に、明らかに躊躇したということは、とてもよく知っているわけではないようだが。

この女性にすべてを打ち明けたいという欲求は、恐ろしく強かった。彼女は平凡で、あまり魅力的ではない顔をしていた。危険には見えなかった……それとも？　思い違いか？　彼女がアディル・バシールの知り合いだとしたら？　最終期限を思い出させに来た使いだとしたら？　いや、違う、違う、そんな馬鹿な。彼女の顔つきはあまりにも人畜無害だった。それに、どうやって彼を探し出せたというのだ？

彼は、黙って二〇まで数えてから、彼女に打ち明けることにした。でも、彼女に話をさせれば、自分が誰なのか、もしかして予想がつく（あるいは彼女がはっきりと言ってくれる）かも知れなかった。もしかしたら、彼女が妻かもしれない！　と、ふいにひらめいた。しかし、夫が数日前から失踪している上に、強姦され、息子の指を切るぞと脅された女は、夫にもう少し別の口調で声をかけるはずだった。いや、彼女は近い知り合いだ、とカールは決断した、あるいは愛人。ただし、犯罪者の愛人にしては彼女はまたあまりにも平凡で市民的だったし、魅力的でもなかったのだが。くるくるとしたパーマだけを見ても。それに、彼女の目つきは何だか変だった。彼のと同じくらいに落ちつきがなかった。二〇まで数えてもまだコミュニケーションが成立しないのを見て、カールは彼女もまた記憶を失っているなんてことがあるだろうか、と勘ぐり始めた。彼女は微笑み、また真面目な顔になり、また微笑んだ。そしてまた真面目になった。最後に彼女は赤くなった。

「全部私に言わせないでちょうだい」と彼女は言った。

それとも、彼女は精神を病んでいるのだろうか？

「会えてうれしいよ」とカールは言い、自分の脚がテーブルの下でひとりでにぴくぴくと震えるのを押さえ込もうと努めた。物置き小屋の屋根裏で目覚めたときと同じくらいに強く、逃げ出したい衝動に駆られていた。自分の体に正直に従ったほうが、いいのではないか？　彼の落ち着きのなさに気付いた彼女は、頭をのけぞらせてわざとらしく笑った。

「この近くにホテルがあるの」と彼女は言った。

カールは頷いた。

そこで彼女はまた赤くなった。頭がおかしいに違いない、言ってることに脈略がないじゃないか……いや違う。いや、なにか違う話なんだ。おそらく何か単純で、当たり前なこと、ただ彼が思いつかないだけで。彼は、ゲームはやめて彼女に打ち明けようと決めた。もう、他の手を打つには遅すぎた。彼はテーブル越しに身を乗り出して、「変なことを言うと思うだろうけど。きみを知らないんだ」とささやいた。

彼女の顔の表情は、まったく変化しなかった。聞こえなかったのだろうか？

「結婚してるの？」と彼女は訊いた。

「何だって？」

「わかってる」と彼女は言って、両手でそっと髪を掻き上げた。「普通じゃないのはわかってる。ホテルはあそこよ」

彼女は立ち上がり、一度も振り返らずに歩いて行った。カールは震える手でなんとかコインをふたつ、テーブルの上に投げ出すと、彼女についていった。ウェイターが唇に舌を這わせた。

43　サイレン

人間の姿なんて、胸くそが悪い。人間なんて興味がありません、きつい言い方をしてもよければね。

ニクラス・ルーマン

ホテルの受付係は顔も上げずに七番の鍵をカウンターに置いた。薄汚い階段を上り、薄汚い廊下を通り、薄汚い部屋にはいる。女はすぐにブラウスを開いた。こんなものをカールはこれまで見たことがなかった。裸の乳房がひとつ……もうひとつ……とにかく、思い出せる限りでは見たことがなかった。

これにには抵抗できなかった。

「ねえ、アラビア語でしゃべって」と女は、いっしょに横になると言った。

「どうして?」

「しゃべって、ねえ、野蛮人さん!」

「なんだって?」

「アラビア語でしゃべって!」

「何を言ったらいい?」

「何でもいいの」

「何も思いつかない」とカールはアラビア語でささやいた。

彼女は頷き、目をゆっくりと閉じて、彼を引き寄せた。彼女の顔はうっとりとした表情を浮かべた。「もっと」と彼女は喘いだ。彼女はアラビア語がわからないと気付いたカールは、彼女を馬鹿な女、醜い老女、まぬけなくるくるパーマ娘と呼んだ。部屋がリズミカルに上下する間に、彼の目線はベッドの脇に脱ぎ捨てた黄色いブレザーに落ちた。彼はどうしてもポケットの中の色々なもの、とくに地図のことを考えずにはいられなかった。どうも集中できなかった。彼は目を閉じて、これはヘレンだ、と想像した。彼は女の脇の下に顔を埋めながら、これは初めてじゃない、と知った。彼には妻と子どもがいた、彼は妻と交渉があった。彼は呼吸を忘れ、あわててパクパクと息を吸い込んだ。ついに動きは止まった。

女がシャワーを浴びている間、彼はベッドに寝転がり、天井を見つめた。女はドアをバタンと閉めて帰ってきた。彼は、彼女が体を拭く音、服を着る音を聞いた。その間、彼女は小声でひとりつぶやいていた。彼女は彼のことを、容赦なく挿すんだから、ひどいわ、けだものね、と言った。そんなようなことを、彼女はベッドでもずっと言い続けていたのだった(そして、自分の気持ちがぐらついているのに気付くまいとして、また繰り返しているのかもしれなかった。彼女は泣きそうな顔をしていた)。お別れに、彼女はまた彼のほうにやってきて、人差し指を彼の唇にあて、それから自分の唇にあてて、「どこかで偶然また会ったとしても、わかってるわね。私たち、知り合いじゃないの」と言った。

彼女は、彼が頷くまでじっと見つめていた。それから彼女は出て行き、彼は寝転んだまま、天井を見つめていた。部屋の四隅には漆喰飾りの剝がれた跡が見えた。窓の上には、染みが幾重にも重なって広がっていた。その装飾文字のような輪郭線は、何も語ってはこなかった。他のほとんどの物や顔が何も語らないのと同じように。彼はこの類似性の隠された意味を探ろうとした。そのうちに目が閉じてきた。

しばらくして、隣の部屋から音が聞こえてきた。ふたりの人間が性行為を行なっているような喘ぎ声。カールは聞きたくなくて、枕の間に頭を埋めた。ふたりの喘ぎ声はだんだん大きくなってきた、といっても正確には女の声しか聞こえなかったのだが。男は、カールの想像力が付け足して考えたに過ぎなかった。もしかして、ふたりの女がお楽しみの最中なのかもしれない。あるいは、女ひとりに男ふたり。あるいは、女ひとりだけ。可能な組み合わせの数の多さに、カールは不安を覚えた。

彼は、つい数分前には、いま自分がいるこの部屋で同じような音が聞こえていたのだと考え、するとたちまち、今度は同じような音ではなくてまさにその音が聞こえているような気がしてきた。あの頭の変な女の喘ぎ声が、ひどく遅れたこだまのように部屋の壁からにじみ出て来る。誰かが隣の部屋で録音したテープを、確認のために聞きなおしているように。彼自身の、本当は存在しない情熱のエコー。彼はベッドにまっすぐ座り、耳を壁に押しつけた。喘ぎ声は数分にわたってリズムを高め、それから急に、パトカーのサイレンが通り過ぎるときのように一オクターブ下がり、その合間にもうひとつのくぐもった声が息を切らしているのが聞こえてきた。それからまた静かになった。

カールは完全にはっきりと自分のものではない男の声を聞いて、ほっとした。彼はあの女との一件の間、始めにアラビア語でささやいただけで、あとは声をもらさないようにしていた。落ち着かない理由がいくつかあった。まずは、あの女を知らなかった、少なくとも知っていないとかなり確信があった。それに、言いにくい秘密があったし、最後に、性交渉の際には声を立てるものだということは思い出せたのだが、自分の声がどんなものだったかを思い出せなかったからで、聞き慣れない声を出している自分にぎょっとしたくなかったのだ。

眠るつもりはなかったのに、ついうとうととしてしまった。半ば眠りながら、彼は警察のサイレンが通り過ぎるのを聞いたような気がして、自分を追いかけているのだ、と思ったが……眠り続けた。何かが後ろから頭蓋骨をちくりと刺した。瞬きをすると、三日月の形をした光の染みが、網膜の上を漂った。震え、きりきりと刺すように、三日月は左へ、夜の中へと滑り落ちていった。彼は夢で、緑色のお茶を飲んでいる自分を見た。彼は緑のテーブルについて、緑の旗が立っている緑の家を見ていた。ジープが走って来た。缶のことがまた頭に浮かんだ……とたんに彼はベッドから跳ね起きた。

ブレザーのポケットから、彼はアンプルとメモブロック、地図その他の物を取り出した。彼は地図をベッドの上に広げ、自分がいまいる場所を指で探し、身をすくめた。ホテルは青い丸でチェックされていた。ただし、その丸は少しいい加減にこの辺りの町並みを囲んでいた……ホテルではなくて、コミューンをチェックしてあるのかもしれなかった。あるいは、この通りの別の家。いや、きっとコミューンのつもりだ！　彼の心臓はのど元まで上がって来そうになった。ほんの一瞬のことだったが。それから彼はいくつか先の通りにも印があるのに気付き、やがて地図全体に丸や下線でマークした通りや家が山ほど散らばっていることに気付いた。「誰だ、こんなことをするのは？」

と彼はつぶやいた。「郵便配達か？」

　ほとんどの印はタルガートにあった。数えてみると、三〇近い青い丸があった。しかし問題の場所、というのはここ数日の彼の生活で何らかの意味を持っていた場所（シェラトン、アディル・バシールの邸宅、コッククロフト博士の診療所など）は印がなかった。リザに会ったバーには印がなかった。ふたりの男が彼を連れ込んだ作業場には印がなかった。ヘレンのバンガローは見つからなかった。彼はボールペンを手に取って、誰もいない砂漠の、あの物置き小屋があると思われる辺りに青い丸を書いた。それは違う青色だった。彼は窓際に立って、ボールペンを再び解体し、芯《ミーネ》を光にかざした。クロームシルバー、直径は五、六ミリか。先のほうは細くなってバネがはまっていた。後ろには青いプラスチックの蓋がはまっていて、取れなかった。ここにもメーカーの擦り切れた名前が読み取れた。シェフチュク。彼はボールペンの部品ひとつひとつをもう一度じっくりと眺めた。ふたつに分かれた軸、ギザギザのついたプラスチックの部品、ノック機能のための部品、芯、リング、バネ。バネを二本の指ではさんでみると、バネは曲がり、飛んでいき、カチっと音を立てて窓に当たった。

　その向こうで男たちのひと群れが道を駆けて行くのを、カールは二階から見下ろした。遅れたひとりが、足を引きずりながら追いかけて行った。カールは芯の後ろを口に入れて、男たちを見送った。遠くから叫び声がしたと思うと、今度は自分が叫んでいた……細かな血の雫が真珠の首飾りのように窓に飛び散った。

　青いプラスチックの蓋を歯で無理矢理に取ろうとして、唇を切ったのだった。芯は床にカラリと落ちた。彼は痛みの余り片足で跳び回った。それから芯を拾い上げ、目の前にかざして、開いた口から暗い内部をのぞこうとした。彼は芯をひっくりかえして、口を下にし、振ってみた。細長くて先が丸い金属のカプセルがふたつ、手の上に落ちた。ふたつは互いにそっくりだった。その胴は完璧な円筒形で、鈍い銀色で、ひと目見ただけでもボールペンの他の部分とは違っていた。カールは自分が何を見つけたのか、一瞬も疑うことはなかった。円筒形の真ん中には、目立たないが繋ぎ目があった。彼はバスルームで唇の血をぬぐい、服をひっかけて、駆け出した。

44　ウーズのステップ

大衆の真ん中から生まれた進歩的思想などひとつもない、そんな思想があれば、それはつまり進歩的ではないということだ。

トロツキー

彼が通りで最初に見たものは、鎌をかついだ若い男で、他の人びとがそれに続いていた。人通りはどんどん激しくなった。カールはコミューンへの道に向かおうとしたのだが、すぐに通りは塞がってしまった。なぜか理由もわからないまま、目の前で群れが固まったり、また散ったりした。若い男たちが道路を塞ぎ、走り回り、互いに腕を組んだ。始めはどこへ向かっているのかわからなかったが、やがて遠くからの叫び声が群れをある方向に引き寄せた。カールは鍬、スコップや斧を見た。群れの主流は彼と同じくらいの若い男性たちからなっていた。しかし老人も少し混じっていて、弓と矢を持った子供たちが脇を走り、家々の壁に押しつけられていた。道のどこにも女性はいなかった。カールは立ち止まり、流れにさからって数歩あるこうとしたが、ぶつかられ、踏み倒されそうになり、流された。内ポケットにボールペンを入れたブレザーを、彼は腕にかけてしっかりと抱えていた。端へ寄ろうともがきながら、彼はもっと細い横町に逃げようとしたが、その細い横町じゅうから人の波が押し寄せてきた。

彼の頭のすぐ上で窓が開き、歯のない老女が男たちを怒鳴りつけた。すぐに男たちは走って行き、唾を吐き、窓に飛びかかって、老女が鎧戸をかき寄せる間もなく、拳骨や棒を老女のほうに振りかざした。

大通りの波は横町からの波と合流して、すべてをスークへと押し流していった。そこでまた方向は失われた。動きの中心に到達したものの、そこは空だったのだ。人びとはぐるぐると円を描いて歩き回っていた。ここまでの道で形成された隊形は解散していった。群衆全体には不思議なほど熱狂というものが欠けていて、カールは前の晩にヘレンといっしょにテレビで見た番組を思い出した。動物番組だった。銀色にきらめく魚の群れが水の塊のなかで動き、身を翻し、その翻りのなかに一秒一秒と鮫の接近が感じ取れるのだった。周囲の人びとの顔は、期待のあまり表情を失っていた。流されながらカールは、子どもや少年たちはどこへ行ったのだろうと考えた。彼らはスークの回りの屋根の上にいて、弓矢を手に立っていた。彼は流れに抵抗するのを止めた。目立ってはいけない。

不穏な空気が張りつめ、突然、どこかで動きがせき止められたように、群れが後ろに押された。一瞬の停止、鋭い叫び声、そして群れは中心から飛び散って波のように家や壁にあたり、周囲の横町に流されていった。カールはスークで一番高い建物の階段に押し上げられて、人びとの体の間にはさまってしまった。

高い視点から、真ん中のスークがほぼ空になっているのが見えた。こん棒がいくつかとサンダルが散らばっていて、痩せっぽちの少年が足をねじらせ、目を見開いて横たわっていた。この世で一番孤独な人間。肘で体を支え、這い進みながら、少年はパニックを起こしてあちこちを見回していた――とある横町に目を止めるまで。囁き声が群れを渡った。家々の間から、巨大な、黒い鼻先のようなものがのぞき、髭を震わせていた。

「ウーズ！　ウーズ！　ウーズ！　ウーズ！」

鼻先はセンチメートル刻みでせり出してきた。密集したぼさぼさの毛、だらりと下がった下顎、二本の巨大な牙。小さな、ボルトのような脚が、怪物のわきにぶら下がっていた。怪物は、カールがこれまで見たことのあるどんな動物にも似ていなかった。三角形の頭は、イタチが五トントラックの大きさだったらこんなかもしれないと思わせた。あちこちからの叫び声――怪物は、ボタンのような目を赤く血走らせてカールの方を向いた。そしてカールを凝視するようだった。二分の一秒の間。それから怪物は人びとの怒鳴り声に包まれてスークを横切り、向こうの横町に消えた。斧を振り上げた男たちがすぐに追いかけた。そのほんの数秒後にはまた別の道から怪物が現れ、スークを横切って、膨らみ上がる群衆を引きずって狂ったように円を描き始めた。恐怖が行動欲に変貌し、行動欲は蛮勇と血なまぐさい欲望に変貌した。年をとった者たち、足の遅い者たち、杖を振りかざす子どもがひとりと、数人の武器を持っていない熱狂者たちが集団の後ろをこけつまろびつついて回った。怪物が不意打ちで方向転換するたび、人びとは興奮して叫び、一度後ずさりしたときには、何人かが車輪に飲まれた。

上半身裸の男が怪物の前に立ちはだかり、牙で投げ飛ばされた。他の人びとが怪物の横腹に傷をつけ、矢の雨をくぐりながら歓声を上げて走り去った。スークをたった二周しただけで、ウーズの毛皮は針の山のようになった。弓の射手たちはもう、的が近づくまで待つこともせず、射程距離を通り過ぎても射続けていた。矢は地面に落ち、あるいは向かいの家の壁に雨のごとくあたり、あるいは勇気ある攻撃者たちの背に突き立った。ふとした合間に、地面に踏み倒された者たちは這って逃げようとした。誰も手を差し伸べる者はなかった。

カールが立っていた階段の近くで、ついにウーズはしとめられた。もうほとんど震えてもいない毛皮の山に、攻撃の波が次々と押し寄せ、小さな子や弱い者たちもやってきた。巨大な死骸はぎしぎしといいながら横倒しになり、片方の前脚を煙突のように宙に突き立てた。後ろ脚はちぎれて転がり、へこんで破れた怪物の横腹からは木組みと棒が見えた。しかし群衆はおかまいなしで機械をさらに叩き、殴り、その尻の部分についに火がついたとき、カールは偶像の破れた腹から祭服を着た四人の男たちが逃げだしてくるのを見た。本来の的を奪われた群衆は、怒り狂って代りに僧たちを叩きのめし、僧たちはなんとか祭服を脱ぎ捨てて群れに紛れ込んだ。

カールはまだ麻痺したように階段の上に立ち、ブレザーをぎゅっと抱えこんでいた。身動きもしない男たちに囲まれて、彼は何分もの間、ウーズの残りが群衆の中をさまようのを見た。小さな、見えない分子に取り囲まれた巨大な分子のように、それは横腹から炎を上げながら広場を押しやられていった。殴る蹴るの勢いであちこちに追いやられ、そのうちに半人前の少年がひとり、首に飛び移ると、すぐに少年のシャツに火がついた。燃える怪物は始めはまだ偶然にあちらへこちらへと転がっているように見えたが、やがてどんどんと大きく、激しく、鋭くなっていく叫声によって、標的が見つかったのだということがわかった。こん棒や長い棒でつついたり、蹴飛ばしたりして、男たちは火の玉を脇道の木製の門へと追いやっていた。

その向こうで何が起きているのか、カールの視界は遮られていたが、煙の塊の間にヨーロッパ人がひとり立って、転がって来る火の玉に向かって間抜けなカンフー・ポーズをとっているのが見えるような気がした。もちろん、何の役にも立たなかった。ウーズを押しつけられ、門はすぐに破れた。コミューンの中庭に積み上がった木材とゴミがすぐに燃え上がった。

ふたりの女性が、どぎつい緑の変な水やりホースで火を消そうとした。もうひとりの、ジーンズにろうけつ染めのTシャツの女性が鞄や絨毯、黒い箱を大きなランドローヴァーに運んでいた。ヘレンはどこにも見えなかった。火はあっという間に本館にまで燃え移った。ランドローヴァーはエンジンをかけて、灼熱地獄を脱出しようとしたが、瓦礫に行く手を阻まれた。勝利の雄叫びがまた巻き起こり、風が回って近所の家々にも火が延びるまで消えなかった。通りが二筋、完全に燃え落ちた。

膝を震わせながら、カールはその間に人の散りつつある階段を降りてきた。誰もが火事見物に走る中、彼は端に寄って群衆を避け、細い道の角まで来た。そこで、コミューンの前にまだ停まっているわずかな車の中に、青いホンダがもうないのを見てほっと息をついた。

しかしその安堵も長続きしなかった。というのも、自分を見下ろしてみて、ブレザーがなくなっているのに気付いたからだ。ずっとブレザーを掛けていた腕はまだ曲げたままだったが、何も掛かってはいなかった。彼はまず階段のところまで走り、それからスークを横切った。泉の手前で、武器として携えた小さな少年が、何かまっ黄色なものを腕に掛けて歩いていた。棒を二本、カールは少年を捕まえた。まだ十歳にもならない少年は、叫び、引っ掻き、噛み付きながらも獲物を離さず、カールの胃の辺りを殴りつけて身をもぎ離そうとした。カールは少年を家の壁に投げ飛ばした。彼はブレザーを取り上げて、ボールペンを探してポケットに手を突っ込んだ。ボールペンはなかった。右のポケットにも、左のポケットにも。少年はその間に四つ足で逃げようとした。カールはその脇を蹴って転ばせた。少年の首に片足を載せて、カールはブレザーの内ポケットと、左右のポケットを探った。ふたりの回りにこん棒を振り上げた男たちの輪ができた。「盗みを働いたんだ！　このはな垂れ小僧、盗みやがったんだ！」と、もがき逃れようとする少年を踏みつけながらカールは叫んだ。ふいに、彼の指はもう三回も探したはずの右のポケットでボールペンに触れた。その瞬間に、肩を殴られた。カールはよろめき、怒りの群衆をかきわけて、ボールペンのはいったブレザーを胸に抱えて逃げ出した。

背後からは怒号と呼び声が聞こえ、呼び声の中には急に、他とはまったく響きの違う声が混じった。鋭く問いかける声。振り返り、カールは知っている顔を見分けた……だが確信がなかった。追跡者も、確信がないようだった。この確信のなさそうな様子で、両者は互いを認識した。それはカールが目覚めの日に物置き小屋の屋根裏から見た、四人の白いジェラバの男のひとりだった。男は地味な顔をしていて、いまも白いジェラバを着て、人波を両手でかきわけて来るところだった。そして、ひとりではないようだった。彼の後ろでは太った男が群衆をかきわけていた。その後ろには小さな男。

45　月と星

月は天高き玉座から我らを見下ろし
哀れみ深く人間たちに正しい道を照らし出す。
そして星の文字を天空に描き
地上の我らに幸運と悲運とを告げ知らせる。
しかし、ああ、土にまみれて死を担う人間たちは
その文字を探し求めることも、読むこともない。
　ピエール・ド・ロンサール

カールが最初に考えたのは、ベンツのところに戻ろうということだった。しかし、車まで行き着いて、ドアを開け、エンジンをスタートさせることができたとしても、ひとのぎっしり詰まった道では一メートルも進めなかっただろう。彼は考えもなく走り、右手に砂漠へと出る横道を見た瞬間に、そこに向かってスパートした。

運のいいことに、追跡者たちは走るのが遅かった。砂山をふたつかみっつ超えただけで、彼は男たちを振り切ってしまったようだった。

カールは走った。熱い砂がサンダルの紐から入り込み、足の指を焼いた。この前の逃走のことが思い浮かび、パニックがわき起こった。もっと走るべきか？　回り道をして車に戻ろうか？　また

砂にもぐろうか？

いや、オアシスに帰るつもりはなかった。状況が混乱しすぎていた。後になってからなら、あるいは。太陽はまだ手の幅ふたつ分、地平線の上に浮かんでいた。もうすぐ暗くなるだろう、そうしたら砂漠にいれば安全だ。タルガートまでは二〇から三〇キロあった。それくらいは歩けるはずだった。

息を切らし、脇腹に差し込むような痛みを覚えながら、彼は立ち止まった。ふりかえってみる。静けさが彼を取り囲んでいた。一番星がきらりと光り、彼はヘレンを思った。事態がエスカレートする前にコミューンを出ていたらいいのだが、と彼は祈った、いや、彼はそう信じていた。彼女はきっと、自分の車を見つけたという彼のメモを見ただろうし、賢明で実際的な性格だから、彼も自分で逃げるだろうと思ってさっさとひとりで逃げただろう。一歩ごとに、彼の足は砂に沈み込んだ。彼の脳は夢を紡ぎ出し、ふいに彼は幸福な未来にいる自分の姿を見た。彼にはブロンドの、おそろしいくらいに美しいアメリカ人の妻がいて、影のような子どもたちが二、三人いて、興味深い仕事に就いていた。隣人や友人たちに尊敬され、かけがえのない社会の一員となっていた。そんなあるとき、隣人が毒蛇に嚙まれ、カールは傷の上を縛って毒を吸い出し、隣人の命を救った。しかしそこで白いジェラバの男が四人、ヘリコプターから落ちて来て、彼を撃ち殺し、ヘレンを強姦した。

彼のような人間の脳が、どうしてこんな白昼夢を見るのだろう？　しかし彼はそれ以上深く考えなかった。歩き疲れて、彼の頭は悲惨な映像をエンドレスに空回りさせていた。

コッククロフト博士が最初に――冗談めかしてではあったが――ヘレンが本当は彼の妻か恋人で、茶番を演じているのではないかとほのめかして以来、カールはすべてが遅かれ早かれ明るいコメディに打って変わり、才気煥発な会話が行き交って終幕となるのではないかという希望を捨てられなかった。話の筋が最もこんぐらかったところで、ヴェルディのアリアが流れてシャンパンのコルクが飛ぶ。ヘレンはなぜ真実を隠していたのか、もっともな理由を述べたて、居間のずっしりとしたカーテンの向こうから彼の記憶が秘密の客のようにしずしずと歩み出る。

彼はあやうく死体に躓くところだった。あるいは、砂から出ている死体の一部に。靴を履いていない足。黒い靴下に明るい灰色のズボン。カールはぎょっとして一歩下がり、それから街道のほうを見やった。数時間前に、そこからこの明るい灰色を見たのだった。それから反対側に目をやった。やはりそうだ、そちらの地平線には物置き小屋の切妻屋根がのぞいていた。

息をつめて、カールは死体を掘り出し、足で二度蹴って転がした。年齢不詳の男、顔には見開いたままで砂に覆われた目。血のこびりついた首に食い込んだ細い針金が、明らかすぎるほどの死因だった。針金の両端は折った鉛筆に巻き付けてあった。ちょび髭が埃まみれの蝶のように、青黒い顔の腐りかけた花にとまっていた。

セトロワに違いない！　あの四人に捕まったんだ。カールが屋根裏から梯子をつたい落ちている間に。では、モペッドはどこに行ったんだ？

カールは砂山の上を円を描いて歩き、半径を広げてもう一周、さらに広げてまた一周歩いた。モペッドは見当たらなかった。その代りに車の車輪の跡が平行に物置き小屋へと向かっていた。彼は死体の隣に座りこんだ。友だちだったかもしれないんだ、と彼は考えた。それとも敵。彼は砂を一握り、死者の口にさらさらと注ぎ入れた。

それから彼は明るい灰色のスーツのポケットを探りだしたが、誰かに先を越されたようだった。

鍵も、財布も、個人的な持ち物もなかった。アルミ箔に包まれたガムのかすと、赤みがかった紙を千切った屑がズボンの右ポケットにはいっていただけだった。紙切れにはタイプで文字が打ってあった。カールは手の平の上で紙切れのパズルをはめてみようとしばらく試みたが、すぐにはできなかったのでポケットに突っ込んだ。もういちど死者のポケットを探してみて、紙切れをまだいくつか見つけ、それも集めた。

彼は死者の隣にしゃがみ込んだまま、ときどき地平線に目をやり、小さな子どものようにゆらゆらと体を揺らした。それから自分のポケットからボールペンを探り出し、解体して、口で青い蓋をまた芯から外した。彼はふたつの金属カプセルを手の上に滑らせた。それは捻ればつなぎ目のところで外れそうに見えた。しかし道具がなくては無理だった。小さな円筒形のカプセルは四本の指でつまむのも難しかった。カプセルを押したり引っぱったりしている間に、カールは視界の端で砂漠に何か動くのを感じ取った。彼は日の沈もうとしている砂山のオレンジ色の縁を凝視した。しかしすべては静まり返っていた。彼はそっと立ち上がり、三六〇度ぐるりと回り、またその影を見た。オレンジ色の縁には欠けた箇所ができていた。砂山の頂点に、イタチほどの大きさの動物が立っていた。それは微動だにしなかった。

「ああ?」カールはつぶやき、そちらに近づいていった。その動物はそっと一歩、脇へよけた。その頭の上に、カールは何か透明なものがついているような気がした。ゆっくりと、彼は数歩進み、膝をつき、片手を伸ばして、動物の気を鎮めようと舌を軽く鳴らしてみた。首をかしげ、少し斜に構えながら、ウーズは彼のほうに寄って来た。尖った牙が下唇の方に下がっていた。これだけのミニチュアサイズだと、ウーズはあまり危険そうに見えなかった。頭の上のものは、近寄ってみるとギザギザに切った紙で、夕暮れの最後の光に透けて輝いているのだった。カールはそこに文字が書いてあるのに気付いた。彼はそっとウーズの腹の下に手を入れ、持ち上げた。ウーズは身動きせず、ただ小声でちゅうちゅうと鳴いて、鼻をくんくんと動かした。「シーッ！　シーッ！」とカールは言った。

紙切れは輪ゴムで頭に巻き付けてあり、カールはウーズをぐるりと回しながらそこに書いてあるものを読んだ。A man may be born, but in order to be born he must first die, and in order to die he must first awake... そこまでしか読めなかった。悲鳴を上げて、カールはウーズを地面に放り出した。嚙み付かれたのだ。手首には歯の跡が二列、くっきりと残っていたが、やがて傷から血がにじみ出てきた。血はすぐに肘まで流れ、砂に落ちた。急ぎもせずに、ウーズはとぼとぼと歩き去り、隣の砂山の上でもういちど振り向いて、夕闇に消えた。

痛みは、まるで傷がすぐに炎症を起こしたかと思うほどひどかった。カールは砂の上に座りこみ、右手をついたところで、もうずっと前から手を開いてしまっていることにやっと気付いた。金属のカプセルを落としてしまった。足もとは灰色一色、砂と小石とどす黒い血の染みばかり。広げた手で、彼は砂の窪みや谷間を撫でた。カプセルがもっと深くに沈み込まないか心配で、彼は一歩も動けなかった。彼は上半身を左右に捻った。細心の注意を払って、しかし次第に絶望をつのらせながら、彼は手の届く限りの砂を指で漉し、十本の指で砂を搔き、手の傷が脈打つのを感じているうちに、やがて消え行く光に自分の腕も見えなくなってきた。太陽はすでに地平線の下深くに隠れ、針のように細い三日月も追いかけるように沈んで行った。カールはかなり長い間、自分の足跡の上にうずくまっていた。しばらくして、彼はサンダルの間に傷ついていない方の手をつき、体を水平に伸ばして、足で身長を半径とする円を描いた。それから彼は立ち上がり、手、足、服の砂を丁寧に払って、大股の一歩で円の外に出た。そしてその数メートル先で眠りについた。

46　塩の町の電化

天に昇り地を眺めるのにも
疲れ、蒼ざめて
生まれの違う星たちの間を
供もなく彷徨い
何も見つめるに足るものを持たない
喜びを知らぬ目のごとく常に移ろう

シェリー

砂漠で、たったひとり夜を過ごすのがどんなことか、わかるだろうか？　夜は他の家や人びとに囲まれた家の中で、ベッドに寝るのに慣れているひとには、なかなか想像がつかないだろう。そして漆黒の形而上学が、もう何日も自分の内面に白紙を凝視するしかなかった精神をどれだけ揺さぶるか、想像するのはさらに難しい。

文明の対概念としてよく使われるのは野蛮という言葉だが、もっとふさわしいのは本当は孤独という言葉だ。昼間すでに静かで、風もなかったが、夜には静けさがさらに押し潰されそうなほどに膨れ上がった。砂の上に仰向けに寝て、血がこびりついてずきずきする手を胸にあて、カールはこれまでに見たこともない星の群れを見上げた。

彼は宇宙の塵に過ぎない遠くの太陽たちの瞬きを見つめ、自分が背中を接しているのも同じような塵に過ぎず、向こうに広がる無重力の無と自分との間を隔てているのはほんの少しの砂粒と小石、ほんのわずかな物質の集まりだけだと思い知った……その間の驚異的な質量の差がふと思い浮かび、恐怖と混じり合った。誰かが追いかけてきているかもしれない（あるいは夜明けとともに追いかけてくるかもしれない）という恐怖、カプセルを見つける前に逃げ出さなくてはいけないかもしれないという恐怖、夜に砂嵐が起こってすべてを吹きさらってしまうのではないかという恐怖……そして自分の上に覆い被さっている、そんなことには無関心この上ない、この何千もの星雲という無茶苦茶な現実。

人工衛星が夜空を横切っていった。少し大きめの点は、多分飛行機か。ボーイングに乗った八〇人分の疲れた体が、彼の上十キロを通り過ぎて行くという考えは、孤独の思いをさらに屈辱にまでつのらせた。寒くなってきた。カールは砂に身を埋め、夜がふけるにつれてさらに深く砂に沈んでいった。不穏な夢を見たが、後からはもう思い出せなかった。

夜に描いたはずの円は、夜明けの光で見るとやや卵形の二重螺旋で、中心はぐちゃぐちゃに乱れていた。円の外に横になって眺めた限りでは、カプセルを見つけることはできなかった。彼はサンダルを調べて、底の溝にカプセルがはまり込んでいないことを確認し、円の風下側から砂を細心に指で漉し始めた。彼は砂を一方の手からもう一方へと落とした。二度、三度、そして風とともに後ろに投げた。何時間もそうして働き、膝の前の砂の上層を取りのけて、一歩先へ進み、また砂を漉した。太陽はどんどんと昇り、カールは汗をかき喉を干上がらせながら小さな窪みに座り続けた。絶望がつのった。昼ごろには円の半分以上を調べ終わったが、まだ何も見つからなかった。もしかして注意力の薄らいだ瞬間にカプセルを砂といっしょに後ろに投げてしまったのではないかと怖くなり、カールは四度も五度も砂を調べてから背後の小さな砂山に投げるようになった。より入念に調べるにつれ、最初にきちんと調べなかったような気がしてきて、五回漉した砂はまた別の小山に捨てることにして、あまりきちんと調べてない砂の山を万が一の場合もう一度調べることができるようにした。

砂粒の間から初めて、金属の白い輝きがのぞいたとき、太陽はすでに天頂を過ぎていた。カールが汗を垂らし、絶望しながら、ひとつめを見つけるのに半日かかったのなら、あとどのくらい作業しないといけないのだろうとまだ計算している間に、二、三杯後にすくった砂からふたつ目が出て来た。いたずらの仲間が襟首を摑まれると、もう逃げるのをやめる子どものように。

カールはふたつのカプセルを芯に戻し、青いプラスチックの蓋を閉めて、もっと別の場所のほうが隠しておくのに安全だろうかと考え込んだ。財布に？　ブレザーのポケットに？　それともすぐに飲み込むのが一番だろうか？　彼はブレザーのポケットから鍵の束、メモブロックとモルヒネのアンプルを取り出してバミューダパンツのポケットに入れ、ボールペンだけをブレザーの内ポケットにしっかりとクリップで留めた。大真面目でこの事業に取りかかっている間に、砂漠をこちらへ向かってくるゆらゆらとした姿が目にはいった。汚れた白のジェラバ。とても年を取った男だった。

男はまっすぐ物置き小屋の方からやって来て、遠くからもうわけのわからないことを叫んでいた。今度は三叉の矛は持っていなかったが、カールはそれでも誰だかわかった。そして相手がどれくらい走れるか、どれくらい危険か、予測しているうちに、向こうもこちらを見分けたわけではないということに気付いた。ろれつの回らぬ大声を出しながら、老人は砂山を登って来て、カールを姿なき国王軍と呼び、よくいらして下さった、と歓迎し、ふたりの息子の遺体をすぐにでも父の腕に抱くことができるようにと、咳き込み喘ぎながら願った。

もうカールの横にたどり着く、というところで老人はびくりと身を震わせて、「黄金の息子よ！」と叫び、砂の上の遺体に覆い被さった。間違いがわかるまで、たっぷり十分はかかった。いや、息子は明るい灰色のスーツなんか着たことがない。ジェラバだけだ。それに、モペッドはどこだ？

それはカールも答えられない質問だった。老人が最後にはいびきをかきながら安らかに遺体のわきで眠りについて、カールがその場を立ち去れるまで、約一時間も続いた長広舌から聞き取れたことは、要約すれば、老人がどうやらふたりの息子を失ったらしいこと、そのうちひとりは打ち殺され、もうひとりは行方不明らしい。それから息子の遺体を探すために、極秘の警察部隊の助けを必要としていること。さらに、忘れてはいけないのは、モペッドも探しているということ。この三つだった。

猛暑を避けるために、ブレザーを頭に巻き付けて、カールは西に向かって歩いた。目が覚めたときから感じていた焼け付くような渇きは、地平線にスラムの端が現れるのを見た瞬間に耐え難いものになった。弱々しく蛇行しながら、トタン屋根のバラックの間を駆け抜け、汚らしい店に飛び込んで、水一リットルを買い、立ったまま飲み干した。それから二本目も。三本目を少し飲んだところで、彼はバラックの裏にまわり、ひと安心して壁に小便をしながら、店の主人にこの辺に電話はないかと訊いた。すると本当に、ふたつ向こうの通りでカフェのようなものをやっている板囲いの中に、黒いベークリットの電話器が置いてあった。

カールはシェラトンとつないでもらった。すぐにヘレンの声がした。ヘレン！　怪我もせず無事だったが、どうしてあの惨劇から逃げ出すことができたのかカールに説明もできないうちに、カールは受話器に向かってミーネを見つけたと叫んでいた……そうだ、ミーネだ、ポケットにはいっている、ボールペンの中に小さなカプセルがふたつ、そうだ、ボールペンだ……確かにそうだ、これがミーネだ、すぐに迎えにきてくれ、塩の町の東の端、もう一度言う、塩の町の東の端だ、バラックの真ん中の道の一番端にある汚いカフェだ……そこで待ってる。大きな通りだ。一番幅の広い。一番東の端の。電話の置いてある板囲いだ。カールは自分の熱狂とヘレンの興奮とを聞き、そこを動くな、すぐに行くからという命令を聞き、受話器を置くと、店の主人が煮崩れたスープひと皿をまるでとびきりの珍味を載せた盆のように捧げて立っていた。うちのおごりです、と主人は言った。

果物の箱を置いた即席のテーブルが道端にあり、カールはそこにスープを持って座った。彼はブレザーを前に置いて、目を閉じた。物置き小屋での一件以来初めて、彼は気分が晴れて、足もとに確かな地面を感じていた。これから来ること――アディル・バシールにカプセルを渡し、家族のことを交渉し、自分のアイデンティティを確認する――こうしたことが何よりも難しいということが、わかってはいたのだが。しかし曖昧さは消えた。あの恐ろしい曖昧さは。

彼は食べ、飲み、服をはたき、ポケットから砂を落として、もう一度ブレザーの内ポケットを確認した。テーブルの下で、飲み水を少し使って手を洗い、残りを痛む足に注ぎ、道に目をやった。砂色の子どもたちが、砂色のバラックの間で、砂色のサッカーボールで遊んでいた……汚れて、ぼろを着た姿。そこで彼は、土地勘のないブロンドの白人女性を車でここへ呼ぶことの危険さにやっと気付いた。ただ、ヘレンはこれまで何度もこわいものなしなところを見せていたし、いまさらどうしようもなかった。彼は、自分の尻尾を嗅ぎながらぐるぐると回っている犬を眺めた。サッカーボールがトタン屋根に飛んで騒音を立てた。それからみすぼらしい木の板やぼろぼろのノートを持った子どもたちの群れが道を横切っていった。記念アルバムにでもありそうな光景、過ぎ去った日々を歌う感傷的な詩を添えたセピア色の素描。黄金の太陽、黄金の子ども時代。少年がひとり、別の少年の背に飛び乗って、杖で方向を指示した。くすくす笑う少女たち、どの大陸でもどの世紀でも同じ光景。片足の少年が、杖もなく、泣きながら、ぴょんぴょんと跳んでみんなについていった。

「Monsieur Bekurtz, où est-il?」

少年がひとり、カールに走り寄って、大声で施し物を要求すると、記念アルバムはぱたりと閉じた。店の主人が出てきて、邪魔者を布巾ではたいて追い払った。彼は子どもたちを客を邪魔する汚らしい蠅ども、くず、くそったれの塩の町のガキどもと呼んだ。子どもたちは逃げ出しながらしかめ面をして見せ、店の主人はひと一握りの石ころを投げつけた。

カールは店の主人を見つめて「何だって?」と言った。

「はい?」

「いま、何て言いました?」

「消えろ、って言ったんですよ」

「いえ、くそったれの……くそったれの塩の町、って?」

店の主人は肩をすくめ、石ころをもうひと握り投げ、眉をひそめた。

「でも、ここも塩の町でしょう?」とカールは畳みかけた。

「旦那!」と店の主人は憤慨して、誇り高き故郷の家並みを指し示し、いかに自分が気を悪くしたか、もっと見せつけようとしたが、それより先にカールは飛び上がって電話に走った。またシェラトンとつないでもらった。店の主人は不審げにあとについてきて、彼の目の前に立って、一度だけ手を上げて親指と人差し指をこすり合わせた。交換手が「おつなぎします」と言った。

空の町。ここは空の町だった。

「出てくれ！」とカールはつぶやいた。「出てくれ！」

五〇年代の初めに、タルガートを囲む巨大なスラムの泥の小屋やトタンのバラックの間に、ブルドーザーで広い通り道が切り開かれ、塩の町の北端から小さな地区がちぎり取られたのだった。この事業は、浄化作戦第一波として名を残した。それ以来、塩の町と空の町とはライバルのサッカーチームのように仲が悪くなった。ひとつのまとまりであることに変わりはなく、明らかに同じ言葉をしゃべり、同じ泥にまみれて生活していたのだが、数キロの幅の通り道のせいで、それぞれ自分たちは別の泥なんだという意識に重きを置くようになっていた。思い上がりと優越感を空の町の住民にもたらしたものは何よりも、ある日突然すぐそばに電線が何本かと電話線まで通り、みんな大急ぎで線を引き込んだという事実だった。そのお陰で空の町は瞬く間もなく飛躍的に文明化し、正式に町というステイタスに手が届きそうなところまで来ていたため、南側の姉妹スラムがさらに泥沼にはまって行くなかで、浄化作戦の第二から第四波はとにかく免れたのだった。

数分の沈黙のあと、また交換手の声がして、バンガロー５８１ｄでは応答がありません、と言った。

カールは駆け出した。あるいは、駆け出そうとした。店の主人が彼の腕をつかまえていた。ああ、そうだった、支払いをしないと。彼はコインをいくつか取り出し、ブレザーの方を見たが、ブレザーは消えていた。彼は店の主人を凝視した。主人は手の平を上に向けた。道端に立つふたりの男から汗が流れ落ちた。空の町のトタン屋根には真昼の灼熱が鉛のごとくのしかかり、学校帰りの子どもたちの声が重なり合って消えていった。きゃあきゃあと騒ぐ子どもたち、楽しげな子どもたち、黄色い女性用上着を持って走る子どもたち、その中には、悲しいことに安っぽいボールペンひとつしか入っていない運命だというのに。

何時間も、夜が更けるまで、カールはまず空の町、それから塩の町をさまよった。彼はブレザーに高額の報償を約束した。人びとは彼を気でも狂ったかという目で見て、肩をすくめ、何も知らないと言った。ヘレンは、カールのせいでどこに迷い込んでしまったことやら、見当たらなかった。塩の町の東の端と言える場所はあったが、そこにはカールが教えたような広い通りもカフェも電話のあるバラックも、何もなかった。ヘレンがここで彼を見つけ出そうと努力したにしても、もうとっくに諦めてしまったに違いなかった。日も暮れて、積み上がったゴミ山の隣に、カールはどっと倒れこんだ。二匹の犬が彼の匂いを嗅ぎ、鶏がけたたましく鳴いて飛びかかった。彼はバミューダパンツのポケットからモルヒネのアンプルを出して光にかざしたが、自殺するのに量が足りるか、確信がなかった。

47　シェリ

原始民族の考えでは、人格の本質的な構成要素のひとつは名前である。ある人物や神霊の名前を知っていれば、その名の持ち主に対して何らかの力を持ち得るのである。

フロイト

彼は港にそってよろよろと歩いた。そして繋船柱《ボラード》に腰掛け、出て行く船を眺めた。俺の人生、と彼は思った。彼の前に少年が立ち止まり、茶色い唾を宙に吐き、まるで重力の働きをこれまでこんなにまざまざと見たことがないかのように、あるいはこの一度だけは重力が働かないこともあり得ると思ってでもいるかのように、その地面に落ちる様子をじっと眺めていた。カールは少年を手招きし、ここで学校に通っているのか、と尋ねた。通っているなら、学校はどこだ。少年は笑い、さっさっと手を動かした。少年は耳が聞こえないのだった。

いや、ミーネはもう完全に失われてしまったのだ。カールにはそれがわかった。セトロワはもう見つからないし、ヘレンの他に信頼できる人物はいなかった。シェラトンに向かって身を引きずりながら、嫌でもコッククロフト博士をもう一度診療所に訪ねたほうがいいかどうか、考慮した。果物を載せた荷車が狭い小道を塞いでいた。その隣では、靴を売る声があった。背後から掠れ声がした。

「ヘイ、チャーリー」

彼は振り向いた。始めは誰も見えなかった。

「待ってよ、馬鹿、ひとでなし！　ヘイ！」

柱の陰に半ば隠れて、やせ細った女が壁にもたれているのが見えた。荒れ果てた顔。彼女の叫び声は、微動だにしないその姿と奇妙なコントラストをなしていた。

「いま、何て言った？」彼は数歩、後戻りした。近くから見て初めて、女がまだとても若いのに気付いた。せいぜい十六か。腕には血のにじむ傷痕、顔と首は吹き出物に覆われていた。

「ひとでなし、って言ったのさ」

「その前は」

「馬鹿！　馬鹿ね」彼女は壁を背で押して立った。

「チャーリーと言わなかったか」

「馬鹿って言ったの。ひとでなし、チャーリー、シェリ、くそったれ。ダーリン。何か持ってる？」

彼女は手を伸ばしてきた。彼は後ずさりした。

彼女の身振りや態度からは、娼婦なのか、狂女なのか、あるいはまたもや男に飢えた女なのか、わからなかった。

「俺たちは知り合いなのか」と彼は心もとなさげに訊いた。

「一本、抜いてあげようか？」

「いまのは、質問だ」

「あたしのも質問よ」

「どうしてチャーリーと呼んだんだ？」

女は彼の肩を押して突き放し、彼をののしり続けた。

通行人が何人か立ち止まって、笑った。向いのカフェの男たちは腰を浮かして見物していた。ほんの少し先の交差点に制服を着た警官がふたり見えた。危うい状況だった。少女は彼をののしり、突き放し続けながら、サービス提供の申し出を止めなかった。

「金がないんだ」

しかし女は彼のズボンのポケットを叩いて探り、彼の股間をつかんで観衆からひやかしの声を呼んだ。彼は飛んで後ずさった。女は彼を次の家の入り口に引き込んだ。長い廊下を通って、狭苦しい部屋へ。床にはシーツもかかっていないマットレスが置いてあった。ティンディルマの上品な女の思い出などは、すぐに吹っ飛んだ。少女からはふいにすべての生気が抜け去ったようだった。彼女は震えながら部屋の真ん中に立っていた。

「俺たち、知り合いなのか？」とカールはもう一度訊いたが、知り合いでないのはもう確かな気がしていた。

「ブツを持ってる？」

「俺を知ってるのか？」

「サイコごっこがいいの？」

「チャーリーって、言ったよな？」

「アルフォンスって呼んであげてもいいのよ。ラシッドでもいいの。長官でも。一本、抜いて上げる」

少女は彼のズボンを引っ張りまわした。彼は少女の両手をしっかりとつかんだ。

「何か持ってるじゃない！」と彼女は気を高ぶらせ、金切り声を上げた。

「何もいらない、ただ、俺のことを知ってるのか、訊きたいだけだ」

少女は叫び続けた。ちらちらと火の燃えるような眼差し、無理解と絶望の身振り……いや、彼女は彼を知ってはいない。頭の混乱した、麻薬中毒の街娼だ。カールはドアノブに手をかけた。少女は「待て、この野郎！　逃げるんじゃない！　あんたとくそったれのお仲間が巧いこと都合がつけられないってんなら――」と叫んだ。

「仲間だと？」

「三人でやりたいの？　ティティを呼んでくる」

「仲間って、誰のことだ」

「この汚らしい豚め！」

戸口に立って、ドアノブに手をかけたまま、カールはさらに質問したが無駄だった。答えは罵詈雑言の津波ばかりだった。カールはドアノブから手を離し、最後の質問を試みた。できるだけさりげない口調で、彼は「この前セトロワに会ったのはいつだ？」と訊いた。

「はあ？」

「いいから答えろ」

「ねえ、口に小便してあげようか？」少女は彼の唇の間に人差し指をねじ込もうとした。

彼はぱっと後ろに飛んだ。

「寝なさいよ、あんたの顔の上に座って、口に小便してあげる」

「最後に会ったのはいつだ？」

「誰に？」

「セトロワに」

「ぶって。ぶっていいのよ。好きなだけ。胸にうんこしてあげる。脳みそを吹っ飛ばしてあげる。何でもやってあげるわよ」

「じゃあ、質問に答えてくれ」

「質問って？」涙が彼女の荒れ果てた童顔を流れ落ちた。彼女はくずおれて膝をついた。「あれをちょうだい、持ってるんでしょう」

彼は両手をバミューダのポケットにいれ、ひと言ずつ区切って「セトロワを知ってるのか」と訊いた。

少女はすすり泣いた。

「どこにいるか、知ってるのか？」

「この気違いサイコのくそったれめ！」

どうして普通に答えないんだ？　彼のことを知らないんなら、なぜ単純に知らないと答えないいんだ？　彼は少女の顎を上に向け、ポケットから茶色のアンプルをひとつ取り出して少女の反応を見た。

「簡単な質問に、簡単な答えだ。彼は、どこに、いる？」

しばらくの間、少女は気の抜けた表情で彼を見つめていた。それから彼に飛びかかった。少女の羽根のように軽い体が弾かれて彼の体から離れた。彼はアンプルを持った手を真っすぐ上に伸ばした。

「答えろ」

「ちょうだい！」少女は彼の腕に向かってぴょんぴょんと跳ね、船乗りも顔負けなほどののしり、彼の服を引っ張った。ついに彼女は、高く掲げられた拳をしっかりと見据えながら、彼の体をよじ上ろうとした。

「やるよ……知らなくっても。ただ、答えてもらわないと。俺を知ってるのか？」

「口に小便してあげる」

「セトロワを知ってるか？」

「この病気の豚め！」

「どこにいるんだ？　何をしてる？」

消防車のサイレンのように金切り声をあげながら、少女は彼の首にぶらさがっていた。彼女は小さな拳を振り上げて彼の背中をぽんぽんと打った。ふいに彼女の胸が彼の顎の先にきた。女の汗、絶望と嘔吐物の臭い。この臭いのせいか、それとも密着した体のせいか、それともどんな対話も受け流して空回りさせてしまうさりげなさのせいか、彼はふと、この女はもしかしたら自分には望ましくないほど近い存在なのかもしれないと思った。最悪の場合、かつての人生での愛人。しかし同時に、並行して、彼女は彼のことを全然知ってはいないのだという印象があった。彼女は何も知らないのでは。ただ頭がおかしいだけで、麻薬のせいで脳みその枯れてしまった娼婦、彼のことも彼の仲間のことも知らず、客を誰でもチャーリーと呼ぶだけの。薬が欲しいだけなのだ。もしかしたら、チャーリーというのはここいらの客のスタンダードな呼び方なのかもしれない。それに、本当にチャーリーと言ったのか？　最初からシェリと言ったんじゃないのか？

「モルヒネをちょうだい」と彼女は怒鳴り、床に転げ落ちて、三歳の子どものように塵にまみれて見せた。

「ちゃんとやるよ」と彼は言って、ほとんど読めないほど擦り切れたアンプルの文字をちらりと見た。「ひとつだけ質問に答えてくれたらね。俺のことを知ってるのか？」

　少女はすすり泣いた。

「ふたつも持ってるんだ」彼はもうひとつのアンプルをポケットから出した。「俺のことを知らないにしても――俺の仲間は知ってるのか？」

「豚め」

「最後にセトロワを見たのはいつだ？」

「このサイコめ！　くそったれ！」

　サイコ。三度目だ。どうしてこう言うんだ？　単にこいつのよく使うののしり言葉なのか、それとも何か意味があるのか？　治療に来ていたのか？　彼は精神科医なのか？　それとも自分は町で有名な気違いで、彼女は被害者なのか？　しかしいくら訊いても、彼女からは答えは引き出せなかった。試しに、彼はアンプルをひとつ落としてみた。飛び散る破片、絶望の叫び。少女は飛びかかって、床から液体とガラスのかけらとを舌で舐め取った。

「さあ、俺のことがわかるか？」

「こんちきしょう！」

「セトロワを知ってるか？」

「もうひとつも、ちょうだい！」

「どこにいるんだ？　何をしてる？　どうして答えないんだ！」

少女は暴れ、叫び、そろそろ彼にもこの女は何も知らないのではないかと薄々わかり始めた。少女は彼を知らなかった。誰も知らなかった。ただ道で彼に適当な名前で呼びかけただけで、彼は馬鹿この上ない客のようにひっかかったのだ。同情の名残りを絞って、彼は紙幣を一枚投げつけると、出て行こうとした。

「セトロワがいま何してるか、知りたいの？」と少女が背後から怒鳴った。

振り返ると彼女は床に座りこんでいた。ガラスの破片を舌から抜きながら笑い、唇の間からは血が糸のように垂れていた。

「セトロワがたったいま何してるか、知りたいんだね？　教えてやるよ、何してるか。セトロワはちょうどドアのところに立って、あたしのものを渡してくれないんだ。お代は払ったのに！　払ったんだ、こんちくしょう！　口に小便してやったじゃないか、このくそったれ、百回も寝てやったじゃないか、もうたくさんだ、あんたのお遊びは。それはあたしんだ！　あたしんだ、あたしんだ、あたしんだ、あたしんだ、あたしんだ！」

彼はその瞬間、何も感じなかった。彼の目は遥か遠くを見た。セトロワ。

次の瞬間、彼は少女の重みで押し倒された。彼女は彼に飛びかかって、床に引き倒した。ふたりは転げ回った。ふたつめのアンプルはとっくに彼の手から落ちていた。少女は気付かずに彼の空っぽの手に嚙み付いた。彼は肘で彼女の顔を殴り、身を振りほどこうとした。彼の背中の下でガラスがパリンと割れた。

少女が上げた悲鳴は、もう人間のものではなかった。彼をわきに除けながら、彼女は床を舐めて、床板の溝に染み込んでいく最後の雫を吸い上げようとした。ふらふらとカールは廊下に出た。

振り返ると、血まみれの惨状。

前を見ると、顔に拳骨。

彼は部屋の中に放り込まれ、壁に打ち付けられた。逞しい、黒い体。彼より頭一つ分大きく、西アフリカ風の色鮮やかな布をまとい、トラックのタイヤのような腕の……女だった。ガリガリに痩せた商売仲間とは似ても似つかない姿にもかかわらず、ひと目で似たような職業だとわかった。黒人の女は片手で彼の首を締め上げながら、「何をされたんだい、かわいそうに！　何をされたんだい？　この悪党！」と叫んだ。

彼女はカールの髪をつかんでねじ伏せ、慣れた手つきで彼の顔に膝を打ち込んだ。彼は後頭部の傷が開くのを感じながらがくりと倒れ込んだ。アフリカ女はどっかりと彼の上に乗った。一五〇キロはあった。その横から薬漬けの女がすり寄って、手の甲で口の血を拭いながら、椅子を振り上げた。椅子の脚がまず彼の肩に当たり、もう一度肩に当たり、最後に顔に当たった。彼は黒人女の下で体を横向きにしようとした。シャツを剝ぎ取られた。口になま暖かい鉄の味があふれ、いくつもの手が彼のポケットを急いで探った。彼は意識を失った。気が付いたときは道端の堀の中だった。シェラトンまで歩いて十分の道のりに、一時間もかかった。

48　オッカムの剃刀

馬が好きなんだ、でもここではラバに乗ってる。
ゲルハルト・バンゲン

何の説明もせず、ただヘレンの脇をすり抜けてバンガローに入り、歩きながらシャツとバミューダパンツを脱ぐと、バスルームでシャワーの栓を開けた。ほぼ二〇分も、カールは身動きもせずに温かな湯の流れの中に立っていた。それからベッドに向かって歩きながら体を拭き、タオルを床に落とすとベッドに長々と横たわった。

「冗談よね？」とヘレンは言った。「ミーネをなくしたわけじゃないでしょう？」

「俺がセトロワだ」

「冗談でしょう？」

「いや。わからない」

ヘレンは質問を続け、カールは疲れてとりとめのない答えをした。彼はシーツを頭の上まで引き上げて眠り込んだ。

目を覚ますとすでに真っ暗で、彼の心臓は早鐘を打っていた。一秒も眠れなかったような気がした。しかし時計は真夜中近くを指していた。腕を伸ばして探ったが、ベッドの半分は空だった。細い光の長方形がドアを囲んでいた。ヘレンは隣の部屋にいて、ブロンドの髪を結い上げ、天井の電灯から広がる白々と眩しい光のなかに座っていた。テーブルの上には電話機と湯気の立つコーヒー。手にしたメモ帳を彼女はカールが部屋にはいると同時に閉じた。テレビが音なしで映っていた。

彼らはしばらく何も言わずに向き合って座っていた。それからヘレンはテレビを消し、ささやき声で、ミーネを見つけたけれどなくしたというのは本当か、という質問を繰り返した。そしてカールは「俺はセトロワじゃない」と答えた。

「どうしてブレザーを放っておいたりしたの?」

「セトロワなはずがない」

「どうして学校の生徒たちを追いかけなかったの?」

「追いかけたさ!　だけどあの女はすっかり頭がおかしくなってたんだ。俺を知ってるはずがない、名前をただ真似して繰り返しただけなんだ」

「子どもたちはどんな様子だったの?」

「それにモルヒネを欲しがったんだ」

「訊いてるでしょ」

「何だって?」

「子どもたちはどんな格好だったかって」

「どんな格好って、それが何の関係があるんだ?」

彼はまたしゃべり続け、この最後のひと言を繰り返した。その間に、始めは気付かないうちに、そしてまたどうしてか説明もつかないうちに、ヘレンの声には不意にこれまでと違う響きが混じった。彼女は何度も彼の話を遮り、ここ数日の余裕のある落ち着きは、もうかけらほども持ち合わせていないようだった。このところの出来事を思えば、それは理解できなくもなかった。しかしカールはぼんやりと、ヘレンの気分の変調には何か別の理由があるような気もしていた。彼女はまるで取り調べのように矢継ぎ早に、鋭い調子で質問を投げかけ、彼がどうやってミーネを見つけ、どうしてまたなくしたのか、その事情にしか興味がなかった。カールはその間もしつこく話を娼婦のところに戻そうとした。どういうわけか、カールは自分のアイデンティティの問題がヘレンにとっても同じくらい大事だと思い込んでいたのだが、明らかにそれは間違いらかった。生徒たちは何人？どんな服？　どうして塩の町で待っていなかったの？　空の町、空の町って何？　浄化作戦？　カプセルって？　真ん中に継ぎ目のあるカプセルがふたつ？　シェフチュクって書いてあるボールペンの芯に？　確かにそうなの、シェフチュクって？　それから、黄色いベンツって？

「そんなこと、興味ないよ」とカールは疲れきって言った。「自分が誰なのか、知りたいだけなんだ。カプセルなんてどうでもいい、家族だとかいうひとたちのことなんてもうどうでもいい、自分が誰か、それだけが問題なんだ」

「私が知りたいのはね、自分の命と、アイデンティティと、何もかもがかかってる物を、どうやったら二、三人の子どもに盗まれたりできるのかってことよ」ヘレンはいらついているようだった。

彼女はだんだん大声になり、カールも大声になり、ふたりで数分の間すれ違いの会話を交わしたあと、ヘレンがアイデンティティの問題とミーネの問題を区別することにしようと提案した。ミーネの方が格段に大事だとは思うんだけど……まあ、いいでしょう。まずはアイデンティティの方からどうぞ。

カールは答えなかった。

「あなたの小さい娼婦の話。どうぞ始めてちょうだい」

「そっちからどうぞ」

ヘレンは頭を振りながらそっぽを向き、自分の子どもっぽい振舞いを自覚しているカールは唇を噛み回した。

黒いテレビ画面にふたりの影が並んで、黙り込んでいた。しばらくして、カールの影の手がヘレンの影の手を摑んだが、彼女は手を引っ込めた。

「話しなさいよ」

「でも、もう全部話しただろう！　ただ、そんなはずはないんだ。セトロワはモペッドで砂漠に逃げたんだから。俺はセトロワじゃない。あの女の子は間違ってる」

「または、あの四人の男たちが間違ってる」

「どうして？　きみはあの女の子を見てないだろう」カールはもう一度、麻薬中毒の少女との出会いを微にいり細にわたって描写し、少女の頭のおかしさをとくに浮き彫りにしようと試みたが、ヘレンに遮られた。「その子は、あなたからモルヒネを欲しがったんでしょう。で、あなたはモルヒネを持ってた。偶然？」

答えはなし。

「何か持ってるって言ったの、それともその子が訊いたの？」

「その子が訊いたんだ」

「正確には、何を訊いてきたの？」

「ブツ、って。ブツを持ってるかって。それでアンプルを取り出したら、あの子は欲しがったんだ。

それから、モルヒネって、あの子が言ったんだ」

「あなたはモルヒネなんて言ってないのね？」

「いや」

「モルヒネって、大きく書いてあったの？」

「いや。書いてはあったが、ほとんど読めないくらいだ」

「じゃあ、その子は見てないわね」

「いや。だけど、他に何の可能性がある？」

「コカイン。化粧品。食塩水」

「推測したんだろう。麻薬はよく知ってるみたいだからな」

「ちょっと話をまとめるわよ。あなたを道端でチャーリーと呼んだその女の子は、あなたにブツを持ってるかと訊いた。で、偶然にもあなたは何か持ってた。それからその子はモルヒネと言って、偶然にもそれはモルヒネだった。その子があなたのことを知らないなんて、本気で信じてる？」

「俺は――」

「それから、答えたらアンプルをやるって約束したのに、その子が質問に答えないでずっと悪態をついて、わめいていたって言うけど、どうしてだと思う？」

「頭が悪いからだろう」

「その可能性もあるわね。もうひとつの可能性は、頭の悪い質問だったってこと。だってあなた、俺の名前は何だ、何て名前だ、って訊き続けたんでしょう。〈私の名前は何でしょう？〉なんて質問にさらっと〈あなたの名前はこれこれです〉って答えてくれるひと、そうは見つからないわよ。

それにセトロワのことまで訊くんだもの。セトロワを知ってるのか、どこにいるんだ、最後に見たのはいつだ、って百回も訊くんでしょ――それなら私だってサイコだって言うわよ。そうでしょ？どう思う？……ヘレンを知ってるのか？　答えなさい。ヘレンを知ってるのか？　ヘレン・グリーゼだ。最後に見たのはいつだ？　どこにいる？　いま、何をしてる？　答えなさいよ、ぼうや」

カールはもうしばらく前から、組んだ腕に顔を埋め、ため息をつきながら答えたときにも顔を上げなかった。「だけど、物置き小屋の前にいた男たちは。聞き間違いじゃない。セトロワは砂漠に逃げたって、はっきり聞いたんだ。セトロワはモペッドで砂漠に逃げたって。遠くにいたけど、全部はっきり聞こえたんだ」

「じゃあ、何て言ったのか、もういちど正確に言って」

「もう言ったじゃないか。セトロワは砂漠に逃げた、それから、金をたくさん見つけた、って……それからひとり、頭をジャッキでかち割ったって」

「ひとり？」

「ああ」

「ひとり、頭をかち割ったって言ったの？」

「あの野郎の」

「あの野郎の？」

「うん」

「で、どうしてその野郎の頭をかち割ったのか、何か言ってた？」

「いや。それとも、もしかしたら。四人目が来たとき、奴らは、その野郎が物置き小屋にいたって言ってた。そいつにセトロワはどこに行ったたって訊いたけど、答えなかったたって……だからジャッキで……」

ヘレンは立ち上がり、キッチンで棚や引き出しを開けながら、カールに質問を続けた。年取った農夫のこと、どんな服装だったか、そのふたりの息子のこと、籠編みの鞄の色、物置き小屋の屋根裏のどこに窓があったか。床にあいた穴の大きさと形、滑車装置の仕組み。地面からの高さ、滑車の数、チェーンの長さ。梯子の重さ。

紙と鉛筆を持って帰ってくると、ヘレンはテーブルに置いてカールのほうに押しやり、「見取り図を描いて。物置き小屋全体とバラックの……それから窓も正確に。それと入り口も。それとあなたが倒れてたところ、あなたが目を覚ましたところね……そう。そこなの？　そこに倒れて、頭はこっちだったたの？　で、ここが板壁の隙間で、ここからこっちをのぞいて見たのね？」と言った。

ヘレンは見取り図を九〇度回転させ、カールの手から鉛筆を取って、彼が木製の銃を背負って倒れていた場所につけた十字の上に簡単な人間の形を描いた。彼女はしばらくその絵を眺め、東西南北の印を付け加えた。

「で、四人の男たちはここだったたのね？」

彼女は物置き小屋の横にまた人形を四つ描いた。そのひとつは線描きのジャッキのようなものを持ち、もうひとつは少し離れてジープに座っていた。

「で、ジープはこっちから来たのね？　ティンディルマの方から。で、男たちはあなたの後を追って来たわけだから、あなたも多分ティンディルマから来たのね。どうでもいいけど。だけど、オアシスとここの間のどこかで、男たちはお金のはいった鞄とばらばらのお札を見つけて、足止めされていたので、あなたのすぐ後ろに迫ってたわけじゃなくて、ちょっと離れてたのね」

「それがどうした？」

「ちょっと待って」

「そんなこと言ったって、俺がセトロワじゃありえないってことは変わらないだろう」

「わかったような気がする」ヘレンはもうしばらく見取り図を眺めていた。それから彼女はカールを見た。「あなた、ジェラバを着てたんでしょう？　格子柄のスーツの上から。逃げるときに着てたあのスーツ。そのジェラバは、もしかして白かった？」

　彼は頷いた。

「四人の男たちは白いジェラバを着てた。年寄りの農夫は汚れた白のジェラバを着てた。滑車装置の下の死体も。で、予想するに、モペッドに乗って逃げた男も、多分同じような格好でしょう」

「根拠がないだろう。だけど、きみがどう言おうと、違うものは違う――」

「待って。あなたは追っ手から逃れて物置き小屋に飛び込む。あなたの位置はここ、追っ手はここよ。で、このひとたちには何が見えたと思う？　かなり遠くから、白いジェラバの男がひとり物置き小屋に飛び込むのが見えて、そのすぐ後にモペッドに乗った男が出て来た。黒い髪、白いジェラバ、あなたたちアラビア人はみんなそうね。そこで男たちはもちろん、それがあなただと思ったのよ、セトロワさん」

「そんなはずない」

「まだ話は終わりじゃないわ」

「そんなはずはないよ、だって奴らが俺の頭をかち割ったんだから。で、頭をかち割ったんなら、俺がモペッドに乗って逃げた奴じゃないってのはわかってるはずだ」

「どうして、そのひとたちがあなたの頭をかち割ったんだってわかるの？」

「冗談言うな」

「そのひとたち、あの野郎の頭をかち割ったって言ってたんでしょ？」

「そうだ、あの野郎の！　セトロワのじゃなくて」

「そのことを言ってるのよ」

　わけがわからない、という顔。

「あなた、忘れちゃったのかもしれないけど、物置き小屋で頭をかち割られてたのはあなたひとりじゃないでしょう」

　彼女は四角い床穴の中に人形を描いた。

「でも、そいつは俺が殺しちまったんだ！　滑車装置で」

「どうしてそんなことがわかるの？　床まで約六メートルって言ったでしょう。地面から穴まで四、五メートル、滑車装置はさらに二メートル上よ。で、鎖はいくつものローラーを通ってたんでしょう。そうすると、かなりの騒音なはずよね？　それとも音はしなかったの？　そんなはずないわね。で、あなたが梯子でぶつかったあと、滑車装置はどのくらいの速さで動いたの？」

「こんなだ」とカールは平手を下に動かした。「始めはゆっくり、それから勢いがついて、最後はこんな感じ」

「で、こんなスローモーションでがらがらと落ちてくる滑車の下六メートルに誰か立ってて、頭にぶつかるまで待ってる、って言うの？」ヘレンはぐるぐると巻いた鎖を床の穴の中、人形の頭あたりに描いた。「上を見るでしょう。もし誰かがここに立ってたとしたら、上を見るでしょ。私に言わせるとね、上を見ない可能性は三つしかない。第一に、このひとは耳が聞こえない。可能性はあるわね。だけどなかなかあり得ない。第二に、眠っていた。でも、あなたがこの前に起こした騒音を考えると、これもあんまりあり得ないわね。で、第三の可能性は、もう死んでたってことよ。意識がないか、死んでた。というのも、誰かがその前にジャッキで頭をかち割ったからよ」

カールは頭の後ろを掻いた。

「それに、あなたの傷を見てみなさいよ。ジャッキってどんなものか、わかってる？　ジャッキで殴られたりしたら、頭はぐしゃぐしゃよ。あなたの傷は、ちょっと裂けてるだけじゃない。ジャッキがちょっとかすったくらいでもないわ」

彼女は紙をまた少し回して、もうひとつ、物置き小屋からかなり離れたところにモペッドに乗った人形を描き、「セトロワ」と書いて、上に疑問符をつけた。

カールは何も言わなかった。

「私に言わせればね、答えは簡単よ」とヘレンは言った。「もちろん、絶対にそうだとは言えないけど、でも、可能性がいくつかあるんなら、一番単純なのを選ぶべきでしょう。まず、あなたがその男たちの言ったことを聞き違えたとは思わない。それに、その女の子の言ったことも、あなたはちゃんとわかってる。三つのグループがいるんだと、私は思うわ」

彼女は紙の上で次々とグループを円で囲んだ。「まず、あなたがひとつめ。それから追いかけてきた人たちが二番目、農家の家族が三番目よ。老人と息子ふたり。ここまで、わかった？　問題の時間にはふたりの息子だけが物置き小屋にいたんだと思う。老人もいたのかもしれないけど、確実にいたのは息子たちね。滑車の息子とモペッドの息子よ。そこにあなたが来た。あなたはこの人たちから逃げてきて、銃のように見えるものを持ってここに飛び込んだ、この、不法な蒸留所らしいところに。あんまり歓迎されなかったのは確かね。追っ手が迫っているから、あなたは慌てているし、息子たちはヤミで酒を作ってるわけだから慌てている、それにあなたは、自分でも言うとおり、近くから見ても本物そっくりなおもちゃの銃をふりまわしてる。物置き小屋の中は暗かった、それとも明るかった？　暗かったでしょう。あなたはＡＫ47を持っていて、何をどう説明したか知らないけど、息子たちはこれはまずいとしか思わなかったでしょう。あなたは助けてくれと頼んだのかもしれないし、もしかしたら脅したのかも。もしかしたら息子たちはもう追っ手が迫ってるのを見たのかもしれない、あなたの仲間だと思ったんでしょう、で、とりあえずあなたの頭を後ろから殴った。ちょっとした傷のできたあなたを屋根裏に投げ上げておいて……あるいは、あなたは自分で屋根裏によじ上って、そこで息子たちにつかまって殴られた、どっちでもいいけど。それからふたりはまさにパニック状態になった。ひとりは頭を殴っておいたけど、まだ三人迫ってくる。で、息子その一はモペッドに飛び乗って砂漠に走り込んだ。もしかしたら助けを呼ぶために、あるいはただ逃げるために。どっちでもいい。追っ手が物置き小屋に着くと、そこには息子その二だけがいて、セトロワはどこだと訊いても答えない。だって何にも知らないんだもの。そこでジャッキで息子の頭をかち割って、あとで得意になって四人目の男に報告したってわけね。その間、あなたは上で意識を失って寝ているし、つまりモペッドの男のお陰で命拾いしたのよ。四人は次に彼を追っかけて行ってしまったんだもの。多分、どこかで見つけて、この辺のどこかね、ひと間違いに気付いて戻って来た。でも、ムッシュー・セトロワはその間に逃げ出していて、結局のところ老人から見たら、息子のひとりは打ち殺されて、もうひとりは行方不明、ってこと。これで一件落着」

ヘレンはコーヒーの最後のひと口を飲み干し、新しくコーヒーを煎れにキッチンに向かった。

カールはヘレンが矢印やバツ印で埋めつくした図を困惑して眺めていた。

「木の銃は？　どうして俺は木の銃なんか持って砂漠を駆けまわってたんだ？」

「自分に訊いてみたらどうかしら」

カールは、頭の中ですべてをもういちど最初からたどってみようとした。人形を数え、ボールペンを手にとって「シェラトン」という文字をじっと眺めた。彼の反論をことごとくあっさりとはねのけたヘレンのゆるぎなさに、彼は気を悪くし、呆気にとられていた。出来事すべてを時間軸に添って考えることさえ、彼には難しかった。どうしてヘレンはこんなにも簡単に、パズルを組み立てることができたのだろう？　そもそも、本当にきちんと組み立てられたのだろうか？　カールは間違いを見つけ出すことに義務を感じた。指で自分を表した人形を指しながら、彼は「アディル・バシールのところでは、ふたり組って話だった」と言った。「ソーセージ」という言葉は避けておいた。「ふたりだ、俺と相棒の」

「いっしょにいなかったのかもしれないでしょ」

「そうだけど……これまでは、セトロワが相棒だと思ってたんだ。俺がセトロワだったら、誰が相棒なんだ？」

「それ、いま大事な質問かしら？」ヘレンはコーヒーの粉の缶を開けて、計量スプーンを探した。

「それより、ブレザーを盗んだのは本当に学校の子どもたちかっていうことを問題にしたほうがいいんじゃない？」

「どうしてきみはそんなに自信たっぷりなんだ？」

「どんな子どもたちだったの？」

「子どもなんかいいじゃないか！　どうしてそんなに子どもが気になるんだ？　もう見つかりっこないだろう」

「どうして子どもが気になるのか、教えてあげる。私の知ってる限りでは、あんなスラムに学校なんてないからよ」

「いったいどうしてこんなことを思いついたんだ？」とカールは、ヘレンの反論には耳を貸さずに問い返した。彼は図を描いた紙を持ち上げ、振り回した。

「人物像もぴったりだからよ。コミューンで聞いた。ファウラーも他の住人たちも、まさにあなたにぴったりな特徴をあげていたの。格子柄のスーツ、やせ型で三〇くらい、一メートル七五センチ。ちょっとアラビア風。といっても、あのひとたちに言えたのはこれくらいなんだけど。それ以上は何も知らなかったわ。あなたがコミューンに何しに来たのか、あなたはちゃんと言わなかったか、言ってもあのひとたちには理解できなかったの。ジャーナリストだって言ったらしいんだけど、そのあとは金目のもののことばっかり、例のお金のはいった鞄のことなんかばっかり訊いたもんだから、あの人たちは、あなたがちょうど自分たちがまんまと騙そうとしてる保険会社から来たんだと思い込んだのよ。保険会社のセトロワさん。あるいは、腕の悪いジャーナリスト。あなた、そんなところね」

49　暗澹たる思い

気をつけろ！　気をつけろ！　虹を見よ。魚はもうすぐ上がる。チコは家にいる。彼を訪ねよ。空は青い。木に注意を掲げよ。木は緑と茶色だ。

E．ハワード・ハント

夜遅く、彼は這うようにしてベッドに戻った。ヘレンは手ずから毛布をかけてやり、しばらくベッドの縁に座って彼を眺めていたが、その目つきは、もし彼がまだ目を開いていたならば、嫌な気分になったに違いないものだった。

とにかくも夜は――最後の夜は――ぐっすりと眠れた。早朝、ベッドから引っ張り出されるまで。誰かが彼の襟首を摑んで隣の部屋に引きずっていった。問いかけるようでも、怒っているようでもなく、ただひたすらに冷たく鋭い声で、ヘレンが「これは何？　これは、何、なの」と言った。

カールはゴムの伸びたパンツを履いて彼女の隣に立っていた。目の前には、十二枚の紙の切れ端がパズルのように三つの長方形にゆるく組み合わせてあった。彼はそれが何だか、すぐに思い出した。十三枚目の切れ端が少し離れたところにあった。それは縁が焼け焦げていたが、他の紙と同じ素材で、同じ赤っぽい模様があった。三枚の身分証明書。三枚とも、「道徳委員会将校」。

その上に身をかがめながら、カールは「何だこれは？」と言った。

「あなたのバミューダにはいってたのよ。洗濯に出そうと思ったの。さあ、もう嘘はつかないで」
カールはどうしてヘレンがこんなに怒っているのかわからないまま、手のひらで胸をこすってい
た。砂漠で死体を見つけたことはもう話したじゃないか、この証明書、いや紙切れはそこで見つけ
ただけだ。明るい灰色のスーツを着て、首に針金の巻き付いた死体に、偶然つまずいただけだ……
そこでこれを見つけただけだ。ポケットに。
「で、これは何なの?」とヘレンは言って、タイプライターの赤い文字で書きこまれた書類の文字
を人差し指でトントンと叩いた。
カールは読みながら、つっかえた。アドルフ・アーン……ベルトラン・ベドゥー……ディディ
エ・デカット。
「A、B、D!」とヘレンが大きな声をあげた。「アン、ドゥ、カット!」
「なんてこった!」
「そう、なんてこった、でしょ、ムッシュー・セトロワ。さ、どこでこれを見つけたのか、嘘を言
うのはもうやめてちょうだい! もうくだらない嘘はたくさん! 死体の話は、いい加減にしてち
ょうだい。記憶喪失のふりはもう充分よ、だから、もう、嘘は、やめなさい」
カールは「氏名」とだけ書いてある焼けこげた紙切れを手に取り、しばらく眺めてからまたテー
ブルに戻し、また死体発見の話をした。針金の輪。折れた鉛筆の二本……ちょび髭。死人にはちょ
び髭があったこと。
「でたらめよ」とヘレンは言った。「でたらめばっかり」
「本当にそんなことを信じてるんじゃないよな?」

「何？」

「俺が記憶喪失のふりをしてただけだって」

「コッククロフト博士の信じてることを信じてるだけ」

「コッククロフト博士の信じてることが、どうしてわかるんだ」

「あなたが話してくれたんでしょ、もう。また記憶喪失になったの？　これをどこから持ってきたのか話してちょうだい、でも死体の話はいらない。ずっと持ってたの？　あなた、誰？　ずっと持ってたんでしょう！　あなた、ずっと自分が誰かわかってて、それで――」

「じゃあ、死体を見せるよ」

「そんなの無理でしょ」

「いや、本当だよ――」

「そんなことできないに決まってる！　あなたといっしょにこれから砂漠に出かけて、死んだちょび髭男を探すとでも思ってるの？　もう終わりよ。塩の町まで出かけただけで、もううんざりなんだから。何かおかしいって、あのときから思ってたの。あなた、嘘をついてるって。嘘つきの、仮病よ。私がどう思ってるか、想像がつかないんだったら、教えてあげる」

「ヘレン」

「確かな事実は何？　事実は――いいえ、聞いてて。事実は、私が砂漠の真ん中のガソリンスタンドで、記憶をなくしたと言い張る男を拾ったってこと。そして私はその男の言うことを信じた。そして世話を焼いた。男が警察に行こうとしなくても、気にかけなかった。病院に行こうとしなくても、専門医がその男みたいな病気は存在しないと言っても、気にかけなかった」

「あまりありそうもない、って言ったんだ」

「ありそうもない、ね、もういいわ。でも、ありそうもないって話はちょうどよかった、私もその話をしたかったの。で、私はその男の世話を焼いたわけ。アイデンティティがまったくわからない、身につけているもの以外に何も持っていないと言ってる男の。身分証明書の焼けこげた切れ端は持ってるけど、大事なところはヒッピーだか何だかに焼かれちゃったって。そんな話、ある？　で、私のところに来るやいなや、ギャングのボスに誘拐された。手にペーパーナイフを突き立てられて、ひどく痛い目にあっても、自分が記憶喪失だってことも、セトロワって仲間がいるってことも、口に出さない。あるいは、そういう仲間がいると思い込んでるってことも。何日もこのセトロワを探しまわった挙げ句、今度はこの男自身がセトロワだとわかる。そんな話、ある？　自分がセトロワだとわかるが早いか、今度はポケットに身分証明書を三枚も持ってる。三枚の、いい加減に偽造した身分証明書よ。おまけにそれがヒッピーに焼かれた四つ目のいい加減なアイデンティティにぴったり重なるんだから。どうして急にこんなものが？　砂漠の死体からよ、あなたの言うところのちおよび髭の死体、偶然砂山の真ん中でつまづいたんですって、それも昨日の話よ——そのあとこの身分証明書のことは何も気にせずに、私にも黙っていたなんて。毎晩、胸の内を洗いざらいしゃべらないと気が済まなかった男が——これは忘れてたっていうの？　で、私がポケットに見つけた。そんな話、ある？」

「あんまりありそうもないように思えるかもしれないけど、でも——」

「しかも、その男はミーネを探してるって言うのよ。ミーネって何？　それもわからない。でもどういう幸運の巡り合わせか、急に見つかって、あるいは見つけたと思い込んだ、ボールペンの芯の中によ、あなたの言うところの安物のボールペンの。だけどまさにそのどうしようもないボールペン、山ほど抱えてるどうしようもない問題のどうしようもない解決になるはずのそのボールペンを、その男は空の町で、あなたの言うとおりなら学校帰りの子供に盗まれてしまうの、私が塩の町に送り込まれて車でぐるぐる回っている間にね。財布は無事、私があなたにあげたお金も無事、バンガローの合鍵も無事、他のものは全部無事。ただ、ボールペンをいれたブレザーだけが盗まれた。そんな話、ある？　私の身になってみて。あり得る？　あなた、私を馬鹿だと思ってるの？」

ヘレンの声からはいつもの引きずるような虚ろな響きが消えていた。最後の方の言葉はまるで機関銃のようなスタッカートで吐き出された。

途方に暮れて、カールはヘレンの顔を見つめた。彼女は本当に、自分の言う通りだと確信しているのだろうか、それとも彼を試しているのか？　わからなかった。でも仮に、彼女の言う通りだとしたら？　ヘレンが、自分の目で見てもいないのに、組み合わせだけで割り出したことが、本当だということがあり得るのだろうか？　コッククロフト博士が言ったように、自分が仮病を使っているということがわからないまま仮病を使っているということがあり得るのだろうか？　この紙の切れ端から、必然的にそうなるのだろうか？

数秒の間、気も狂いそうな思いがした。彼はここ数日の間に自分の人生について知り得たことを記憶に呼び起こし、また別の、同じくらい手堅い全貌に組み上げようと頭をひねったが、だめだった。もう考えるというのではなく、霧に沈み込むような心地だった。ヘレンはどうして、散らばったかけらを見るだけで、こんなにも確信をもって真実を見抜いたつもりになれるのだろう？　矛盾だらけ、ありそうもないことだらけの結論なのに？

自分の側にいる唯一の人物の信用を失おうとしているということに、カールはパニックを起こしていた。彼はうめき、黙り込んだ。

「それだけしか言うことがないなら、それまでね」という声がした。「これでおしまいよ。あなたのために、できることは何でもしたけど、嘘つきと一緒に暮らすつもりはないの。これがどういう証明書で、どこで手に入れたのか、それに何よりもあなたの正体と、ミーネはどこにあるのか、言うつもりならいま言ってちょうだい。言いなさいよ。これが最後のチャンスよ。あなたは誰？　ミーネっていったい何なのよ」

彼の頭の中は空回りしていた。ヘレンは紙切れを腕のひと振りでテーブルから払い落とした。「なら、いいわ」と彼女は冷静な声で言った。「私は砂浜に行くから。あなたは、服がクリーニングから戻ってくるまで待っててていいけど、私が帰って来たら消えてるのよ」

彼女はバスルームから水着とタオルを二枚持ってくると、電話のところに行き、アメリカと繋いでもらった。椅子の上で小さくなったまま、カールは頭の中の混沌を無理矢理に切り開こうと努力していた。霧の中にもうひとつ、まだ説明のついていないディテールの輪郭が浮かんだ。木製の銃。偽物の銃に、偽物の身分証明書。霧は体の痛みに変わり始めた。ヘレンがいなければ自分は終わりだとわかっていた。彼はヘレンが母親と電話するのを聞きながら、反論を見つけるのはもうやめて、どうしたら彼女をなだめられるか考え始めた。言ったことはすべて真実だったが、ただその真実はありそうもないことだった。それは自分でもわかっていた。

「本当に、ありそうもないことなのは確かだ」と彼は再び試してみた。「だけど、訊きたいことがあるんだ。もしわざと騙すつもりだったら、もしずっとポケットの中に証明書がはいってることを黙ってて、どこから手に入れたか嘘をつくつもりだったらだよ――ちょび髭のある死体だなんて、そんなどうにも信じられないようなことをわざわざ言い出すと思うかい？　首に針金が巻き付いてるなんて？　もっとありそうなことを言うと思わないか？」

ヘレンは即座に「例えば？」と答えた。

彼女は数秒の間ふさいでいた受話器から手を外し、話を続けた。

「ううん、誰もいないわよ、お母さん」と彼女は言った。

「ええ、わかったわ」と彼女は言った。

「だったら、今朝、やってみたりしなかったのに」と彼女は言った。

カールは、ヘレンの母が海の向こうで何を言っているのか想像しようとした。それから彼はまた木製の銃のことを考えた。彼は頭の中で銃をくるくると回したり、あちこちに向けたりしてみた。

「ええ……ええ。ううん、出て来なかったし、きっともう出てこないでしょう。会社と電話したの、新しいのを送ってくるって言ってる。新しいのが三つならもっといいんだけど……三つはひとつよりいいに決まってるわ、ね……すぐによ、すぐに決まってるでしょ。これから砂浜に行くから……どこでも同じよ……ええ。カルタージュがいいわね。よろしく言っといて」とヘレンは言って、受話器を置いた。

「カルタージュって、誰だ？」とカールは訊いた。

ヘレンは答えなかった。

「カルタージュって、誰だ？」

「私の犬よ。いい？　帰ってきたら、バンガローは空なのよ」

彼女は海水浴用のものを肩にかけて出て行った。

カールは床から紙切れをかき集め、震える指でもう一度組み合わせ、前に見たものと同じものを見た。ばからしい「道徳委員会」とやらのばからしい身分証明書。彼はそれをまたテーブルから払い落とし、テラスに出て、松林の間に消えて行くヘレンのもうとても小さな姿を見送った。海は細長い波となって砂浜に打ち寄せていた。ヘレンが消えるやいなや、道に男が現れて木々の間に立ち止まった。とても遠くにいたのに、カールは男が自分を凝視しているような気がなんとなくした。一分か、二分、それから男は向こうを向いて、砂浜への道を下りて行った。

カールはデッキチェアに倒れ込んだ。鉛のような疲れが襲ってきた。何か理解しがたいものが、彼をぐったりとさせた。考えはもうすごい勢いで巡ったりせず、よろよろと歩いては躓くばかりになっていた。命令を聞かなければヘレンをもっと怒らせるのではないかと恐れるばかりに、彼はうめき、腕で身を支えながらデッキチェアから立ち上がり、上のテラスからふたつ目のテラスへの道を下りて、そこから塀を乗り越えた。斜面をふらふらと下りながら、彼は林の下生えに横になるのに良さそうな場所はないかと探し、エニシダの茂みの影にばったりと倒れた。粗い木漏れ日が射していた。彼は腹這いになった。それからまた仰向けになった。何度か、何か思いついたかのようにびくっと飛び上がったが、そのたびに倦怠感に押しつぶされた。決断することは、彼にはできそうもなかった。彼の眼差しは揺れる樹冠を移ろい、枝の間には紫色のガラスのような夕空がかかり、彼は自分がもう死んでいたらよかったのに、と思った。

50　めまいショット

神々に関しては、私には彼らが存在しているのかを知ることもできないし、どんな姿をしているのかもわからない。私がそれを知ることを妨げようとする力は多く、問いそのものも混乱している上に、ひとの命は短い。

プロタゴラス

ぎこちなく動く木製の山羊たちの果てしない群れが、身の内に神官の格好をした木喰い虫をひそませて、彼の夢を通り過ぎて行った。幽霊を追い払うような手つきをして、彼は朝日の中に起き上がった。

十五分か、もっと長いことぼんやりと宙を見つめた後で、彼はバンガローへと上って行った。テラスの二〇歩か三〇歩手前で、彼は躊躇した。彼は木の陰に跪いて泣いた。そして待った。そしてやっと、ドアを叩いた。覗き穴に外から目をあて、もう一度ドアを叩き、家をぐるっと回ってすべての窓から中をのぞいた。寝室のジャロジーは下ろされていなかった。ベッドは空だった。箪笥の上に、もうヘレンのスーツケースはなかった。

まだポケットにはいっていた合鍵で、彼はドアを開け、ヘレンの名を呼んだ。彼は部屋から部屋へと回った。何もかもすっかり空っぽだった。ベッドのサイドテーブルには、空白のままのホテルの書類があった。ふたりで一緒に作業場から運んできた、ポーランド語の書いてあるクロームシルバーの機械だけが、調理台に載っていた。そして果物籠も。

これは屋根裏部屋で目を覚まし、記憶が戻らないと気付いたときに感じた絶望の次にひどい瞬間だった。ヘレンがこんなに急いでバンガローを出たのは彼のせいなのかもわからなかった。旅行の予定なんて話はなかった。

メインキーは、従業員が許される限り漏らしてくれたところによると受付カウンターに戻されていて、バンガローはあと二日分の支払いも済んでいた。急いで出立したアメリカ人ビジネスウーマンについての情報提供はなかった。ビジネスウーマンですか？　今朝？　いえ、夜勤の受付担当者はもうおりません。

カールはバンガローのテラスに座って林檎を食べ、松の木の向こうに海を見た。彼は冷蔵庫を開けてみた。冷凍庫も。クロームシルバーの機械についている説明書きをもう一度たどってみた。テレビでは灰色にちらついた映画が静かに流れていた。彼は再び、ごみ箱から紙切れをかき集めたが、もう組み合わせようとはしなかった。彼は毛布を広げて振ってみた。枕を持ち上げた。枕のひとつの下に、セーターがあった。彼はそれを顔に押しあて、そのまま数分の間息をしてから袖を通した。

彼はベッドの下をのぞいてみた。

そこには鉛筆一本を削った木屑と、長いブロンドの髪の毛が何本かからみついたピンク色の輪ゴムが落ちていた。

バスルームでカールは空のシャンプーの容器を見つけたが、そうしている間にも何度もクロームシルバーの機械の前に足を留めた。どうしてヘレンはこんなものをミーネだと思ったのだろう？　そもそも本当に、ミーネだと思ったのだろうか？　彼は横腹についたふたつ穴のコンセント差し込み口を調べて、どこかに借用できるコードはないかと探した。ベッド脇のランプのコードはしっかりと固定されていたが、テレビには二重のコードがついていた。だが、コンセントが機械には合わなかった。

諦め切って、カールはソファに倒れこみ、足でテレビのチャンネルを回した。テスト画面、テスト画面、映画。

「Now you listen to me. I'll only say this once. We are not sick men.」

彼は林檎の芯を口に含み、一度だけ嚙んで、テレビの向こうにぷっと吹き飛ばした。

濡れた果物の滓の下で、ヘレンの姿がテレビ画面にちらちらと揺れた。カールは一瞬目を閉じ、再び開くと、それはヘレンではなかった。女性でさえなかった。それはブルース・リーだった。踊るような軽やかな動きで、明るい光の四角の中を通って暗い空間にはいり、笑っただけで悪人とわかる男の喉を平手チョップで打ち砕いた。ちょうどヘレンがやったように。まさにそっくりに。

林檎の残りを咳で吐き出しながら、カールは頭を振りふりふたつのテラスを降り、浜辺に向かった。そこには生っ白いヨーロッパ人が何人か、日光浴をしていた。ふいの強風が彼らのタオルを巻き上げげた。

カールは砂浜の一端を自然に区切っている黒い溶岩の上に、風の当たらない場所を選んで座り、時も知らずに打ち続ける波をじっと眺めた。

彼の斜め下に、ベルベル人の女性がふたり、青い布の上に座っていた。十二歳ほどの若い少女と、骸骨のような老女。虚ろな眼窩。老女は黒いペースト状のものをつけた細い棒を手にしていた。彼女は少女の頭をしっかりと胸にかかえ、人差し指と中指を少女の片目に押しつけて、棒で瞼をなぞった。少女はぱちぱちと瞬きしながら、黒く太く縁取られた目を開いた。

長く考えれば考えるほど、カールにはヘレンの非難が不当とは思えなくなってきた。彼女は自分の論理に従ったのであり、その論理に従えば彼女は正しかった。彼の想起可能な短い人生で起きたことはすべて、ありそうもないことばかりだった。ありそうもないことが恐ろしいほどに犇いていた。その上、彼の家族、仲間、木製の銃……ポーランド製の機械まで。何も意味をなさなかった。作業場の男たちの言葉を思い出そうと努めながら、彼は黒々と縁取られた少女の恥ずかしげな目線を捉えた。老女はヘナで少女の片手にとりかかっていた。カールは、どうしてアメリカの化粧品会社が、黒と赤のペーストで事が済んでしまうような国に大事な社員を送り込もうなんて思いついたものか、と考え込んだ。ここで何か売ろうなどとしたら、ヘレンは大分苦労することだろう……と。そこでカールは不意に、彼女のリストの何がおかしかったのか、思いついた。彼は身を固くした。ヘレンの電話リスト。彼が砂浜に残り、ミシェルが漫画を読み、ドイツ人の観光客をタロットで占っていた間にヘレンが書いたリスト。ヘレンがバンガローに戻ったのは、十時と十一時の間だった。いなかったのはほんの短い間だった。十五分ほどか。これだけの時間で、ヘレンはパリ、ロンドン、セビリア、マルセイユ、ニューヨークとモントリオールの友だちに電話して、電話帳でセトロワという名前を探してくれと頼んだと言っていた……Cetrois, Cetroix, Sitrois, Setrois という名前を。どうして今まで思いつかなかったんだ？

その遥か遠くにアメリカが隠れているはずの水平線を、蒸気船が通った。ニューヨークとの時差は六時間か七時間、ということはヘレンは夜中の三時から五時の間に電話したことになる。あり得ない話ではない。だが、ありそうな話だろうか？　どんな友だちなんだろう？　もしかしたら、夜中に叩き起こされて、存在しないフランス語の名前をいくつも電話帳で探すのなんて全然構わない変人たちがいるのかもしれない。しかしヘレンは、中産階級にいながら変人たちとばかり付き合うような人間には見えなかった。そしてこの考えがひとたびカールの頭に浮かぶやいなや、他にも嚙み合わないことが洪水のように思い出されるのだった。

ヘレンが彼の持ち物を検査したことは、まだ大したことはなかった。彼だって彼女のものを探ったのだから。しかしどうして彼女は手錠や足かせや、警棒のように見えたし、きっと警棒に違いないものを持ち歩いていたのだろうか？　どうしてそれが性的な目的に使うものだなんて、信じてしまったんだろう？　アメリカの化粧品会社の女性社員が、何だって大の男の喉をブルース・リーみたいに平手で打ち砕くやり方なんか習ったのだろう？　そういうのは、警察か何かの教育プログラムじゃないのか？　考えれば考えるほど、カールは確信を深めた。毎日一緒にいたヘレン、彼を監視していたとも言えるヘレンは——どうして働いている様子がまったく見えなかったのだろう？まったく偶然に、見本を入れた彼女のスーツケースは下船するときに海に落ちてしまった。梯子の上での取り合いで。学校の生徒が彼女の手からスーツケースを奪ったのだ。

「あなたってば、偏執狂じゃない？」というヘレンの声を後頭部のあたりに聞きながら、彼はヘレンが最後にはミーネへの興味をむき出しにしていたことを思い出していた。ミーネにしか興味がなかったのだ。彼は確信した。ヘレンが何だか怪しげな制服を着てドアからはいってきて、彼に手錠と足かせを掛ける情景が頭に浮かんだ……しかしまだ、この妖しい妄想には矛盾があった。それはふたりの出会いの事情だった。彼は砂漠のガソリンスタンドで、偶然彼女に行き会ったのだった。彼があそこに現れるとは、ヘレンには知りようがなかったはずだ。それに、彼が彼女に声をかけたのであって、逆ではない。

疲れ切って、彼はテレビの前にどっかりと腰を下ろした。深夜のニュースまで、彼はそこに座りこんで動かなかった。コッククロフト博士の髭面が頭に浮かんだ。博士に対しても、まったく同じ疑いを持ったのではなかったか？　博士に対する反論を山のように積み上げて、偽医者だの何だのとあらゆることを考えながら、博士の本当の正体だけは考えようとしなかったのではないか？　もしかしたら、自分は本当に偏執狂なのかもしれない。数分の間考え込んだ後、彼は飛び上がって、キッチンの引き出しを全部開けた。カトラリー入れに大きなナイフと小さなねじ回し、懐中電灯が見つかった。彼はそれらを持って闇の中に駆け出し、同じ造りの隣のバンガローまで、ヘアピンカーブを忍び足で下った。

そこには明かりはなく、思い出せる限りではここ数日の間に明かりが点いていたこともなかった。窓の鎧戸は締まり、見るからに空室だった。彼は家の正面と庭を照らし出し、誰も見ていないことを確認すると、ナイフとねじ回しを使って郵便受けをこじ開けた。プラスチックの袋にパックされた、ホテルから次の客に宛てたメッセージと、ヘレンの郵便受けにあったのと同じレストランとダイビングスクールの案内が見つかった。他にも色々あった。しかし精神科医の診療所のチラシだけはなかった。

手に持った紙を見つめている間に、庭が明るくなってきた。道の反対側、丘を数歩登ったところで、ある家の二階に明かりが灯った。花模様のカーテンの向こうで、ほっそりとした姿がふたつ、歩み寄るところだった。カールはしばらく迷ってから、チラシの束を手にしたままその家に向かい、ベルを鳴らした。しばらくしてドアがほんの少し開いた。静かな音楽が鳴っていた。

「ここ数日、郵便受けを見ましたか？」

「は？」

「ここ数日、郵便受けを見ましたか？」

ドアがもう少し開いた。若い男、そしてもうひとり若い男が、少し当惑したようにカールを眺めていた。ふたりとも白いバスローブを羽織って、ひとりの髪は濡れていた。ふたりはカールの手の動き、特にナイフを持っている方の手の動きを目で追った。彼らは真面目にカールの話を聞き、最後にはそちらからも真面目に答えてくれた。はい、もうかなり長くここに住んでます、もう半年ほどですね、郵便受けは定期的に見ています。ひとりはジャーナリストで、パリに通信していますが……郵便で困ったことはこれまでにありません。職業上、郵便に頼らざるを得ないのですが。精神科医の診療所のチラシはもらってません。ええ、確かです。きっと目に付いたでしょうから。でも、もしそんなに大事でしたら、えーとお名前は――、もう一度見てみてもいいですよ。

うなだれて、カールはドアの前で待った。ひとりが家の中に消え、もうひとりは入り口に立ったまま、すぐにはだけてしまうバスローブをしきりと直していた。じゃあ、お隣さんなんですね……なるほど。で、精神科医の診療所って、本当ですか？　シェラトンに付属しているって？　観光客向けに？　いいえ、失礼ですが、私には考えられませんね。偏見があるわけじゃないんですよ、私だって治療に行ったことがあるんですから、ニュージャージーでですけど。本当に問題があったわけじゃなくて、ちょっと興味本位で。でも、ここにそんなものがあるなんて、驚きですね。アフリカで精神科だなんて、エスキモーに冷蔵庫を売るようなものじゃ？

カールは彼のわきをそれて家の中の暗がりを必死に見つめていた。

もうひとりが広告と開いた封筒の束を持ってドアのところに戻って来て、チラシは残念ながらもらっていないと言った。

「でも、あなたは受け取ったんですか？　それで、精神科医が今度必要になったんですね？　違うんですか？」

ふたりの男は同時に、何やら独特の微笑みを浮かべ、カールはふたりがただ親切に思っているだけなのか、面白がっているのかわからないまま、そそくさと別れを告げた。

彼はねじ回しとナイフとまだ手につかんでいた紙束をその辺の茂みに投げ入れ、小道に添って丘を登って行った。誰もチラシを受け取ってはいなかった、チラシなんてなかった。ただヘレンのバンガローにだけ、一枚投げ込まれていた。この町でただひとつのバンガローの郵便受けにだけ、それも本当に問題を抱えている人間が住んでいるところにだけ。

カールは、診療所のあった通りをなかなか見つけることができなかった。コッククロフト博士と別れた後に自分の鍵で開けようと試みた玄関ドアを見て、やっとその家がわかった。

窓には明かりがなかった。ドアは開きっぱなしだった。カールはまずベルを鳴らし、それから廊下で電気のスイッチを探った。しかし電気は点かなかった。どの部屋でも。懐中電灯で、カールはすべての部屋を探し回った。家具は全部消えていた。大して驚きもしなかった。二階には、三本足の机だけが残っていた。二冊の本も消えていた。

絶望の何ともいえない声をあげながら、カールは窓を開けた。彼は窓枠に肘をついて、通りの向こうの夜の闇へと目をやった。星。人びと、家々、診療所。コッククロフト博士、ヘレン、ポーランドの機械。砂漠の死体。彼は部屋の中にもどり、壁に背をもたせて床に座った。よく考えてみれば何か摑むものがあるのではないかという気がまたしてきたが、糸は繫ぎ合わせようとするたびに手の中でからまり、彼の思考の中に激しい突風が吹いて、絡まりを解くどころか糸そのものを天高く吹きさらってしまうのだった。残るものは痺れるような暗闇ばかり、そして暗闇を解こうと思いを凝らすのは、頭を壁に打ち付けるような痛みだった。

思い出すことのできる数日の間に、彼は普通の人間の七〇年間分くらいの不条理を体験していた。しかし彼はいま、この新しい人生さえも失おうとしていた。ヘレンは消え、コッククロフト博士も消え、診療所はおそらくもとから存在しなかった。ミーネは盗まれ、バシールの最終期限は切れてしまった……もしかしたらいまこの瞬間、誰かが彼の息子の指を切り落とし、彼の妻を強姦しているのかもしれなかった。

自分の感情を表す言葉を見つけるのは難しかった。自分の状況を表す言葉はもっと見つからなかった。自分がそもそも何かを感じているのかさえ、わからなかった。彼は振り向いて、壁に頭を打ち付けた。半ば朦朧として、彼はまた窓辺に立ち、外を眺めた。暗い隅々に暗い影が立っていた。影のひとつが彼を観察していた。少なくともそう思われた。そうか、とにかくも彼を追ってくる者、あるいは妄想は消えていないのか。彼は懐中電灯の円錐形の明かりを自分の顔にあてた。見たければ見ればいい。見てもいいんだと、わかってくれ。彼にはもうどうでもいいのだと、わかってくれ。来たらいいじゃないか。

51　マーシャル・メロウ

サイゴンへと飛ぶ間に、ベトコンの戦士ふたりが聴取された。ひとりは質問に答えることを拒否し、三千フィートの上空から放り出された。もうひとりはすぐに質問に答え、やはり放り出された。

ウィリアム・ブラム

　しかし誰も来なかった。そして眠気に耐えきれず、カールはついに床に横たわって、眠ろうとしてみた。眠れなかった。かすかだが、ずんずんという音が邪魔をしていた。彼は窓を閉めたが、その音は心拍音のように天井や壁を伝わってきた。ついに堪忍袋の緒が切れた。彼はまた起き上がって、通りに出て辺りを見回した。シェラトンに向かって数歩あるいたところで、ふと思いついて衝動のままに騒音を追った。音をたどるとコッククロフト博士の診療所の裏手にある建物に着いた。入り口の上には壊れたネオンの看板が掛かっていた。入り口の左右の壁にはポスターが張り重ねられていた。ジミー・ヘンドリクス、キャッスルズ・メイド・オブ・サンド……アフリカ・ユナイト。そしてそれらすべての上に、ひどくがっしりとした顎の、四角い顔が何百個とインクも生々しく並び、その頭の回りには三つのもっと小さな顔と幾つもの楽器とがまるで乏しい思想のようにぐるぐると渦巻いていた。

Marshal Mellow and his Stillet Lickers - Life!

怪しい英語を読んでいる間に、脈打つリズムが止んで、建物の中からくぐもった歓声が聞こえた。ジョイントを手にしたベドゥイン族のふたりが彼のわきを曲がって行き、急に現れたバス一台分ほどの観光客がヒステリーを起こしながら入り口に押し寄せ、カールを引きずり込んだ。ひとの体の波から逃れようとちょっとは抵抗したものの、切符売り場の間を通ってドライアイスのスモークの中へと流されたところで諦めた。

大きなホールの輪郭がだんだんと見えてくると、そこにぎっしりと詰めかけているのはこの辺りでは珍しくアラビア人、アメリカ人、観光客、生意気な若者たち、男たち、女たちが程よく混ざり合った群れだった。地元の女性たちさえ、数人混ざっていた。細々としたスポットライトが一筋、天井下のスモークをつつき回していた。舞台の真ん中にはとんでもなく顎の張った四角い男が（カールの思い違いでなければ）アメリカの海軍元帥の制服を着て立っていて、人差し指でマイクをこつこつと叩いて、とても穏やかな声でスピーチを始めた。元帥は体も、顔の一部でさえも動かすことなく話した。両手はマイクを包み込み、顎はがっちりと閉じていた。ただ唇だけが、下手な吹き替えのアニメのように打ち合わさっていた。アメリカ南部ののんびりとしたイントネーションが辺りを満たす間に、カールはバーで水を注文し、マリファナの煙をたっぷり含んだ空気を吸い込んだ。背後からはあちらこちらから感激した拍手や鋭い叫び声が起こり、その間も自制心や四歳児、報酬の先延ばしや性格、朝鮮戦争、殺し合い、マシュマロ実験などについて淡々と語るマーシャル・メロウの柔らかな声が流れていた。そのスピーチがプロパガンダのようなものなのか、曲のイントロなのか、いつまでも判然としなかった。言葉の意味はぼんやりとして脈絡がなかったのだが、平土間のヒッピーたちはもう暴れ始めた。舞台の横からよじ上った若い男を、ドラマーが観客の頭越しに三列目か四列目に投げ返した。女性たちがきゃあきゃあと騒いだ。

ベース、ギター、シンセサイザーとドラムの奏者たちも、制服を着ていた（ランクは下だったが）。そして角張った筋肉質の面構えからして、彼らが実際に軍の関係者だというのも考えられた。しかし、アメリカの軍人が外国や、もしかしたら自国内でも——しかもこんなヒッピーの寄せ集めから——熱狂の波どころか控えめな拍手でも期待できるような時代ではないはずだったので、カールは逆に、このミュージシャンたちは自分らの角張った顔立ちに発想を得て、アイロニーを込めた舞台衣装を選んだのではないかと考えた。

軽いドラムロールの合図で、ホール一杯の聴衆はすぐに前方に押し寄せ、カールもいっしょに引きさらって行った。積み上げたスピーカーの上に女がふたり立っていて、人形のように回っていた。カールはふいに、後ろからTシャツがまくり上げられるのを感じた。彼の腰に腕が回されてきた。ずっと目の前のきれいな女たちを見ていたので、カールは最初、自分の後ろにも美人がいると思い込んだ。しかし下の方を探り始めた手の動きで、すぐに自分の勘違いに気付いた。彼は群衆の中で後ろを振り向こうとした。暗い影のようなものが後ろからかぶさってきて、気にも留めずにカールのズボンを指で探った。カールは両手で相手の頭を殴った。そのうちに暗闇の中からほっそりとした若い男が浮かび上がってきた。うれしそうに笑った顔には、額から顎まで三本の光る傷痕が縦に走っていた。

「ズボンのポケットにクレイモアなんかいれてないかどうか、確認しただけさ。落ち着けよ……けど、どうやらまだ誰もあんたに売ってはいないようだな」

リザ、またの名をカハカハ。彼はカールの肩を叩き、さっきよりももっとにんまりと笑い、本当に喜んでいる様子だった。回りがきゃあきゃあとうるさくて、カールは全部は聞き取れなかった。マーシャル・メロウはマイクから一歩退いて、ミュージシャンたちを振り返って見ていた。

「何かおごってやろうか、え、ホビーテロリストさんよ？　いったい何をして……あんな大騒ぎして？　二……で一個売ってやるよ……でもまずは、一曲……あの曲……うわ。ギーシーだ。メロウは……だけどギーシーは……わざわざ船で来たんだ」

彼はカールの腰を回して舞台の方に向けた。一秒前から、ホールは静寂に包まれていた。メロウは口の端にたばこの吸い殻をくわえて、マイクスタンドをかするようにシャドウボクシングをしていた。聴衆の中のアメリカ人たちはいかがわしい言葉を叫び、アラビア人たちも一部は心もとなさそうに、一部は興奮して、外国語での応援に加わった。そこにベースの旋律がばりばりと鳴り渡り、ホール中が一体化して飛び上がった。カールの目の前で誰かが耳を押さえてへたりこんだ。彼自身は、前の、脇のほうへと押しやられた。グラスは手から滑り落ちてしまった。色鮮やかなベルボトムのズボンとろうけつ染めのシャツを着た黒人ふたりが肘を振り立てていた。サイケデリックな、引きずるようなリズムがスピーカーから流れ出た。カールがこれまで聞いた中で一番遅く、のたりのたりとしたリズムだった、まるで花の子どもたちや蝶々のいる野原、あるいは穏やかな丘陵地帯をどすんどすんと歩いていく、催眠術にかかったティラノザウルスのようだった。その光景の上に、白く輝きながらスポットライトの空が開け、まさにその高みからマーシャル・メロウの裏声が、羽根も生えず裸のまま、しわがれながら落下してきた。小さな、有史以前の鳥がティラノザウルスの首に取り付き、振り回される。カールは、水に何か混ぜられたかと思った。

彼は歌詞もわからず、音楽にも人びとの熱狂にもついて行けなかった。おそろしい音量には不安しか覚えず、群衆を縫って逃げ出そうと試みた。肩にはリザの手を感じていた。彼はその手を振り払った。ふいにホールを衝撃が駆け抜けた。細い茶色のお下げ髪の少女が舞台に登場したのか、あるいは投げ上げられた。膝までのスカートと、ぴったりした緑色のTシャツを着ていて、その下には明らかにブラジャーをつけていなかった。「ギーシー、ギーシー!」と歓声が上がった。

マーシャル・メロウは歌をやめた。少女は舞台の縁まで出て、聴衆の頭を超えて一分間、じっと目を凝らした。それから彼女はTシャツを首もとまでたくし上げ、またはらりと下ろして舞台を去った。ホールは爆発した。ベースは音がひっくり返った。カールは何とか外に出ようとした。

出口の前の暗い廊下で男が床に横たわっていた。カールが彼をまたごうとすると、彼は両手でカールの足首をつかんだ。

「放せ」

「何を探してるんだ?」

「靴を放してくれ」

「ギーシーのところに行きたいのか? 後ろに並べよ。俺がマネージャーだ」

空いているほうの足でカールは蹴りつけた。それから彼は廊下を走り、階段を二段飛びに駆け上がった。ドアを開けると、飲み物置き場の中に出た。

マネージャーとやらもその間に何とか立ち上がり、腕を広げてカールの退路を塞いだ。

「何を探してる？」

「出口だよ。帰るんだ」

「出口を探してるんじゃない。おまえは、自分自身を探してるんだ」

「何のつもりだ？」

「おまえこそ、何のつもりだ」

「出たいだけだよ」

「みんなそうさ」

マネージャーはまるで強風にあおられたかのように床に倒れ、倒れながらまたカールの脚をつかんだ。カールは鋏のように彼の体を乗り越えるその瞬間、男の着ているジャケットの肩と胸が、階級章を剝ぎ取った制服のように黒っぽく毛羽立っていることに気付いた。

「本当に軍の関係者じゃないんだろう？」

「こっちへおいで、立派な軍人さん。わかるだろう、お父さんだよ」

カールの目の前で突然、ドアが開いた。出口だった。ドアはまたばたんと閉まった。カールはよろよろとマネージャーを引きずりながら近寄って行き、暗闇の中でドアノブを探した。ドアノブはなかった。彼はドアをがんがんと叩いた。

「何だこれは？　どうして閉まってるんだ？」

「閉まってるのは、閉まってるからだ」とマネージャーが厳かに宣言した。

背後ではずんずんいう音が止み、マーシャル・メロウのくぐもった声だけが聞こえてきた。

「ひどいもんだ」カールは身を振りほどこうとしながら言った。

「黄金の言葉だ」とマネージャーが同調した。「世界史上最悪の馬鹿で鈍い歌手だ。だが私は賢い。私はジョフリー・ワイズだ。曲は私が書いたんだ。真理の友よ、さあ質問するがいい」

「どうしてドアが閉まってるんだ?」

「手がぶらぶらだ。くそ、手がぶらぶらする」と男は驚いて自分の肘を見つめた。

「どうしてドアが閉まってるんだ?」

「ドアは閉まっているから、閉まっている。そしていまは開いている。よく考えるがいい」

たしかにその瞬間、誰かが両開きの扉を押し開けたところだった。カールはマネージャーを引きずりながら通りに飛び出した。

「LSDをやらないと、本当の自分はわからない」

「わかりゃしないよ。放してくれ」

「LSDやってるか?」

「いや」

「そうだろう。シェリ、こいつを舐めてみろ。舐めてみろ。舐めてみろ」

癲癇の資料映像を真似ているのかというくらいに、男は道路の上でがくがくと震えながら、ポケットから何かを出そうとした。その機会にカールはやっと逃げ出した。

「おまえは出口を探し、出口を見いだした」とジョフリー・ワイズは背後から呼びかけた。「これがどれだけ象徴的なことか、おまえにはわかっているのか?」

息を切らせ、膝を震わせながらカールは次の交差点で立ち止まった。後を振り返り、どこに行ったらいいのかわからずにいる間にもう、次の誰かが彼の肩をつかんだ。というよりは、そっと肩を揉んだ。

「ヘイ、ヘイ、ヘイ」と、リザはうれしそうな顔で言い、カールの顔の前にキーホルダーを突きつけた。「運転できるか、ホビーテロリストさんよ？　ティンディルマまで運転する奴が要るんだ。十ドルか、思いっきりドカンていう地雷か。それとも両方だ。いいか？」

52　トゥアレグ

やがて死ぬけしきはみえず蟬の声　　芭蕉

カールは始め、断ろうとしたが、ティンディルマに残して来た黄色いベンツのことを思い出し、キーに手を伸ばした。

砂漠を抜ける道筋の間ほとんど、リザは助手席の窓に頭をもたせかけて眠っていた。塩の町、砂の街道、煉瓦のラクダ、ガソリンスタンド、ティンディルマが車のライトに浮かび上がった。

コミューンの回りの通りは焼け跡となっていた。通りに置いた家具のそばで、眠っている家族がいた。カールはベンツがフロントガラスに少し灰がついている他は無事なのを見つけた。リザはお礼に彼を娼館に連れて行こうとしたが断られたので、お別れに賃金の十ドル札に加えてもう一枚十ドルを彼の手に押し込んで、「考え直したときのためだ。人生は短いからな」と言った。

人生は短い。常套句のはずが、カールの頭にこびりついて離れなくなった。帰りの道筋、彼は一度としてアクセルから足を外さなかった。彼は車を飛ばした。ガソリンスタンド、煉瓦のラクダ、砂の街道、塩の町。スークの一キロか二キロ手前で、家々の波の上にそびえるシェラトンがもう見えたところで、彼は砂と小石だらけの通りに車を乗り入れた。ベンツは早朝の太陽にきらきらと輝く砂埃を何メートルもたなびかせていた。その砂埃が職人の小さな店や果物の屋台、スーク、ヴィル・ヌーヴェルのサウナの上に舞い落ちると、サウナと戦死者慰霊塔の間に男が四人乗った白いカブリオレが停まっていた。人目を引く美しさの車、赤い革張りの座席のアルファ・スパイダーだった。

スパイダーの運転手は肉料理を載せた紙皿をハンドルの向こうのダッシュボードに置き、十本の指で手づかみにして食べていた。彼は小柄で、痩せて、筋肉質だった。彼の身動きには、食事という何気ない行為でも胆汁質なものが感じられた。彼は両手でぽたぽたと汁の落ちる肉片を口に運んだ。そして――草を食む途中で邪魔された牛のように口を一杯にして――彼は突然に噛むのを止め、砂埃に飲まれながら食べ物の一部をタコメーターの上に吐き出して、また視界が開けると興奮して車に乗っている他の人たちのほうを振り返った。

彼の隣の助手席にはがっしりとした、ほとんど丸刈りの黒人が座っていて、悪態をつきながら膝についたソースを払い落とした。黒人の後ろの座席には、同じくらいがっしりとした、生白い男が座っていて、ベンツを見ると片腕を高く振り上げた。その隣にはやや年上の白髪の男がいて、他の男たちと同じくらい興奮してはいたがもっと決然と、拳銃に弾を込めた。アディル・バシール。

どうしてそこに停まっていたのか、何を待っていたのか、何をしようとしていたのか、よくわからない。もしかしたらそれは、小説ではあまり多用しないほうがいいのだが、実際の人生では運命という概念を創り出す発端となった、偶然というものだったかもしれない。

一秒後にはダッシュボードから紙皿が吹っ飛び、スパイダーはV6モーターを唸らせて街道に滑り出て、向かいの泥壁まで横滑りしたかと思うと、砂埃を追って走り出した。

アルファ・スパイダーは最高時速二〇〇キロ以上だが、狭い路地の、穴だらけの砂の道で、砂埃に視界を遮られてはせいぜい六〇キロしか出せなかった。黄色いベンツへの距離は広がったり、狭まったり、歩行者が横っ飛びに逃げ、そして郊外のバラックの間でスパイダーのフロントガラスの前の砂埃がふいにかき消えたときには、ベンツも消えていた。

運転手は急ブレーキをかけ、バックでその前の角まで戻り、車の先をキュッ、キュッと九〇度、九〇度、七二度と回転させた。食べものの滓だらけのイタリア車に乗った、四人の困惑した男たち。タイヤの小山の上に子供がふたり立っていた。バシールは武器を膝の間に隠して、「どこへ行った?」と叫んだ。

子どもたちは目を丸くした。ふたりは八歳と九歳ぐらいだろうか。足も歯も黒く、服は擦り切れていた。小さい方の子の顔には、口の端、鼻の穴の下、目と額に蠅がたかっていた。大きい方は、噛んでまた口から出した大麦のパンのような鉛の塊を手にしていた。その腕の皮膚は子どもらしく滑らかで、チョコレート色に輝いていたが、ふたりとも手はまるで毎日、酸に浸けているかのように腫れ物で赤くなっていた。裏庭から革なめし工場の悪臭が流れてきた。

「黄色いベンツだ!」とバシールは叫び、消えてしまった砂埃を指さした。「どこだ!」

答えはなかった。

「ジュリウス」とバシールは言い、生白い男に拳銃を渡した。男は車を降り、ひと跳びで子どもたちの前に立ちはだかった。

「どこへ行った!」と今度は彼が訊いた。

石炭のように黒い目が銃口を見つめた。

「黄色いベンツだ!」

彼は銃を小さい方の子の耳にあてた。少年はなにか訳のわからないことをつぶやいた。目の端から蠅が一匹飛び立って銃口にとまり、興奮して歩き回った。

ジュリウスは質問を二度繰り返し、少年の片腕を持ち上げて肘の関節を撃ち抜いた。少年はすぐに音もなく倒れ、地面に転がったまま足を震わせた。もうひとりの子どもは口を開けて見ていた。

「どこだ？」

大きい方の子どもはすすり泣いたが、やはり答えなかった。

「言葉がわからないんじゃないか」と助手席の黒人が言った。「こいつら、薄汚ねえトゥアレグ族のやつらだ」

彼は子どもにタマシェク語で訊いた。すぐに細い腕が震えながら上がって、男たちの後ろの細い脇道を指した。そこにはバラックが立ち並び、一番端のバラックの後ろにはベンツ280SEの黄色い、四角い後ろ姿が日に輝いていた。

53　五つの柱

祈っている者の前でうさぎ、山羊、または別の動物が動いても、祈りは有効である。律法学者たちは、祈りを無効にするものは三つだけであると意見が一致している。大人の女性、黒い犬とろばである。

アブドゥル＝アジズ・イブン・バズ

もうずっとちゃんとしたものを食べていなかったカールは、右側にあるスークを見て、ポケットのお金に触ってみてから車を停めた。ほんの数メートル、最初の屋台をいくつか通り過ぎて、焼きたてのパンが並んでいるところに立ち止まったところで、背後から叫び声がした。銃声が鳴った。市場の買い物客たちの頭の向こうに、自由形の選手のように腕を振り回して彼の方に泳いでくる黒人の巨漢の、ほとんど丸坊主の頭が見えた。その後ろからも男がふたり、群衆を掻き分けてきた。小柄な男はウージー機関銃を両手に掲げ、白髪の男は微笑んでいた。それが誰だか、長く考える必要はなかった。そして、何をしようとしているのかも。最終期限は切れていた。カールは人びとの群れに紛れ込み、これなら撃ってこないのではと期待した。確かに撃ってはこなかったが、人びとは悲鳴を上げながら散って行った。誰もが家の中に走り込んだ。瞬く間に、カールは追跡者たちと通りにぽつんと取り残された。彼は細い小道に飛び込み、行き止まりに気付いたときにはもう遅かった。彼の鼻先でドアがひとつばたんと閉じた。その瞬間、二発目の銃声がした。

カールは腹這いに伏せた。目の前の外壁から泥が飛び散り、顔に降りかかった。機関銃の雨が彼の上を飛び越えていった。彼は腕を頭の上に伸ばし、脇の下から追跡者たちの方をのぞいた。

その瞬間の映像。水平から傾いた道。脇より下の自分の体。落ちている片方の靴、でも彼のじゃない。行き止まりの道の入り口に、小柄な男の体が宙に浮いていた。くずおれた膝が地面すれすれに浮いて、高く上げられた両手の中で重みを失ったウージー、スペイン内戦の有名な写真。その隣にはアディル・バシールが、マリオネットのようなぎこちない動きですぐそばの壁に打ち付けられていた。彼の顔の右側は余裕と驚きの混じり合った表情をして、左側はちょうど挽肉になって飛び散るところだった。黒人は見当たらなかった。彼に一番近くまで迫っていた追っ手はジュリウスで、二メートル後ろで砂に倒れ、生気のない手をカールの足に伸ばしていた。彼の口にはサクランボ色の血の泡。

静止した画面とは裏腹に、音声は続いていた。機関銃の雨、小型の拳銃の音、叫び声。9ミリ銃。ひどいアメリカ訛り。軍服の男ふたりが彼を掴み上げて、緑色のジープ・ワゴニアに引きずっていった。それとも自分でついて行ったのだろうか、もうわけがわからなくなっていた。気が付いたときには、彼は足の間からゴムのマットに押された格子柄を凝視していた。ゴムのマットはジープの運転席と後部座席の間の床に敷いてあった。格子柄の上には、砂、丸まった紙くず、髪の毛、張り付いたガム。そして自分の足。

砂と紙くずはジープのリズムに乗ってジャンプした。誰かの手がカールのうなじにのせられて、頭を上げられないようにしていた。その手は軍服の男のひとりのもので、男は茶色か、ほとんどオリーブ色の肌をして、箪笥のような体型だった。男はアラビア語でふた言、カールに話しかけた。標準アラビア語、ほんの少しシリア風の響き。もうひとりの、アメリカ訛りをしゃべっていた軍服の男は助手席に座っていて、主導権を握っているようだった。肩章には四つの星。本当に軍人なのか？　マーシャル・メロウのミュージシャンのひとりじゃないのか？　ベーシストじゃなかったか？

カールから見えないのは運転手だけだった。座席の隙間から、軍服は着ていず、縞模様のズボンを履いているのが見えた。少女のようにほっそりした手に手袋をして、ギアにかけていた。手首には毛が生えていない……一瞬の間、カールは無邪気にもヘレンが助けにきてくれたのだと思った。

助手席の男が怒鳴った。シリア人はカールの頭をもっと深く押さえ込み、ジープはカーブを切った。


「大丈夫だな？」

「捕まえてるか？」

「怪我はないか？」

「捕まえてるのか？」

「捕まえてるよ」

「問題ないか？」

「ああ。そっちは？」

「ああ」

「追ってきてるか?」

「皆殺しだ」

「誰か追ってくるかと訊いてる」

「いや」

「確かか?」

「全員殺したよ」

「怪我はしてませんか?」

「誰がだ、俺か?」とカールは訊いた。

「怪我してますか?」

「いいえ」

「その先を右だ」

「あなたたち、誰ですか?」

「その先が橋で、橋の向こうをまた右だ」

「誰なんですか?」

「もっとゆっくり走れ」

「どこへ行くんだ?」

カールは頭を上げようとした。シリア人はうなじにあてた手に力を入れ、セキュリティーがどうのと決まり文句を言った。カールはどうして自分だけがかがみ込んだまま車に乗っていなければならないのか理解できなかったが、とりあえず言うことをきいた。

運転手も助手席の男も、座席の隙間から見える限り、真っすぐに座っていたし、シリア人も、上半身を彼の上にもたせかけてはいたが、身を隠してはいなかった。彼の命のほうが、男たち自身のよりも大事ということか。

助け出されてから数分たったいまになってやっと、骨身にちりちりと痺れるような開放感を感じ、死の恐怖から逃れたことで体が溶けたようになっているのに気付いた。ヒステリックにしゃくりあげながら、我ながら哀れっぽい声で、彼は救いの主たちに感謝を述べた。しかし彼らは取り合わなかった。

「ここで左か?」

「そう、左だと思う」

「そこの広い通りか?」

「違うだろう」

「だろう、って?」

「九〇パーセントだ」

「じゃあ左に曲がる」

「あそこにシナゴーグがある」

「あれは違うシナゴーグだ」

「じゃあ、右に曲がったら?」

「だめだ」

「だめだって?」

「俺もそう思う」

「お前もそう思うって？」

「誰なのか、言いたくないんですか？」

「静かに」という声が前から聞こえた。

カールがまた頭を上げようとすると、シリア人は彼の片腕を背中に回した。彼は抵抗し、まずは肋骨を殴られ、それから背中で手に手錠がかけられるのを感じた。

「抵抗してるのか？」

「ちょっと待て」

「大丈夫か？」

「もちろん、大丈夫さ」

「あんまり抵抗するようなら、後ろの荷物置きに注射器がある」

「さっき折れちまったよ。どうでもいい、大丈夫だ」

「叫ばせるな」

「叫んでない」

「叫んだら、口に何か詰めろ」

「何するんだ？」とカールは叫んだ。

シリア人はくしゃくしゃにしたハンカチを彼の顔に押し当て、口に詰め込もうとした。カールは頭を振った。「黙るから」と彼は歯を食いしばったまま言った。

「静かに、落ち着いて」と運転手が、聞き覚えのある声で言った。

彼はしばらく考えて、運転席に向かって「あなたを知ってますよ」と言った。「そうじゃなきゃ、変ですからね。前行性健忘じゃないんですから。それじゃあ、静かに」

「やっぱりあなたか！　なぜこんなことを？　目的は何だ？」

「静かに」

「俺に何の用だ？」

「俺に何の用だ？」と助手席の男が馬鹿みたいな声で真似した。

「静かにと言ったでしょう」

「わけがわからない、いったい何なんだ」

「わかった」とコッククロフト博士は言った。「口に何か詰めろ」

「入らないんだ。歯を食いしばってるんで」

「ばたばたさせるな」

「だって、入らないんで」

「じゃあ、静かにしてる間はそのままにしとけ。静かにしますよね？　それともまだおしゃべりしたいんですか？」コッククロフト博士がハンドルを何度か切ると、カールの頭は左右にぐらぐらと揺れた。

彼は黙って、外の物音に耳を澄ませた。

ひどい熱さにもかかわらず、車の窓はすべて閉まっていた。大通りの交通のくぐもった騒音が聞こえ、音楽が流れ去り、水売りが呼び声を上げげた。馬の足音。交差点で止まっている間には、たくさんの人びとの話し声、そしてうなじに置いたシリア人の手に力がこもる。

そのうちにシリア人が、あとどのくらい時間がかかるのか訊き、助手席の男が何かもそもそと答えた。カールは彼の角張った顎を下から見て、あれはベーシストだ、と今度こそ確信した。

「大体でいいんだ」とシリア人が言った。

「町から出るのに一時間くらいだな。それからまた二時間近く。ミーネの手前で道が切れてるとすると、ひと晩かかるかもな」

「もうすぐマグリブの時間だ」

この発言に、誰も答えるものはなかった。シリア人は「そしたらちょっと車を止めないと」と補足した。

通りをいくつか過ぎる間、みな沈黙していた。それからまたシリア人が、「太陽が沈んだらだ。そしたらちょっと止めないと」と言った。

「気でも狂ったのかよ?」とベーシストが言った。「ちゃんと仕事しろ」

「そういうわけにいかない」

「何がいけないって?」

「それなら俺は降りる」

「何?」

「祈れないんだったら降りる」

「じゃあ祈れ」

「止まらないとだめだ」

「おまえ、頭おかしいんじゃないか?　町の真ん中で、人質に猿ぐつわもかませてねえってのに、馬鹿がお祈りできるように車を止めるって？」

「何か口に詰めるから」

「車ん中で祈れ」

「それじゃ効果がない」

「効果はあるに決まってる。いいから黙れ」

「そうか」とシリア人は見るからに無理に決心をつけようとしていた。「そういうことか。黙れと言うんだな」彼は片手でポケットの中を探り、腕を前に突き出した。「じゃあ、俺は降りる。百と二〇だ。止めてくれ」

「金はしまっとけ。いま仕事をほっぽらかすなんて、できない話だ」

「できないだと」

「後ろの席で祈ったらいいだろう。文句を唱えて、背中を丸めて、はいおしまいだ」

「そうはいかない。そうしたくても。どっちに向かって走ってるか、わからないのか？」

「行くべき方向に、まっすぐだ」

「西に向かってるじゃないか。メッカは――」

「オーマイゴッド、西だと！　じゃあ、西に向かって祈ったらいいじゃないか」とベーシストは怒鳴りたてた。「地球は結局丸いんだ」

「そんなことは到底受け入れられない」きっちりとした間。「それは厚顔無恥というものだ」

「厚顔無恥って、何が？　地球が丸いってことか？」

「止まれ」

「止まるな」

言葉の応酬の間に、うなじに置いた手の圧力が消えるのをカールは感じ取った。彼はそっと頭を上げて外を見た。ヴィル・ヌーヴェルの家々。ベーシストが叫びながら振り返って、銃の握りでカールの頭を殴った。

「仕事を、ちゃんと、しろ」

「じゃあ止めてくれ。祈れないんなら、俺は降りる」

「もっと金が欲しいのか？」

「それがあんたらの了簡の狭さだ」

「何？」

「あんたら了簡が狭い、って言ったんだ」

「何が言いたい？」

「あんたらユダヤ人の拝金主義だよ！　何でも金で解決できると思ってる！　金、金、金だ」

「タダで働いてくれたっていいんだよ」

「こうじゃないアメリカ人には会ったことがない。大事なのは金の神さまだけだ。あんたたちは祈らない、五つの柱も知らない、あんたらの魂の救いは――」

「五つの柱だって、くだらないこと言うな」

「聖なる義務だ、聖なる義務というのは――」

「だが、どんな状況においても、というわけじゃないんだろう？」とコッククロフト博士が口をはさんだ。「戦争のさなかに祈ったりしないだろう、ちょうどイスラエルの戦車が迫って来てるようなときに？」

「まあ、それならそれで色々と説明がつくってもんだが」とベーシストはつぶやいた。

「この二〇年、一回でもお祈りを逃したことなんかない。それにいまは戦争じゃない」

「それは議論の余地がある」

「あんたらの戦争だろう。俺はただ雇われただけだ。あんたらは金を払う――でも、俺はこの件には関係ない」

「ウワォ、この件には関係ないんだと！」とベーシストはわざとらしく熱狂してコッククロフト博士に顔を向けた。「あいつらが〈やっとこ〉のあだ名で呼ぶ男を雇ったっていうのに、その男はこの件には関係がないんだって！　こいつの魂の救いはこの件と関係がないんだってよ」

「次の信号で降りる」

「信号なんてもうない」

「それでも降りる。止めろ」

しばらくは何事も起きなかった。それからシリア人は自分の側のドアを開けた。カールはざっと流れて行く道路の音を聞いた。もみ合いが起き、カールの服が引っ張り合いになり、この瞬間を利用してカールはまた頭を上げて辺りを見回した。車は貿易省と民間空港を結ぶ六車線の五月革命通りを走っていた。ちょうどバス停を通り過ぎるところで、一秒の何分の一かの瞬間に、カールはそこで待ちながら通り過ぎる車を眺めている女性と目が合った。パーマの髪、上品な服装、平凡で魅力のない顔。ティンディルマの女。彼は必死で彼女に向かって頭を振った。彼女はしかし見えないふりをするばかりだった。

ベーシストが前から銃の握りでカールとシリア人を殴りつけた。コッククロフト博士は車の速度を上げた。シリア人はドアを閉めた。

「俺は敬虔な信者で、善きイスラム教徒なんだ――」

「敬虔な信者で、善きイスラム教徒でも、一度くらいお祈りを逃したっていいんじゃないか。二時間後には取り戻せるよ」

「それは戒律に反する」

「ひとを誘拐して拷問するのは戒律に反してないのか?」

「あんたたちだってやるんだろう?」

「俺たちだってするだって? それはどういう論理だ?」

「あんたたちの宗教とは矛盾しないのか?」

「俺は無宗教だ」

「ユダヤ人だと言わなかったか?」

「母がユダヤ人だと言っただけだ。だけど、母だって神のことはアーリア人種のペニスのほうが優れているなんて説と同じくらい信じちゃいなかったよ。さあ、それじゃあ、そういう稼業をしながらどうして同時に、つまらんお祈りを忘れたらアラーの神さまに怒られると信じられるのか、説明してくれ。ある日、創造主の御前に出て、ヘイ、俺が〈やっとこ〉と呼ばれた男だ、だけど俺のやったことは許されるんだろう、だって、無宗教のユダヤ人と髭面の精神科医が同じことをやったんだから、って言うのか?」

「あんたらアメリカ人にはわからないんだ。お祈りは聖なるものだ。あんたたちには聖なるものなんてないんだな」

「私たちにとって何が聖なるものか、というのが問題なんじゃない」とコッククロフト博士が言った。「問題は、おまえがまだこっちの側にいるのか、ということだ」

かなり長いこと、カールの耳には何も聞こえてこなかった。ただ、自分の頭の上でどんな眼差しが取り交わされているか想像するばかりだった。最後に医師の声がした。「しばらく方向転換をしたらどうなる？　妥協できないか？　この先で曲がれる。そしたら何分か、並木道を東に走るから、前に向かって祈ったらいいだろう。そしたらまた曲がる。それでいいか？　だがタルガートの真ん中で止まるなんて、できる話じゃない」

面目を保つための、二〇秒の沈黙。それから、「だけど完全に静かにしてくれないと」

「もちろんだ、問題ない！」とベーシストは怒鳴り、カールは座席の隙間から、コッククロフト博士がベーシストの腕に指先で触れるのを見た。

それから長い沈黙があった。ジープは右に曲がった。そしてもう一度右に。カールは周囲の音が変わったのに気付いた。交通量が増えた。建築作業の音。モペッドのクラクション。

数分後、何とか自制心を保っている声でベーシストが「で、今度はどうした？　もうすぐ始めるのか、それとももう終ったのか？　もっと東に向けるのは無理だぞ」と言った。

「まだ太陽が出てる」

「何だって？」

シリア人はサイドガラスを叩いた。「まだ赤い光が見える」

「気でも狂ったか？　方向転換するって、妥協してやったんだろ。だから方向転換した、さあ、いいから祈れ！」

「太陽が沈んでからだ」

「な、な、な、な、何だと？　夕方の祈りの時間だと言っただろう、この野郎」

「もうすぐだと言ったんだ。もうすぐその時間だ。太陽が沈んだら」

「もう沈んでるだろうが！」

「あの赤い光が消えないと」

「で、あいつらは？　おい、見ろよ！　あいつらは何してるんだ？」ベーシストは興奮して振り返った。

「あれはジャアファル派じゃない」

これまでのベーシストの声が脅迫とヒステリーの間の子だったとすれば、今度は茫然自失だった。

「どこに向かってるのか、わかってるのか？　遠足に来てるんじゃないんだ。このまま五分も行ったら、東タルガートに出ちまうんだぞ？」

「何か問題があるか？　ちゃんと押さえつけてるし」

「コッククロフト、ターンしろ」

「ここじゃ曲がれない」

カールは撃鉄を起こす音を聞いた。

「祈れ！」

「馬鹿なまねはするもんじゃんない」シリア人が今度は優位に立ったようだった。「空に赤い光がある限り、祈ることはできない。それはハラム、タブーだ」

「ハラムだと！」

　コッククロフト博士の声も、もう穏やかとは言えなかった。「どうしてハラムなんだね？　あそこの、外にいるひとたちは祈ってるじゃないか」

「ハラムだからハラムなんだ」

「だが、どうしてそうなんだね？　コーランに書いてあるのか？」

「知らん」

「コーランに書いてあるのか、知らないのかね？」

「とにかく俺はそうだと知ってる。それで充分だ」

「どこから、そうだと知ってるんだ？」

「どこから、どこからって！　俺がそう知ってるからさ。朝日が登るときもハラムだし、日が沈むときもハラムだし、日が天頂にあるときも――ハラムだ」

「つまり言い換えると、コーランに書いてあるわけでもなく、どうしてそうなのかもお前は知らないということだな」

「どこから来てるのか、知る必要なんてない。父親もそう祈っていたし、その父親もそう祈っていたし、その父親もまたそう祈ってたんだ。イスラムはあんたらのところの教会とは違って、誰かがこうしろと指示するわけじゃないんだ」

「〈私たちは無宗教だ〉っていう文の、どの単語が理解できなかったのかな？」

「無宗教だろうが、キリスト教徒だろうが、同じだ。あんたたちは何ひとつ聖なるものなんて知らない。だけど俺の聖なる義務が命じるところでは――」

「聖なる義務！　お前、コーランだって読んじゃいないんだろう？　そもそも字が読めるのか？　日が昇り、日が沈み、ハラムとなる――何にもわかっちゃいないんだろう」

「あっちのひとたちが祈っているということは」とコッククロフト博士がなだめようとした。「明らかにこれは解釈の問題だということだ。そしていま現在の危機的状況、東タルガートの軍の基地に向かいつつあるといういわば軍事的な状況を鑑みれば、思うに例外というものが――」

「解釈の問題、そうだ」シリア人の声は次第に穏やかに、丁寧になり、大して上手でもない英語に高慢な響きを持たせようと努力しているのが感じられた。「色々な法学派というものがあってね。ジャアファル派は、空の赤い光が消えるまで待つのだ」

「で、どうして？」

「それは愚かな質問というものだね。そんな愚かなことを訊くのはキリスト教徒だけだ。どうして、などということは関係ない。どうして、などということより貴いことがあるのだ。どうして神は悪の存在を許すのか？　どうして雲は空を流れるのか？　どうしてアメリカはサッカーの世界チャンピオンじゃないのか――どうして、どうして、どうして？」

「理由がわからないなら」とコッククロフト博士が言った。「すぐターンする」

「知ってる」とカールが言った。彼は自分の足の間のゴムマットを見つめていた。車の中の沈黙は彼に話せとも黙れとも命じているようには思えなかった。そこで彼は言葉を続けた。「自然宗教のせいだ。小アジア地方にあった。正しい教えに従う者の祈りが、太陽信仰と間違えられては絶対にいけないからだ」

シリア人は賞讃の意をこめて自分の腹話術人形のうなじを押した。「その通り、それが理由だ」

それから彼はもったいぶって、「他にも百も理由があるがな」と付け加えた。

ベーシストはため息をついた。コッククロフト博士はゆっくりと車を走らせた。しばらくしてカールは、シリア人がサンダルを脱ぐのを見た。カールの頭は横に引っ張って行かれ、助手席とシリア人の膝の間に深く押し込まれた。それから、もっと動いたら承知しないぞと前もって警告の圧迫をすることもなく、シリア人の手が項からのけられた。カールは自分の体の上でしばらく何やらもぞもぞと動いているのを感じた。それから九〇キロの体が汗をかきながらメッカに向いてのしかかってきた。

リズミカルな体の動きの下で、カールの上半身は少しずつ横にずれてきた。彼の口がドアレバーの前にきた。彼は顎を突き出した。

三回、四回と失敗した後、唇でプラスチックのレバーを歯の間に持ってくることに成功した。彼は祈りが終ってシリア人が体を起こす瞬間を待った。車は急カーブで左に曲がり、カールはドアを開け、遠心力も利用して車から転がり出た。二本の手が彼を摑もうとしたが無駄だった。がむしゃらに足を後ろに蹴って、カールはいななくラバの前を匍匐前進して通りを横切り、手錠をかけられていたにもかかわらず何とか立ち上がって、どこかへと走った。間違った方向へ。目の前には二メートル半の壁がそびえ、左右には家が並んでいた。背後にはもう追っ手が迫っていた。ブレーキがきしむ音、車のドアふたつ、少なくともふた組の軍用ブーツが砂を踏む音。もうすぐ近くにいる。彼はもう、考え直す暇はなかった。壁の前には車の燃え残りがあり、ホイールを煉瓦に載せてジャッキアップしてあった。手を背中に回したまま、カールはそこに向かって走り、トランクと屋根をジャンプ台にして尻で壁の上辺に飛び乗った。一瞬の間、彼の体と命とは宙に浮いていた。それから上半身をやっとのことで下に向け、頭を下にして彼は巨大なナツメヤシの山へと落ちた。

商人たちが跳び上がった。ヴェールを被った女性たち――市場だ――真ん中には巨大な、灰色のテント。カールは果実の中を転げ回りながら上を見た。誰も彼を追って飛び下りてはこなかった。右を見る。左を見る。どこまでも続く壁。彼は仰向けになり、手錠を尻の下、膝裏へと回し、鎖を足の下にくぐらせた。また上を見る。誰も来ない。周囲では叫び声。老女が彼の服を引っ張り回し、非難するように潰れたナツメヤシを手にして、食って掛かった。彼は老女を脇へ押しやって走り出した。すぐに叫び声が二倍になった。波打つアバヤを着た商人の男や女が彼の方へ押し寄せた。そのときカールは数歩先の壁にドアを見つけた――そこからちょうど三人の男たちが微笑みながら出てくるところだった。コッククロフト博士を先頭に。

無我夢中でカールは香辛料屋ふたつの間を抜け、色とりどりの袋をひっくり返した。羊の半身ふたつにぴしゃりとぶつかって、熟し切っていないカボチャの山を飛び越え、縄と棒の絡まり合いに足を取られた。彼の頭上で巨大なテントが崩れ落ちた。耳をつんざくような騒音。灰色の麻を被った群衆が彼の周囲でうごめいていた。金切り声を上げる女どもの声は聞こえたが、姿はもう見えなかった。カールがどうにかテントの布の下から這い出してみると、最初に目に着いたのはこちらに向けられた銃だった。

銃は口髭の警察官の手にあった。その隣には、まだ半分テント布に覆われて、もうひとりの警察官が壊れた水パイプを手にして立ち、その背後には商人の女たち、その後ろにはシリア人、ベーシスト、コッククロフト博士。カールはこの幸運に圧倒され、追跡者たちにざまあみろという視線を投げた。

シリア人はベーシストの耳に何やら囁き、ベーシストはコッククロフト博士の耳に囁き、コッククロフト博士はポケットから財布を出して警察官たちに渡した。

勇敢な社会秩序の守り手たちが中身を調べている間に、カールはもう手錠を引っ張られ、唾を吐く群衆の間を引き立てられ、ひと蹴りでまたジープの中に押し込まれた。

第五部　夜

54　籐椅子

放牧の民は、ギリシア人と同じように死者を埋葬するが、ナサモン人だけは別である。彼らは死者を座った姿勢で埋葬し、息を引き取るときにもひとを座らせ、仰向けに寝たまま死なないように注意する。彼らの家はアスフォデルの枝と葦で編まれていて、持ち歩くことができる。以上がこれらの民族の生活と習慣である。

ヘロドトス

口には猿ぐつわ、ゆったりと頭にかぶせたビニール袋、背中でかけなおした手錠。それに、足はベーシストのベルトでくくられていた。カールは、ドライブが永遠に続くように思われた。方向を指示するぶっきらぼうな命令の他には、誰も何も言わなかった。町の物音は消え、やがてジープの走行音の他には何も聞こえなくなった。小石が車の床下にぱちぱちと当たった。カールは、砂漠の中を走っているに違いないと思った。そうするうちにいつか左へと急カーブを切り、ぐいぐいと山を登り始めた。ヘアピンカーブ。さらにヘアピンカーブ。車はブレーキをかけた。

力強い手がカールを夜の中へと引きずり下ろした。彼は地面に寝かせられ、首に巻いた綱でどこかに繋がれた。ビニール袋の縁からのぞくと、バンパーにだとわかった。叫び声は猿ぐつわに吸い込まれた。ふたつ、四つ、六つの手が彼の体を探り、服を引っぱり、ポケットを探しまわるのを感じた。手は彼の靴と靴下を脱がせた。手は彼のズボンを開き、股間を探った。彼は身をよじった。ビニール袋が頭から外れた。手は彼にまた靴を履かせた。それから彼は三人の男たちが去って行くのを聞いた。風にのって言葉の端々が聞こえてきた。コッククロフト博士が懐中電灯でカールの顔を照らし出し、猿ぐつわを固定している紐を調べ、他のふたりと一緒にジープに乗り込んだ。どうやら寝るつもりらしかった。

カールは眠らなかった。口に詰められた布は夜の間に巨大な、ねとねとした塊に変化した。顎は麻痺したようになった。縛られた手足はもう長いこと感覚がなかった。

夜明けの光とともにベーシストがジープから降りるのを見て、彼は喜んだ。コッククロフト博士は体操をした。膝曲げ、前屈、腕立て伏せ。ベーシストは労働条件に文句を言った。シリア人は額を地面にこすりつけて慈悲深き神に感謝した。三人ともりんごをひとつずつ食べたあと、カールをバンパーから外し、足かせを取って、首につけた長い縄を引っ張って山を登り、山を越え、向こうの谷へと降り——金鉱山へと向かった。それは数日前にヘレンとたどったのとほぼ同じ道のりだった。

夜、星空にそびえる黒い三角の山を眺めている間に、カールはどこに連れて来られたのか予想していた。しかし彼は何度もその考えを却下し、向こうの山腹の、風車といくつかの樽とハキム三世の小屋が立っている小さな台地に近づく間も、カールはこれはただの偶然かもしれないと考えていた。この鉱山には何もないという確信は、あまりにも強かった。

坑道の入り口と小屋から二〇メートルほど下で、彼らはカールを岩の後ろに腹這いに寝かせ、背中の上に縄を渡して足と首を結びつけ、置いて行った。

口の中の猿ぐつわはまだ膨らみ続けているように感じられ、彼は苦しく鼻で呼吸し、体をうねらせ、うめいた。太陽が山の背を超えた。上から声がするような気がしたが、頭をそちらに向けることはできなかった。それから長い静寂が訪れた。やがてベーシストが山肌を降りてきて、捕われ人がちゃんと同じところにいるのを確認して消えた。最後に男たちが帰ってきて、背中に回した縄を外し、猿ぐつわを取った。どうやらもう、叫びたければいくら叫んでもいいらしかった。彼は叫ばなかった。とても叫べなかった。

シリア人が水筒からアセチレンランプに水を入れた。わずかに残った液体を彼はカールの顔に振りかけた。

カールが心の中でもうすでに長いこと「博士」を付けずに呼んでいるコッククロフトは、カールの知らない言葉で何か言い、ベーシストが答えた。それから彼らはカールを坑道の入り口へと連れて登り、煤で黒い手のひらと四本の指の印をした道から山の内部へと引きずって行った。さらに黒い左の手のひらに人差し指と薬指、親指なしの右手のひらが続いた。銃を持ったハキムは、影も形も見えない。

ランプの光が、端を折り込んで岩にはめた錆だらけの金属製ドアに当たった。カールの見た覚えのないものだった。勢いよく押して、シリア人がそのドアを開けた。その向こうには中くらいの大きさの部屋があった。つるはしやシャベル、鉄棒や縄。大きな木箱には「ダイムラー・ベンツ株式会社デュッセルドルフ工場へ返却のこと」と書いてあった。打ち割られた石、埃、結んだ縄。いかにも鉱山労働者の道具置き場だった。

部屋の真ん中には椅子があり、その座面は籠編みになっていた。男たちはそこにカールを座らせ、縛り付けた。縛り付けたというだけでなく、ぐるぐる巻きにした。シリア人とベーシストの満足がいくまで、ほとんど一時間かかった。そのときにはカールの肘は椅子の背の後ろで縛られ、足と膝下は椅子の前方の脚に固定され、上半身には何メートルもの縄が巻かれていた。首には後ろから縄が回された。太ももの上にも縄が何本か通っていた。最後にシリア人が手錠を外し、痛いほど細い紐でカールの両手を座面のすぐ上に縛り付けた。カールはもう、頭を少し揺らすか、指先を動かすくらいしかできなかった。彼は不安で汗だくになった。コッククロフトとベーシストは言葉もなく部屋を出て行った。彼らはドアを閉めてしまった。シリア人はにんまりと笑いながら煙草に火を点けた。カールはもう少しで気を失うところだった。するとシリア人も部屋を出て行った。

アセチレンランプがひっそりとくすぶっていた。静かだった。カールは縄目を引き揺らした。顎から汗が垂れた。男たちが帰ってきたときには、シリア人はラジカセほどの大きさの灰色の金属箱を持っていて、それをカールの前に置いた。ベーシストは買い物袋のような麻袋を手にぶらぶらと下げてきて、青や黄色のコードの絡まりを引っ張り出した。彼は一瞬の間、それを人間の血管と神経のモデルのように持ち上げて見せ、コッククロフトに渡した。

「どうしてみんなこういう状態で戻しておくのかね」とコッククロフトは言い、コードの絡まりを解こうと苦心し、試しに電極をふたつ唾で濡らしてみた。「自分のものじゃないからって。人間の習性ってものだな、これでは共産主義だってきっと滅びる」

彼は絡まりを解いたコードをシリア人に渡し、シリア人は灰色の箱にコードを繋いだ。それから彼らは体のどこに電極をつけたらいいか、侃々諤々、議論し始めた。ベーシストとシリア人は性器が一番だと意見が一致したが、この縛り方ではそこに電極を付けるのはもはや不可能に近かった。腰の辺りはぐるぐる巻きで、ズボンを開くことさえ無理だった。縄を解かなければ、カールに電極を付けることはできなかった。

「じゃあ、頭がいいだろう」とシリア人が言った。

「頭はいつでも正解だ」とベーシストも言った。

しかしここでコッククロフトが異論を唱えた。電気療法についての彼の知識は、彼自身がほのめかしたように、昨夜読んだロシア語の心理学専門誌の記事に限られていた。しかし彼はこれを読んだだけで、脳にショックを与えることは様々な症状、とくに癲癇、鬱病および鬱的傾向のあるパラノイアにおいては効果が期待されるものの記憶障害においては何の効果もないことが証明されている、と主張した。それどころか、記憶のさらなるダメージにつながりかねない。ここで目的とされているのは記憶の破壊でも、治療でもなく、一種の真実の追求ではないのか？　そもそも障害があるのか、あるとしたらどの程度か、調べるのもその追求の一部ではないのか？

これに対して他のふたりは返す言葉もあまりなく、電極を手足と首だけに付けることに決めたのが早いか、今度は電流を心臓を避けて迂回させるべきか否かで議論が巻き起こった。

カールは、自分の目の前で繰り広げられている大言壮語と希薄な論拠とに彩られた議論を夢のように追うばかりだった。コッククロフトとベーシストが吐く決まり文句、それよりもシリア人の振りかざす弁舌が、彼にはだんだんと不自然で、前もって暗記して稽古したもののように思われてきた。そしてその騒ぎの間に誰ひとりとして観客の目を一度も見なかったことも、学芸会の印象をさらに強めた。

シリア人は力を込めて左手と右足のコンビネーションを擁護した。そうすれば心臓の上を電流が通るからというのだ。ベーシストは自分の股の辺りを指して、左足と右足ならどうにか電流を性器に流すことができると言った。どうやらまだそれにこだわっているらしかった。結局コッククロフトが右手、右足で押し切った。心臓は絶対にだめだ。

その間にもシリア人は麻袋からもうひとつの物を取り出した。黒光りする半球に出っ張りがふたつついていて、ミシンのペダルに似ていたし、もしかしたらそれそのものかもしれなかった。らせん状のコードでその小さな黒い箱を大きな灰色の箱と繋ぐ。電源ランプが点いた。

「用意はいいか」とコッククロフトが尋ねた。

55 黒い箱

ルーク・スカイウォーカー「お父さん、隠しても無駄だ。あなたの心の中に善を感じる、葛藤を」
ダースベイダー「葛藤などない」

ジェダイの帰還

「では、いくつか質問をしましょう」と怪しげな精神科医は、カールのすぐ前にあるダイムラー・ベンツ株式会社の細長い箱に座って言った。その足もとには黒い小箱があった。後ろの、この穴で一番暗い隅にはベーシストが立って煙草を吸っていた。燃える一点。カールの斜め前の地面にはシリア人が電気コードの間に座っていた。

「簡単な質問です。はい、またはいいえ、あるいは簡単な平叙文で答えてください。問い返してはいけません。これからする質問は、もうすでにあなたに訊いたことがあるものばかりです。少なくとも、大部分は。ただし、これまでにあなたから受け取った答えは、あまり真実と近い関係にはないと、疑わざるを得ないのです。ですからもういちど質問することにします。では、一番簡単な質問から始めます。あなたの名前は?」

「知りません」

「本当に? こんな簡単な質問で、もうつまずくようでは——この先どんなことになるか、想像がつきますか?」コッククロフトはすこし身を前にかがめた。彼の髭には煙草の粉が絡まっていた。

「もう一度訊きます。名前は?」

「知りません」

「最後の答えですね?」

「知らないって、あんた知ってるだろ」

「私が何を知っているか、勝手に想像しないでください。あなたが知っている以上に、知っているんですよ。さあ、答えてください」

「本当に医者なら、わかってるはずだ」

「医者ですよ。私の名前は思い出せますか?」

「コッククロフトだ」

「コッククロフト博士です」

「でも、ドクターなんかじゃない」

「それは思い違いですよ。でも、そんなことは誰も訊いてない。質問は、あなたの名前は?　です」

「あんたは知ってるのか?」

「問い返してはいけないと言いませんでしたか?」

「あんたは知ってるんだな!　俺が誰だか、知ってるんだ!　それか、俺が何をやらかしたのかも?　どうしてはっきり言わないんだ?」

「あなたが質問その一にまだ答えていないからです。さあ、答える最後のチャンスですよ」コッククロフトは足を上げ、黒い小箱の数センチ上に浮かせて、最初とまったく同じ口調で「あなたの名前は？」と訊いた。

「し、ら、な、い！」とカールは叫んだ。

足は一瞬の間、心を決めかねるように宙に留まり、それから落下した。カールの体はパニックで硬直した。彼は頭をのけぞらせ、鼻からふうふうと途切れがちに息を出し、奥歯の間からまた息を吸い込んだ。

電撃を受けるものと予想して、彼はあらゆる筋肉をぎゅっと引き絞っていた。受けなかった痛みのために、彼の目には涙があふれた。近寄ってきたベーシストはカールの反応を満足げに眺めたが、シリア人は目を疑わしげに細め、コッククロフトは額に皺を寄せた。彼は灰色の箱のスイッチを切り、また入れて、ペダルを踏んだ。カールはやや遅れて硬直した。痛みはまたなかった。コッククロフトは相手の目を見つめ、数秒待ってから、さっと三回、足を不規則なリズムで動かした。カールはできる限り同じリズムで硬直し、うめこうと努力した。コッククロフトは首を振った。彼は黒い小箱をさっと蹴飛ばして見えないところに移動させた。しばらくの静けさ。それから、かっとしてペダルを踏みつける音。

「あいつ、何にも感じてないぞ」とコッククロフトは言った。

男たちはコードの接続を確かめ、灰色の箱を揺すぶり、ひっくり返した。カールの肌から電極を外し、自分たちの腕にあててみて、唾で濡らしてまたカールに付けた。彼らはコードを一本一本手の中で滑らせた。シリア人はコンセントを抜いて、金属部分をピカピカに磨いた。彼らは接続部分を揺らし、ペダルを解体してまた組み立て、何度も踏んでみた。何分もの時間がじりじりと流れた後、彼らは灰色の箱の後ろ側に小さなねじを見つけた。シリア人がほっと安心してねじ回しでボリュームを右いっぱいに回し、ベーシストが「じゃあ、いいか？」と訊いた。

彼らは再び捕われ人に向き合った。コッククロフトが電流を流すと、カールは椅子ごと壁にぶちあたった。

それはまるで、液体の火薬が血管の隅々にまでポンプで流し込まれ、音もなく爆発させられたかのようだった。

「全然動けないにしては、驚きだ」とシリア人が言った。彼はベーシストと一緒に椅子を起こし、縄を調べた。

それから彼らは、ボリュームを下げるべきか、椅子に石で重しをするべきか、議論し始めた。カールはその間ずっと息をしようともがき、首に石臼がぶつかったような感覚で我に帰った。

次に感じたのは、膝の上の岩だった。ちかちか光る電源ランプ。頬髭に囲まれた微笑み。

「では、今夜のお楽しみにはいりましょう」とコッククロフトが言った。

56　電流

私たちの物語は、精神分析、健康な人間の感情問題を扱う近代科学のメソッドにまつわるものです。分析家は、患者が隠された問題について話し、自分の心の隠されたドアを開けるように誘導しようと試みるだけです。患者を悩ませていたコンプレックスが明らかになるやいなや、病気や混乱は消え去るのです……そして不条理の悪魔は人間の魂から追い出されるのです。

ヒッチコック「白い恐怖」

彼は知っていることすべてを話し、知らないことも話した。しかし男たちが彼から知りたがっているのが何なのか、彼にはまだわからなかった。男たちは、名前は何で、どこに住んでいるのか訊いてきた。しかし彼らが知りたいのは彼の名前や住所ではなかった。彼らが知りたいのは、彼が自分は仮病だと認めるか、ということだけだった。そこで彼はそう認めた。そこで彼らはまた、名前は何だという質問を繰り返し、彼が知らないと答えると電気ショックを与えた。彼が、自分の身分証明書にはセトロワと書いてある、と言うと、また電気ショックを与えた。もしかしたらアドルフ・アーンか、ベルトラン・ベドゥーという名前かもしれない、と彼が言うと、アドルフ・アーンでもベルトラン・ベドウーでもないし、ましてセトロワではない、と言って電気ショックを与えた。彼は、自分の名前を知らない、と言ったり、知っている、と言ったりした。彼は名前や物語をでっちあげ、散々電気ショックを受けるとまた別の名前や物語をでっちあげ、やめてくれと懇願し、その間にも自分について知っていることは何でも洗いざらい叫び、善意を認めてくれるようにと、物置き小屋からいま現在までの人生をさらけ出したが、彼らはまた電気ショックを与えた。彼らは、それは自分たちの知りたいことではない、と言い、また質問その一を繰り返したが、質問その一は名前は何かであり、彼が名前はカール・グロースだと言うとまた電気ショックを与えた。

彼らは、車とボートの共通点は何かと訊き、電気ショックを与えた。彼らは、ティンディルマで何をしたのか訊き、アクラガスの暴君の話を覚えているか訊き、千から順に十三を引いて数えさせた。そして電気ショックを与えた。彼らは、砂漠で車を降りたのか、誰に会ったのかと訊いた。そして電気ショックを与えた。妻の名前を訊いた。洞窟の白骨と諜報員のジョークは知っているか、なぜガソリンスタンドでフォルクスヴァーゲンのドイツ人ペアではなくヘレンに話しかけたのか訊いた。彼らはホテルに一緒に泊まっていた女性の人相を訊き、黄色いベンツから持ち出したものを説明させた。彼らはアディル・バシール（「アディル・なんとか？」）とは何者で、どういう関係かと訊いた。あるいは、どういう関係だったか。彼らは彼の仲間のことを訊いた。彼の名前を訊いた。そして電気ショックを与えた。彼らは、記憶喪失にもかかわらずどうやってティンディルマで自分の車を見つけたのか訊き、電気ショックを与えた。飲み物の缶だって？　床屋？　ボールペン？彼らは細かいことまで訊き、矛盾を見つけ、あるいは矛盾を見つけたと主張し、電気ショックを与

えた

男たちは、自分たちが彼から何を訊きたがっているのか、彼がわかっていると確信しているようだった。あるいは、確信しているという印象を与えて、すべてを白状するまでは尋問を止めないと思わせようとしていた。肝心なことは自分で言わせようとしているのか、あるいは影響を与えるのを避けようとしているのか。あるいは、実際には自分たちも何の話なのかわかっていないようでもあった。しかし彼は、思い出せることはもう十回も話していたし、もう何を話したらいいのかわからず、いったい何が聞きたいのかと訊いた。彼らは電気ショックを与えた。

何を狙ってるんだろう？　もちろん、アディル・バシールと同じ物だ。もう奴らに撃ち殺されたが。ミーネだ。でも、どのミーネだ？

もし鉱山だったら、どうして彼を尋問しているんだ？　もう見つけたじゃないか？　でももしボールペンの中のあのふたつの物だったら、どうしてここへ連れて来られたんだ？　意味がわからなかった。彼はぼんやりとして、ただ機械的に答え、頭の中には映像が現れては消えた。何度も現れる像は、自分が高層ビルから落ちて、有り難いくらいの音を立てて地面にぶつかるところ。その前の繋がりも、後の繋がりもなく、物語もなく、ただ落下と衝撃だけ。もうひとつの像は、猟銃を持った老人だった。照門と照星を合わせて狙いながら、老人は金属のドアを押し開け、撃った。コッククロフトの頭は頰髭のある西瓜のように吹き飛び、それからベーシストとシリア人がやられた。そして彼らは電気ショックを与えた。それは白昼夢でさえなかった。カールは自分で考えようとしているわけではなく、何の抵抗もできなかった。頭の中で誰かが指を鳴らすと、ドアが音もなくぱっと開き、山のハキムが現れて正義を回復した。ハキムはどうしてしまったんだろう？　邪魔できないようにされたのか？　賄賂を摑まされたのか？　奴らの仲間なのか？

そのことをよく考えることはできなかった。彼は苦痛に耐えていた、そして苦痛がないときには、苦痛の予感が体を巡り、思考を消し去った。この思考、奴らが年老いた鉱夫をどうしたのか集中して考え、論理的に結論するという能力に、自分の命がかかっているという気がしたが、その次にはまた、そんなことに自分の命がかかってはいない、あの老人は自分の思考とはまったく関係のないシステムなのだという気がした。そしてふいに彼は思いついた。何が重要なのかということに。ミーネなどではない。金でもない。金はここにはない。だが他のものはある。隠されたものだ。奴らは見つけることができなかったのだ。カールは苦心してどうにか目を上げ、コッククロフトの目をじっと見つめて言った。「案内してやろう」

「何だと？」

「もうだめだ。もう耐えられない」カールは確固とした口調に聞こえるよう努力し、表情でばれてしまうのがわかっていたので頭を胸のうえに垂らしてぐらぐらと揺らした。「ほどいてくれたら、案内する」

「どこに？」

「坑道のもっと下だ。口で説明はできない。指ひとつだけの印の道だ。どこだかわかってる。案内する」

長い数秒が流れた。そして次の電流が流れ、カールの頭は激しく揺れた。

これじゃなかったか。じゃあ、いったいどうしてここに来たんだ？

「質問していいか？」

「いいや」とコッククロフトは言い、ペダルを踏んだ。「質問していいかどうか、質問するのもだめですね」

「どうしてここなんだ！」とカールは叫んだ。「どうしてよりによってここで尋問するんだ？」

「そんなこともわからないんですか？」とコッククロフトは額に皺を寄せて捕われ人を見た。「市場の真ん中で拷問されたいんですか？　あなたの中学生並みの頭脳をあまり悩ませたくはありませんがね、ここで私たちが行なっていることは、この国の法律とは相容れないのです。私たちの国でも同じですがね」

そうして尋問は続いた。どうして空の町にいたのかと訊かれて、カールはビートルズよりキンクスが好きだと答えた。誰の手下かと訊かれて、マーシャル・メロウよりビートルズが好きだと答えた。本当の名前は何だと訊かれて、豆料理が彼らに降りかかるだろうと答えた。そして彼らは電気ショックを与えた。

その痛みは局所的なものではなかった。人間の魂を一点に集中させる、例えば歯痛などとは比べられない。それは波の満ち引きのようなもの、彼の体の中と観客の表情の中で上演される演劇のようなものだった。叫びを上げる指、痺れ切った脚、首の中で振り下ろされる斧、動悸し、彷徨う石の壁。カールは自分の心筋が胸郭の中で盛り上がるのを感じた。合間に来る頭痛は頭の中だけではなく、体中と回りの空間にも広がっているように思われた。彼はしばらくの間気を失い、また目覚めた。気絶の前の数秒は、もう久しく感じたことのない心地よさで、その後の数分は悪夢の名残りが引っかかっている薄明るい朝の寝室のようだった。汗まみれのシーツに横たわり、ヘレンのバンガローのジャロジーには眩しい光が指し、海鳥が叫び、そしてゆっくりと、悪夢から覚めてはいないという意識が体に這い込んでくる。彼は気絶する前の自分の体の反応を思い出してそこにまた戻ろうとし、自分を切り離された別のものとして見た。しかしコッククロフトとシリア人も同じように彼を観察していて、彼を邪魔した。彼らは電流を弱め、彼がもう一度あっちへ行ってしまわないように注意した。

「……少し話しましょう」

「分別のある、文化的な人間らしく」

「まさにそのことだ」

「ここだ」

「学校の子供たち」

「本当に」

「名前は」

「本当に心理学だ。六学期も」

意味のない言葉の切れ端。

もう何分も、何も起きなかった。休憩らしかった。濃い煙草の煙、光る点が三つ。コッククロフトがしゃべっていた。カールは、体から精神へと意識を切り替えようとした。考えの切れ端。ヘレンのことを考え、彼女が何の知らせもなく出発してしまったことを考えた。彼女は本当に旅立ったのだろうか、それとも彼女も誘拐されたのか？　ひと口、水がもらえないだろうか？　協力する意味があるだろうか、それとも答えようとするたびにこの苦しみが無駄に引き伸ばされるだけなのだろうか？　彼は自分が絹のシーツに寝ているところを想像し、そしてふいに、どうしてここに連れてこられたのか理解した。

簡単すぎて、痛いほどだった。つまり、誰かに追われていると、感じていたのは思い違いではな

かったのだ。奴らは追跡していたのだ――コッククロフト自身、そう言わなかったか？　奴らは、

ゆっくり尋問するために人里離れたところを探していた。そして、ずっと彼を追跡していて、もち

ろんヘレンと一緒にここまで遠出したときも張り付いていたのだから、この鉱山に目を留めたのだ。

奴らの目的には理想的な場所だ。ハキムは買収するか、邪魔しないようにどけて置いたに違いない。

「もしかしたら、いなかったのかもしれない」とカールはうっかり声を出して言い、この説が矛盾

していないか、考え込んだ。しかし反論は思いつかなかったので、つまり問題はボールペンでしか

あり得なかった。鉱山ではなく、ボールペンだ。それと、あのふたつの物。金属の物。

「あれだ」とカールは大きな声で言った。

コッククロフトは首をかしげて見つめていた。

「あれだ、例のふたつのカプセル」とカールは言った。「俺が持ってる」

そう言うが早いか、彼は百パーセント正しい答えを出したと確信した。例のカプセルだ、あれを

探してるんだ、ここで尋問してるのは追跡中に偶然見つけたからというだけのことだ。なくしてし

まったカプセルでは何の助けにもならないということを思い出しさえしなければ、カールは喜びで

満面の笑みを浮かべんばかりだった。そしてこんな禿げ山の間ではこっそりと追跡などできないと

いうことは、彼は思いつきもしなかった。

57 シュタージ

白痴の語る物語のごとく、騒がしく勢いばかりで
意味はない。
シェークスピア

「例のカプセルか」とコッククロフトは言い、嘲るように微笑んだ。「例のカプセルを持っているというわけですか。ちょっと休憩にしたほうがよくはありませんかね?」

彼がシリア人とベーシストに合図を送ると、ふたりは部屋を出て行った。廊下からは笑い声がした。

コッククロフトは捕われ人の方へと身をかがめた。彼は煙草を最後にひと吸いして、丁寧にも煙を上に吐き出した。容赦なく厳粛な顔つきで、彼はカールの向かいに座り、脚を組んでいた。彼の片足は黒い小箱の横にあり、もう一方の足は、カールが例のカプセルの在処について納得してもらえそうな話を用意しようと夢中になっている間、宙ぶらりんになっていた。カールはあまり長く考え込んでいる印象を与えたくなかったので、間髪を入れず「あれはアディル・バシールに渡してしまった」と言った。

「その、例のカプセルというものが何か、私は知りませんがね」とコッククロフトは言った。「こうして落ち着いてお話ししている間に、あなたはご存知ないようですが私には重要と思われる事情

についてお話しなければと思うんです。それは、アディル・バシール氏とその手下の三人が、あなたがそれ以前にその例のカプセルとやらを引き渡していたら、重装備で隊をなしてあなたを追いかけたりしなかっただろうという事情のことではありません。いいえ、私がお話したいのは、私が昨日この道の権威であるマルティネス博士と二時間も相談したということです。まさに権威です。ここから国際電話をかけるのは大変ですし、ひと財産かかりましたよ、ですがね、マルティネス博士は、自慢じゃありませんが、まったく私と同じ意見だったんです。全面的な記憶喪失は、あり得ないんです。全面的記憶喪失を演じるには、あなたの知識は足りないところだらけです。かわいそうですがね。同僚のふたりがまた帰ってきたら、もっと痛いやり方でその証明をしてみせましょう。新しい指揮者が来るので楽しみにしてください。この後のやり方には、私ではちょっと神経が細すぎますのでね。ですが、まだあと何分かはふたりだけでお話する時間があります。もし最後の最後に私に打ち明けたいことがあるなら……ありませんか？　じゃあ、しかたありませんね。私の人事評価が少し上がったかもしれないというだけのことです。ですが、あなたの決断することですからね。では、専門家たちが帰ってくるのをただ待つことにしましょう、あなたがそう言うなら、黙って。それとも、ひとつ小話でもしましょうか？」

「それも拷問の一部なのか？」

「拷問じゃなくて真理の追求です。あなた、元気じゃないですか」

コッククロフトは両手を後ろの箱について、捕われ人を不透明な眼差しでしばらく見つめ、ついに「ＣＩＡ」と言った。

カールは目を閉じた。

「ＣＩＡとＫＧＢとシュタージがコンクールに参加した。シュタージとは国家保安省のことです、もしご存知なければ。ドイツの秘密警察です。知りませんでしたか？　ああそうですか、私とは話もしてくれないんですね。いいですよ。さて、ＣＩＡとＫＧＢがコンクールに参加した。ある洞窟に有史以前の骸骨があって、その骸骨の年代を一番正確に特定できた者が栄えある勝者となる。ＣＩＡの男が最初にはいった。数時間後、出て来て言うには、骸骨はおよそ六千年前のものだ。審査員は感心した。かなりいいですね、どうやって調べたんですか？　アメリカ人の答えるには、化学物質です。次はＫＧＢの番です。十時間後、洞窟から出て来て言うには、骸骨は六一〇〇年前のものだ。審査員は、すばらしい、さらに正確な答えだ、と言った。どうやったんですか？　ロシア人の答えは、炭素分析です。最後にシュタージの番です。二日間、洞窟にはいったきりでした。すっかり憔悴して這い出てきたシュタージの男は、六一二四年！　と答えました。審査員は口をあんぐり開けました。ぴったりです、どうやって調べたんですか？　シュタージの男は肩をぴくりと動かして、白状しましたよ、と答えました。面白くありませんか？　私は面白いと思いますがね。それともうひとつの小話、それならきっと気に入りますよ。イスラエルの軍の高官が秘書を探していた」

「聞きたくありません」

「そんなこと言ったって、抵抗できませんよ。さて、秘書を探していた、と」

「聞きたくありません」

「そして応募してきた女性に、一分間にどれだけうてますか？」

カールは目を閉じ、頭を揺らして「ラララララ」と声を出した。

いつのまにか、ベーシストとシリア人が帰ってきていた。ベーシストは手にタッパーウェアを持っていた。ゆっくりとそれを開けると、サンドイッチを取り出してコッククロフトに肩越しに差し出した。コッククロフトはひと口食べて、口をいっぱいにしたまま続けた。「この小話はもう何年も前から披露しているんですがね、私の知っている中で一番うけるんですよ。失礼」彼はカールのズボンからパン屑を払った。「誰に話しても、大笑いするんで、あなたもきっと例外じゃありませんよ。よく聞いて、オチが来たらちゃんと笑わないと精神的に幼稚な証拠です。で、秘書を探していた……」

小話をあとふたつかみっつ聞いた頃には、カールは自分にまだ意識があるのか、夢を見ているのかわからなくなっていた。張り付いた瞼の間から、金属のドアの辺りに動きが見えた。ドアノブがゆっくりと下がり、ドアがほんのわずかに開いた。それとも、もうずっと開いていたのだろうか？いや、たったいま開かれたところだ。そして開き続けた、ミリメートル刻みで。カールはそこから目を引き剝がし、コッククロフトの目を見つめた。

コッククロフトとベーシストはドアに背を向けて座っていた。シリア人は灰色の箱に座り、青や黄色のコードを動かして遊んでいる自分の足を見つめていた。そして、引きずるような、高慢で空虚な響きの女の声がした。「Sorry to interrupt. Can you tell me where to find the tourist information?」

58　ファンダービルト・システム

人間の脳には多くの使われていない領域があり、そのことは私たちの進化には長期的な計画が下敷きにあり、その完成はまだ私たちのはるか先にあるということを示唆している。

ウラ・ベルケヴィッツ

ケルト十字ではだめだった。それも単純に、前の席の背もたれについている折りたたみの机が小さすぎるという理由からだった。その上には、四角く詰めれば何とか六枚カードが載るくらいの場所しかなかった。ミシェルは集中して唾を飲み込んだり、目を閉じたり、子ども時代の思い出を想起したりして、ジェット機のスタートを切り抜けている間にも、７２７型機の後部で絨毯の床にカードを並べたらどうかと考えていた。しかし飛行機がまだ十五分も飛んでいないうちから、ダブルボタンのビジネスマンやゆったりしたズボンの観光客、小さな子ども連れの母親たちがトイレへの廊下を占拠してしまった。そこにケルト十字を広げるとしたら、全員に謝って、なぜそうしなければならないのか釈明し、素人の質問に答え、人びとの関心や無理解に耐えなければならなかった。エド・ファウラーなら平気だったろう。そしてエドがここにいたら、ミシェルもそうできるくらいに心強かっただろう。しかし、日によっては――そして今日はそういう日だったのだが――知らないひとの顔を見るだけでミシェルは不安を覚えるのだった。

手のひらで、彼女はテーブルをきれいに拭いた。彼女は左隣で荒い鼻息をしている太った男を無視し、奈落を覆っているふんわりとした白雲を窓の外に眺めることもしなかった。しかし彼女はエネルギーの流れを妨げないために、窓の目隠しを下ろすこともしなかった。彼女は小さなテーブルに神経を集中した。二かける三のカードだけ、それ以上の場所はない。それなら小さな十字がどうにか置けるかもしれなかったが、ミシェルは小規模な配置ではあまりいい経験がなかった。小さいシステムは、小さい問題のため。出発点の問題が大きければ、四枚のカードでは足りなかった。それでは結果が輪郭だけのものになりかねなかった。コミューンでは、重要な決断が必要なときにはケルト十字を拡張した十三枚のカードで通していたが、ここでは肘掛けや自分の膝、腿の間の細い隙間まで利用しても無理だった。ミシェルはぐらぐらする食事用のテーブルを上げ、また下ろした。小さなカード、旅行用のタロットがあれば助かったかもしれない。オリジナルの木版を縮小コピーしたマッチ箱大のカードがあれば。商才が少しあればそれでヒット商品を出し、お金持ちになれるかもしれなかった。駅とかバスのターミナルとか、狭いところはどこでも、船、空港、免税店なんかでも売り出したらいいかも。あるいは、航空会社に直接卸すとか！　そして飛行機に乗るときに新聞や果物、おしぼりと一緒に、興味のある乗客に手渡すのだ。慣れていないひとには、緊急事態の説明を踊るようにして見せたあとに、スチュワーデスが同じような優美さでケルト十字の置き方をデモンストレーションする。ミシェルは目を閉じて、自分が青い制服を着てその動きをしているところを想像した。食事と飲み物のワゴンがガタガタと通りかかると、ミシェルはコーヒーを注文した。隣の太った男はウィスキーを二杯頼み、ぐいっと飲み干し、ミシェルを一瞥するとまた荒い息をしながらうとうとし始めた。軽く開いた口もとに涎の糸が揺れていた。

未来のことを知りたいという欲求が、ミシェルの中でさらに膨らんでいった。小さな十字を置いたら？　彼女は辺りを見回した。乗客のほとんどは新聞や本を読んでいた。後ろの方ではスチュワーデスがひとり、ゴミ袋に空になったプラスチックのコップを集めていた。その瞬間に、ミシェルはいいことを思いついた。

彼女は背筋をすっと伸ばし、髪を整えて、太った頭をほとんど彼女の肩にもたせかけんばかりにしている隣の男を決然とした態度で起こした。あなたのテーブルも、使わせてもらっていいですか？　男はぽかんとしてミシェルを見つめた。涎の糸は顎に張り付いていた。それから男は不機嫌に鼻を鳴らしながら体を反対側に向けた。

男がまた寝たのを確認して、ミシェルはそっと男のテーブルに六枚、自分のテーブルにも六枚のカードを置いた。そしてしばらく考えてから、席の間の肘掛けにも一枚置いた。彼女の瞼が軽やかに羽ばたいた。この形式は、どう読んだらいいのだろう？

一番左の二枚は、明らかに深層を表していた、遠い過去、上が男性的な、いや上が女性的な原理で、下には父親。次の二枚が子ども時代と青年期、自分と他人の視点、環境と自己、希望と願望、未来の身体と精神の発展。そして肘掛けの上にぽつんとある一枚は？　すべてを結びつける焦眉の問題、自己の現状、焦点……出発点となる問題としか考えられない。

ミシェルは残りのカードの束をしばらく膝の上に載せていた。彼女は背中を背もたれに押しつけ、一歩下がって自分の作品を眺める芸術家のように、並んだカードの印象を味わった。美しい並び方だった。だが、目的に適うものだろうか？　まず最初に、いわば機能テストとして、ボーイング7

27について質問してみることにした。

右端に現れたほんのかすかな異変を除けば、結果はとても安心できるものだった。この飛行機はボーイング社によって、航空機製造のあらゆる規則を守り、技術の粋を集めて開発製造されたものであり、すでにかなりの期間を無事故で飛び続けており、また同じくらいの期間を無事故で飛び続けることになっている。そして真ん中の肘掛けには、いわばパイロットとして——皇帝が鎮座していた。大西洋を超えるフライトで、これ以上に良い見通しはあり得なかった。右端の異常は、せいぜい遠い未来のちょっとした修理を指しているのだろう、もしかしたら飛行機のあまり重要ではない部分でねじが緩んでいるとか。もしかしたら外壁……あるいは、もっと考えられるのは、内装のリフォームとか。背もたれの故障かもしれない。心配は何もありませんよ、とミシェルは心の声で他の乗客たちに知らせた。彼女は辺りを見回した。ほとんどの人びとは眠り込んでいるか、新聞の向こうに隠れていた。

次に彼女はヘレンのことを占った。そのとき、吊るされた男をカードの束に戻したが、置いたカードには出て来なかった。ここでもこの配置はいい結果を生んだ。最高の才能に恵まれ、ヘレン・グリーゼは幼少期から二面的な性質を発展させてきた。愚者と悪魔との間に彼女の辛辣なシニズムが冷笑をのぞかせていた。硬く、冷たく、決然として。これらの性質は、おかしなことに大抵の男性をたじろがせるどころか、むしろ引きつけるらしかった。

ミシェルは、アラビア系の新恋人を暗示するものはないか探したが、どこにも見当たらずほっとした。友人がカールを取るのを認めないというのではなかったが、この結びつきは良い星のもとになかった。それはまざまざと感じられた。肘掛けにはまた女教皇があり、その先の右側はミシェルにとって見るも恐ろしいものだった。そこでは六枚のカードすべてが頭を下にしていた。

鼻を鳴らして、太った男が目を覚まし、自分のテーブルの上のごたごたをちらりと見て、またがくりと沈み込んだ。ミシェルは今度は自分のため、それからエド・ファウラーのためにカードを置いた。それから母親のため、亡くなった父親のため。シャロンのため、ジミのため、ジャニスのため、そしてもう大西洋の真ん中に来たところで、リチャード・ニクソンのため。カードに表れたことは何もかも恐ろしいほどに的確で、普通ケルト十字でわかる以上にはっきりとしていた。ミシェルは熱狂のあまり、隣の席の男をもう一度揺り起こさんばかりだった。誰かと話がしたくてたまらなかった。空想の中で、各メディアの代表者たちが彼女を取り巻くのが見えた。彼女はいくつものインタヴューに答えた。アメリカの専門誌が彼女を引っ張りだこにした。黒檀のような瞳の、茶色の髪を柔らかく額に垂らせた縁なし眼鏡の若い男が、筋肉質の肩から革ひもでレコーダーを下げ、痛ましげな同情の眼差しを浮かべて立っていた。これまでの数々のインタヴューと同様、彼の最初の質問もミシェルの人生に消えない影を落とした、サハラでのあの大きな悲しみについてだった。しかしミシェルは目を閉じ、首を振りながら、そのことについては語りたくないし、語れないと言うのだった。これだけの時間が経っても。あまりに深い痛みなので。

「では、ミス・ファンダービルト、読者の方々にとって一番興味をそそられる問題についてお答えください。どのようにしてあなたは——いえ、言い方を変えましょう——どのような状況が、一貫性の点で問題のあるケルト十字を、今日では西側世界の識者の間でほぼ一掃した感のあるシックスカード・システムが生まれる要因となったのでしょうか?」

彼女は長い間考え込み、頭の上にある空調の吹き出し口を眺め、感じのいい青年の言葉を訂正した。今日ではみなさんの間でシックスカード・システムで通っていますが、本当は727システムというのです。確かにファンダービルト・システムとか、簡略化してVシステムというひともいますが、発見者としては727というのが本来の名ですから、こちらを取りたいと思います。カードの配置は616ですが、ここで727というのは発見の場所である飛行機と、カードの配置プラス1、つまり上空から伝わってくるより高度なエネルギーのために象徴的な意味で付け加えるべき1のことを考えているのです。ですから727となるのです……そこでミシェルはふいに、616がエフラエム写本での獣の数字であることを思い出してぞっとした。聖書では間違って666とされているが、古い文書やパリンプセストにはもとの数字が書かれている。それが何も知らないひとたちには隠され、有力者たちによって比較的無害な666にすり替えられたのだ。彼女はめまいがした。また現れたのだ、ヌミノースが。こういう現象に少しでも心を開いていれば、深淵より自ずから立ちのぼり姿を現すものが。というわけで、スチュワーデスが食事を運んできたときにも、ミシェルはまだインタヴューの最初の質問にも答えきっていなかった。

感じの悪いプラスチックの容器が、プラスチックで覆われ、プラスチックのお盆に載っている。太った男は食べながらあまりに下品な言葉でコメントするので、ミシェルはちんぷんかんぷんだった。数分後には彼はまた寝入り、ミシェルの目は自分の席の右下の緩んだねじに止まった。彼女は微笑んだ。もう驚きもしなかった。

彼女は太陽のカードの黄色と赤にちらつく光の筋を眺め、しばらくして太った男に無料で占ってあげようと提案した。そのときには、男はもう長いこと起きていて、眠っているときの姿勢をまったく変えないまま、細めた目でふたつのテーブル上の動きを見守っていた。

「これは何だ？」と彼は唸るように言い、ミシェルは未来に一番好きな五枚のカードばかりを約束されている者の鷹揚さで説明した。彼はすぐに拒絶の身振りで手のひらを上げた。

「それはわかりますよ」とミシェルは言った。「大概のひとにとっては、自分のことを知るのは不安なものでしょう。その認識に耐えられないのではと心配するからです。深すぎるからです」

「何が？」

「人生が」とミシェルは答えた。「過去、未来、すべての繋がりが」

「俺の未来に興味があるってのか？　俺より関心が深いんだな」

この最後のひと言は、ミシェルにはぼんやりとして理解できないものだった。彼女がまだ理解しかねている間に、男は言葉を継いだ。「未来は、もうわかってる。なにもあんたが話してくれなくたっていいんだ。俺の未来は俺の過去と同じだし、俺の過去はがらくたの山だ。見てくれ」彼はシャツの襟を引き下げて、首から下にあるいく筋かの細長いかさぶたを見せた。

「休暇にいらしてたんですか？」とミシェルは用心深く訊いた。

「休暇だと！　あの土人どものところでどんな目にあったか、聞かせてやろうか？」ミシェルが首を振ったのは無視して、男はアフリカ滞在の顚末を語り出した。ミシェルは思っていることを表情に出さないように気をつけた。彼の話は始めの方はまだいくらか筋が通っていて面白いところもあったのだが、すぐに不快な内容となり、犯罪めいた感じさえした。ミシェルが何度も話を遮ったりしなかったのは、ただ育ちの良さのせいだった。

「だからさ、一番安い部屋なんだ」と彼は言って、自分の部屋、ホテル、配管の詰まったトイレ、ひどい食事、砂浜、気候とバーでの夜のことを事細かに話した。たくさんの夜、たくさんのバー、そしてミシェルには理解できない理由から、そのバーにいた女たちの話が繰り返し出て来た。だけど、そんなことはもうどうでもいい話だ、と彼は自分で言い、自分はアイオワから来た自動車修理工で、祖先はポーランドからの移民だ、そう、ポーランド、だから自分は質実剛健な人間で——誓って言うが——質実剛健とは俺のことだ。自分はあまり稼ぎは良くないし、これが初めての旅行だったんだが、きっとこのとんでもないヨーロッパでの最後の旅行になるだろう。

「アフリカでしょう」とミシェルは言った。

「アフリカか」と太った男は言った。「どっちもどっちだ」すべては誤解だったのだ、でなければ誰があんなところに行く？　誰かが彼に、ここが——と彼は飛行機の床を指した——旧世界と新世界が出会う場所だと言ったのだ。女たちはきれいで、道徳規律もうるさくなく、パーティーは奇抜だと。それに、肝心の、例のオーストリアの精神科医がいみじくも発見したことだが——とこで彼はミシェルがこれまでに聞いたことのない、なんとかイズムとかアズムとかいう言葉をあげた。彼女は聞き返そうとしたが、ためらい、次の言葉を聞いてさっきのは聞き間違いだと考えた。というのも何とかイズムから飛んで、太った男の断言するには、ヤリたい放題なんて嘘っぱちもいいところだ、つまらんマグロばっかりで、それに——ドスン！

　十三枚のカードがびっくりした鳥の群れのように同時に舞い上がった。最初の瞬間、ミシェルはカードに向かって手を伸ばしたが、すぐに両手でしっかりとしたつかまりどころを探し、座ったまま揺すぶられながらも、ついさっきそのきちんとした状態を自分で確認したはずの飛行機がこんなに揺れているということより、自分が太った汗かきの男を両腕で抱きしめて、力の限り叫んでいるという事実に驚いていた。

「道路に穴があったようです」と酔っぱらったようなパイロットの声がスピーカーから聞こえた。

「ダンスにぴったりな領域を飛んでおります」

「ダンスだと」と太った男は言い、若くてとても魅力的な女性がまるで最後の碇にしがみつくように自分の首からぶら下がっていることなど気付いてもいないようだった。男はカードを集めるのを手伝い、彼女は謝り、男は口調に何の変化も見せないまま、話を続けた。大金だ、と彼は言った、大金がかかったんだ、バーにいるアフリカ女でさえ、一番小さな女でさえ、一番黒い女でさえ……何が言いたいかわかるだろう。だけど、その代りにひどい臭いと、虫と、暑さだ。それに一番の問題はいつだって金だ。女ひとりより高いものは何だ？　ミシェルは答えられなかった。女ふたりだよ。ところがそこで偶然が起きて、急に。

男は吠えるような咳をして、紙ナプキンを口にあて、汚い黄色の痰をまるでおもちゃを眺める子どものように眺めた。

「それでどうなりましたの、聞かせてください」とミシェルは言った。何の話なのか、まだよくわかっていなかったのだが、どんな話でも、痰を眺めている男の様子より気持ちが悪いはずはなかった。

男は大きな音をたてて鼻をすすり、ナプキンを席の間の隙間に押し込み、平手で奥へやった。とにかく、あの男が急に話しかけてきたんだ、と彼は言った。見たところ、地元の人間みたいだった。それとも、半々か。だがおかしな格好をして、まるでピエロみたいだった。それが、いっしょに家に来てくれって言うんだ。

「まさか、誤解しないでくれよ！」と彼はきょとんとしているミシェルの顔のすぐ近くまで顔を寄せた。

本当のところ、その男は通訳を探していただけだった。そのために砂浜に寝ているひとの間を回って、誰かポーランド語はできないか訊いていた。そんなにポーランド語ができるわけではなかったが、彼は手を上げた。一応、祖父母はポーランド人だったのだから。家族の伝統は守らないと。それに子どもの頃は……だから言葉とか言葉の才能についてちょっと話してもいいが、とにかく彼は実際的な性格で。家族みんなそうなんだが――ええと、何の話だっけ。

「男のひとよ」とミシェルは言った。「その男のひとの家の話」

そうだ、その男の家だ。それとピンク色のバミューダパンツだ。その家に一緒にはいると、部屋の真ん中に機械が置いてあった。クロームシルバーにぴかぴか光る機械で、ポーランド語は読めなくてもすぐにエスプレッソマシーンだとわかった。食堂で使うような、巨大なのだ。それかバーにあるような。ポーランド語が書いてあった。特別なもんじゃない、ただ高いもんだ。そこから先がミステリアスだった。

ミステリアスという言葉に、ミシェルはすぐさま反応した。斜めに座りなおして脚を組もうとしたが、テーブルが上げてあってもほぼ無理だった。太った男は、彼女がトイレに行きたいのだと思って立ち上がり、その誤解が解けるまでしばらく時間がかかった。

「それから」と太った男は言った。「急にいなくなっちまったんだ」その男が。自分の家の中にあるその機械がいったい何なのか知りたがっていたその男が。何の説明もなくバンガローから出て行ってしまった、急いで、挨拶もなく――で、話はおしまい。

「それは変ね！」とミシェルはがっかりして叫んだ。どうして男がそんな話を自分にしたのか、彼女は理解できなかった。

「で、それから俺が何したのか、知りたいだろう」と男は言い、ミシェルは本当に自分がその話を聞きたいのか、もう少しじっくり考えたかったのだが、一種の精神的麻痺に襲われるのを感じた。彼女は目を大きく見開いてうなずいた。

「俺はやっぱりお袋の血を引いてるんだな」と太った男は言った。これが運命の手引じゃなかったら何だ。そこで彼は砂浜に戻り、そこからバンガローを見張った。ドアはまだ開いたままだった。夜まで。そして男が帰ってこなかったので、彼は手押し車を借りて、機械を運び出し、金に換えた。道徳が何だ。八〇ドルになった、それでもせいぜい本来の価値の十分の一だ、だけど最後の日だったんだから、しょうがない。それから港のあたりに戻って、もう一度フルハウスだ。黒人女ふたりに白人女ひとり。

何ですって、とミシェルは言い、男は、すごく黒い女ふたりに白い女ひとりだ、と繰り返した。白人のほうはただのアリバイだが。だけど、悪いがね、男としては自分の好みには逆らえないんで。俺としては、石炭みたいに黒いのがいい。地獄のように黒いのが。そうじゃなきゃいかん。で、早い話が、おしまいには奴らは俺を殺そうとした。と言って男はまた襟を下げ、親指で喉もとをなぞった。

朝、道端の溝の中で目を覚ましたときには荷物も金も服もパスポートも航空券もなかった。アメリカ大使館で半日待たされた。これが自分の過去だ。未来も同じだ、だって女どもは変わらないからな。女どもだ。いつも。自分は運が悪い。一生。占いなんてしなくても、充分不幸だ。

彼は鼻息を吹き、もう一度ひどい咳をして、試すように砂漠の太陽に焼かれたミシェルの小麦色の、いやほとんど黒い肌を眺め、ふいに不快な、なれなれしい笑みを浮かべて彼女を見つめたが、それは彼ほどの年の男にはビール腹と薄毛とよく一緒にやってくるごく自然な現象らしかった。しかしそれはまた奇妙に子どもっぽく、無邪気な笑みにも見えたので、ミシェルは男が自分の表情に気付いていないか、少なくとも自分のむくんだ、老けた顔と、若々しい思惑との落差をほとんど意識していないものと推測した。

しかし彼女は男の視線を避けなかった。逆に、彼女は男の目をじっと見据えた。高感度の測定器のように、彼女は男の笑みが弾け、戸惑い、不安げにひくつきながら引いていき、消え去るのを記録した。彼女は、大きな男が彼女から顔をそむけ、彼女の自信にたじろぎ、そしてまたこちらに向いて、みだらな笑みをまたちょっと試しに見せているのを観察した。その流れ、芯まで見通せる男の動物的な頼りなさが、ミシェルに子どものころに飼っていた愛らしいブルテリア、あの死んでしまったカナリアのかわりにとクリスマスツリーの下に置かれていた（寝ながら涎を垂らし、お腹に青いリボンを巻かれて、薄茶色のリードがついていた）、あのブルテリアを思い出させたので、彼女は自分の内部に、空港に着いたならば日が西に沈むのと同じくらい確実に起こるであろう男のさらなるなれなれしい試みに、あまり抵抗しないか、いや、驚くほど喜んで答えようという気が芽生えてくるのを感じた。ふたりは結婚祝いに日焼けマシーンをもらった。そして結婚生活は長く幸福だった。

59　アーティチョーク作戦

このような戦争においては、安心して敵を絞め殺し、略奪し、火を放ち、ついに敵に打ち勝つまで、敵に害を及ぼすすべてのことをするのはキリスト教的な愛の行為である。絞め殺し略奪するのが愛の行為に見えないからといって、単純なひとがそれはキリスト教的な行為ではなく、キリスト者にふさわしくないと考えたとしても、それは本当は愛の行為なのである。

ルター

「冗談よ」とヘレンは言った。白い短パン、白いブラウス、白い日除け帽、白い帆布の靴にジュート製の大きな袋を肩からかけて、彼女は部屋にはいってきた。彼女はコッククロフトの肩越しにちらりとカールを見てから、緑色のゴム手袋とアラビア語の分厚い新聞の束とペンチを袋から取り出し、すべてシリア人に渡した。

シリア人は新聞を開き、スポーツ欄を抜き出して、他のページを床に広げた。

「どう?」とヘレンは訊き、袋からもうひとつ、黒いプラスチック瓶を取り出した。「喉乾いてない？」

彼女は瓶を開け、口からにおいを嗅ぎ、コッククロフトに渡すと、彼もにおいを嗅いだ。それからヘレン、コッククロフト、ベーシストの三人は戸口の外に出た。ドアはきっちり閉まっていなかったが、カールは彼らの話していることはひと言もわからなかった。三人は帰ってくると、コッククロフトがシリア人に合図した。シリア人はスペイン一部リーグの芳しくない結果から目を引き剝がして、スポーツ欄をズボンのベルトにねじ込み、籐椅子の後ろに立った。その万力のような手で彼はカールの頭を押さえた。ベーシストはカールの下顎をつかみ、ヘレンが黒い瓶を唇にあて、同時に鼻を塞いだ。

「口を開けなさい。開けなさい。開けなさい。変な味だけど、毒じゃないわよ」

それは本当に変な味だった。それに毒でもなかった。何かきつい薬だった。苦い。石けんのような味。

瓶の中身をほとんど流し込んでしまうと、彼らはカールを放してさっと退いた。カールは黄色っぽい液体を吐き出した。そして飲み込んだり咳込んだりしている間に、彼らはカールの縄を解き始めた。カールは力なく床にくずおれた。彼らはカールに服を脱げと命令したが、赤や青に染まった腕は言うことをきかなかった。そこで彼らは身をかがめて彼の服を脱がした。それから彼を広げた新聞紙の上に引っ張って行き、しゃがんだ姿勢にさせようとした。しかし彼は何度もひっくり返った。結局シリア人が彼の髪をつかんで釣り上げた。ふたりはいっしょにゆらゆらと揺れた。

ヘレンはブラウスに飛び跳ねた雫を払った。コッククロフトは空になった煙草の箱を握りつぶした。ベーシストは袖をまくり上げた。

「替わってやろうか?」

「どのくらいかかるんだ?」

「瓶には何て書いてある?」

「どう、利いてきた?」

「何も」

「瓶をくれ」

「どう、何か感じる?」

「彼、最後にしたのはいつ?」

「いや、全然だ」

「その前は?」

「一日前には。その後は全然。お前たち、気を付けてたんだよな」

「うわ、見てみろ、見てみろよ。うわ」

カールが腸の中身を踵と新聞紙にまき散らしている間に、シリア人が彼をまるで鞄をはたくように揺らした。

しばらくしてその手が離れると、カールは力なくわきに倒れた。額が床に打ちあたった。彼はもう動かなかった。すぐ目の前で黒い点が動き回っていた。蟻。パチンという音がして、カールは震える触角の向こうでベーシストが緑のゴム手袋をするのを見た。ずっと堪えてきたカールは、ここで泣き出した。

ポケットナイフで、ベーシストは便をつつき回した。新聞紙の前に低くしゃがんで、彼はナイフで便を薄切りにして、まるでパンに塗るように新聞紙になすりつけた。

コッククロフト、ヘレンとシリア人は胸の前に腕を組んで、遊び友だちのように彼の後ろに立っていた。ついさっき自分の体から暖かく、悪臭を放ちながら出て行ったものに、彼らが寄ってたかっているということが、カールを奇妙な憂愁で包み込んだ。何か象徴的なものがこの行為にはあった、身の毛もよだつもの、彼らは彼の体の他の部分も奪い取ることができるのだという暗い予感。カールは視線をまた蟻に戻した。

ベーシストは便を巨大なヌテラ・パンのように新聞いっぱいに塗りたくってしまうと、八歳の子どもの表情と口調で、「何にもないよ」と言った。そこで三組の青い目とひと組の黒い目が、裸で荒い息をしながら床に横たわっている男に向けられた。

ヘレンは足でカールの方に服をやり、彼がどうにかほぼひとりで服を着ると、彼らはまたカールを椅子に縛り付けた。

「じゃあ、またその二からやり直しだ」とコッククロフトが言った。そしてヘレンには「あんたの男だろ」と言った。

60　不屈の者たちの伝説

尋問の専門家と、各部門の専門家との間では多くの議論がなされた。得られる限りの事実を見れば、後者がやや有利であると思われる。しかし諜報活動の目的のためには、そのような議論は机上のものだ。

クバーク防諜尋問マニュアル

細いがとても真っすぐで、黒い点から成る線は、カールの椅子の右側を通って穴の奥の、カールがもう目では追えないところから続いていた。反対の端では、その線はオレンジ色の小さな粒を背負って金属のドアの下をくぐり、外の世界へと出て行った。

カールがまだ蟻の運命のことを考えている間に、ヘレンが彼の前に座った。他の人びとは部屋を出ていた。彼女は箱から煙草を取り出したが、火は点けず、彼女独特の気だるく麻痺したような仕草で、片手に煙草、もう片手にライターを持ったまま身振り手振りをしつつ話し始めた。彼女は脚を組み、カールは痛みがあるかのように縄をあちこち引っ張った。本当のところ、彼らは最初ほどきつく縛り付けなかったので、もうほとんど感覚のない右手は（注意して見ないようにしていたが）ミリ単位で縄目からずれてきていた。彼は「俺が何も知らないの、知ってるだろう」と言った。

ヘレンは「私は何も知らない」と言った。途中で口をはさまれるのは嫌だという印にか、ヘレンは黒い小箱を足で寄せて持ち上げ、膝の上に置いた。箱は白い短パンと素足の太ももの間でぐらぐらと揺れた。

「そう、どこから始めましょうか？　あんな小さいもののために、どうしてこんな大騒ぎをするのかって、訊きたいでしょうね？　でも、小さいものなんかじゃないの、わかってるかどうか知らないけど。とにかく私たちにとってはね。構造は学生だって知ってるし、全体としてはそんなに複雑じゃないの、ちょっと頭のいい人たちが集まれば、どうにか作れるでしょう。だけど、私たちだってそれですぐに盛大に輸出産業を始めるわけにはいかないくらいには、複雑なのよ。まあ、輸出したくもないんだけど。他のガラクタはこのルートで流してたけどね」ヘレンは煙草とライターを高く上げ、またすぐに腕を下げた。「あなたは、これに手を出した最初の人間じゃあない。ただ、私たちが捕まえた最初の人間なの。あるいは、ふたり目の。でも、最初の生きてる人間だから、私たちに情報を流してくれる最初の人間でもあるのよ。だってね、わかってるでしょうけど、このお遊びでは、あなたが真実を言うかどうかは問題じゃないの。それはあなたには決められないこと。あなた次第なのは、私たちに真実を言おうと、いつ決心をつけるかだけなの。しばらく自分をいじめてみてもいいのよ、ちょっと長引かせてみても。でも避けることはできないの。尋問における態度についてちゃんとした教育を受けているなら——残念だけど、そう想定する他はないわね——あなたもわかってるでしょう。むき出しの暴力には、意志の力や自己暗示やその他のあの手この手でしばらく抵抗できる。あなたが優秀だとしたら、もしかしたら一日、あるいは二日。もしかしたら三日かも。魚の木登りってこともあるかもしれないから。カルタージュがね」と言ってヘレンは親指で背後を指した。「五日間がんばったひとがいるって言ってるけど。信じないわ。勇敢なる兵士の伝説と同じでしょ、真っ赤に焼けた炭で責められても、自分の連隊、故郷、家族を裏切らなかったって、後になって記念の像を立てると、傷のない大理石の目を思慮深く地平線に向けて、また五体満足なのを喜ぶってわけ。でも、そんなのはただの伝説か、尋問のスペシャリストたちが無能だったのよ。大概の場合は、無能だったんでしょう。でも、この点でだけは、安心していいのよ」ヘレンは煙草を唇にはさみ、火を点けて、ノミの跡が筋状に残っている天井に向かって煙を吐いた。

「それに、決意する手助けもしてあげるから。私たちの知ってることを話してあげる。誰かをかばったり、何か隠したりしなくちゃいけないと思ったりしないように。あるいは、そうできると思い込んだり。だって、私たちが何を知ってると思う？　私たちは、ティンディルマで引き渡しがあるってことを知ってた。大体いつってことも。誰が引き渡すのかも知ってたけど、誰にかは知らなかった。ホテルにはヘルリッヒコッファーという名前の男の予約がはいってたの。ヘルリッヒコッファーっていうのはドイツ語で、すばらしい鞄っていうような意味よ。心当たりはない？　ないの？　そうかもしれないわね。私たちはそのすばらしい鞄さんをとにかくタルガートの空港で見つけて、ティンディルマまで追跡したんだけど、そこで見失ったの。ホテルには現れなかった。それより前に捕まえたってよかったんだけど、例のものを手許にか、じゃなければどこに持ってるのか知らなかったから。私たちは、それがどんなもので、どんな形で運ばれてるのかも、はっきりとは知らなかったの。ただ、どこから来たものか、どの研究所から来たのかはわかってた。それから、その男をもう一度見つけるまで、ほとんど二四時間もかかったのよ。だけどその間に、まだ何も起こっていないらしかった。その男は来る日も来る日もカフェに座って、待ちぼうけってわけ。私たちはその目の前に男をひとり張り込ませて、耳に無線をつけておいたんだけど、何の連絡もなし。その男の目が節穴だったのか、それとも相手が警戒していたのか。あるいはターゲットが違うのかも。そのうちに、あの大量殺人が起きた。コミューンで。そこでちょっと私たちも間違いを犯したのよ。誰だって間違えたと思うけど。だって、何事かと思うでしょ？　共産主義者とヒッピーと長髪族の政治的にはごたまぜなグループ、死者四名、大量の金が消えた……もちろん、私たちも、ターゲットを間違えたと思ったのよ。だからコミューンにはいり込もうとした。でも私たちの仲間ははいれなかった。もう外部を遮断してたから。ジャーナリストとか全部。それに喪中とかで。それから、私の学校時代の友だちが中にいるってことがわかったから、私が呼ばれたのよ。ちょうどスペインにいたの。でも、コミューンを訪ねて、ミシェルからお金は何の関係もなかった、本当にただの性的問題を抱えたアラビア人の狂人の仕業だって聞いたとき、ほらあのアマドゥの二乗よ、もうすっかり脈を見失ってしまったの。ヘルリッヒコッファーは煙のごとく消えていたし、あのヒッピーどもときたら、チョコレートバー一本でもスイス国境から密輸できるくらいの犯罪性もないんだから。だから、もう手の打ちようもなかったってわけ。私も、もう家に帰ることしか考えてなかった――ところがそこでアラビア人に行き当たったのよ。砂漠の真ん中のガソリンスタンドで。血を流し、助けを求め、明らかに誰かに追われている様子で。あなたを拾ったのは、何だかちょっと予感がしたからなの。もしかしたら、って思ったから。だって、記憶喪失だなんて話、最初から嘘でしょう。まず考えたのは、同情を買おうとしてるんでしょってこと。白人女が欲しいアラビア男。九〇パーセント、これね。その夜にも、そう報告したの。だけど、確信はできなかった。私たち、ずっと確信できなかったの。で、バシールがあなたをさらって初めて……あれは散々だったわ。何人か、クビになるところだったんだから。百人もあなたを見張ってたのに、あいつら、あなたをひょいっとトランクに入れて行っちゃうんだもの。能無しがこんな密度で集まってるところなんて、見たことない。みんな素人よ。チーム全員。チームを組んで砂漠に送り込むまで、二四時間しかなかったんだから。私なんか、飛行機も取れなくて、スペインから船で来たのよ。あとふたりは、ニューヨークで引っかかって来れなくなるし。それに、あのユダヤ人の坊やがやらかしてくれたことだけでも！　診療所のチラシ、あれをポストから取り出したときには死ぬかと思ったわ。お試し価格だなんて！　ずっとそんな調子よ。八月に一隊を率いるのがどんなものか、あなたなんか想像もつかないわよ。フランス語のできないのがふたりもいるんだから。アラビア語の通訳なんていないから、ベルギーから飛行機で呼び寄せたのに、お腹を壊してホテルで寝てるし。無線技師は耳が遠くて、アイオワから来てから四八時間も、自分はリビアで活動してるんだって思い込んでたし。仲間がふたりも、ミーネ探しで喉が渇いて死にそうになるし。ヘルリッヒコッファーは、電極なんてつける間もなくもう死んでるし。ちょっとした不運ってとこね。こんな調子でずっと。そこでバシールがあなたをさらって行って――もうたくさん。ひどい間抜けな話よ。だけど、あなたがその間抜けどもの群れにいつもちゃんと飛び込んできてくれたってことは、あなただって大した頭脳の持ち主じゃないっていうことなの、わかる？」

ヘレンは煙草の灰をトントンと落とし、微笑んだ。それは、バンガローのテラスで体操の後に振り返り、カールが初めて彼女を愛していると自覚したときと同じ微笑みだった。

「信じてちょうだい、毎日祈ってたんだから、神さま、どうかあのひとが見た通りの馬鹿でありますように、って。誰もそんなことは信じてなかったのよ。三回」とヘレンは同語反復で三本指を立てて見せた。「三回も、全部切り上げて、すぐに灰色の箱を使えって指示を受けたのよ。三回とも、やっとのことでそのまま計画続行にしたの。そのうち案内してくれるわよ、って言って」

カールは縄目を引っ張った。彼は右手がぐきっと軋むのと感じ、目を固く閉じた。

「これでおしまいだと思ったら、私たちがちょっとお話しして、心理学をやって、ちょっとばかり電気を流したくらいで満足すると思ったら……そう思ってる？　ほら穴やつまらない道具を用意して、ブロンドの煙草のポスターみたいな女が少しばかりおしゃべりして、ただの芝居だと思ってる？　誓って言うけど、違うわよ。もう一度、いくつか質問させてもらうわ。女優さんみたいに気取ってたっていいのよ。あなたの自由だから。でもそしたら――」

痛みに悲鳴を上げながら、カールは右の肩を上げた。手は縄から外れていた。

61　少しばかりの確率論

何故、戦争はいけないのか？　いつかは死ぬ人間が、そのせいで死ぬからだろうか？

アウグスティヌス

煙が空気を曇りガラスのように濁らせていた。ヘレンは上半身を後ろにそらした。「あら、どうしたの？」と彼女は尋ね、少し咳き込んだ。「大丈夫よ、また結んであげるから」

彼女はまた手を縄で結び、その間カールにこれまでの物語を最初から繰り返させた。それから、電流を流されながらコッククロフトとシリア人とベーシストに何を話したかも。微に入り細にわたって。それが済むと、ヘレンは「じゃあ今度は全部、逆向きに。ひとつずつ振り返って」

「あんたも精神科医の仲間入りか？」

「娼婦に会ったところから、私があなたをコミューンの前に置いて行ったところまで」

「俺が記憶喪失かどうか、まだわからないって言うんなら――」

「記憶喪失じゃないわよ。さあ、始めて」

「じゃあなんでテストするんだ？」

「テストじゃないの。さあ、始めて」

カールは額に皺を寄せた。しばらくしてヘレンは「もう言ったでしょ、あなたは大した頭脳の持ち主じゃないって。これは記憶喪失のテストじゃないの。下手に積み上げた嘘をテストするのよ。わかったわね。それで、あなたの娼婦はどうしたの？」と言った。

彼はヘレンを見つめた。彼は彼女の膝を見つめ、自分の膝を見つめ、また彼女の顔を見つめた。

彼女は膝の上のスイッチを指さし、カールは物語を逆さ向きに語った。彼をセトロワと言った娼婦のこと、モルヒネ、港のあたりを歩いたこと。その前には塩の町にいたこと、でも本当は空の町だったこと。小さなカフェ。小さなカフェの前には学校帰りの子どもたちと、彼らに盗まれた黄色いブレザー。電話をかけたこと。煮込みスープを持ってきた店の主人。その前には砂漠、年老いた農夫、首に針金の巻き付いた死体。モペッドについて訊かれたこと、ポケットの紙くず。逃走、白いジェラバの追っ手。ティンディルマ。暴動。トラック大の動物が起こしたコミューンの火事。カールは集団パニックのことと、それをどこから見ていたかを語り、みすぼらしいホテルのことと、ホテルの地味な女のことも（こと細かに）語った。緑の缶のこと、黄色いベンツのこと、その中にあったもののこと。ボール、ボールペンとCETROISと書いた跡のあるメモブロック。そして最後に、ヘレンのピックアップ・トラックの運転席に置いたメモのこと。

ヘレンはすべてを聞き、カールが話を終え、口頭試験を終えた五年生のように目を上げると、また最初から聞きたがった。それからまた逆さまに。そうしながら、ヘレンが一度も声のトーンを上げず、黒い小箱も使わなかったことは、カールにひと筋の希望を与えた。彼は、ディテールをいつも同じ、あるいは正確に逆向きの順序ですらすらと語ることができたならば、信じてもらえるような気がしてきた。

ヘレンが漏らした唯一の反応は、楽しげに笑う学校帰りの子どもたちというところで浮かべた嘲るような笑みで、カールはこの言葉に行き当たるたび、カプセルのはいったブレザーをどうしてなくすことができたのか、段々と自分でも奇妙に、あり得ないことに思えてくるのだった。問題がこのカプセルだということは、彼ももう疑っていなかった。彼はそのうちに弁解の言葉を物語に差し挟むようになり、五回目か六回目に舌を垂らしながら黄色いブレザーを追いかけて走っていたとき、彼はこれまではしょっていたディテールを付け加えた。ウーズのこと。ウーズが夕暮れの砂漠に現れ、彼の手を嚙んだこと、頭に紙の王冠をつけていたこと、もう少しで、こんな馬鹿なことのせいでカプセルを砂の上でなくしてしまいそうになったこと……まるでこの出来事の確率の低さが、後の喪失の確率の低さの言い訳になるかのように。数学の法則、宇宙的な偶然。彼は、手首の嚙み傷を見てくれと彼女に懇願した。ヘレンは立ち上がり、首の後ろに手を組んでカールの椅子をひと回りした。

「あなたを教育したのは誰なの?」カールの真後ろに立ったとき、彼女は聞き取れないほどの声で言った。そしてまたカールの前の木箱に座ると、「あなたが言いたいのは、それだけ?」と訊いた。「民族の誇り、理想主義、宗教のドグマ、頭の良くない連中が自分の世界観に備え付けて、大人になったらもう放り出すのは大概のところ無理、そんながらくたや目くらまし——あなたに取り憑いてるのが何だか、わからないけど。もう一度、考え直してみたら。あなたにもう一度質問させて、と言ったわよね、それは本当にそういう意味なのよ。だけど、ちょっとしたことと言ったにしても、私たちにとってそれが重要じゃないってことじゃないの。とても重要なの」

「ひとの命より大事なのか?」とカールは身を起こして訊いた。

「あなたの命のこと? ひとの命より大事なものなんてない」ヘレンは人差し指でカールの染み

だらけのセーターをなぞった。「嘘つきの命でもね。密輸業者の命でも。大馬鹿者や犯罪者のでも。どんな命も一度きりのかけがえのないもので、守るべきものだ。って法律は言うでしょう。でも問題はね、私たちは法学者じゃないってこと。私たちは、命を他の価値や他の命と天秤にかけることはできない、っていう立場は取っていないの。私たちはどちらかというと統計部門で、統計部門が言うのはつまり、あなたが言っている通りだっていう可能性は、もしかしたら一%あるかもしれない、っていうことよ。自分が誰か、わからないってこと。偶然、運の悪いときに運の悪い場所にいたってこと、それも何回も。砂漠に学校帰りの子どもがいたり、針金で首を絞められた死体があったり、ポケットには身分証明書がはいっていたり、その他いろいろ。あり得る話よ。でもね、そうじゃないっていう可能性が、九九%もあるの。私たちがここで世界平和を守ることができる可能性が九九%。私たちのちょっとした調査が、核兵器のない平和な共存のためになる可能性が九九%。イスラエル国家の存続、幸せな子どもたち、草を食む牛、その他諸々のことのためになる可能性が九九%。いまここで、ひとりの命ではなく、何百万の命がかかっている可能性が九九%。啓蒙と人道主義のためになる可能性が九九%、そして私たちの尋問が恥ずかしいことに中世への逆戻りになっている可能性がたったの一%。正直に言って」とヘレンは言い、彼の顎をそっと二本の指で上げ、彼の目を見つめた。「百か一か。あるいは、百万か一か。これからどうしましょうか? あなた、どう思う? いい案があるんだけど。統計部門っていうのは、伝統的にあんまり情熱的じゃないのよ」

「俺を知ってるだろう。俺を見てただろう」

「あなた、自分でも自分のことは知らないんでしょ。そう言ったわよね」

「でも、なんであんなに全部、あんたに話したと思う？」

「馬鹿だから？」とヘレンは言った。「最後まで、誰の車に乗り込んだのかわかっていなかったから？　ブロンドの、チューインガムを嚙んでる女なら、役に立つかもしれないと思ったから？　私たちは、そのカプセルとやらが本当にあるのかも知らないのよ。それとも、他にどんな形で――」

「知ってるだろう」とカールは言った。「俺が何も知らないのを、知ってるだろう」

「これが終ったら、わかるでしょう。すてきなおもちゃを全部試してみて、終ったら、わかるでしょう。そしたらあなたを信じて、謝るわ――可能性は一％だけど。でも、信じてくれていいけど、これが終ったときには、あなたもきっとすべてを白状してるでしょう。だってね、本当に気の毒だけど、私たちの方が善の側にいるのよ。でもあなたはそうじゃない。わかってないのかもしれないけど。だけど、もうどっぷり手を突っ込んじゃってるのよ、私たちに権利があるものを、あなたが持ってるんだから。私たちが発見したものを。私たちの科学者が発見したのよ。だから、私たちが善なの。私たちは爆弾を作って、恐ろしいことをしてしまったんだけど、そこからちゃんと学んだの。私たちは、学習能力のあるシステムだから。ヒロシマのおかげで戦争は早く終った。ナガサキについては議論の余地があるけど――でも、三回目はもうないの。三回目が起きないように、私たちが防いでいるのよ。爆弾が私たちの手にあるってことは、倫理的規律以外の何ものでもない。同じ爆弾があなたたちの手にあったら、私たちは破滅に向かってるってことよ、これまでのことなんか、それに比べたらちょっと頭痛がするくらいのもの。でも、どうしてこんな話をしてると思う？　あなたを説得できると思ってるからじゃないわよ。あなたの頭に理性的な根拠がはいるだけのキャパシティがあると思ってるわけじゃないの。もし理性的根拠が理解できるんだったら、ここにいないでしょう。ただ、私たちの立場をはっきりさせるために言ってるのよ」

彼女はブラウスの第一ボタンを開けて、二本指で鎖骨から汗を払い、次の煙草に火を点けた。

62　深き淵にて

彼らは膿の川に着き、また血の川に着いた。ジバルバの心臓のあるところは、彼らにとって敗北の地となるはずだった。彼らはその地を歩いて通ることなく、吹き矢の背に乗って渡った。

ポポル・ヴーの書

山羊は消えていた。鎖の端は岸辺に落ちていた。カールの記憶にまだ残っていた岩塊は、光で揺らいだ。ズボンをたくし上げて、シリア人が彼を池の真ん中まで引きずっていった。シリア人は鎖を拾い上げ、彼の首に錠前で留めた。「長過ぎる」と誰かが言い、シリア人はカールのうなじを顔が水につくくらいに押し下げて錠を開け、鎖を留めなおした。コッククロフト、ヘレン、ベーシストとアセチレンランプが岸辺からこちらを眺めていた。

彼らはさあ話せとうながしたが、カールは黙っていた。

コッククロフトはしゃがみ込み、カールの目をじっと見つめて、「そのためには死んでもいいような理想なんて、ありやしないんですよ。私たちはこれまであなたにざっくばらんにお話ししてきましたし、私はこれからもはっきりと申し上げるつもりです。命の危険、これが私たちの方針の目指すところです。あなたを絶望的な命の危険にさらすこと。これには様々な説があります。ついこの間まで、私たちはハンス・シャルフの名を冠した推論を信じて、あまりに深い絶望は真理の探求の役に立たない、あるいは作り話を促すもととなると考えていました。しかしこの推論は根拠がないことがわかって、今日ではくだらない話と考えられています。他の人びと、充分傾聴するに値する人びとの説では、柔軟性に欠ける性格の人物に限って、それもとくに肛門期性格の人物は、絶望が過ぎるともっと頑なになって、しまいにはすっかり硬直してしまうと主張しています。しかしこの説もすでに覆されています。深い、命に関わる絶望というものは、最新の研究では王道と考えられているのです……」などなど、延々と語った。

カールはもうとっくに話の筋を追えなくなっていた。それはただの意味のないおしゃべり、何百回と繰り返される脅しに過ぎなかった。彼は鎖を手で探った。それは泥の底深く、鉄の杭で岩に打ち付けられていた。彼は目を閉じた。

「じゃあ、また明日」と誰かが言った。ヘレン。それが終了の合図らしかった。足音と声とともに光が去って行き、カールは暗黒に取り残された。膝までの水に浸かって足を滑らせながら、カールは安定した姿勢を探した。水面から首までの鎖の長さは十五センチもなかった。両腕を伸ばして体を支えるのには短く、肘をつければ顎が水についた。彼は落ち着こうとした。彼は叫んだ。

彼は筋肉が凝り固まるまで左手で身を支え、それからまた筋肉が凝り固まるまで右手で身を支えた。それから彼は左右に体を揺らした。力の尽きるまで。力はすぐに尽きた。彼は一時間も耐えることはできないと思った。しかし一時間経っても、彼は生きて体を揺すっていた。

始めは五分から十分、肘を替えるまで耐えていられたが、その間隔は短くなっていった。持つ手を替えながら重い鞄を持って町を歩き、やがてどちらの手も使えなくなるひとのように。彼は鉄の杭に肩をもたせようとした。彼は泥を寄せ集めてクッションにしようとした。彼は腹筋を緊張させたり、背筋を緊張させたりした。そしてこれからどうなるのか思いを巡らせ、溺れ死のうとした。彼はくぐもった音を宿す温かな静寂へと仰向けに倒れ込んだ。泥。息を詰める。閉じた瞼の裏の黒曜石。彼は砂漠を見た。彼は黄色い雲を見た。彼は緑の旗を見た。ひどい臭いの濁り水が彼の口に流れ込み、彼は吐き、咳き込みながら起き上がった。彼は鎖を引っ張った。杭を揺すった。体を左側へ、右側へ。また水に潜る。単調で骨の折れる作業にふさわしく、彼は何をしているかではなくてどのようにしてやるかに集中した。彼は自分自身を聴衆に講演を始め、何百人もの学生を前に教壇に立って、過酷なる運命（あるいはその代行人）によって泥の穴に繋ぎ留められた場合、どのようにして生き延びることができるか、発表を行なっているという空想に身を任せた。

このようにして体を支えましょう。こちらは悪い例です。と彼は言った。関節A、B、Cはこのような角度に保てば、最低限の体力の消耗で最大の耐久時間を得ることができます。こちらの対数表に従って、間隔が狭まって行きますと左右への揺れとなり、さらにその後には再び適切に調節された左右への体の支えへと移行し……などなど。ついに最後のひとりの学生まで、ノートを開いて熱心に書き取り始めた。講義は生理学の中でも少しばかり特殊な領域を扱っていると言えたが、理想的な体の支え方についてのこの教授の講義には引き込まれるような魅力があり、他の教授たちも聞きにくるほどだった。講義の期間も異例で、何時間も、何日も、何週間も、何カ月も、何学期も続くのだったが、一番後ろの列にはいつもブロンドの、チューインガムを嚙んでいる、奇妙な表情の、胸の大きな女学生が座っているのだった。

頭が冴え切っていたある瞬間に、カールは自分の死を覚悟し、そして死という考えが浮かんで初めて、自分が暗闇にひとりでいるはずがないことに気付いた。いまのような状況では、彼はすぐに溺れ死んで、知っていることもそのまま闇に葬られてしまうに違いないと、奴らは知っている——はず——だった。だから彼を監視し、聞き耳を立て、暗闇から彼を見守っている者がいるはずだった。四人のうちひとりはここにいる。カールは声と足音が遠ざかり、光が消えるのを見たが、去って行ったのが四人の足音だったかどうかは気をつけていなかった。

彼は息をひそめ、相手も息をひそめた。しかし彼には確信があった。夜の墓石の向こうに、ひと房のブロンドの巻き毛。

これまでもぶつぶつと独り言を言ってはいたが、今度は大きな声を上げた。彼は家族に語りかけ、自らの悲運を嘆き、父母に別れを告げて、ドラマティックなため息とともに倒れ込んだ。水中からぶくぶくという派手な音。彼は手足をばたつかせ、それから動きを止めて、音もなく頭を上げた。そして息をした。うめき声を上げず、鼻息も立てず、動きもせずにいるのは非常な努力を要した。震えが水をかすかに動かした。彼は水音と水音の反響、反響の反響を聞いた。それ以外には何も聞こえなかった。誰も来なかった。彼はこの実験をあと何度か繰り返し、これが実験であることも忘れた。彼はいまや、本当に父と話し、父は彼のうなじに手を置いて塩素の匂いのする長いタイル張りの廊下を歩いた。暖房のラジエーターの上に、畳んだ白いタオルが載っていた。青い水着の少女がふたり、ジャンプ台の手すりにもたれて彼を無関心この上ない目つきで眺めていた。そのひとりは第八学年の生徒で、彼の憧れのひとだった。彼は水を吐き散らし、しばらく正気を取り戻すと、あんたたちの知りたいことを知ってるぞ、と咳をしながら叫んだ。ずっとわかっていたんだ、それにカプセルのはいったボールペンは盗まれてなんかいない、歯の穴の中に入れて持ってるんだ、待たなくていいんだ、明日まで。
「明日まで！」とこだまが引きずるような声で答えた。

63　空間認識

そして一日の始めと終わりと、夜明け近くの夜の時間に祈りを行なえ。まさに、善き行ないは悪しき行いを帳消しにする。これは思慮深き者たちへの忠言である。

スーラ第十一章百十四節

次の日、彼はまだ生きていた。どうやって生き延びたのかも、喜んでいいものかもわからなかったが、何人かの足音が近づいてくるのを聞いても気持ちは軽くならなかった。渇きと痛みの他には、何も感じなかった。便がひと塊、どこか近くを漂っていた。彼の顔は泥がはね、むくんでいた。光の向こうに隠れている声が、一晩しか置き去りにしていないと言っているのが本当なら、彼の時間感覚は五倍か六倍遅くなっていた。

光の下には、靴が三組見えた。茶色い靴、茶色い靴、女の靴。誰もズボンの裾をまくり上げてはいない。

「残念だけど、カルタージュが鍵を持ってっちゃったのよ。でも代りにこれがあるから」

コッククロフトが水辺にしゃがみこんだ。ヘレンの手にはボルトカッターがあった。巨大な、のんびりとした羊が辺りをふわふわと漂って、カールの背中を噛んだ。

「しっ、しっ」と彼は言った。

「それで、何を言ったらいいのかは、わかったんですか？　わからない？　私たちはここを引き上げるところなんですよ、そしたらこの穴に誰かひとがやってくるまで、何年も、何十年もかかるかもしれないんですよ。さあ、単刀直入にお願いしますよ、何かお土産に聞かせてくれることはないんですか？　ないんですすね？　あなた、それで楽しいんですか？　残念ですね。とても残念ですね」

コッククロフトがしゃべり、ヘレンがしゃべり、またコッククロフトがしゃべった。しかしこれ以上の質問に答えるのは、カールはもう水に沈んでからでなければ無理だった。彼らは、もう置き去りにするぞと言ったかと思うと、今度はもう一度チャンスを与えようと言った。ヘレンはボルトカッターを足元の岩に置いた。彼は泥水を少し飲んだ。人影は不動のまま座りこみ、彼を観察していた。

「考え直してみたら」とヘレンは前屈みになり、人差し指で彼の方に水をはね飛ばした。

「もう死ぬ」と彼は言った。

「死なないわよ。水のはいった樽にネズミを放り込むとどうなるか、知ってる？　何日もかかったりするのよ」

「ネズミなんかくそ食らえ。くそ。くそネズミめ」彼もお返しに水を飛ばそうとしたが、ヘレンとの間の三メートルの距離を克服することができなかった。

「最後の対話なんだから、意味のあることを言うのに利用したらどう、そのくらいの頭がなくてどうするの」

彼は考え、「あんたなんか吐き気がする」と言った。

影たちは立ち上がった。揺れるランプの光芒が影の岩たちを押し動かした。足音。山羊たち。暗闇。彼は待った。

彼は、ボルトカッターがどこに置いてあったか、よく覚えておいた。彼の伸ばした腕から三メートル半か四メートル先の、岸辺の平たい岩の上。

ズボンを脱ぐためには、何度も水に潜らなくてはならなかった。両手で彼はズボンを腰から押し下げた。ウーズに噛まれた左手は、バシールがレターナイフを突き刺した右手よりもずっと痛んだ。泥が目を塞いだ。彼は、それが泥であることを祈った。

彼はセーターを頭から脱ぎ、片方の袖とズボンの片方の脚を結んだ。ひどく困難な作業だったのは、彼の精神がすでに非常電源に切り替わっていたからかもしれないし、暗闇のせいで空間認識力がさらに落ちていたからかもしれない。とにかく彼は、セーターが鎖に通ったままで、使いたい目的には役立たないと気付くまで延々長くかかった。彼はズボンの結び目を解いて、セーターをあちこち引っ張った。彼はセーターを縦に裂こうとしたが、もう指でつかむことができなかった。目の前で霧の塊がふわりふわりと踊っていた。彼が叫ぶと、脳の回路が接続を誤ったのか、叫びが共感覚で色に変わった。彼は、もう時間がないとわかっていた。そこで彼はセーターはそのままにして、ズボンだけで試みた。

彼はズボンの片脚を縛り、泥を何つかみか詰め込んで、重さを確かめた。それから彼は長さを計った。彼は計算した。鎖の長さ約三〇センチ、プラス肩幅の半分、プラス約一メートル半のズボンの長さ。せいぜい三メートルか。これでは届かない。

彼はズボンの片脚をつかんで投げ縄のように投げ、向こう端が水面に打ち当たるのを聞いた。二度目も、三度目も同じ。岸にさえも届かなかった。投げ方が悪いのだろうか？　左の肘で身を支え、半ば寝た体勢で、投擲用意の段階ではズボンは右肩の後ろで水の中に垂れ、それから水を飛ばしながら斜めに飛び出していった。一度など、彼は重りを自分の頭にぶつけてしまった。一度投げるたびに、体力を消耗した。

四度目の試みの前に、彼はズボンをきちんと二回畳んで右肩に掛け、詰めた重りを投げるのではなく砲丸のように押し出した。それは危険だった。傷ついた片手で、重りを投げるだけではなくもう片方のぬるぬるとしたズボンの裾をしっかりと捕まえていなければならないからだ。裾を放してしまったら、死は確実だった。

彼は神経を集中し、暗闇へと腕を押し出した。すぐに岸辺に打ち当たる音がした。岩にあたるぴしゃりという音。彼は投げ縄を回収し、四回か五回、少しずつ方角をずらして投げた。そのたびに岸辺の岩にあたった。しかしそれ以上のことはなかった。彼は水の中に身を伸ばし、鎖をぴんと張って、計画的に進みさえすればこの悲惨な状況を逃れられると信じた。岸辺にあたる音の連続によって、彼の頭の中には頼みの綱となる地図が描かれ、その地図を区切る四角形から四角形へと、綿密に探って行けばいつか必ずボルトカッターにあたるはずだった。しかしこの楽天的な瞬間は、ボルトカッターが届かないところにあるのではないかという予感に取って代わられた。それからまた彼は、暗闇で方向感覚を失ったのではないかと考えた。彼は秒針のようにぐるりと回りながらズボンをあらゆる方向に投げたが、そのうち四分の三ほどは岸まで届かないということがわかっただけだった。

最初に正しいと思っていた方向は、これでまたなんとなく限定できた。ヘレンが立って、彼に話しかけ、ボルトカッターを置いていった岸辺は、一番遠くないところだった。

彼はさらに試みを続けたが、砂の詰まったズボンが金属の道具にあたる音は起きなかった。ときどき彼は、呪術で金属の音を呼び寄せようとでもするかのように、首の鎖を揺らした。彼は独り言を言った。すると、ふと霧が晴れ、池の周囲に黒々とした木立ちが見えた。木々は葉のない枝を灰色の空へと伸ばし、雪がひらひらと舞い落ちていた。池は凍った。彼はスケート靴でその上を滑っていた。母が気をつけなさいと言った。茶色い目の若い女性だった。そこへ犬が来た。大きな毛糸の手袋のように、犬は彼の体に伸び上がった。クリスマスツリーが輝き、燃え、倒れた。医者が彼を診察し、木のへらを口に入れた。木のへらはあとで持って帰ってよかった。ガラスの器にありがとうのキャンディがはいっていた。先生が素数分解しろと言った。ジャングルの端には言葉を話す猿が住んでいて、人間狩りをし、剝製にして博物館に陳列した。彼は海辺の自由の女神像を思い出した、その上の空にはカメラのレンズについた繊維がぴくぴくと揺れていた。死者の国からの蛇の挨拶。四八時間の不眠状態。

カールは水を飲み込んで、意識を取り戻した。彼は咳き込み、ねばねばとしたものを吐き、奇妙な行為を始めた。肘を勢いよく後ろに引き、手は握りこぶしにしてから、ぱっと開いて前に突き出し、最後には上に向かってシャベルで掘るような動き。何度も何度も。二、三……十七。

彼は夜の間に部屋に迷い込んできた黒つぐみをもう一度見た、そして金の腕時計をした男が窓を開けて鳥を逃がしてやった。焦げたケーキの匂い。煙草を逆さ向きに口に入れ、話に夢中になってフィルターに火を点ける若い男。車を洗っている祖父、色も褪めて硬直した絵、しかしホースの水だけはいつまでも、永遠に、ボンネットに銀色の雫を散らしている。

彼はずぶぬれのズボンを機械的にかき集めた。彼は、ハキムは何をされたのだろうかと考えた。寒さに震えながら、彼はセーターを鉄の鎖から上半身へと引き戻そうとした。何度も失敗してやっと、濡れた服の塊にもぐり込み、頭から被ることができた。

しばらく物音は止んで、ひとつの考えが足を引きずりながらよろよろと彼の頭に浮かんできた。この布を頭から被ることができるのなら——足まで引きずり下ろすこともできるのではないか？彼は暗闇でその答えを出すことにためらった。空間認識はもう停止していた。

彼は自分を、地球の形と大きさの重しを首から垂らした漫画の人物のように思い浮かべた。こっちの方向には無理だった。でも、反対側には？　セーターというものにはいくつかの穴があったはずだが、その穴を幾つ抜けて、彼というふやけた肉の塊を通したら、布が使えるようになるだろうか？　彼にはわからなかった。試してみるしかなかった。

水の中に横になり、彼は片腕を首のほうへ通した。簡単だった。しかし二本目の腕はすでに問題だった。肘の少し下で、腕は襟ぐりに引っかかって止まった。セーターは破けも伸びもしなかった。カールはまた身をほどこうとしたが、進退窮まってしまった。拘束服にくるまって、カールは陸に上げられた魚のように泥の上ではねた。彼は口をぱくぱくさせ、また沈んだ。するとふいに、もう一方の肘が顔のすぐそばを飛び出して行った。息を吹き出しながら、彼は身をよじって起き上がった。両腕が頭の上に縛り上げられたようになり、肘から先はまるでパントマイムでうさぎを表現するつもりのように絶望的なバレエを踊っていた。彼は暴れ回り、ひっくり返った。するとセーターは胸にまで下がり、呼吸の自由を奪った。最後の力を振り絞って、彼は水面の下でセーターを腰にまで押し下げた。その先は簡単だった。セーターを両手に持ち、彼は一分ほど横になって、落ち着こうと努めた。

それから彼はセーターに結びつけるためにズボンを探したが、ズボンは消えていた。三回、四回とカールは鉄の杭の回りを肘をついて回ったが、ズボンは見つからず、やっと見つけたときには中の重りは消えて、結び目も解けていた。

彼は新しい結び目を作ったが、大事な投げ縄がどうしてか短くなっているのに気付いた。彼は結び目を解き、もっと端に結び直したが、それでも短かった。ため息をつきながら、彼は端から端まで探ってみたが、謎は深まるばかりだった。ズボンは何かが足りなかった。真ん中からは大きな布切れが垂れていた。振り回したくらいで、ズボンが破れたはずはないのに？

結び目や絡まりを見落としていないか、片脚を忘れていないか、彼は布を少しずつ手でたぐった。しかし何も手触りで見つけることはできなかった。彼はもう気が狂ってしまったのだと思った。彼は何も見えない目を叩いた。そして、布を顔に押しあてて舌で触ってみて初めて、麻痺した指先ではもうわからなかったことがわかった。それはズボンの布ではなく、編んだものだった。セーター。ずっと、セーターを調べていたのだ。

「さあ、順番に考えよう」と彼は小声で言い、自分の声に心を落ち着かせるような響き、自分の理性ほど蝕まれてはいない、自分の上にある理性の響きがしたので、独り言をもっと大きな声で続けた。

「では、セーターをまずここに置くことにしよう」と彼は言って、セーターを肩に掛けた。それから辺りを探し回った。しかしズボンを見つけることはできず、「大丈夫だ、全然大丈夫だ。ここになければ、こっちだろう。それともこっち、こっち、こっち」と言った。

彼はできる限り低く腹這いになって、鎖を引っ張り、両手を泥に突っ込んで探した。彼は水に潜り、泳ぎの動きをした。

「パニックにならないように」と彼は言った。彼は片脚を前に伸ばして、足先を鉤に曲げ、鉄の杭を中心にコンパスのように円を描いた。すると、くるぶしに長い布がからみついた。すぐに彼はセーターがまだ肩に掛かっているか確認した。セーターはまだあった。

「よしよし」と彼は言った。「上々だ」彼はセーターとズボンの脚を結びつけた。

それから投げ道具の長さを計り、がっかりした。両腕を広げた長さの一・五倍ほどしかなかった。結び目に長さを取られてしまったのだ。しかし結び目をもっと小さくする勇気はなかった。結び目が解けて、一方が飛んでいってしまったら、おしまいだった。

最初の投擲にはいる前に、彼はしばらく、厳かな休息を入れた。それから神経を集中し、砲丸投げ方式で押し出す。これまでと同じぐしゃりという湿った音がして、布が岩にあたった。

しかしもう方向がわからなくなっていた。彼は二回目には九〇度右に回った。同じぐしゃりという音。三回目は間違えて、九〇度回らずに投げてしまった。また同じ湿った音……しかし今度は金属の音がかすかに混ざっていた。驚愕のあまり、彼は投げた腕を数秒の間そのまま闇に突き出し、それからゆっくりと投げ縄を引いた。ゆっくり、もっとゆっくり。彼は金属が岩をこする音を聞いた。一センチ、二センチ、五センチ。そのあと、引きずる音から金属の響きが消えた。

カールはズボンにもっと泥を詰め、また投げた。今度はボルトカッターにはあたらなかった。でもそれは問題ではなかった。痛みは感じられなくなっていた。不思議な、最後の瞬間まで体の中にキープされていた伝達物質が脳に放出された。

新たな力と希望をもって、カールは重しを暗闇に投げ、最後の瞬間に、つかまえていたセーターの腕がこわばった指先から抜けて行くのを感じた。静寂の一瞬。それから、遠くの岸辺に濡れた布の塊が落ちる音が聞こえた。最後の金属音が嘲るように鳴った。

今度は、ズボンもセーターも完全に届く範囲から消えてしまい、手でも足でもつかまえられないことを確認するのに十秒もかからなかった。はるか遠くの、暗い岩に、岸辺よりも遠く、彼の命よりも遠く。

彼は、この瞬間まで、自分は不死だと思い込んでいたことに気付いた。彼は鎖を首に巻き付けた。泥に顔を押しつけた。額を鉄の杭に打ち付けた。そして叫びながらまた起き上がった。彼はずっと舌先に載っていた名前を叫んだ。その名は虚ろに壁に響き渡った。

64 アエロポール・ドゥ・ラ・リベルテ

ブロンドの髪は、本来賢さをもたらすものである。養分を目に送らないのと同様に、脳に養分が残り、脳を賢くする。茶色の髪や黒い髪、黒い目の人びとは、ブロンドの人びとが脳に送るものを目と髪に送っているのである。

ルドルフ・シュタイナー

彼女に用意されたチケットは十一時の出発だった。他の人びとはもう前の晩に出発していた。ヘレンは荷物を詰め、タクシーを取って、タルガートの北にある空港に八時に着いた。そこで彼女は、故障のためフライトがキャンセルになったと聞かされた。しばらく後にスペインと南フランスに飛ぶ予定のエールフランス機は満員ではなかったが、彼女は乗れなかった。荷物に武器がはいっているのだから、アメリカの航空会社でなければいけなかったのだ。

しばらく押し問答の挙げ句（もっと運の悪い乗客たちに文句を言われて）、結局彼女は夜の便に振り替えになった。これで十二時間の空きができてしまった。彼女は荷物をコインロッカーに入れ、空港の上階にきれいな、どことなくエキゾチックなヨーロッパ風のカフェを見つけた。彼女は誰かが席に忘れていったヘラルド・トリビューンとフランス語の新聞を読み、ページをめくりながら何も見覚えのある事件に行き当たらないのにほっとした。

コーヒーが出されてきたカップは白い磁器で、縁に小さな青い三日月模様が押され、星と混ざり合っていた。バンガロー581dの食器棚にあったのと同じ製品だった。何日もの間、毎朝小さなテーブルに置いたのと同じ製品。ふたり分。彼女はしばらく宙を見つめ、三〇年後、四〇年後の自分の人生はどうなっているのだろうと想像した。彼女の人生、幸福、思い出となった現在、北アフリカの小さな、前近代的な、文明の行き届かない、暴力的な、汚い国の思い出、あと数時間で願わくば永遠に去ろうとしているこの国という思い出。

名前のない男がまだ生きている可能性は、ゼロに近かった。最後に見たときにはもう、ひどい様子だった。あれからまた三六時間が過ぎていた。彼の上でもう永遠に水面が閉じているだろうと予測するのは、ペシミストでなくてもできることだった。

空港のアナウンスがミスター・アンド・ミセス・ウェルズをエールフランスの搭乗口に呼んだ。ヘレンはパノラマウィンドウから外を眺め、空港を取り巻く白、青、砂色のアラビアの家々の間のネオンサインに目を留め、目が離せなくなった。

彼女は時計を見て、ウェイターを呼び、支払いを済ませた。それからコインロッカーに行き、背後の通行人を見た。さりげなく、彼女は旅行鞄から重たいものをふたつ取り出し、ロッカーの奥でビニール袋に詰め込んだ。ビニール袋を手に、彼女は空港の建物を出て、道を渡り、ネオンサインの家の前に立ち止まった。それはレンタカー屋だった。

一番手頃な車はピストル型ギアのついた砂色のルノー4だった。ヘレンは交通量の多い町中を出てティンディルマへの砂の街道に着くまでに、何度かエンストを起こした。そこから彼女はアクセ

ルを踏みきって走った。キスしている煉瓦のラクダの眺めは、若い頃の思い出の品が詰まった埃だらけの箱のように胸を締め付けた
いったい何をしようとしていたのか——もし何かしようとしていたのなら——自分でもわからなかった。ミッションは完了していた。何も決定的なものは見つけられなかったが、設計図の引き渡しが失敗に終ったことはかなりの確率で確認できた。様々な複合的な問題を論じた後に、中央部から夜に撤退の指示がはいった。そしていわゆる問題は、鉱山の中にほっぽらかしにしてあった。逃がしやるわけにはいかなかった。

では、何をするつもりなのか？　彼女は車を見覚えのある場所に停め、山の背を超えて、坑道の入り口と風車と樽のある向いの山を見やった。小屋は見えなかった。ただ真っ黒な焦げ跡だけ。谷を超える間に、かすかに焦げ臭いにおいが漂って来た。

彼女は袋から武器を取り出し、シリンダーを出して、トリガーに指をかけ、照準をのぞき、シリンダーを戻し、武器と懐中電灯をベルトに挟んで用心深く小さな台地に登った。

小屋の梁は黒こげになって焼け落ちていた。真ん中からはかすかに煙が立っていた。ヘレンは辺りを見回した。考えられる唯一の解答は、コッククロフトとカルタージュが痕跡を消そうとしたということだった。あのふたりが最後にここに残ったのだった。しかしあまりありそうなことには思えなかった。彼女は安全装置を外した。

蒸し暑い、雲に覆われた午後のもう遅い時間だった。闇に降りて行くのに恐れを感じた——もう薄闇の時刻だった。真っ暗闇の洞穴に降りて行くのに、どんな時刻だろうと関係ないはずだった、昼だろうと夕闇だろうと夜だろうと。しかし地下の暗がりの中を歩き回っている間に闇が地を覆う

ということ、光の中にではなく、星の見えない夜に帰ってくるしかないということは、ヘレンの心を騒がせた。これではヘレンよりもずっと単純な人間でさえ、無邪気な風景や光の後ろに見え隠れしているのは、恥や罪悪感といったものではないかと自問し始めたに違いない。

「くだらない」とヘレンは自分に言い聞かせ、人工の光を頼りに坑道を降り始めた。ときどき左右の壁を照らして、煤でつけた手の印を確かめ、一歩一歩進むごとに興奮は冷めていった。最も深い穴にはいりながら、ヘレンはもうカールの名を呼んでいた。答えはなかった。ただ闇と静寂と池の泥臭いにおいだけ。

懐中電灯の光の柱にあたった最初のものは、岩の上のボルトカッターにかぶさっている、繋ぎ合わされたどろどろの服だった。あたりには湿り気が広がっていた。ヘレンはすぐに、どんな試みがなされたのか見て取った。そしてそれが試みに終ったということも。

ほぼ一分も、彼女は池の岸辺に立って、息をつめていた。もう一度、彼女は彼の名を呼んだ。自分の声の引きずるようなこだまを聞き、背中がひやりとした。しかし彼女の背に鳥肌が立ったのは、鏡のような水の下に何が隠されているかという考えのせいではなかった。それは自分の声の響きのせいだった。もっと正確に言えば、青春時代から奇妙にも心に残り続けていた、自分の声への嫌悪の記憶だった。違和感、不安、そしてちらりとよぎる考え。どれだけの時間が経ってしまったのか。自分がかつてどんなに若かったのか。なにもかも、どれほど無意味なのか。

どうしてそれがよりによってこの瞬間に彼女の心を強く揺さぶったのか、彼女にはわからなかった。それに、その瞬間もすぐに通り過ぎていった。

何分も、彼女は車の中に座ったまま、キーを回さずにいた。彼女は煙草を二本吸い、フロントガラスの一匹の蝿を見つめていた。それからエンジンをかけ、ハイビームを点けた。

65　その後の出来事

おお、この予測可能なるものの解析不能さ！

ケルヴィン・スコット

　もしよければ、この喜ばしくない出来事のクロニクルをここで終えてもいい。もう語られたことのほかに、大したことは起きていない。

　シェラトンでは鍵がひとつなくなってしまった。空の町では、安く買ったエスプレッソマシーンを十倍の値段で売って大もうけした男がいた。肌の白い（ノルマン人タイプの）若い女が、三歳の息子といっしょに山地で喉を切られて殺されているのが見つかった。子どもの口には小さな悪魔の形のお守りがはいっていた。犯人が見つかることはなかった。

　スパスキーもモレスキンもノーベル賞は取らなかった。彼らの名声は色褪せたが、ウィキペディアの項目だけは長い。アフリカ統一国家が設立されることはなかった。

　タルガートの警察長官は、三人の半分アラビア人で半分フランス人の刑事たち、カニサデス、ポリドリオ、カリーミの埋め合わせに、余り訓練の行き届かない刑事たちを雇うしかなくなった。カニサデスの死体は誰もいない醸造所の近くの砂漠で、首に針金が巻き付いたまま見つかった。彼は農夫の息子ふたりの失踪について調べるためにそこに行ったのだが、それは誰かが田舎のコミューンでの四連続殺人と息子の失踪とを誤って結びつけたためだったらしい。カニサデスを殺した犯人として年取った醸造業者が絞首刑になったが、老人には息子もアリバイもないだけでなく、正直に言って動機もなかった。

アマドゥ・アマドゥは南部まで逃げ延び、ヌアクショットへの街道で運転席に血のついた車を放牧民に売りつけ、最後にはディムジャの近くで目撃されたが、その後の足取りはつかめていない。

カリーミは浄化作戦の第五波のときに、塩の町の興奮した住民たちによってブルドーザーから引きずり落ろされ、石打ちの刑にされそうになった後、一九七三年に辞職した。脊髄の治療を専門とするフランスの病院で、彼は二年ほど治療を受けた。その後、車椅子に乗って、以前よりさらに人間嫌いになって海辺の町に戻ってきた。事務職を勧められたが、彼は断った。一年ほど弟のバーで手伝いをして、カウンターで客たちをうんざりさせた後になってちょっとした年金が認められ、油絵に取り組むようになった。

油絵をするようになったのは、港の辺りを散歩しているときの偶然の出会いからだった。そこのショーウィンドウに、彼は亜鉛のチューブにはいった絵の具がむっちりとしたソーセージのようにアナグマの毛の筆をとりかこんでいる絵の具箱を見つけた——観光客向けで、ひどく高すぎる値段がつけられていたが。昔のコネをちらつかせて、彼は値段を八分の一まで値切り、それ以来すっかりファンタスティック・リアリズム派の絵画に身を捧げることとなったのだ。

いくつかの絵は買い手がつき、小さな展覧会にも出品し、一九七七年パリのジュ・ド・ポーム国立美術館でのグループ展にも参加したことがわかっている。その展覧会のカタログはなかなか手にはいらないが、興味があればタルガートの警察署本部では今日でもQ・カリーミ、七八と勢いよく署名された絵を見ることができる。もうかれこれ三〇年ばかりもその絵は玄関ホールを飾り、美しい女たちの顔、気味の悪い骸骨、コウモリの舞う幽霊のような枯れ木を組み合わせた印象的なコンポジションを提示している。画家は一九七九年に肺炎で亡くなった。

最後にポリドリオは、読者も覚えているかもしれないが一九七二年のある土曜日の朝にベンツに乗ってティンディルマ方面に出発し、その後は消息を絶っている。彼の写真はしばらくの間タルガートとティンディルマにあちこち張り出されていたが、そのうちにタルガートだけとなり、最後にはタルガートの警察本部だけになった。一九八三年に、彼は死亡したものと見なされ、これはいまに至るまで覆されていない。

ヘザー・グリーゼは手紙で、母は幸せで満ち足りた人生を送り、最後まで達者なまま、七二歳の誕生日を迎える数日前に穏やかにこの世を去ったと私に知らせてきた。孫は四人、書斎には様々な言語の八千冊の本が残り、中年のころにはしばらく悪夢の襲来に悩まされ、ひどい不眠症に陥ったのだが、それもいつの間にか、セラピストの助けも借りずに自然と消えたそうだ。

こうしてこの本を平和なハーモニーで終えることもできる。最後に少し、風景のパノラマを映して、夕空に浮かぶカンゲーリ山脈のぎざぎざな稜線の影、ばら色と紫に煙る平野、深紫の影に満ちた険しい谷、コウモリたち、絵のようなラバ一頭にカメラを滑らせる。ライ・クーダーのギター演奏。左手から風車が画面にはいる。

しかし、恐れを知らず、ちょうど機嫌もいいということならば、この物語の中で取るに足らないとも言いきれない人物にもう一度視線を戻してみてもいい。その混乱した運命を私たちが息を飲んで見守っていた男、意図的にでも、また偶然によってでもなく、ただ間違った論理によって、罪ある者の無罪を信じたがために、運命の車輪に巻き込まれてしまった男。記憶喪失の男。

それでは、そうしましょうか？　カメラアシスタントをちらっと見やり、互いに肩をすくめあうと、もうカメラは坑道の入り口にズームし、向いの山肌の小さな点に過ぎなかった入り口はどんどんと大きくなり、暗くなり、スクリーン一杯に広がったかと思うと、私たちは高速移動するカメラと複雑なトリックを組み合わせて、鉱山の内部へと飛び込んでいく。

夜間カメラを持っていたならば、どろどろの池と人間の姿を緑にちらつく画像で映し出すことができただろう。池を回り、カメラはごとごと揺れながら硬直した上半身を全方向から撮影し、もう何時間も渇きと眠りと死と戦っている男を映す。それから、すべての希望を失った顔の短いカット。覗き見趣味と同情とを手慣れた割合で混ぜ合わせて、この人間の苦しみを描き出してもいい。ついに息絶えるまで見守ってもいいし、これまでわかっている状況からするとどうもありそうもない救出まで待っていてもいい。

しかし、私たちはそんな夜間用のカメラは持っていないと白状しなければならない。それにもし持っていたとして、それが本当に何の役に立つだろうか？　坑道は暗く、あまりにも暗く、技術的にどうにかして増幅できるようなほんのわずかな光でさえも鉱山の深みには差し込まない。完全な、すべてを貫く、貫き通すことのできない闇が私たちを取り囲んでいるので、読者には以下のことを想像してみて下さいとお願いするしかない。

66　美しい思い出

公園で遊びながらぼくが投げたボールは
まだ地面に届いていなかった。
ディラン・トマス

カールは左肘に体重をかけた。彼は右肘に体重をかけた。彼はいつか、早朝の光の中を灰色の大海へと泳ぎ出していったことを思い出した。大西洋か、他の大きな海だったに違いない。辺りにはただ水上で濃くなった黄色い霧、黄色い霧ばかりで岸辺はとっくに消えていた。本当に方向を失ったわけではなかったが、何か抽象的な、名付けようのない不安がふいに湧き上がってきた。海の上にひとりぼっちで、辺りにつかめるものは何もなく、身の下には底なしの水、形のない世界で、黄色い綿に包まれて、彼は死を感じたような気がしていた。岸辺で卵を抱いている鷗たちの声がまだ聞こえた、それとも、もしかして飛び立っていたとしたら？　彼は泳いで戻り、岸辺までかかると思ったよりも二倍も長く泳いだところで、背後から鷗の叫び声を聞いた。ぞっとして、彼はまた方向を変えた。体は冷え、筋肉は弱り、最後に彼はその場を動かずに太陽が昇って霧を散らすのを待ち、残った体力で泳ぎ戻るのが一番賢いと思いついた。しかしパニックのあまり、そんなことはできないと感じてしまった。彼は一度選んだ方向にひたすら泳ぎ、もうダメだと観念しかけたところで霧が晴れ、ずっと石を投げれば届くほどの距離で海岸に平行して泳いでいたことに気付いた。

鉱山の奥深くのどろどろな池の中で、厚さ何キロもの岩の下に埋まっているいま、この思い出は彼の人生でも一番明るいものに思われた。大きな海で、無関心な空の黄色い光のもと、澄んだ塩水に呑み込まれて死ぬことができたら、と彼は願った。海の泡が彼の顔に降りかかり、電信柱がさっと走り過ぎ、両手はハンドルを握りしめていた。

フロントガラスにサンドブラストが吹き付けられていた。彼は布切れを頭に巻き付けてドアを開けた。バケツをひっくり返したような砂が車に流れ込み、彼はまたドアを閉めた。

何度も彼は意識をとりもどし、岸辺に影を見た。彼はしばらくの間、どうしたら自分が死んでいるとわかるのだろうかと真剣に考え込み、隣に男が座っているのに気付いた。

「暑いですね」と男は言い、幽霊とおしゃべりする気のないカールは黙っていた。彼は通りの向かいの、緑の旗のそよいでいる緑の家を眺めた。

「暑いですね」と相手はまた言った。

「そうですね」とカールは不機嫌に言い、水に潜って頭を鉄の杭に打ち付けた。もう痛くもなかった。

「どうしたんです?」

「え?」

「お名前は?」

「何だって?」

不安げにカールは辺りを見回した。しかしそこにはミントティーをテーブルに置こうとしている少女しかいなかった。熱くて舌を火傷しそうになった。手のひらを振って熱いお茶に風を送りながら、彼は「あなたのお名前は?」と訊いた。

「あなたが先です」と幽霊が言った。

「あなたが始めたんでしょう」

「何ですって?」

「あなたが始めたんですよね」

「わかりました」と幽霊は言って、カールの手つきを真似した。

「ヘルリッヒコッファーです」

「え?」

「ヘルリッヒコッファーですよ。そんなに大声を出さないでください。あるいは、ルントグレーン。でも、あなたにはヘルリッヒコッファーなんです」

「私にはヘルリッヒコッファーですって?」

「そうです! さあ、今度はあなたがここに名前を書いてください——ここです——ここに」

幽霊はメモブロックをテーブルの上に押しやった。何の実験だ? それとも、本当に名前が知りたいのか? 彼は書き始めたが、七つの文字を活字体で書き終るより前に、相手はとび上がって通りを走って行ってしまった。「メモブロックは?」とカールは頭のおかしい男の後ろから叫んだが、男は聞いていなかった。彼はメモブロックとボールペンを忘れていっただけでなく、お茶の代金も払っていなかった。少女はカールに、代りに払ってくれないかと訊いた。

彼はテーブルに金を置き、少女は硬貨をテーブルから小さな汚い手に払い落とした。そして通りの端ではシボレーが一台、急ブレーキをかけ、白いジェラバを来た男が四人、降りて来た。彼は偶然に男たちを見た……次の映像では、彼は走っていた。男たちから逃げて走り、自分の車へと向かったが、ベンツは前後に停まった車に挟まれていた。運転席の白いジェラバを見て彼はドアを開けた。ジェラバを被り、ひとの群れに紛れようとした。叫び声。男たち。砂漠。彼は砂の上に腹這いになっている少年につまずきそうになった。少年は力なく片手を上げた。その顔は腫れ上がり、額の肌はかさかさとはげ落ちていた。少年は金色のモールがついた青い制服の上着を着ていたが、ズボンは履いていなかった。片足のくるぶしから水色の靴下がぶら下がっていた。鼻の下には乾いた血のエクスクラメーションマーク。

「い……う」と少年はほとんど聞き取れない声で言った。

「何だって?」カールは追っ手たちの方を振り返った。それからまた少年を見た。

「い……う」

「え?」

少年は顔を伏せ、目をぎゅっとつむりながら唾を飲み、こつん、と音をたてて口を開いた。

「い……ず」と少年はうめいた。彼は泣いていた。

「水は持ってない」とカールは叫び、少年の手から銃を取り上げて、肩ごしに後ろを指した。「ティンディルマは、あっちだ」

彼は走った。走りながら、彼は銃の革紐を頭から被って掛け、安全装置を探した。銃には安全装置がなかった。それは木製のおもちゃだった。

67　アフリカの王

我々は、天と地、そしてその間にあるものを戯れに創ったのではない。暇つぶしをするつもりだったら、自分たちでできたはずだ、もし本当にそうしたければ。

スーラ第二一章十六、十七節

彼の頭蓋骨は鉄の杭をリズミカルに打ち、彼はふいに、杭が揺らいだような不確かな感じを覚えた。「市民らよ、武器をとれ！」と彼はつぶやき、力なく鎖を引き、どっと横に倒れた。そしてまた這い上がり、両手で金属を押したり引いたりしたが、動いているのはふやけた手の肉なのか、底に刺さった金属の棒なのかわからなかった。

ぐらぐらする乳歯を舌で触ったり押したりして、そのうちに歯だけでなく舌も口の中全体ももう麻痺したようになって、そもそも歯が本当にぐらぐらしていたのかもわからなくなってしまう子どものように、カールは杭を押したり引いたりした。彼は体重をかけてゆらゆらと揺れ、恐ろしい痛みに耐えながら虚ろなぶらんこを続け、ついに力尽きた。努力の結果を調べる勇気はしばらくの間わいてこなかったが、しばらくしてやっと上半身を起こすと、鉄棒は苦もなく底の岩から抜けた。

彼は両手両脚で這って岸に着き、倒れ込みながら頭を石に打ち付け、長いことすすり泣きながら暗闇に横たわっていた。

泥の穴から出る細い通路を見つけるのは簡単だった。大きな岩をぐるっと回ると、上り道だった。ノミの跡で覆われた岩壁を左右の手で触れることができた。坑道は肩幅やっとだった。鉄棒のついた首の鎖は彼の後ろで引きずれてがらがらと鳴った。数秒ごとに、彼が暗闇で手を伸ばしている間、その音は止んだ。その場にどっと倒れて眠りたい衝動はあったが、それよりも一刻も早く暗闇の世界を抜け出したいという意志の方が強かった。予想した通り、しばらくすると壁は左右に広がっていった。音の響きでわかった。

記憶が正しければ、いま彼がいるのはちょうど背丈ほどの高さの空間で、そこから左右に小道が分かれているはずだった。横道がいくつかあって、どれが正しい道かは、彼にはわからなかった。さっと心を決めて、すぐ右手の道にはいると、すぐに上り坂になった。長く蛇行しながら、道は岩の中を進んでいた。しばらくすると平らな箇所があり、また上り坂になった。カールは、水でふやけた肌が血まみれになって剝がれ落ちだしたのを感じた。二度か三度、彼は立ち上がろうとしたが、見えない深淵への恐怖からまた四つん這いに戻った。それに立って歩くだけの力もなかった。そしてふいに、雪崩落ちた小石の山が行く手を塞いだ。彼はあたりを手探りした。左手が何かぐちゃぐちゃとした臭いものをつかんだ。彼は小石の山を超えようとしたが、それは天井まで届いていた。恐ろしい疑念が頭に浮かんだ。

「そんなことはしてないだろう!」と彼は叫んだ。「する必要がない!」ひどくゆっくりと、よろめきながら、彼は背丈ほどの高さの穴まで滑り、ずり落ちていった。そして彼はまた右側の横道にはいった。彼はもうほとんど正気ではなかった。

次の道は急な下りで、その次の道も同じだった。どちらも数メートルはいっただけで、傾きから間違った道だと判断できた。

その次の道はまた上りだった。「これが正しい道だ、そのはずだ」と彼は言い、片手、また片手と地面を掻いて進んだ。瞬間的な眠りが彼を襲った。その道はどこまでも続いていた。上へ、それから少し平になり、それからまた上へ。それから小石の山が道を塞いだ。左手が何かぐちゃぐちゃとした臭いものをつかんだ。

彼は自分が二歳の子どものように泣き叫ぶのを聞いた。そして少し気が落ち着くと、そのぐちゃぐちゃしたものが何か、探ろうとした。何か腐ったものか、それとも、もしかしたらまだ食べられるもの、飲めるものか？　しかし泥の穴に一日半いた後では、感覚が鈍っていた。それが何か、彼にはわからなかった。そもそもそんなことを思いつくということは、精神的にも肉体的にも限界寸前だということだと彼にも理解できた。

穴に戻ると、彼は二回もはいりこんでしまった行き止まりの道に石で印をした。それから彼は、この穴から横道がいくつ出ているのか考えた。三つだったろうか？　それとも四つ？　わからなかった。思い出すことができなかった。確実にいくために、彼はもう一度痛みをこらえて半時計回りに一周した。下り坂……もうひとつ下り坂……その次にはもう、石の印があった。つまり、道は三つだ！　行き止まりの道と、泥の池への道、そして自由への道。自由へと続いているはずの道。しかし、それはどれだ？　右か？　左か？　彼の論理的思考はすっかり闇に覆われていた。出口の三つある空間は、明るい状況で見たならば、明確な形として頭に刻み込むことができるはずだ。しかし真っ暗闇の穴で手探りするなら、それは形のない悪夢以外の何ものでもない。印のある道にすぐ隣り合っているのでない道が、正しい道であるようにカールには思われた。その一方で、三つの出口があるならばどの道も他のすべての道とすぐ隣り合っているような気もしていた。彼は暗闇で呻く自分の声を聞いた。これまでずっと右にばかり向いていたので、直感は左に曲がるようにしつこく要求していた。しかしその同じ直感が、もう空間認識が混乱し切っているのだから、直感には頼れるはずがないと言っていたので、彼は再び右に曲がった。

そうしてはいりこんだ道は、十メートルか十五メートルほど急に下っていった後、しばらく平らになり、十字路になって分かれていた。

両脇の道は、カールの調べたところでは長く、行き止まりだった。彼は道の入り口に印をつけて、先へ這い進んだ。最後の希望が消えていった。泥の中では、少なくとも具体的な敵、水や金属と戦えた。ここでは無と戦うしかなかった。息の詰まる、暑い、腕の無数に伸びた闇が彼を飲み込もうとしていた。もう飲み込んでいた。

左右にまた道が分かれていた。印をつける石を見つけることができなかったので、カールはそのままにして通り過ぎた。そのうちに、他の道より少し幅が広いと感じられる道に曲がった。道の端には小石が落ちていて、カールはいくつか拾って口で運ぼうとしたができなかった。使い道はいくらでもあるはずだった。その先は数メートルごとに道が分岐していた。彼は右へ左へと曲がり、坂を上り下り、いつしか倒れて動かなくなった。顔をひんやりとした岩にあてて。助けがなければ、この迷宮を抜け出すことはできないだろう。眠ったまま死ねたらいいと願ったが、死の究極の近さに眠ることもできなくなった。それでは、この広い道の果てるところまで行ってみようか。ぼろぼろになった手、肘、膝で彼が長い、延々と続くカーブを曲がって身を引きずって行くと――そこに光があった。

それは現実味のない、あの世からのような、実体のない光だった。それは目の前に浮かぶ霧のような物体に当たっていた。彼は頭を振ってみたが、光はいっしょに動かなかった。霧の真ん中に点があった。その点からわずかに目の焦点をずらすと、点ははっきりとしてきた。残る力を振り絞って、あと二〇メートル、三〇メートルとそこに向かって進み、輝きが次第に強くなり、遠くの出口から何度か屈折して届いているに違いないと確認できると、彼は倒れた。

エンドレスに繰り返すたったひとつの夢の中で、彼は自分がヘレンの差し出す水筒から水を飲んでいるのを見た。

目を開けると、完全な闇にいた。光の点は消えていた。彼は瞬きし、頭をめぐらせた。光の点は消えたままだった。しかし彼はパニックには陥らなかった。外では日が沈んだんだ、世界中が暗くなっているだけだ、と彼は自分に言い聞かせた。そしてまた眠りについた。体が熱を発していた。口の中は木のように乾ききっていた。そしてまた意識が戻ったとき、なかなか目を開ける勇気がなかった。餓えと渇きと痛みと興奮で吐きそうだった。しかし光の点はまたそこにあって、前よりもはっきりとしていた。

それを目指して這って行くうちに、ものの輪郭が見え始めた。角をふたつ曲がると、這っている地面の岩が見えた。カールはよろめきながら立ち上がった。鉄の棒が彼の膝にぶらぶらとあたった。空気が澄んできて、岩には形と色が戻り、ついに彼はあまり遠くないところに、ぎざぎざの岩で囲まれた空の一角を見た。

血と泥のこびりついた腕で、彼は眩しい光から目を守った。鉱夫の小屋のある細長い台地で、彼は立ち止まった。彼は小鳥のように息をした。風車が回っていた。ちょうど夜が明けたところだった。

何分も、カールはただ立って、人気のない、心安らぐ風景を眺め渡していた。紫の山頂、ばら色と薄紫に煙る平野、深紫の影に満ちた谷間。コウモリが一匹、カールの肩をかすめて坑道に飛び込んでいった。そのとき急に、静かにトントンと叩く音が聞こえたような気がした。それはとても小さな音で、カールはそれが木造の小屋から聞こえてくるのか、自分の左のこめかみから聞こえてくるのか判断がつかなかった。

しかしその瞬間に、命にかかわる問題が意識に上った。どうしたら水が手に入るだろう？　傷の手当ては？　それに何よりも、ここからどうやって帰ろう？

そのとき小屋のドアがバタンと開き、石にあたってまたバタンと閉じた。中では誰かが暴れていた。そしてまたドアが開くと、山のハキムが膝のあたりにぶら下がったパンツ一枚だけの姿でぴょんぴょんと跳び出てきた。ひどい様子だった。両足は麻の縄で縛り上げられていた。腿には乾いた糞尿がこびりついていた。手首には太い手かせが巻き付いていたが、間の部分は擦り切れて離れていた。不器用に、彼は朝日の中に跳び出し、パンツは足首にまで下がった。腕の下にはウィンチェスター銃。彼はカールを見た。そして叫んだ。

「会ったことがあるだろう」とカールは叫び、血まみれの手を促すように挙げて見せた。

「確かに」とハキムは言い、銃に弾を込めた。「くそアメリカ人だ」

「あいつらの仲間じゃない！　俺は仲間じゃない！」

「もちろん、そうだろうさ——俺はアフリカの王だしな」

「俺はあんたに何もしてない！」

「何にもしてないだと！　いや、だがあんたの女はどうだ、あの臭いラクダの糞めが！」と老人は怒鳴り、銃を構えてカールの目の間を撃った。

バランスを取ろうと、彼は二回、その場でぴょんぴょんと跳んでから、小屋の中にはいり、足かせを外した。昼ごろ、彼はありったけのものを荷物にして、カールの死体を小屋に引きずり込み、そこいらじゅうに灯油をまいて、燃えているマッチを落とした。そして荷物を持って平野に降りていった。ハキム三世、カンゲーリ山脈の偉大なる鉱夫の最後の末裔。

68　塩の町の学校

戦慄せよ、暴君とお前たち不実な者ども
あらゆる党派の恥さらしどもよ、
戦慄せよ！　お前たちの父殺しの企ては
ついに報いを受けるのだ！
みながお前たちと戦う戦士だ
若き英雄たちが倒れたとしても
大地はまた新たな英雄を生み出す
お前たちとの戦いに、準備はできている！

ラ・マルセイエーズ

礫にされたように両腕を広げて、片手には青いポリタンク、もう片手には錆びついたスパナを手に、ジャン・ベキュルツは学校の建物の屋根に立ち、東を眺め、日の出を待っていた。

ジャンはフランスの役人一家の出身だったが、若い頃にインドシナで戦い——母親が家族のかかりつけ医に打ち明けたところでは——少しばかりおかしくなってしまったのだった。

ナヴァール将軍が退陣を命じられてからも、ジャンはしばらく極東に残り、それから放浪の日々を始め、世界中のあちこちを巡ったが故郷フランスにだけは戻らなかった。一九六〇年頃に彼は北アフリカの海岸に腰を下ろした。親たちの生き方に疑問を付すことを人生の課題とする世代の先駆けだった。

彼は革のサンダル、帽子、日焼けオイル、バスタオル、キーホルダー、Tシャツ、手作りのアクセサリ、サングラス、それにたまにはマリファナを観光客に売ってわずかな儲けを得ていた。それはあまり生きがいのある生活ではなかったが、タルガートの浜辺である日偶然に、カリスマ的魅力のあるエドガー・ファウラー三世に出会わなかったなら、まだずっとそうやって生き続けたことだろう。ふたりはいわば互いにつまずいてぶつかったようなものだが、すぐに相手を見抜いた。こちらはシッダールタ、あちらはフェルトリネッリ、魂の兄弟。そしてふたりの友情の始めの数週間のことがジャンの心に、色鮮やかではあるがぼんやりとした思い出以上のものとして残っていないのは、それなりの理由があってのことだった。ふたりは一緒に海を見渡す（ジャンの思い出）、あるいはゴミ山を見渡す（ファウラーの思い出）小部屋に住み、社会による女性の性的搾取に関するイタリア映画に熱狂し、子ども向けの化学実験キットをいじり、次々と怪しげな著作家の本にはまり込み、ついには（どうしてそうなったのかは明らかでないが）砂漠にコミューンを設立して、野菜の栽培で生計を立てようということになった。

ファウラーがその計画の思想的な基本方針を作り上げ、あっという間にかなり見栄えのいい若い女性たちを相当な数集めたのに対し、ジャンは結局のところ農業というアイデアを出しただけに終った。

都会育ちの彼は当時、自分が命の奇跡と呼んでいた事柄に関してまったく何もわかってはいなかったが、その熱狂ぶりはひとを触発させた。裸足で、黄色いプラスチックのじょうろを持った彼が、固い砂漠の土を破って出て来た浅葱色のキビの芽の回りで小躍りし、額に汗して土くれを耕し、ふさわしい報いを得て、志を同じくする仲間たちと分かち合う、という何ものにも比することのできない感情について講釈を垂れるのが毎朝見られた。共同体を初期の段階で強く結びつけていたのはジャンのあふれんばかりの、しかしときには疑わしい熱狂だったが、野菜作りへの興味を最初に失ったのもそのジャンだった。

カーファヒ岩に照りつける耐え難い日光と、もっと堪え難い砂！　植物の苗をちまちまと植え付けても育ってくれないのに、ひどく苦労して引きずって来た水をかけてやらないといけない！　それは彼の想像するワイルドな生活とはかけ離れていた。

こうしてその頃には八人となっていたコミューンの構成員の間で最初のいさかいが起こり、数週間後には、コミューンの中でのいわゆる大人どうしの、彼の目にはまったく自由には見えない自由性愛について延々と議論したあげく、彼は思想の差異のためにコミューンを去る最初のひとりとなり、友人ファウラー直々に破門の宣告を受けた。一九六六年のことだった。

タルガートに戻っても、がらくたを売る仕事はもうあまりうまくいかなかった。商売敵ができたのだった。砂浜には降ってわいたように一ダースほどの長髪族がいた。ジャンはアヘンに乗り換えるほかなかった。稼ぎの四分の三は警察に吸い取られてしまった。部屋を借りることもできず、落ちぶれるばかりだった。ディエンビエンフーの戦い以来、彼にとって最悪の年だった。もうフランスへ帰ろうかと思いを巡らしかけたところで、ある晴れた日に貧乏なアメリカ人が彼に話しかけ、その日の分のブツをサーフボードと交換してくれと説得した。

ジャンはこれまでこんなボードを見たことはなかった。意味ありげなフォルム、輝く白さ。もうその晩には、彼は腹這いになって海へと漕ぎ出していった。彼は新しい眺め、自由、波の瞑想的な動きに熱狂した。彼は目を閉じ、また開けたときに水平線に黒雲を見ても、心を騒がせなかった。風向きが変わって嵐になっても、心を騒がせなかった。浅瀬で高波が盛り上がって、サーフボードから押し流されても、数秒の間ただ面白がっていた。それから生きるための戦いが始まった。彼はすぐに方向感覚を失ってしまった。水面の下で、彼は岩の上をぐるぐると流され、激しい水しぶきの中で息をつこうとした。ついに砕けた波が彼を陸に押しやった。

すっかり煙ですすけた頭の中で、彼はたったいま遭遇した危険を大げさに膨らませていた。そして砂浜でぜいぜいと咳をしながら、波がサーフボードを彼の後から吐き出し、また舐めるように引きずり込み、また吐き出すのを眺めている間にもう、あの瞬間のことが彼の中で輝く球体に結実していった。それはずる賢い米喰い人種との戦争でもなく、野菜作りのちまちましたコミューンの陰謀でもなく、万能の大自然の万能の威力、偉大な決意の瞬間だった。海は彼にその力のほどを見せつけ、彼、ジャン・ベキュルツは海に、自分はそれを受け入れることができると示したのだった。狭き道、偉大なる光、空いっぱいに書かれた文字、「人生を変えろ」。そして彼は人生を変えた。

波の高い日には毎日、彼はサーフボードで漕ぎ出ていった。初めてボードの上に立ち上がり、数メートル波を滑り降りることができるまでに、二週間かかった。そして続く数年の間、タルガートの浜辺に休暇に来る客たちは誰でも、風が吹こうが雨が降ろうが板に乗っかって波の上に立ち、腕を体の脇にぴたりとつけたり、背中に回したり、胸に組んだりしている彼を見ることができた。歌っていることもあった。ジャンはマリファナを止め、お陰で頭がクリアという言葉では間に合わないくらいクリアになった。小麦色に焼けた肌が鍛えられた筋肉を包み、塩水と太陽が髪を漂白した。

ほぼ三年もそんな具合で過ぎ、彼は一瞬も疑うことはなかった。彼はこの海岸で最初に見られたサーファーであり、その当時撮影されたヨーロッパやアメリカのアルバムには、長髪の、アポロンのような、優しい若者が、歓声を上げたり、怖がったり、目を見開いたり、こましゃくれていたり、あるいはただびっくりしている十歳ばかりの子供と水辺でバランスを取る練習をしている写真がまだ見られるはずだ。「タルガート、一九六九年」。

しかし、この生活は始まったのと同じくらい思いがけず、ふいに終った。ジャンが住んでいたペンションに、やせ細ったスペイン人が重い鞄をふたつ持ってやってきた。そのスペイン人は船での渡航を予約してあったのだが、鞄が重くて運べないほど弱っていた。彼の下顎は癌に冒され、喉にも腫瘍ができて、息はすでにあの世から吹き寄せるような臭いがした。ジャンに打ち明けたところによると、死ぬために故郷に帰るところだった。治療にはすでに遅かった。

ジャンは微笑みながら鞄ふたつを片腕に抱え、サーフボードをもう片腕に挟んで港まで運んでいった。桟橋の荷物の間に座って、水平線の船がだんだんと大きくなるのを眺め、煙草を吸いながら、スペイン人はジャンに人生の打ち明け話をした。彼はとても小さな声で、礼儀正しく、いくらか混乱しながら、まるであの世の息吹をあまりたくさんこの世界に吐き出すのをためらうように、口を半分閉じたまましゃべった。

八年の間、彼は塩の町で学校の先生の職についていた。ただひとりの先生だった。ただし、職というのは言い過ぎだった。政府はまったく援助してくれないので、結局のところあの世での報酬のために働いていると言った方がいい。見るからに苦しげに、彼は教師生活の様々なエピソードを語った。彼は顔と腫瘍から汗をぬぐい、腕を伸ばして子どもたちの大きさを示し、好奇心いっぱいの目とか、汚れなき子どもの魂とか、子どもたちの高らかな笑い声といった陳腐な文句を並べ立てた。正確に言うと、彼の話の中心はいつも子どもたちの鈴のような笑い声にあった。自分がどんな教育を与え、希望を与えたか。子どもたちが彼をムッシュー・何々と呼び、冗談を言えば笑ってくれたこと。汚れに囲まれた目に浮かぶ感謝。しかし彼らの教育はもうこれで永遠に終ってしまったのだ。

彼はお別れのときの小さな、悲しげな顔を真似て見せ、咳をして桟橋に少しばかり血を吐き、ジャンは何の苦もなく物語の裏にあるメッセージを読み取った。ジャンとスペイン人のような人びとは、風上十マイルにいても相手を嗅ぎ付けることができた。彼は死に行くひとから学校の場所といくつかの詳細を聞き、お別れに船に向かって元気づけるように手を振った。その二日後には塩の町に新しい先生がやってきた。

先生としての教育は、ジャン・ベキュルッも先任者と同様まったく持ち合わせていなかったが、読み書き計算くらい誰にでもできるはずだった。

教室は、土を塗り固めた壁の、窓のない空間で、光はすだれを被せただけの屋根からもれてきた。机や椅子は植民地時代初期の遺物だった。そのいくつかには、カン戦争時代のスローガンが刻まれたままだった。授業に来る生徒が多すぎるときには、自分で持ってきたポリタンクに座ったり、後ろで壁にもたれて片脚で立ったりしていた。部屋の前方には、つい最近から両端を切り落として黒く塗ったサーフボードが黒板として掛かっていた。

そして、スペイン人の言ったことは本当だった。生徒たちの数は数えきれないほどだった。休みの日にも、かわいらしくもぼろぼろな格好の、人なつこい少年たちがやってきて、気晴らしを求めるのだった。そこでジャンは彼らを膝に乗せて、ギリシア史の復習をするのだった。すこしお金があるときには、ジャンは優秀な生徒に氷や、チョコレートや、その他小さな心の願い求めるものを買ってやった。休憩時間には古いサッカーボールで遊び、小さな茶色の子供たちのひとりがムッシュー・ベキュルツをうまくかわしてドリブルしたりすれば、彼はお返しにばたばたするその子を持ち上げて、おでこに音高くキスするのだった。「きみたちには、参っちゃうよ！」と先生が叫ぶと、鈴のような笑い声で子どもたちが答えるのだった。しかし大部分の時間は、本当に勉強をしていた。

恵まれない境遇の子どもたちの知識欲という伝説は、まあ半分くらいしか当たっていなかった。どこに行っても同じように、一・五人の頭の良い子どもに五人の中くらいの才能の子、そして数えきれないほどの残りはかわいらしい単純さという割合だった。一番年上で、すでに疲れきっている子たちの何人かは、働くのには弱すぎ、道端では犬のように扱われ、遠くのコーラン学校には屑どものいる場所はないというのでこの学校に来ているのだった。

教科書はなかった。読んだり計算したりする気がなくなると、ジャンは自分の子ども時代のいい加減な知識を持ち出してきたり、安っぽい小説を読み上げたり、新聞のグラフを黒板に書き出したりした。フランス語圏ベルギーの大手乳製品製造会社のパンフレットに牛を簡略化した図を見つけ、ありそうもない機能を備えた四つの胃を記憶から描き足して、自然観察の大切さを切々と説いたりもした。朝、学校の建物の敷居に落ちていたムクドリの死体は、ポケットナイフで解剖され、翼の形はボーイングの翼と比較された。モータースポーツ誌で見つけた奇想的なほど複雑なオットーサイクル型エンジンの図式は、拡大してチョークで描かれ、何週間もの間生徒たちを見下ろし、民主主義の法則に従って、どんな細部も逃さず解釈を施された。気分次第で、七〇人の熱心な生徒が週替わりで獣医、操縦士、自動車整備工にと変身した。彼らのうち誰ひとりとして、将来こうした職業のひとつに就くチャンスはないという考えを、ジャンは長く孤独な夜に遠くへ押しやった。朝には頭痛がして、形なくちらちらと燃える理想主義を夜の霊たちから守るのに苦労した。年を取るにつれて、ジャンは感傷的になった。

夜明けとともに屋根の上に立ち、学校の鐘代わりにポリタンクを叩くときも、大好きな子どもたちがあらゆる方向から走ってくるのを見るときも、彼らがおしゃべりし、くすくす笑い、歌い、手を振り、悲しそうに、楽しそうに、彼の家にはいってくるときも、どんな努力も無駄だとわかっていた。ゴミ山で過ごす彼らの将来は、生まれたときから変えようもなく定まっているのであって、宗教を変えられないようなもの、例外があるとすればそれはメルヒェンのようなものであり、ジャンが彼らのいたいけな魂に植え付けようとしている教養と自由への希望は、迷信と家父長制の支配する霧の世界で薄ぼんやりと頼りなく、弱く、消えかけながらやっと灯っているのだった。しかし、それでも灯ってはいるのだ！　そして人生でいくつものことを始めては放り出してきたジャンは、自分の使命を守った。彼は塩の町の先生であり、何年も、何年も、先生であり続けた。

授業は夏も冬も日の出とともに始まった。一時間目はアルファベットの練習であり、それはスペイン人から受け継いだ習慣だった。啓蒙主義のK、人文主義のJ。Qで始まる言葉はほとんどなかった。ジャンは黒板に書き、生徒たちは学校の備品である木の板にチョークで書いた。板は砂を吹いたようにざらざらで、授業が終るとぼろ切れで拭くことになっていた。

ジャンが塩の町の先生になってから二年経った一九七二年の初め、文房具にちょっとした革命が起きた。水売りの息子アブデラハマンが、どこからか鉛筆を調達してきて、自慢げに紙切れに文字を書いた。当地のパン屋であり、水売りなどよりもずっと格が上のはずのハリード・サマディがそれを見て、息子タリクのために大枚はたいて短くなった鉛筆と、まだ半分、白いページの残っている八つ切りサイズのノートを買った。数週間後には、貧乏な中でも一番貧乏な子だけがまだ木の板に書いているようになった。

文房具にありつく一番いい方法は、四時間もかけて町を横切り、海岸にいる観光客たちにねだることだった。「Pour l'école, pour l'école」という理由づけなら、あのおかしなヨーロッパ人たちは空っぽな胃のあたりを掻いて「J'ai faim」と言うより反応が良かった。百万都市で道に迷う危険や、兵隊その他の悪党につかまって連れて行かれる危険、その他どういうわけでか帰ってこられなくなるという危険は覚悟の上だった。港の裏には潰れた野菜のはいった箱が積み上がっていたし、ヴィル・ヌーヴェルでは運が良ければ一時間ほど仕事がもらえたが、南東部では鉄柵のついたトラックに放り込まれる危険が一番高かった。遠征の三分の一は悲劇に終った。それでも光源に向かって飛ぶ虫のように、子どもたちはゴミの障壁を超えて、豊かさへと引きつけられていった。

四人いるモハメッドのひとりは、先を尖らせた木の管をコーヒーかすで自作したインクに浸けて書いていた。ラッスルはフェルトペンを持っていて、上からときどき唾を入れて、下から緑っぽい液体が出るようにしていた。しかし書き取りの時間の王者はアユブだった。

アユブはのけ者のひとりで、あまり頭がよくなかった。自分の家族のことは知らず、ボール紙で覆った地面の穴に住んでいた。町まで歩くのには体力が足りなかった。地雷で左の膝下をなくしていた。彼はまだ木に書いていた最後のひとりだったが、ある日ジェラバの奥から厳かにボールペンを取り出した。それは磨きのかかった金属製で、穏やかに、鈍く、上品に輝いていた。銀かもしれなかった。いや、きっと銀に違いない！　クリップには変な文字で発音できない言葉が刻まれ、先生もびっくりしていた。そんな書き道具は、誰も見たことがなかった。前からペンの先が出たり、金属の部品を押せば後ろにボタンが飛び出たりした。クラスメートのうなじにこのペンをあてて、同時に金具を押せば、ちょっとした、くすぐったい痛みを与えることができた。

アユブはボールペンを宝物のように大事にしていた。眠るときには両手で握りしめていたが、四週間経ったところで赤痢で死んでしまい、親友のブフムが貴重な品を相続した。ブフムは読むことも書くこともできなかった。彼はハイードのところでペンをヨハン・クライフのサッカー選手カード一枚とペパーミントキャンディ一個と交換した。ハイードはヒトラーはフランス人だと賭けたために ペンをドリスに引き渡す羽目になった。ドリスの心からの願いは、いつか裸の女の子が小便をしているところを見ることだった。こうしてペンは、妹のいるホサムの手に落ちた。

ホサムは木の杭ほどに愚かで、ペンのメカニックをばらばらにしてしまった。彼は金属のバネを引き伸ばし、ボタンの一部を砂の中になくしてしまい、空になったペンの軸で妹の目をつついた。母親が金切り声を上げて彼からそのどうしようもないものを取り上げ、彼を家の前に立たせた。次の日から、ホサムはまた木の板に字を書くことになった。ペンのばらばらな部品は、それからまだ長いことトタン板のバラックの下で砂に埋まっていた。ホサムの妹がそのうちに芯を掘り出し、草で作ったふにゃふにゃの人形に背骨代わりに突き刺して、座れるようにした。お気に入りの人形だった。

妹の名前はサマヤといった。サマヤは七歳か八歳で、言いようもなく美しかった。マッシナ王国の最後の王に抱いてもらったことがあるというほど年寄りの、とあるトゥアレグ族の老人などは、サマヤの顔を見ればアラーの創造の意味がわかると言っていた。毎朝、彼女は一番に学校へやってきた。頭は兄より心持ち良い程度だったが、永遠の生を得るにふさわしい天使のような心を持っていた。悪い考えなどかけらもなく、汚れひとつなかった。塩の町に浄化作戦の第五波が押し寄せたとき、サマヤは逃げる母親の手を振り切って、大事な人形を置いて来てしまったバラックに駆け戻った。人形といっしょに、サマヤは倒れてきた外壁の下に埋もれてしまった。ブルドーザーが一機、バックしてその上を通り過ぎた。ブルドーザーは契約の箱を捧げる祭司のようにシャベルを上げ、信じぬ者たちにもう一度彼女を見せ、それから瓦礫ごと全部、谷底へと振り落とした。

訳者あとがき

つきあい始めて間もない彼女の、バースデーパーティーかどうかもわからないパーティーへ、本当に行くつもりかもわからず部屋を出た足で、引き寄せられるように同じフロアの空き部屋に入り込み、そこのベランダから誰もいない自分の部屋の窓を眺める――。ヴォルフガング・ヘルンドルフの短編『ヴァン・アレン帯のこちら側』(二〇〇七年)の語り手が見ている窓は、ホッパーの絵のように静かで、不思議な引力を持つ。語り手は、もう何年もこのベランダを自分の窓から見ていたにもかかわらず、ここからその窓が見えることに不意をつかれる。自分がいない自分の人生を、ふと外から目撃する奇妙な時間。

記憶を失った男の数日の遍歴を追った長編小説『砂』を翻訳しながら、もしも、自分がいまこの瞬間に記憶を失ったら、目に飛び込んでくる自分の周囲はどう感じられるだろうか、と想像してみた。夜の窓の閾《しきい》に立って、砂漠の写真を表紙にした本がぽんと置いてある部屋の中をのぞき込んでいるところで、同じ作者のこの短編を思い出した。『砂』の主人公である、とりあえずカールという名の男が見ていたのは、いたるところ自分という存在だけが切り抜いたように欠けている風景だったに違いない。ジープに追い回されたり、ギャングのボスに知りもしない「家族」を誘拐されて脅されたり、次から次へと見知らぬ人生に巻き込まれていく間にも。そもそも、それが本当に自分の人生だったのか、想像もつかないまま。

モロッコを思わせる北アフリカの架空の国で、海辺の町タルガートと、砂漠の集落ティンディルマとの間を行ったり来たりしながら、カールと金髪のアメリカ女性ヘレンは探索する。カールの正体を見破る鍵は、実は小説の序盤からあちこちに散らばっているのだが、間違いへと誘《さそ》う落とし穴もたくさん仕掛けてある。何よりも、小説の冒頭百ページほどの間に、いくつもの人物群が登場する物語の断片が、関連性も時間軸も不明なままに小さな章に分けて語られ、読者はすっかり方向感覚を失ってしまう。目をつぶったままぐるぐると体を回転させられ、それからある方向を目指して走らされる、というゲーム（または、罰ゲーム）があるが、カールが記憶をなくして目覚めた物置き小屋から駆け出すとき、読者はまさにそんな状態で彼を追いかけ、彼とともに混乱することになる。まったく話の方向が見えないまま、最初の百ページ以上を読み進むにはそれなりの胆力が必要かもしれない。そしてその後も、次々と起こる不可解な出来事やカフカエスクな状況に、ヘレンでなくとも「ねえ、この国（本？）、どうにかならないの？」と言いたくなるかもしれない。ただ、短い章ひとつひとつが完成度の高いシーンとなって積み重なっていくため、一度はいりこんでしまうと飽きることがない。そして、ついに謎が解けるとき……ばらばらなパーツがぴしっと収まり、全体像が――すでに失われた世界の全体像が――一瞬、見渡せるとき……読者はどんな感情を味わうだろうか。爽快感、喪失感、めまい。読み返すたびに印象は変わり、新たな細部の伏線に驚く。

印象の変化は、本来の物語が終ったあとの、別の小さな物語にもあてはまる。最初に読んで、私はこの一見どうにもならない絶望的なラストシーンに、不思議な希望を感じた。しかし編集者に「絶望的なラストで、暗くなりました」と言われ、なぜここに希望が感じられたのか、明確には説明できなくなった。ところが、ゲラを読みながらふとある箇所で気付いた。物語は、少女の無駄な死で終ってはいない。少女の死は、ほんの小さな変化、あるいは小さな変化の前触れをもたらしている。そしてこの最後の章の頭に置かれたモットーの、ラ・マルセイエーズの一節のように、変革をもたらす英雄、子どもたちは、次々に生まれてくるのである。

と、ここでまた砂漠の表紙の本を手に取ってみる。すべては解決したのだろうか？　すると、この本の中にもうひとり、謎の「私」がいたことを思い出す。ヘレンが港からタクシーでホテルへとあがって来たとき、屋上に立っていた少年。この物語の語り手であるらしい「私」。ふつうに考えれば、この物語には必要のない、不自然な語り手。作者ヘルンドルフと同い年（一九七二年時点で七歳）の、ドイツ人らしい子ども。忽然と現れてまた消える、この「私」は、何を意味しているのだろう？

謎の鍵は、少年がホテルのレストランで見ていたポスターにあるかもしれない。「ドロステ社のココアの不思議な広告」では、尼僧が持つココアの缶にまたココアの缶を持つ尼僧の姿があり、鏡の中の鏡のように同じ画像の連続が暗示されている。少年時代を思い出している「私」。両親に部屋から閉め出されて、屋上から一帯を眺め渡している少年。やがて少年の見ていた風景のなかに現れる、自分のいない自分の人生をみつめる男。こうして入れ子になった（自己）観察者の構造の外にはさらに、この本を手にとっている私がいる。そしてもしかしたら、夜のベランダに立って、その本を読んでいる私がいない私の部屋を眺めている私も……そして気付く。結局、記憶喪失でなくても、私たちが眺めている私たちの人生には、いつでも自分の姿は欠けているのではないかと。周囲の状況からでは自分そのものは見えて来ない、当たり前だけれども、自分の影しか見えないのだと。「私の名前は、私の名前は、……」カール、かもしれない。

最後に、「あとがき」らしく作者の紹介を。一九六五年、ハンブルクに生まれたヴォルフガング・ヘルンドルフはニュルンベルクの美大で絵画を学び、イラストレーターとして働いた後に小説を書き始め、デビュー作『フラシ天の嵐』（二〇〇二年、改訂版二〇〇八年）、短編集『ヴァン・アレン帯のこちら側』（二〇〇七年）は、ともに高い評価を受けた。十四歳の少年ふたりが盗んだ車で旅行するひと夏の物語、ナンセンスな状況に笑いと切なさと爽やかさがぎっしりと詰まった二〇一〇年の小説『チック』で一躍、ベストセラー作家となったものの、その時すでに病に犯されていて、二〇一一年十一月に出版された『砂』が翌年春のライプツィヒ書籍賞を受賞したときも、本人が授賞式に出席することはなかった。現在はベルリンで療養しつつ、生き抜く日々を息のつまるような真実性と美しい瞬間に満ちたブログにつづりながら、次作として『チック』に登場する少女の物語を書いているということである。

二〇一三年六月、横浜にて

高橋文子

本書の出版準備も整いつつあった八月二六日の夜、ヘルンドルフはベルリンで死去した。少なすぎる作品の中で、何度も印象的な場面に描いた満天の星空を、四八歳の作家は最後に眺めることができたはずである。

二〇一三年八月　訳者付記

〔訳者〕
高橋文子（たかはし・ふみこ）
上智大学、ゲーテ・インスティトゥート東京非常勤講師。翻訳家。訳書にフレート・ロドリアン『空からきたひつじ』（徳間書店）、『新版　クレーの日記』（みすず書房）、テオドール・シュトルム『白馬の騎手』、タンクレート・ドルスト『私、フォイヤーバッハ』（ともに論創社）、『クレーの詩』（平凡社）など。

砂《すな》

2013年9月20日　初版第1刷印刷
2013年9月25日　初版第1刷発行

著　者　ヴォルフガング・ヘルンドルフ
訳　者　高橋文子
装　画　佐久間真人
装　丁　宗利淳一
発行所　論　創　社
〒101-0051　東京都千代田区神田神保町2-23　北井ビル
電話　03-3264-5254　振替口座　00160-1-155266

印刷・製本　中央精版印刷
組版　フレックスアート

ISBN978-4-8460-1257-1
落丁・乱丁本はお取り替えいたします